묘
사
하
는

마
음

묘사하는 마음

김혜리 영화 산문집

마음산책

묘사하는 마음

김혜리 영화 산문집

1판 1쇄 발행 2022년 8월 5일
1판 6쇄 발행 2024년 5월 15일

지은이 | 김혜리
펴낸이 | 정은숙
펴낸곳 | 마음산책

등록 | 2000년 7월 28일(제2000-000237호)
주소 | (우 04043) 서울시 마포구 잔다리로3안길 20
전화 | 대표 362-1452 편집 362-1451   팩스 | 362-1455
홈페이지 | www.maumsan.com
블로그 | blog.naver.com/maumsanchaek
트위터 | twitter.com/maumsanchaek
페이스북 | facebook.com/maumsan
인스타그램 | instagram.com/maumsanchaek
전자우편 | maum@maumsan.com

ISBN 978-89-6090-751-5 03810

* 책값은 뒤표지에 있습니다.

한 편의 영화도 같이 보지 못했지만
모든 마감을 곁에서 지켜준
나의 개 수지, 타티 그리고 아로하에게

질주인지 비상인지 구분하기 힘든 이미지 앞에 떨면서
나는 딱 한 가지만 잊지 않으려고 했다.
예술이 세계를, 예술가가 지금 이곳에서 살아가는 동료 인간을
염려하고 사랑하는 좋은 방법을 아는 영화를
방금 봤다는 사실을.

일러두기

1. 영화의 우리말 제목은 국내 개봉명을 따랐다. 미개봉작은 원제를 직역하거나 통용되는 제목을 썼다. 또한 영화제, 극장 개봉 등 영화가 최초로 공개된 시점의 연도를 표기했다.
2. 인명·지명 및 독음은 외래어 표기법을 따르되 관용적인 표기와 동떨어진 경우 절충하여 실용적 표기를 따랐다.
3. 영화명·잡지명·연극명·곡명은 〈 〉로, 책 제목은 『 』로, 편명은 「 」로 묶었다.
4. 저자 주는 글줄 상단에 맞추어 작게 표기하였다.

2010년 여름이었다. 출장길에 기타노 다케시 전시회를 구경했다. 〈교수대에서 살아남는 몇 가지 시나리오〉라든가 〈세계 최저 효율의 재봉틀〉 등 어처구니없는 혼합 미디어 작품 사이에 〈공룡이 멸종한 이유에 대한 몇 가지 이론〉이라는 설치물이 있었다. "가위바위보 할 때 항상 가위밖에 못 내서 멸종했다"는 농담까지는 즐거웠는데 '짧은 팔로 인한 개체 위생 악화설'에는 순간 심각해졌다. 10년 넘도록 잡지 일에 종사해도 개선되지 않는 글의 속도와 질에 괴로웠던 당시 나에게, 몸집에 비해 턱없이 가늘고 짧은 공룡의 팔은 마치 자판 앞에 매주 무력한 내 손가락처럼 보였다. 전문기자겠거니 믿어주는 독자들의 짐작과 달리 나는 짤막한 팔로 버둥거리고 있었다.

기타노 다케시의 공룡에게 난데없이 동병상련을 느낀 이후에도 나의 글쓰기는 쉬워지거나 빨라지지 않았다. 이런 유형의 인간이 영화산업과 영화제의 주기에 발맞추는 주간지 마감을 어쨌거나 20년 넘게 해낸 것은 기적 아니면 뭔가 구린 데가 있어서일 텐데 진실은 후자다. 내가 중과부적이라고 나자빠지면 편집장과 동료들은 마감 주기를 늘려가며 독려해주었고 다시 마감은 가늘고 길게 이어졌다. 그리고 물론, 언제나 영화가 있었다. 어제까지 그만 써야 할 100가지 이유를 만지작거렸던 자신을 까맣게 잊고 흥분해서 키보드 앞에 앉게 부추겼던 영화들이.

이 책의 글 대부분은 주간지 〈씨네21〉의 개봉작 칼럼 「김혜리의 영화의 일기」에 2017년부터 2020년까지 연재됐던 원고다. 하지만 〈토리노의 말〉에 관한 에세이와 틸다 스윈튼 배우론, 〈매드 맥스: 분노의 도로〉 리뷰처럼 2017년 이전에 쓴 글도 더러 있다. 기사를 퇴고해 묶는 책으로는 마지막일 것 같은 예감이 들어 함께 담고 싶었다. 사정이 있어 2020년 이후 나는 개봉작 평을 주로 글이 아닌 말을 통해 관객들에게 전했다. 최다는 SBS 라디오 프로듀서, 임수정 배우와 만드는 팟캐스트 〈김혜리의 필름클럽〉과, 2021년 시작한 오디오 매거진 〈조용한 생활〉이 창구였다. 말로 영화를 전하는 데에도 생각을 간추려 글로 적는 과정이 필요하긴 하다. 그럼에도 이때의 글은 최종 결과물이 아니라는 점에서 '글'은 아니다. 음악에 비유하면 허밍과 편곡까지 마친 악보의 차이랄까? 하지만 내 경우는 잡지 마감에 몰려 거칠게 쓴 글이니 그 비유도 딱 들어맞진 않는다. 적진 가운데에서 마구잡이로 혈로血路를 뚫는 조자룡마냥 '일단 살고 보자'는 심정으로 두리번대다 비상구가 되어줄 문장을 발견하고 그쪽으로 내처 말을 달려 가는 것이 대략 나의 목요일 풍경이었다. 고백하건대, 그 고르지 못한 호흡과 임기응변도 내 글의 정체라고 여겨온 나는 단행본을 위해 문장을 정제하는 일이 어색한 화장 내지 반칙처럼 느껴져 멈칫거리기도 했다.

그렇다고 영화 산문집 제목을 '구사일생'이라고 지을 수는 없는 노릇이라, 내가 영화를 따라다니며 한 일은 과연 무엇이었을까 돌아본다. 그나마 거리낌 없이 쓸 수 있는 단어는 '묘사'다. 우리는 매력적인 사람을 보면 사진 찍기 원하고 귀에 감기는 노래를 들으면 따라 부르려 한다. 영화에 이목구비가 있다면 내가 하고 싶었던 일은 그 초상을 그려 사람들에게 보여주는 것이었는지도 모른다. 내게 허락된 재료로 방금 본 영화와 비슷한 구조물을 짓고 싶었다. 가능하면 상징이나 이론을 끌어들이지 않고 스크린 안에 있는 것들만 물증으로 쓰려고 했다. 그러나 영화는 1초에 24번 소멸했다 생성되고, 스크린과 우리의 뇌리에서 동시에 이중 상영되는 총체이니, 묘사를 위해서는 개별 영화가 내용과 형식에서 도모하는 바와 긴밀히 연결된 '부분'을 선택하고 집중해야 했다. 시사회에서 본 영화를 충분히 침전시켜 결론을 품고 쓰기 시작한 기억은 거의 없다. 내게 해석은 묘사의 길을 걷다 보면 종종 예기치 못하게 마주치는 전망 좋은 언덕과 같았다. 묘사하는 마음이란, 그런 요행에 대한 기대와 '아님 말고. 이걸로도 족해' 하는 태평스러운 태도를 포함한다. 묘사는 미수에 그칠 수밖에 없지만, 제법 낙천적인 행위이기도 하다.

작가는 읽어주는 이가 없어도 쓸 수 있지만 잡지기자는 그럴 수 없다. 기껏해야 영화의 그림자나 밟는 남루한 글을 영화 관람의 에필로그로 삼아준 너그러운 독자들이 이 산문집의 결정적 배후다. 모호한 글에 긴 세월 지면을 허락한 〈씨네21〉의 사랑하는 동료들과, 흐트러진 원고를 받아 정돈해주신 출판사 마음산책에 가슴에 손을 얹고 인사를 보낸다.

2022년 7월

김혜리

묘사하는 마음

우리는 기상천외한 사건이 아니라,
양질의 시간을 찾아서 영화관에 간다.
안드레이 타르콥스키가 『봉인된 시간』에 쓴 대로다.
"인간은 보통 잃어버린 시간, 놓쳐버린 시간,
또는 아직 성취하지 못한 시간 때문에 영화관에 간다."

차례

부치지 못한 헌사

배우들

이자벨 위페르라는 미스터리

이자벨 위페르 Isabelle Huppert
1953~

"나는 내 캐릭터를 연민하지 않고 이해만 하려고 한다.
동정은 이상화로 이어진다."

"난, 여신을 연기한 적은 없어요."
　　인터뷰가 진행 중인 호텔 객실. 판타지 캐릭터에 관한 문
답 끝에, 맞은편에 앉은 이자벨 위페르가 어깨를 으쓱한다. 그의
말대로다. 그러나 여신을 여성성의 총화라는 의미로 이해한다면
배우 이자벨 위페르의 경력은 여신의 그것이다. 그는 엠마 보바리
였고 마리 퀴리였고 앤 브론테였으며 무대에서는 블랑시 뒤부아,
메데이아, 올란도였다. 자포자기한 가출 소녀부터 권태에 찌든 상
류층 사모님까지, 강간 피해자부터 사색하는 팜파탈까지 '여자 사
람'이 가질 수 있는 인간적 속성의 편람을 왼쪽 끝에서 오른쪽 끝
까지 옥상에서 지하까지 섭렵했다. 그 와중에 위페르의 여자들은
그야말로 '온갖 짓'을 저지른다. 쓰레기통에서 정액 묻은 휴지를
주워 냄새 맡고, 일가족을 몰살시키고(때로는 본인의 가족도), 자위
하는 아들의 손을 잡아주고, 본인 가슴팍에 식칼을 꽂는다.
　　다채로운 배역의 라이브러리를 거론하면서 유의할 점은,

그렇다고 이자벨 위페르가 천변만화하는 연기자라고 이해하면 곤란하다는 사실이다. 위페르의 연기적 풍부함은 어제는 A를, 내일은 Z를 연기할 수 있다는 개념이 아니라 한 캐릭터 안에서 동시에 A나 Z가 될 수 있다는 의미다. A인지 Z인지 모호한 연기를 한다는 뜻이 아니라 두 가지가 공존하는 표현을 보여준다는 뜻이고 통합된 퍼스낼리티를 유지하면서 모순을 설득한다는 말이다. 〈마담 보봐리〉(1991), 〈의식〉(1995), 〈왕의 딸〉(2000), 〈백인의 것〉(2009) 등 일일이 꼽기 힘든 영화에서 위페르는 분노인지 상처인지 가리기 힘든 표정을 지으며 가해자인지 피해자인지 분별할 수 없는 인간을 구현했다. 미하엘 하네케 감독의 〈피아니스트〉(2001)에서 성적 억압과 씨름하는 피아노 교사 에리카 코후트로 분한 위페르의 이미지는 특히 함축적이다. 에리카는 매력적인 청년 발터를 지배하겠다고 권력의지를 불태우지만 그의 내면은 사랑에 대한 형언할 수 없는 공포로 가득 차 있다. 〈피아니스트〉의 스틸 중 가장 유명한 공중화장실 바닥의 키스신을 보자. 바깥쪽을 향해 기역 자로 꺾인 그의 다리는 망가진 인형처럼 무기력한 와중에도 완고한 예각을 고집하고 있다. 이자벨 위페르는 냉정과 열정 사이에 있지 않다. 그는 냉정이자 열정이다.

"그녀의 눈동자는
어떤 색인가?"

4남매의 막내라 좀 무책임하다고 성격을 자평하는 이자

벨 위페르는 금고 제조업자 아버지―이 비밀스런 배우에게 얼마나 딱인 배경인가!―와 예술을 애호하는 어머니의 전폭적 지원 아래 자연스럽게 배우의 길에 들어섰다. 1972년 〈세자르와 로잘리〉로 영화에 데뷔하고 70년대 말과 80년대에 걸쳐 '작가들의 배우'로 위치를 굳혔다. 여기에는 〈레이스 짜는 여인〉(1976), 〈비올렛 노지에르Violette Nozière〉(1978)를 필두로 모리스 피알라, 미셸 드빌, 조지프 로지 감독의 영화로 젊은 위페르를 인도한 전설적 프로듀서 다니엘 토스캉 뒤플랑티에의 안목이 든든한 가이드였다. 이자벨 위페르는 극장용 장편만 꼽아도 80편이 넘는 영화를 필모그래피에 등재했고 그렇게 하는 동안 이른바 세계 3대 영화제에서 수차례 최고의 여배우로 지목받았다.이 글을 쓴 시점인 2011년까지 80여 편이었고 이후 그는 10여 년간 35편 남짓한 작품을 더 작업했다 고국의 칸은 〈비올렛 노지에르〉(1978)와 〈피아니스트〉(2001)에, 베니스는 〈여자 이야기〉(1988)와 〈의식〉(1995)에 여우주연상을 안겼고, 조금 굼뜬 베를린영화제는 〈8명의 여인들〉(2002)의 앙상블 연기 전체에 은곰상을 바쳤다. 그러나 인터넷 무비 데이터베이스IMDB가 42회까지 헤아린 수상 경력은 위페르의 연기가 지닌 특별함을 설명하는 데에 있어 비고備考에 불과하다.

　　"그녀의 눈동자는 어떤 색인가? 갈색인가, 푸른색인가, 아니면 검은색인가? 그 모든 색을 조금씩 다 가지고 있고 그 빛깔이 수시로 변한다는 점이 엠마를 인식할 수 없는, 알 수 없는 미지의 여인, '완전히 똑같은 여자 혹은 완전히 다른' 여자도 아니면서 모든 여자들 안에 용해되어버리는 여자로 만들어주는 것이다."

　　플로베르의 캐릭터를 연구한 책 『보바리』알랭 뷔진느 엮음, 김

계영·고광식 옮김, 자음과모음, 2005, 23쪽에 이방 르클레르가 쓴 「귀여운 여인은 어떻게 하여 신화적이 되는가」라는 글의 한 구절은 이자벨 위페르에게도 적용된다. 특정 시대, 계급, 연령대와 꼭 집어 연결되지 않는 외양은 배우로서 위페르가 타고난 첫 번째 특권적 자산이다. 영화가 그의 캐릭터를 대단한 미인이라고 설정하면 그리 믿기고 평범하고 거친 생김새의 여자라고 부르면 또 순순히 납득이 된다. 심지어 스타덤과의 관계도 유사하다. 위페르는 국제영화제 레드카펫 위에서는 누구보다 좌중을 긴장시키는 여왕이지만 시장 골목으로 걸어 들어가면 군중 속에 녹아 아무도 돌아보지 않을 듯한 배우이기도 하다.

관객에게 인물을 제시하는 방식에 있어서 위페르의 근본 특징은 (스크린의 배우로서는 드물게도) 배우가 지닌 성적, 정서적 호소력을 빌려 인물을 낭만화하거나 이상화하지 않은 채, 캐릭터의 됨됨이를 설득한다는 점이다. 위페르가 그리는 인물이 보통의 불완전한 인간 정도가 아니라 치명적인 결점과 악덕, 정상성의 범주를 벗어나는 욕망을 가진 여자일 경우가 잦다는 사실을 생각하면 이는 각별히 감탄스럽다. 방한한 위페르가 이창동 감독과 함께한 대담에 청중으로 참석한 배우 문소리는 〈레이스 짜는 여인〉의 갓 스물 넘은 위페르에게 받았던 인상을 다음과 같이 표현한다. "여배우는 어린 나이에 데뷔할 경우 아름다움이건 무엇이건 모종의 '매력'을 내세워 일단 관객의 주의를 끄는 것이 보통인데, 이자벨 위페르는 출발부터 매력이 아니라 내면의 기운으로 승부를 걸고 있는 것처럼 보였다. 이후 그의 영화를 보면 그 에너지는 공기도 가를 것처럼 날카롭게 벼려져 점점 정교해지고 다양해지고 있다는 느낌이다."

부치지 못한 헌사

관객에게 아첨하지 않으려면 인물을 대하는 배우 본인의 태도도 냉정해야 할 것이다. 인터뷰에 비치는 위페르의 직업적 자세는 흡사 자아를 남처럼 서먹하게 바라보는 이인증離人症을 연상케 한다. "나는 내 캐릭터를 연민하지 않고 이해만 하려고 한다. 동정은 이상화로 이어진다. (…) 영화는 그런 식으로 답변이 아니라 질문의 형상을 만든다고 생각한다." 〈백인의 것〉 개봉에 즈음해 〈필름 코멘트〉는 위페르의 다음과 같은 말을 헤드라인으로 뽑았다. "배우는 꿈속에서 깨어 있다." 결과적으로, 위페르의 냉연한 연기 스타일은 영화가 어떤 장르보다 인간을 전면적으로 이해시키는 예술일 수 있다는 잊힌 가능성을 일깨운다. 그리고 그 과정에서 가장 결정적인 힘이 배우에게서 나온다는 사실을 환기해 '영화작가auteur로서의 배우'에 대해 생각하게 한다. 감독에게 선택된 다음에야 작업할 수 있는, 예술가로서 배우가 처한 매우 특이하고 불리한 조건을 잠시 잊게 만드는 것이다. "감독에게 선택당하는 현실은 기본적으로 마찬가지일 텐데도, 영화 속의 위페르를 보면 언제나 스스로 감독과 작품을 택한 것처럼 보인다." 그의 연기를 주시해온 또 다른 배우 고현정의 말이다.

영화라는 수수께끼의
중심에 서다

만약 이자벨 위페르가 여성적인 배우라고 주장한다면 그건 그가 아름답거나 연약해서도 아니고 모성애의 화신이라서도 아니다. 그가 체현하는 여성성의 핵심은 비밀스러움에 있다. 소설가 엘프리데 엘리네크는 『피아노 치는 여자』에서 "남자들은 여자가 무질서한 신체기관 속에 결정적인 어떤 것을 숨기고 있다는 느낌을 가끔 받는 게 틀림없다고 에리카는 생각한다. 바로 이 마지막 부분에 숨겨진 것을 일깨워서 에리카는 더 새롭고, 좀 더 깊고, 더욱더 금지된 것을 관찰하고 싶은 것이다"이병애 옮김, 문학동네, 1997, 136쪽라고 썼는데 영화 〈피아니스트〉에서 위페르의 연기 저변을 흐르는 욕망을 이보다 잘 설명하긴 힘들다. 실제 신체적 표현의 차원에서 이는 극도로 진폭이 작은 연기로 나타나는데 일부 평자의 불만을 사기도 한다. "오르가슴 연기도 무표정할 배우"라고 극언한 비평가 폴린 케일의 독설이 대표적이다. 서울에서 열렸던 위페르 사진전은 정지 상태, 백지상태에서 심리적 역동성을 끌어내는 이 배우의 자질이 바로 피사체로서 많은 사진가를 끌어당긴 힘이었음을 짐작하게 한다. 전시에 포함된 몇몇 비디오아트 안에서도 위페르는 큰 동작을 열심히 하는 법이 없다. 기껏해야 눈을 천천히 감았다 뜨거나 무게중심을 왼쪽 다리에서 오른쪽 다리로 옮기는 것이 전부다. 소설 『레이스 뜨는 여자』의 작가 파스칼 레네가 주인공 뽐므에 대해 일찍이 쓴 대로 어떤 신호도 비치지 않아 그냥 지나칠 수도 있지만 참을성 있게 바라보면 어떻게 바라봐야 할지 알게 되는 부류의 영혼, 그것이 이자벨 위페르의 초상사진을 관통하는 이미지다.

다른 관점에서 위페르식의 연기는 연극과 대비되는 교과서적 영화 연기라고 말할 수도 있다. 영화 연기의 속성을 설명할 때 흔히 등장하는 쿨레쇼프 실험은, 무표정한 남자의 얼굴에 내

　　　　　　　　부치지 못한 헌사

용 다른 숏들을 연결시켜 각각 슬픔, 기쁨, 갈망을 읽게 하는데 위페르의 연기는 이를테면 후속 컷을 생략한 쿨레쇼프 실험이다. "위페르는 어떤 감정을 표현하는 것처럼 보이지 않고 저이가 뭘 느끼고 어떤 생각을 할까 관객이 궁금하도록 만드는 얼굴과 표정을 갖고 있다. 부러 알리려 하지 않고 알고 싶도록 자극하기 때문에 스크린에 있는 것만으로 긴장을 유지하는 이 능력이 다른 배우가 갖지 못한, 영화에서의 존재감 같다." 이창동 감독이 파악하는 이자벨 위페르라는 배우의 힘이다. 그는 영화라는 수수께끼의 중심에 서 있고자 한다.

　　오연한 턱을 치켜들고 자신보다 키 큰 사람도 내려다보는 듯한 특유의 시선과 세상의 끝까지 갈 태세를 갖춘 걸음걸이로 이자벨 위페르는 40년의 현대영화사를 가로질러 왔다. 실제로도 최근 그는 시간의 재촉을 감지하는 듯 본인과 일할 의향이 있는 좋은 감독들을 만나기 위해 어느 대륙이건 달려가는 행보를 보이고 있다. 한국 감독들과의 적극적 회동도 같은 의욕의 발로이리라. 직접 만난 위페르는 미약한 폐소공포증이 있었다. 엘리베이터 안에서 불편해 보이는 그를 바라보며, 이 강건한 배우가 기꺼이 견딜 수 있는 벽은 자기를 에워싼 예술가 집단, 그리고 관객과 카메라의 시선뿐인 것 같다고 생각했다. 2011. 6.

마성의 소시오패스

베네딕트 컴버배치 Benedict Cumberbatch
1976~

"컴버배치의 필살기는 단칼에

관객의 심장을 찌르는 연기다."

　　"셜록 홈스를 연기한 역대 수십 명의 배우 중에 캐릭터보
다 더 희한한 이름을 지닌 유일한 배우." 2010년 BBC 시리즈 〈셜록〉
이 방영됐을 때 처음 접한 베네딕트 컴버배치에 관한 묘사는 그랬
다. 미확인비행물체처럼 대중의 시야에 진입한 지 몇 년 사이, 베
네딕트 컴버배치는 마이클 패스벤더와 더불어 대서양 양쪽에서
가장 주목받는 영국계 남자 배우가 되었다. 규모로는 몰라도 열성
으로 치면 둘째가기 서러운 팬덤도 거느리고 있다. 〈스타트렉 다
크니스〉에서 컴버배치는 J.J. 에이브럼스가 꼼꼼히 조립한 이 영화
의 무게중심을 기우뚱하게 만들 만큼의 카리스마를 발산하는데,
그 카리스마의 색깔은 셜록의 캐릭터와 통하는 바가 있다. 컴버배
치의 영화는 편수로나 화제성으로나 만만치 않다. 〈호빗: 스마우
그의 폐허〉, 메릴 스트리프와 공연共演한 〈어거스트: 가족의 초상〉,
패스벤더와 호흡을 맞춘 스티브 매퀸 감독의 〈노예 12년〉, 줄리언
어산지 역의 〈제5계급〉이 줄을 서 있다. 오, 물론 〈셜록〉 다음 시

즌을 향한 기대도 시한폭탄처럼 달아오르는 중이다. 컴버배치의 쓰나미가 들이닥치기 직전 짧은 고요를 틈타 이 기묘한 스타의 매혹을 살펴본다.

〈스타트렉 다크니스〉 홍보를 위해 데이비드 레터맨의 〈레이트 쇼Late Show〉에 출연한 베네딕트 컴버배치는 진행자에게 당황스런 질문을 받았다. "그래서, 큰 영화 출연은 첫 경험인가요?" 〈팅커 테일러 솔저 스파이〉 〈워호스〉의 배우로서는 순간 얼음이 될 만한 상황이었다. 스크린 이미지와 딴판으로 겸손하고 유쾌한 이 배우는 아무에게도 무안 주지 않는 기지를 발휘했다. "예. 이 정도 메이저 영화는 처음이죠. 〈워호스〉도 꽤 큰 영화였지만 배역은 작았으니까요." 반전은 〈스타트렉 다크니스〉의 짧은 자료 화면이 나온 다음 일어났다. 컴버배치의 이름조차 가까스로 발음했던 레터맨은, 악당 존 해리슨(컴버배치)이 유리 감옥 너머에서 커크 함장을 압도하는 34초짜리 클립을 본 다음 넋을 놓았다. 그리고 서둘러 정신을 수습해 덧붙였다. "다른 배우를 깎아내리는 건 아니지만, 당신은 자신 말고 별로 필요한 게 없을 것 같군요."

베네딕트 컴버배치의 연기에는 그처럼 보는 사람을 다짜고짜 감전시키는 특수한 자질이 있다. 훌륭한 연기에는 툭툭 건드리는 연기도 있고 스며드는 연기도 있는데, 컴버배치의 필살기는 단칼에 관객의 심장을 찌르는 연기다. 퍼뜩 돌아보면 어느새 그의 칼날이 등 뒤로 튀어나와 있는 것이다. 배역에 따라 다르지만 〈호킹〉 〈셜록〉 〈스타트렉 다크니스〉처럼 비범한 캐릭터를 연기할 경우 컴버배치의 주술은 대략 10분이면 통한다. 〈USA 투데이〉지는 〈셜록〉이 첫 방영된 2010년 7월 25일 밤을 다음과 같이 묘사했다.

"저녁 8시 59분까지 컴버배치는 실력은 있지만 아무도 모르는 배우였다. 9시 20분경 그의 이름은 트위터를 타고 전 세계에 퍼졌다."

인간 이상 신 이하의
알파 맨

〈스타트렉 다크니스〉의 존 해리슨은 필마단기로 9.11급 참사를 일으키는 23세기의 테러리스트다. 엔터프라이즈호 대원들에게 자진해서 체포된 그는, 밀폐된 유리방에 감금돼 있는데도 위협적이다. "캡틴" 하고 커크를 부르는 한마디에도 오스스 소름이 돋는다. 표면적으로 우위에 있는 커크 함장과 대원들을 오히려 쥐락펴락하는 이 신은 정확히 〈양들의 침묵〉의 한니발 렉터(앤서니 홉킨스)를 연상시킨다. 컴버배치의 해리슨은 인간을 넘어서는 지성과 인간을 넘어서는 야만성을 한 몸에 지닌 존재다. 신 이하 인간 이상이라는 정의는, 〈프로메테우스〉에서 인류를 지구에 데려온 '엔지니어'를 생각나게 하지만, 해리슨의 경우 인류가 만들어낸 우성 유전자의 집합체라는 점이 다르다.

슈퍼맨은 아니지만 보통 사람보다는 월등한 힘을 지닌 해리슨의 액션은 빠르고 우아하다. 이 우아함은 안무의 아름다움이 아니라 과시적 군더더기 없이 목표만 달성하는 정확성과 경제성에서 나온다. 공격하지 않을 때 척추를 90도로 세우고 미동 없이 앉아 있는 해리슨은 똬리를 틀고 먹잇감의 사이즈를 가늠하는 비단뱀처럼 보인다. 한편 엔터프라이즈호의 지성을 대표하는 스팍과 해리슨이 항복 조건을 협상하는 장면은 두 대의 슈퍼컴퓨터가 교신하는 광경을 방불케 한다. 해리슨의 카리스마를 완성하는 화룡점정은 베네딕트 컴버배치의 음색이다. 사운드 믹싱의 영향도 있겠지만 그의 음색은 한마디로 반역도 정당화한다. 셜록이 파가니니가 바이올린 켜듯 생각과 동시에 문장을 퍼붓는다면, 해리슨은 머릿속에 타이핑해놓은 스크립트를 공연하듯 말을 뱉는다.

곰곰이 따지며 들어보면 해리슨의 신념은 허점이 많고 유치하다. 그는 결코 심오한 사상으로 무장한 악당이 아니다. 그런데도 컴버배치의 연기는 우리를 잠깐 현혹한다. 심지어 한 대목에서는 '악당이 아닌가?' 하고 속기까지 한다. 곤란한 점은 덕분에 정의롭고 멋진 착한 편이 무려 떼 지어 등장하는 영화인데도, 이제나저제나 해리슨의 다음 등장을 고대하게 된다는 사실이다. 〈해리 포터〉 시리즈에서 볼드모트를 표현하는 "사악하다. 하지만 위대하다"라는 대사는 〈스타트렉 다크니스〉의 해리슨에게도 꼭 들어맞는다 (말이 났으니 말인데, 베네딕트 컴버배치의 볼드모트도 상당히 절묘한 캐스팅이었을 것이다. 어린 관객의 악몽을 부를 위험이 있지만). J.J. 에이브럼스 감독의 〈스타트렉 다크니스〉는 바늘 하나 꽂을 데 없이 빚어진 SF 블록버스터다. 그러나 짐작건대 이 영화를 두 번 이상 관람하는 관객이 있다면 그를 매혹한 마성의 원소는 베네딕트 컴버배치의 존 해리슨일 가능성이 크다. 컴버배치는 적절한 역만 만나면 만화나 애니메이션 캐릭터처럼 극중 세계를 벗어나 중독을 부르고 팬픽을 쓰게 하는 마력의 배우다. 그의 열렬한 팬들은 인생을 B.B.C와 A.B.C로 구분 짓는다고 한다. '베네딕트 컴버배치를 알기 전(Before Benedict Cumberbatch)'과 '알고 난 후(After Benedict Cumberbatch)'라는 의미다.

이성과
광기의 총화

'우월한 인간'이라는 존 해리슨의 속성은 베네딕트 컴버배치의 출세작 〈셜록〉의 셜록 홈스와 직결된다. 〈스타트렉 다크니스〉 초반에 해리슨이 피를 뽑고 시험관을 만지작거리는 장면부터 셜록의 일과를 상기시켜 팬들의 미소를 부른다. 마크 개티스와 스티븐 모팻이 창조한 컴버배치의 셜록은 일종의 소시오패스다. 타인의 고통에 공감 능력이 아예 없고 선악을 분별 못 하는 사이코패스는 아니지만, 관심사 밖의 사회적 규범에는 개의치 않는 인물이다. 그가 탐정 일을 하는 이유는 범죄로부터 시민의 생명과 이득을 보호하기 위해서가 아니라 고도로 지적인 인간으로서 느끼는 무한한 권태를 깨고 자신의 우월함을 수시로 확인하기 위해서다. 더 빠르고 아름답고 순수한 문제풀이로 가는 길에 발생하는 평범한 사람들의 희생은 그의 심경을 흔들어놓지 못한다. 시즌1의 세 번째 에피소드에서 인질의 목숨이 위험한데도 적과의 게임을 위해 마지막 순간까지 시간을 쓰며 추리를 밀어붙이는 장면이 대표적이다. 왓슨과의 관계가 이런 셜록의 무감동함에 어떤 변화를 부를지도 시즌3의 관전 포인트다. 변화가 있은들, 타인에 대한 이해가 추리와 사건 해결에 유익하다는 논리적 판단에 근거할 공산이 크지만.

천재의 이미지는 업보처럼 베네딕트 컴버배치의 어깨에 매달려 있다. 존 해리슨과 셜록 외에도 그는 스티븐 호킹, 반 고흐였고 라디오 드라마 〈코펜하겐〉에서는 불확정성 원리를 창안한

부치지 못한 헌사

베르너 하이젠베르크를 연기했다. 〈이미테이션 게임〉에서는 컴퓨터의 원형을 개발한 과학자 앨런 튜링 역을 맡았으며 〈제5계급〉에서는 천재는 아니지만 비범한 기인 줄리언 어산지로 변신한다. 이중 성공적이지 않은 경우는 반 고흐인데, 동생 테오에게 보낸 빈센트 반 고흐의 편지를 '재연'한 TV 다큐멘터리 〈반 고흐, 영혼의 편지〉(2010)에서 컴버배치는 고흐치고 너무 건장하고 냉철해 보인다. 탁하고 어지러운 기운이 부족하다. 컴버배치에게 어울리는 예술가를 굳이 고른다면 고흐보다 레오나르도 다빈치다. 오직 격정에 휘둘리는 천재보다 미친 듯한 이성이 격정을 억압하고 있는 천재쪽이 컴버배치에게 맞는 옷이라서다. 연극으로 훈련되고 세련된 억양을 구사하는 배우로서 그는 〈세상 끝까지To the End of the Earth〉 〈퍼레이드의 끝Parade's End〉 〈어톤먼트〉 등 TV와 영화의 시대극에서 상류층 신사를 호연했는데 이 역시 컴버배치의 귀족적 인상을 대중에게 굳혔다. 거듭되는 지적인 캐릭터 연기에 영국의 상류층이 주로 다니는 해로우를 졸업한 실제 학력이 덧씌워지면서 컴버배치는 '재수 없는 왕자님'이라는 이미지에 한동안 스트레스를 받기도 했다. "우리 집은 평범한 중산층이었다고 몇 번을 말해요!"라고 인터뷰에서 허탈해할 만큼.

무성애자의
관능

화들짝 놀라 일어선 미어캣, 망치 상어, 수달, 〈아이스 에이지〉의 시드(나무늘보)……. 베네딕트 컴버배치의 닮은꼴로 거론되는 동물 목록이다(나한테 고르라면 셜록과 왓슨의 하숙방에 걸려 있는 소의 두개골을 꼽겠다). 컴버배치의 외모를 묘사하는 영어권 필자들의 글에는 생경한 단어들이 무더기로 등장한다. 아무리 좋게 읽어도 전형적인 미남의 용모 묘사와는 거리가 멀다. 〈어톤먼트〉에서 파렴치한으로 나온 컴버배치를 보고 〈셜록〉에 캐스팅한 스티븐 모팻은 "베네딕트는 평범한 사람을 연기하기 어려울 것이다"라고 말하기도 했다. 모팻의 예견에 동의하지 않더라도, 로맨틱코미디의 핀업 스타가 된 컴버배치를 상상하기는 어렵다. 그럼에도 팬들은 컴버배치의 외모 칭송에 침이 마른다. 정확히 말해 베네딕트 컴버배치는 미남이 아니라, 옆에 있는 미남을 지루하게 보이도록 만드는 이상한 얼굴을 가졌다. 헤어 스타일리스트를 애먹일 게 분명한 두상에 피부는 백랍이고 초록 눈은 동공이 작아 늘 눈부셔하는 듯 보인다. 때때로 라인을 그렸나 착각이 드는 입술은 남자치고 드문 큐피드 활 모양인데 본인에 따르면 어려서 트럼펫을 배운 결과라고 한다. 조명과 머리카락 색깔의 변화에 따라 그는 극히 무던해 보이는가 하면, 숭고한 조각상처럼 보이기도 한다. 〈스타트렉 다크니스〉의 한 장면에서 컴버배치는 전자음악 듀오 다프트펑크가 쓸 법한 네온 헬멧을 쓰는데, 이런 물건을 머리에 쓰고도 우스꽝스러워 보이지 않는 배우는 〈엑스맨〉 시리즈의 마이클 패스벤더와 이안 매켈런 정도일 것이다.

초인적인 혹은 비인간적인 이미지와 더불어 베네딕트 컴버배치의 극 중 캐릭터에게서 자주 발견되는 특징은 성적 취향의 모호함 혹은 유동성이다. 그는 〈팅커 테일러 솔저 스파이〉와 〈이

부치지 못한 헌사

미테이션 게임〉에서 게이 인물을 연기한다. 남학교를 다녔으니 어쩔 수 없는 일이긴 하지만 컴버배치의 생애 첫 역할은 셰익스피어 극 〈한여름밤의 꿈〉의 요정 여왕 티타니아였고 이후로도 꽤 많은 여성 배역을 맡았다고 한다. 〈셜록〉의 셜록과 왓슨은 〈프렌즈〉의 조이와 챈들러, 〈반지의 제왕〉의 프로도와 샘을 계승하는 브로맨스의 아이콘이 된 지 오래다. 〈셜록〉의 제작자 스티븐 모펏과 마크 개티스는 이 사태를 맞이해 첫 시즌이 끝날 무렵 "아직 셜록의 성정체성을 확실히 생각 못 해봤다"고 밝힌 바 있다. 게이냐 스트레이트냐를 떠나 일단 컴버배치의 셜록 홈스는 섹스에 관심을 갖기에는 너무 생각거리가 많고 바쁜 무성애자처럼 보인다. 그럼에도 그의 프로모션 투어를 맞이하는 공항의 여성 팬들은 비틀즈라도 본 듯 자지러지고 〈더 선〉지는 독자 투표를 통해 2년째 컴버배치를 영국에서 가장 섹시한 남성으로 선정했다. 컴버배치의 인기는 "똑똑함이 새로운 섹시함이다(Brainy is the new sexy)"라는 슬로건의 증거인 셈이다.

인터뷰를 통해 보는 자연인 베네딕트 컴버배치는, 고고하고 도도한 극 중 페르소나와 무관해 보인다. 배우로 형성된 과정에도 특출한 '설화'가 없다. 그저 ADHD증후군주의력결핍과잉행동장애이 의심될 만큼 한시도 가만히 있지 못하고 선생님과 친구, TV 속 인물을 감쪽같이 흉내 내는 소년이었다는 회고가 있을 뿐이다. 생각할 때 방 안을 뱅뱅 돌아다니는 버릇 정도가 셜록과의 공통점이다. 성대모사 장기는 지금도 여전해서 그를 만난 모든 인터뷰어가 '인간 복사기' 컴버배치를 묘사하는 데에 한두 줄을 할애한다. 연기를 준비하는 과정도 상식적이고 착실하다. 〈호빗〉의 용을 연기하기 위해 런던 동물원 파충류 관의 코모도 도마뱀과 눈싸움을 하고 정치인 역을 위해 의회를 견학한다. 한편 그는 여전히 수줍은 팬으로서 동료 배우들을 대한다. 〈팅커 테일러 솔저 스파이〉에서 존 허트, 콜린 퍼스, 마크 스트롱, 토비 존스와 공연한 컴버배치는 촬영 일정표를 액자에 넣어 보관하고 싶다고 말하기도 했다. 그를 가장 기쁘게 만드는 찬사도 동업자들의 인정이다. 〈스타트렉 다크니스〉의 레드카펫에서 공연 배우들의 칭찬을 들은 그는 남몰래 눈물을 훔쳤다고 한다.

그런데 이 원만한 노력파 배우가 카메라 앞에 서면 섬광을 낸다. 컴버배치의 연기는 정확하되, 힘을 가하지 않아도 칼날 자체의 무게로 살을 절개하는 메스처럼 수월해 보인다. 뭐 이렇게 앞뒤가 안 맞는 남자가 있을까? 사실 이 갭이 베네딕트 컴버배치의 저력이다. 작품 선택에서나, 스크린 안에서 그는 다음 순간 어떤 행동을 취할지 넘겨짚기 어려운 배우다. 한번 눈이 맞으면 시선을 떼기 힘든 이유다. 2013. 6.

부치지 못한 헌사

톰 크루즈의 미션

톰 크루즈 Tom Cruise
1962~

"그는 배우가 직접 감행하는 액션이 만들어내는 미묘한 차이와
그것이 객석에 가져다주는 쾌감의 차이를 믿고 실천한다."

톰 크루즈는 스스로가 브랜드고 장르이며 카메라 앞에서
뿐 아니라 세계 각국 시사회의 레드카펫 위를 돌며 흔쾌히 아우라
를 발산한다. 다시 말해 그는 할리우드에 몇 남지 않은 고전적 의미
의 스크린 스타다. 특히 〈미션 임파서블〉 시리즈에서 대역 없는 스
턴트를 감행하는 톰 크루즈는 고전 스크린 스타 중에서도 초기 영
화의 위대한 슬랩스틱 배우에 근접한다. 이를테면 그는 코언 형제
가 〈헤일, 시저!〉(2016)에서 예찬한, 특수효과 없는 시대에 스크린으
로 마법을 불러들였던 명인적 기예를 보유한 스타들의 후예다. 대
중은 에단 헌트가 아니라 톰 크루즈가 빌딩과 빌딩 사이를 뛰어넘
고 헬기로 헬기를 들이받는 모습을 보러 극장에 간다. 파라마운트
는 몇 해 전부터 스턴트를 쓰지 않았다는 사실을 개봉 수 개월 전
부터 마케팅에 적극 활용하고 있다. 〈미션 임파서블: 폴아웃〉(이하
〈폴아웃〉)의 경우, 런던 질주 시퀀스 중 톰 크루즈의 발목이 부러지
는 메이킹필름이 공개됐고 클라이맥스 액션을 위해 크루즈가 2년

동안 헬기 조종 면허를 획득했다는 사실이 보도됐다. 물론 이른바 리얼 액션에는 CG로 지운 와이어와 안전장치가 포함되어 있으며 아마도 스태프들 역시 내부 기밀 유지 계약에 서명했을 것이므로 실제로 우리가 보는 액션의 얼마가 '진짜'인지 확인할 도리는 없다.

그러나 확실한 것은, 빼어난 전문 스턴트맨이 즐비하고 뭐든 디지털 기술로 그려낼 수 있는 시대에 톰 크루즈는 배우가 직접 감행하는 액션이 만들어내는 미묘한 차이와 그것이 객석에 가져다 주는 쾌감의 차이를 믿고 실천한다는 점이다. 〈폴아웃〉에는 왜 좀 더 간단한 방법으로 작전을 수행하지 않느냐는 질문에 에단 헌트가 "그렇지만 나는 더 나은 방법으로 하고 싶다"고 답하는 장면이 있다. 자못 자기 반영적이다.

그렇다면 문제의 '차이'는 무엇일까? 어렵게 한다는 점이다. 톰 크루즈는 (정말로) 부러진 발목을 끌고 숏을 마무리 짓고, 카메라가 배우와 함께 고공 낙하해 오직 감으로 포커스를 맞춘 화면은 덜컹인다. 심지어 〈미션 임파서블〉 시리즈의 숱한 장대한 액션 세트 피스복잡한 계획과 준비를 요하는 장면이나 시퀀스는 결과적으로는 적을 놓치거나 목표물을 빼앗기는 것으로 끝날 때도 많다. 리얼리즘 액션이 최대 상품성인 영화로서 역설이게도, 이 프랜차이즈의 핵심은 힘겹게 찍는 인위적 과정을 관객이 매 순간 같이 헉헉대며 본다는 데에 있다. 이제 와 돌아보면, 〈미션 임파서블〉 1편(1996)의 랭리 침투 신에서 바닥에 똑 떨어지는 땀 한 방울의 숏은 시리즈 전체의 정수다.

부치지 못한 헌사

대역 없는 스턴트,
고역의 목격

　　〈폴아웃〉을 보다가 불쑥 버스터 키턴이 영화 촬영 도중
목뼈 골절 사고를 당했다는 일화가 떠올랐다. 앞서 쓴 대로, 톰 크
루즈는 스크린의 이미지가 카메라 앞의 피사체와 현상이 실재했
다는 증거가 될 수 없는 디지털 시대에도 대역 없는 아날로그 액
션이 만들어내는 미세한 차이를 믿고 밀어붙이는 구식 스타다. 물
론 그가 관객이 알든 모르든 스스로 진정성을 추구하겠다는 구도
자라서는 아니다. 톰 크루즈에게 가장 중요한 포인트 역시 고역의
실체를 관객에게 목격당하는 것이다. 대역 없는 스턴트가 강조된
이후 〈미션 임파서블〉 시리즈 촬영은 지금 당신이 보는 질주와 다
이빙, 충돌이 톰 크루즈의 것임을 못 박는다. 〈폴아웃〉의 파리 고
공 침투 신에서 카메라의 시야는 톰 크루즈의 얼굴을 프레임 안에
둔 채 넓어져 점프의 순간을 담는다. 고공낙하와 모터사이클 추격
전에서 에단 헌트가 착용하는 헬멧의 바이저는 반투명해 연신 배
우의 얼굴을 인증해준다. 여기서 우리는 군사시설도 아닌 도심지
의 행사장 그랑팔레에, 그것도 폭풍우 치는 날씨에 어째서 구태여
낙하산을 저공에서 펼치는 위험천만한 스카이다이빙으로 도착해
야 하는지 반문해서는 안 된다. 먹구름과 파리 공중 전경을 어차
피 CG로 교체할 거면서 '리얼 액션'이 무슨 의미가 있냐고 따져서
도 안 된다. 〈폴아웃〉의 많은 관객은 다른 그 무엇도 아닌 톰 크루
즈의 애크러배틱, 달리 말하면 대중의 오락을 위해 생명의 위험을
무릅쓰는 백만장자 스타를 보기 위해 멀티플렉스를 찾는다. 톰 크

루즈의 액션 연기는 놀라운 몸 관리로 남보다 빨리 달리고 절벽을 잘 타는 예외적 운동 능력의 문제가 아니다. 톰 크루즈가 세계에서, 아니 영화계에서도 제일 빨리 오래 뛰는 인간은 아닐 것이다. 그러나 그는 확실히 카메라와 호흡을 맞춰 가능한 한 최고의 속도로 꾸준히 달리는 인물을 가장 잘 연기할 수 있는 배우다. 모래 폭풍과 대형 폭발을 등지고 제일 폼 나게 점프할 수 있는 배우다. 2000년 이후의 톰 크루즈 커리어는, 몇몇 저널리스트들이 이미 말한 대로 개인의 나르시시즘이 공공의 '이익'에 기여하는 희귀한 예다.

극복의
아이콘

할리우드 주류를 대표하는 이름이지만 톰 크루즈의 이미지는 정상성과는 거리가 있다. 사이언톨로지 교도라는 점도 꾸준히 언급되지만 2005년 〈오프라 윈프리 쇼〉의 소파 위에서 펄쩍펄쩍 뛴 사건은 그에게 기인의 꼬리표를 붙였고 고도의 일중독증이 동료들의 인터뷰 주요 화제가 된 다음부터는 모종의 결핍이 낳은 조증과 집중력이 톰 크루즈 커리어의 엔진으로 추측되기도 했다. 〈미션 임파서블〉의 에단 헌트는 슈퍼히어로가 아니다. 그에게 슈퍼파워가 있다면 힘이나 지성이 아니라 다소 병적인 집요함일 것이다. 이 점은 실제 톰 크루즈라는 배우(이자 제작자)의 면모와 정확히 일치한다. 톰 크루즈는 지구상에서 가장 인지도 높은 영화배우이면서도, 데뷔 후 40여 년째 인정받기 위해 필사적으로 노력 중인 이상한 인간이다. 연기 예술가로서 능력을 평가받는 정도에 비해 실상 그의 필모그래피는 타율이 높다. 장편 중 즉시 떠오르는 태작은 〈미이라〉(2017)나 〈잭 리처: 네버 고 백〉(2016), 〈락 오브 에이지〉(2012), 〈바닐라 스카이〉(2001) 정도다. 캐릭터의 범위도 뱀파이어, 바텐더, 상이용사, 여성혐오 대중강사 등 대단히 넓다. 대스타들이 그렇듯 톰 크루즈 배역의 다수는 스타 페르소나와 일치하거나 그것의 선명한 패러디—〈제리 맥과이어〉(1996), 〈매그놀리아〉(1999), 〈트로픽 썬더〉(2008), 〈엣지 오브 투모로우〉(2014) 등—다. 심지어 개봉 당시 공연한 다른 배우가 더 칭찬받았던 〈컬러 오브 머니〉(1986), 〈레인맨〉(1988)과 역대급 캐스팅 반대 열풍이 불었던 〈뱀파이어와의 인터뷰〉(1994)에서 크루즈의 연기는 최근 들어 재평가받고 있다.

　　각설하고, 인터뷰에서 톰 크루즈는 어려서부터 자신이 성취하기 위해서는 넘어서야 할 방해물이 아주 많다고 여겼다고 털어놓기도 했다. 높은 장소만 보면 올라가서 뛰어내리는 버릇이 있어 가족들을 애태웠다는 일화는 유명하다. 요컨대 이 스타는 극복의 아이콘이다. 현재 그가 대놓고 극복 중인 대상은 세월이다. 톰 크루즈는 내가 아는 한 이자벨 위페르와 더불어 본인의 나이를 절대 먼저 거론하지 않는 배우다. 하지만 〈폴아웃〉의 작가이자 감독 크리스토퍼 매쿼리는 영웅을 초라하게 만들지 않으면서도 영리한 방식으로 톰 크루즈의 나이 듦을 인정하고 활용한다. 밧줄을 타고 오르는 톰 크루즈의 얼굴에는 "젠장, 이젠 한 번에 안 되나?"라는 찰나의 한숨이 스쳐간다. 한편 〈폴아웃〉은 CIA 요원 어거스트 워커 역으로 톰 크루즈보다 체격이 우월하고 젊은 헨리 카빌을 캐스팅해 간접적으로 에단 헌트의 노쇠를 일깨운다. 그리하여 궁극적으로는 이제 에단 헌트의 힘은 전투력이 전부가 아니라고 넌지시 주장한다. 톰 크루즈가 나이 들지 않는 뱀파이어 레스타트(〈뱀파이어와의 인터뷰〉의 캐릭터)라고 묘사하는 이들에겐 〈미션 임파서블〉(1996)을 다시 보길 권한다. 22년 전 에단 헌트는 자신의 유능함에 취한 경솔한 엘리트였고 본부에 카푸치노 머신을 놓아달라고 조르는 청년이었다. 〈폴아웃〉 도입부의 에단 헌트가 읽고 있는 책은 호메로스의 『오디세이』다. 그는 이제 집으로 돌아가기까지 길 위에서 영원처럼 긴 모험을 겪어야 한다는 사실을 받아들인 중년이다.

선先 톰 크루즈 액션,
후後 스토리

〈미션 임파서블〉 시리즈의 스토리텔링에 진지한 관심을 가진 관객은 별로 없겠지만, 재미 삼아 몇 가지 규칙은 적어볼 수 있다. 소소한 것으로 루소(빙 레임스)는 웬만해선 절대 달리지 않는다는 불문율이 있다. 또 남의 얼굴을 감쪽같이 뒤집어쓸 수 있는 가면 트릭은 그새 테러리스트들에게 소문이 났을 법도 한데 22년째 잘 통한다. 심지어 같은 미국의 CIA도 극 중에서는 아직 이 테크놀로지를 공유하지 못하고 있다. 핵무기를 비롯해 세상을 날려버릴 폭발물을 해체하는데 카운트다운은 항상 1초가량 남

부치지 못한 헌사

겨두고 멈춘다. 〈폴아웃〉에서는 "몇 초 남겨놓고 도화선 잘라야 해?" "전과 동同!"이라는 자의식적 농담도 나온다. 대개 하나의 스위치를 내리면 해결되지 않고 두세 곳에서 동시에 해체에 성공해야 하는데, 이유는 단순하다. 에단 헌트가 이끄는 끈끈한 팀워크가 에단 개인의 활약만큼이나 이 프랜차이즈의 정체성에 중요하기 때문이다.

크리스토퍼 매쿼리는 매번 감독을 바꿔 새로운 스타일을 도모한 〈미션 임파서블〉 시리즈에서 최초로 두 편째를 연출하는 감독이다. 무엇보다 매쿼리는 〈작전명 발키리〉(2008)부터 각본 및 감독으로 다수 작품을 함께한 톰 크루즈의 사람이다. 이는 폄하로 들릴 수도 있지만 〈미션 임파서블〉 시리즈 감독의 경우, 이 스타를 잘 이해하고 그가 보여주려는 바를 말이 되는 서사로 구조화해 잘 찍어내는 능력은 더없이 중요하다. 단지 톰 크루즈를 근사하게 포장한다는 뜻이 아니다. 〈미션 임파서블: 로그네이션〉(2015)의 비엔나 오페라하우스 시퀀스에서 덩치가 두 배 가까운 거한을 단신의 톰 크루즈가 극복하는 액션이 좋은 예다. 〈폴아웃〉에서 강건한 헨리 카빌과 무술 고수 리앙양 사이에서 톰 크루즈의 액션 개성을 살려내는 그랑팔레 화장실 싸움도 마찬가지다.

각종 인터뷰를 곧이곧대로 믿는다면, 막대한 예산이 투여된 영화치고 크리스토퍼 매쿼리 감독의 시나리오 작법은 놀랄 만큼 즉흥적이다. 시작은 당연히 톰 크루즈가 신작에서 도전하고 싶은 액션이 무엇이냐는 질문이다. 이를테면 "전번에 비행기 날개에 올라탔으니 이번에는 잠수함에 매달리는 건 어떨까?" 같은 식의 대화를 상상해볼 수 있다. 주요 액션 세트 피스를 먼저 정하고,

톰 크루즈

에단 헌트가 어쩌다 누구를 쫓아서 거기서 싸우고 있는지 우여곡절을 나중에 채워 넣는다. 〈폴아웃〉의 경우 이야기의 발단은 3구의 플루토늄인데 아무리 머리를 굴려도 마지막 액션 시퀀스에는 2구밖에 쓸 수 없었다고 한다. 그럼에도 매쿼리 감독은 영화 초반 테러리스트가 가톨릭, 이슬람, 유대교의 세 성지를 공격한다는 설정을 타협할 수 없었고 어떻게든 되겠지 하는 심정으로 촬영에 돌입했다. 결국 무기 브로커 화이트 위도우가 선금으로 플루토늄 한 구를 치른다는 묘안이 떠올라 만사형통이 되었다. 에단 헌트의 극중 모토인 "가면서 해결하면 돼(I will figure it out)" 정신을 감독이 실천하는 것일 수도 있다.

　　　네댓 세트의 액션 스펙터클을 텐트 폴처럼 미리 박아놓고 이야기를 짜는 역逆설계 작업이다 보니 당연히 플롯에 과부하가 걸린다. 크리스토퍼 매쿼리의 돌파책은, 이 시리즈에 관객이 베푸는 불신의 유예를 믿고 도리어 뻔뻔하게 유희를 벌이는 것이다. 〈폴아웃〉에는 심지어 에단 헌트가 헌리 국장(알렉 볼드윈)을, CIA 국장이 어거스트 워커(헨리 카빌)를, 솔로몬 레인(숀 해리스)이 어거스트의 뒤통수를 치는 등 약 예닐곱 차례의 배신이 연타로 쏟아지는 장면도 있다. 따져볼수록 어처구니없는 플롯은 에단 헌트가 전 부인 줄리아(미셸 모나한)와 카슈미르에서 재회하기까지의 과정이다. 일단 악당은 의사 줄리아를 거기까지 오게 하기 위해 천연두를 퍼뜨려 무수한 인명을 희생시키고 스폰서를 자처해 의료봉사단을 초청하고 핵무기를 거기 심어 에단 헌트를 오게 만든다. 단지 에단에게 보란 듯 복수하기 위해 이 모든 일을 감행한다. 하필 카슈미르인 이유는 톰 크루즈가 직접 헬기를 모는 액션 촬영

　　　　　　　부치지 못한 헌사

을 허용한 유일한 로케이션이 뉴질랜드였는데 뉴질랜드는 국제정치 관점에서 너무 고요한 지역이므로 풍광이 비슷하면서 테러리스트와 결투가 벌어질 법한(?) 카슈미르가 낙점된 것이라 한다. 크리스토퍼 매쿼리가 〈미션 임파서블〉 시리즈의 감독으로서 적임인 또 하나의 이유는, 이와 같은 변수에 휘둘리는 작업을 감독으로서 체면 깎이는 일이라고 전혀 생각지 않는다는 점이다. 여러 자리에서 토로했듯 매쿼리는 본인이 만들고 싶은 영화가 있는 게 아니라 〈미션 임파서블〉 시리즈의 이상형이 있고 관건은 자신이 얼마나 그 목표를 충족시키느냐라고 여긴다. 행복한 결혼인 셈이다.

　　그렇다고 매쿼리가 단순한 서비스맨은 아니다. 〈폴아웃〉은 매 편 독립된 이야기에 가까웠던 연작의 전통에서 벗어나 매쿼리가 연출한 전편 〈미션 임파서블: 로그네이션〉에서 중요한 스토리 요소를 이어받는다. 그뿐만 아니라 영화 초반 브라이언 드 팔마 감독이 연출한 1편의 첫 장면에 쓰였던 가짜 방 세트의 트릭을 반복해 프랜차이즈의 전통을 재확인하기까지 한다. 나는 〈폴아웃〉이 캐릭터 궤적과 스토리 면에서 〈미션 임파서블〉 시리즈의 피날레가 돼도 아쉽지 않지만, 7편의 제작이 확정되면 크리스토퍼 매쿼리의 참여 여부부터 궁금할 것 같다. 2022년 현재 매쿼리는 〈미션 임파서블〉 7편 및 8편의 감독으로도 내정돼 프리프로덕션 작업중이다 2018. 8.

아가씨, 저 물색없는 남자를 택해!

폴 러드 Paul Rudd
1969~

"남이 날 해칠 리 없다고 대충 믿는 폴 러드의 인물들은
위태로운 상황에 빠져도 천진하게 유유하다."

　　에드거 라이트가 중도 하차하고 페이턴 리드의 연출로
완성된 〈앤트맨〉은 평이하게 재미있다. 금고털이Heist Movies 장르가
무늬로 들어 있긴 하나, 전체 인상은 〈애들이 줄었어요〉 〈인간 로
켓티어〉 같은 90년대 디즈니 가족영화의 추억을 소환한다. 별도로
〈앤트맨〉이 내게 준 선물은 배우 폴 러드에 관해 쓸 기회다. 외모
도, 경력도 경이롭게 꾸준한 이 오십대 배우는 분량이 미미한 조
연을 마다하는 법이 없고, 주연작의 다수가 할리우드에서 점점 홀
대받는 중급 예산 드라마와 저드 애퍼타우〈40살까지 못해본 남자〉〈사고 친
후에〉〈내 여자친구의 결혼식〉 등을 작업한 유명 코미디 감독 사단표 남성 앙상블 코
미디라 배우론을 쓸 계기가 마땅치 않았다. 마침내 〈앤트맨〉으로
〈씨네21〉 표지를 장식한 폴 러드의 사진을 보며 나는 남몰래 눈물
을 훔치진 않았지만, 자못 감격했다.

　　　　　　　　　　부치지 못한 헌사

얼간이들의

멀쩡한 친구

〈앤트맨〉의 주인공 스콧 랭은 지금까지와는 다른 규모
의 폭넓은 관객들에게 폴 러드를 인지시킬 슈퍼히어로일 뿐 아니
라, 그가 배우로서 일관되게 표출해온 개성과 호소력도 십분 활용
한 캐릭터다(폴 러드는 각본에도 참여했다). 이를테면? 스콧 랭은 전
기공학 석사 학위를 가진 전과자다. 부당이득을 취한 기업을 해킹
해 고객에게 차액을 돌려주고, 총수의 고급 승용차를 수영장에 처
박은 다음 장부를 온라인에 공개했다가 2년 형을 살았다고 영화는
전한다. 스콧은 폭력이 싫어서 맥가이버 스타일의 과학 지식과 재
주로 감쪽같이 훔치기를 선호하는 게릴라형 절도범이다(《앤트맨》
의 액션 클라이맥스에 스콧 랭 본연의 장기가 배제된 점은 아깝다). 강탈
을 금기시하는 그를 두고 극 중 누군가가 "계집애 같다"고 비아냥
거리지만 스콧은 불쾌한 기색이 없다. 스콧 랭의 지성은 시종 행위
로 표현될 뿐 대사로는 표 나지 않는다.

　　환경법에 관심을 가진 법대생으로 분한 출세작 〈클루리
스〉(1995)부터 〈내가 사랑한 사람〉(1998), 〈아이 러브 유, 맨〉(2009)
등에서도 폴 러드는 능력 있지만 자기 능력을 대수롭지 않게 여기
는 남자, 그리고 동료 엘리자베스 뱅크스의 표현에 따르면 "잘생겼
지만 안 잘생긴 것처럼 행동하는" 남자였다(폴 러드가 영화에서 막
춤 추는 장면만 모아도 5분짜리 클립은 너끈히 나올 것이다). 한데 남부
럽지 않게 똑똑한 스콧 랭은 도둑질하러 온 게 아니라 훔친 걸 되
돌려주러 왔다고 해명하다 체포된다. 보통 같으면 말도 안 되는 바

보짓에 각본가의 자질을 의심하겠지만, 폴 러드라면 얘기가 다르다. 멀쩡히 똑똑하면서도 얼간이의 실수를 심심찮게 저지르는 남자로 그는 그럴싸하다. 여기에는 '타인의 악의에 대한 방심'으로 요약할 수 있는 폴 러드 캐릭터 특유의 성향도 무관하지 않다. 〈아워 이디엇 브라더〉(2011)의 농부 네드(폴 러드)는 우울증을 호소하는 정복 입은 경찰에게 유기농 대마를 한 줌 집어줬다가 옥살이를 해서 못난 놈 취급을 받는다. 이유 없이 남이 날 해칠 리 없다고 대충 믿는 폴 러드의 인물들은 위태로운 상황에 빠져도 천진하게 유유하다. 며칠 전 털라던 행크 핌 박사(마이클 더글러스)의 집에서 영문도 모르고 깨어난 직후 "차 마시겠나?"라는 질문을 받은 스콧은 순순히 끄덕이며 설탕까지 청한다. 생판 남인 부녀가 자기 앞에서 열띤 설전을 벌이는데 끼어들지도, 자리를 피하지도 않고 물끄러미 관전한다.

앤트맨은 작아짐으로써 파워를 응집하고 필요에 따라 적당한 사이즈로 변할 수 있지만 원래 몸보다 커지지는 않는다. 그가 어벤져스에게조차 위협적인 상대인 이유는 (작아서) 보이지 않기 때문이다. 앤트맨의 이 같은 특징들은 배우 폴 러드의 매력과 통한다. 폴 러드는 실물 크기 이상으로 설정된 매력남, 액션 히어로를 연기한 적이 거의 없다. 〈웨트 핫 아메리칸 서머Wet Hot American Summer〉(2001)에서처럼 코믹 조연일 때 도리어 천재성이 번득이기도 한다. 영화 속 그는 자기보다 작고 약하거나 뒤처진 상대들과, 가르치려는 자세 없이 쉽게 어울린다. 초등학생도, 집주인 할머니도 그를 붙들고 하소연한다. 〈40살까지 못해본 남자〉(2005) 〈사고 친 후에〉(2007)에서 유치한 철부지 남자들과 소파에서 속없

부치지 못한 헌사

이 뒹굴거리고 있는 반듯한 폴 러드를 보고 있자면 "이봐, 당신은 거기 속하지 않는다고"라고 외치며 귀를 잡고 끌어내고 싶을 때도 있지만 그는 진심으로 즐거워하는 중이다. 동물에 대해서도 예외가 아니다. 원조 앤트맨 행크 핌 박사에게 개미 군단은 실험동물에 불과하지만, 스콧 랭은 개미에게 이름을 지어주고 말을 걸며 정을 붙인다.

부드러운
단념의 표정

　　배우가 보유한 자질을 곧장 슈퍼히어로 캐릭터로 연장했다는 점에서 로버트 다우니 주니어의 토니 스타크와 폴 러드의 스콧 랭은 유사한 예다. 한편 코미디가 우세한 마블 스튜디오 영화로서 크리스 프랫이 실없는 히어로로 활약한 〈가디언즈 오브 갤럭시〉와 〈앤트맨〉은 한데 묶이기도 한다. 단, 다우니 주니어와 프랫에겐 없고 폴 러드에게 있는 것은, 살면서 모서리가 군데군데 닳은 부드러운 단념의 표정이다. 그의 캐릭터들은 실망하더라도 티를 내거나 곧장 노하지 않는다. 〈아이 러브 유, 맨〉에서 동성 또래 친구를 사귀러 나간 자리에 할아버지가 나온 걸 본 피터(폴 러드)는 낙심하면서도 이런저런 담소를 나눈다. 〈앤트맨〉의 핌 박사는 2대째 앤트맨이 되길 소망하는 딸 호프(이밴절린 릴리)의 말을 스콧이 뻔히 듣는 앞에서 "위험해서 안 된다"며 일축한다. 스콧은 그럼 나는 죽어도 되냐고 반문하지 않는다. 위험까지 감안해 지원한 엄연한 일자리니까. 대신 서운해하는 호프에게 찾아가 "나는 대체 가능한 소모품이지만 당신은 아니기 때문이다"라고 명랑하게 위로한다.

스크린의 폴 러드는 언제나 지나치게 애쓰지 않는 남자다. 유일한 노력 분야는 농담 정도다. 영화 밖에서도 만만찮은 장난꾼이어서 〈앤트맨〉 촬영장에서 스콧이 줄어드는 장면의 상대역 연기를 찍을라치면 도와준다고 옆에서 몸을 동그랗게 웅크리거나 소파 뒤로 다이빙해 폭소로 인한 NG를 냈다고 한다.

이 장난스런 태평함에 로맨틱한 페이소스를 불어넣는 요소는 독특한 눈이다. 크게 치뜨는 일이 드문 폴 러드의 아주 옅은 카키색 눈은 때로는 저 너머를 보는 듯도 하고 다른 때는 안쪽으로 끝없이 가라앉아 있는 것도 같다(물론 그가 자주 하는, 숙취가 남아 있는 연기에도 매우 유용한 눈이다). 〈앤트맨〉의 페이턴 리드 감독은, 〈아이언맨〉 시리즈와 달리 앤트맨의 헬멧 내부 숏을 찍지 않고, 슈트 입은 스콧이 헬멧을 젖힌 모습을 넣은 이유를 묻자 "폴 러드는 눈이 매우 아름답다. 앤트맨일 때도 그 눈을 그대로 보여주고 싶었다"고 설명했다. 언젠가 베티 데이비스처럼 이 배우의 눈에 헌정된 팝송이 나오더라도 나는 놀라지 않을 거다. 어쩌면 벌써 나왔을지도?

호들갑 없는
완수

폴 러드가 줄리엣의 구혼자 패리스로 분한 배즈 루어먼

　　　　　　　　부치지 못한 헌사

감독의 〈로미오와 줄리엣〉을 오랜만에 다시 봤다. 그는 로미오에게 시선을 앗긴 줄리엣의 손을 붙들고 열심히 막춤을 추고 있었다. 나는 속으로 외쳤다. '아가씨, 로미오 말고 저 물색없는 남자를 택해! 그래야 훨씬 길고 복된 생애를 누릴 수 있어!' 폴 러드가 연기하는 남자들은 숭배하진 않을지언정 싫어하기 매우 어렵다. 오죽하면 폴 러드는 어떤 외부자도 끝내 끼어들지 못한 6인조 시트콤 〈프렌즈〉의 일곱 번째 '프렌드'였다. 영화 안팎의 남녀노소는 성적 취향을 넘어 폴 러드가 연기하는 남자에게 호감을 갖는다. 예외라면 그가 친구 없는 남자로 분한 〈아이 러브 유, 맨〉인데, 이성애자이면서도 보통 남자들의 문화에 적응 못 하는 남자를 그린 이 영화는 단순히 성적 취향으로 규정된 캐릭터로부터 한 발 더 나아간 폴 러드의 섬세한 진면목을 경험하게 해주는 최고작 중 한 편이다. 그리고 보면 호들갑 없이 꼭 필요한 연기를 꼭 필요한 만큼 완수하는 동시에 관객과의 친근감을 지속하는 이 배우는, 미국 배우와 영국 배우의 미덕을 아무렇지도 않게 아우른 케이스인지도 모르겠다. 2015. 9.

틸다 스윈튼이라는 컨텍스트

틸다 스윈튼 Tilda Swinton
1960~

"틸다 스윈튼은 본인의 비범한 몸을
남성과 여성, 추상과 리얼리티 사이에서
관객이 교섭을 벌이는 장소로 제공하는 배우다."

　　　"틸다 스윈튼이 우주의 여왕이라던데, 사실인가요?" "내
가 제일 좋아하는 남배우!" "이 사람 외계인 연기한 적 없나?"
　　　IMDB 틸다 스윈튼 항목의 토론 게시판에 올라온 글 제
목 몇 개다. 작정한 농담이긴 해도 이 웅성거림 안에는 틸다 스윈
튼이라는 배우의 결정적 실루엣이 포함돼 있다. 180센티미터에 육
박하는 신장에 흐르는 이 세상 존재가 아닌 듯한 영묘한 아우라,
그리고 성별의 모호성androgyny. 이 두 가지는 동시대 영미권 여배우
가운데 그와 아울러 프리미어리그로 꼽히는 메릴 스트리프, 케이
트 블란쳇, 줄리앤 무어 등에게는 없는 틸다 스윈튼의 독보적인 속
성이다. 글을 쓸까 연기를 할까 망설이던 이십대의 틸다 스윈튼을
영화로 잡아 끈 전위적 퀴어 감독 데릭 저먼의 〈대영제국의 몰락
The Last of England〉(1987)에서 그를 처음 본 이래, 나는 스크린에서 하
얀 첨탑이나 북극성이라도 되는 것처럼 빛나는 이 기괴하게 아름
다운 배우의 행보에서 눈을 뗄 수 없었다(원래 첨탑이나 북극성은

고개를 들어 앙망하라고 있는 거다). 대개 배우의 얼굴은 우리가 잃어버린 얼굴이다. 사회생활을 하면서 타고난 자연스러운 표정을 잃고 '연기'를 하는 우리가 극장에서 보내는 시간을 즐기는 이유 중 하나는, 배우의 퍼포먼스를 보는 동안만큼은 어둠 속에서 비로소 연기를 멈추고 휴식할 수 있기 때문이라고 믿는다. 한데 틸다 스윈튼은 이례적인 경우다. 그는 영화가 신화의 지위를 포기한 이후, 현대 영화에서 사라지다시피 한 피안彼岸을 상징하는 얼굴, 말하자면 우리가 소유한 적 없는 얼굴을 갖고 있다. 오래전 그레타 가르보와 마를레네 디트리히가 점했던 자리에 '시대착오적으로' 서 있다고 해도 좋다. 그를 묘사함으로써 나는 이 환영幻影 같은 배우의 소매 끝을 잡아보려 한다. 어떤 대상에 대해 아무것도 쓸 수 없는 상태와 무엇이든 쓸 수 있을 것 같은 환각은 기묘하게 닮아 있는데, 이는 많은 글쟁이들이 걸려드는 끈끈이주걱이다.

깃발 같은
피사체

틸다 스윈튼을 내가 처음 보았을 때 그는 웨딩드레스를 찢어발기는 중이었다. 그는 데릭 저먼의 〈대영제국의 몰락〉 속에서, 탐스러운 붉은 머리채를 사나운 바람에 흩날리며 정원용 가위로 드레스를 자르고 이로 옷자락의 장미를 뜯어내고 있었다. 잉글랜드의 자연과 도시, 포클랜드 전쟁의 파편화된 이미지로 이루어진 〈대영제국의 몰락〉은 시간이 흐르면 배우의 이름이 아니라 오직 감독의 도전적 미학만 기억되는 종류의 영화였지만, 프레임을 스쳐간 무수한 얼굴 가운데 틸다 스윈튼만은 단독자로 관객의 뇌리에 남는다. 서사가 부재하는 이 영화에서 그는 개인이라기보다, 산업화 이전 시대의 가치를 그리워한 데릭 저먼이 동경한 르네상스적 아름다움을 의인화한 피사체이며, 움직이는 조상影像에 가깝다. 말하자면, 우리는 해 질 녘 폐허에서 여인의 형상을 하고 울부짖는 대영제국의 마지막 순수를 보는 것이다. 그런가 하면 저먼의 〈전쟁 레퀴엠〉(1989)은 스윈튼에게 대본 없는 4분간의 클로즈업을 할애했다. 한 평론가는 이 장면을 두고 "틸다 스윈튼의 몸은 보이는 스크립트, 육신의 내러티브다"라고 표현하기도 했다. 잉글랜드의 옛 이상은 사라진 꿈이 됐고, 급진적 자본주의를 추구하며 성소수자를 탄압한 1980년대 영국은 대처 정권이 지핀 악몽이라고 믿었던 데릭 저먼은, 산업화 이전 장인의 시대와 60, 70년대의 반문화를 그리워하며 섹슈얼리티 해방을 옹호하는 영화를 동지들과 만들었다. 그리고 틸다 스윈튼의 육체는 그 공동체의 깃발이었다. 저먼은 "내가 함께 작업한 모든 사람 중에 틸다만이 스크린을 변모시켰다. 남자는 그런 경우가 없었다"라고 말하기도 했다. 가장 전투적인 게이 예술가의 깃발이 여성이었다니 역설적이지만, 저먼이 죽은 후 평자들은 어쩌면 틸다 스윈튼이야말로 그가 품었던 이상적인 남성상이었을지도 모른다는 흥미로운 가설을 내놓기도 했다. 관습적 의미의 직업 배우로서 자신이 카메라 앞에서 제대로 기능할 수 있을지 확신하지 못한 상태에서 오직 데릭 저먼과 뜻이 통해 〈카라바조〉(1986)부터 〈블루〉(1993)까지 여덟 편의 영화를 만들었던 틸다 스윈튼은 1994년 그가 타계하자, 한동안 앓았고 연기를 멈춘 채 계속 배우로 살 것인가 숙고하는 시간을 보냈다. 그러나 저면의 죽음이 아니었다고 해도, 이념을 배우의 육체를 통해 표현하는 부류의 영화는 사라져가고 있었다. 배우로서 틸다 스윈튼의 1기는 그렇게 접혔다.

채색되지 않은
여백으로서의 백색

에일리언, 신, 신상神像. 틸다 스윈튼에 관한 기사에 빈번히 등장하는 단어다. 통상 여배우를 '여신'이라고 칭할 때는 대단한 미인이라는 의미로 '여女'에 방점이 찍히지만, 틸다 스윈튼의 경우는 '신神'에 악센트가 있다. 물론 우리는 신이 어떻게 생겼는지 모르므로 이 말은 엄밀히 따지면 스윈튼이 서양과 동양의 미술사에 남은 신의 형상을 닮았다는 의미일 것이다. 구체적인 예로는 16세기 이탈리아 매너리즘 화가 파르미자니노와 폰토르모가 그린 과장된 신체 비율의 성모마리아부터 떠오른다. 즉각적으로 대리석상을 연상시키는 큰 키와 석고 같은 이마, 강건하고 긴 목, 유니콘의 뿔처럼 오연한 코, 모든 것을 굽어보는 듯한 눈과 대비되는—아주 드물게 열릴 것 같은—얇고 다부진 입술, 그리고 자주 빛깔이 바뀌는 머리카락. 분장 전 평소 틸다 스윈튼의 모습은, 후천적이고 세속적인 요소들이 더해지기 이전의 형상, 기독교식으로 비유하자면 신이 자신의 이미지를 본떠 갓 만들어낸 인간의 원형처럼 보인다. 무엇보다 틸다 스윈튼은 압도적으로 하얗다. 설원 같은 피부는 큰 키와 어우러져 그를 화면 속 모뉴먼트처럼 두드러지게 만든다. 그는 프레임 중앙이 더없이 어울리며, 가까이서 촬영하지 않아도 관객의 시선을 끌어당겨 클로즈업 효과를 내는 배우다. 또한 어떤 남자 배우와 커플을 이루어도 상대의 존재감을 희박하게 만든다. 이 모든 사항은 틸다 스윈튼에게 배우로서 특권인 동시에 핸디캡으로 작용한다.

월광처럼 조요한 흰 빛을 발하는 이 배우에게는 다이아몬드보다 진주 장신구가 어울린다. 백인 중의 백인이라 할 만한 스윈튼의 아름다움은, 2010년 이 배우를 인터뷰한 저널리스트 에이미 라로카의 표현대로 '정치적으로 너무나 불공정해서' 감탄할 때마다 마음 한구석이 불편하기까지 하다. 하지만 백인 관객들도 그녀를 이족異族처럼 느낀다는 점을 기억해야 한다. 게다가 스윈튼은 평소 거의 화장을 하지 않는다. 〈마이클 클레이튼〉의 변호사 연기로 조연상을 탄 2008년 오스카 시상식에 그는 검은 튜닉에 색조 화장기 없는 얼굴로 나타나 작은 소요를 일으켰다. 오스카 레드카펫 기준으로는 누드나 진배없다는 평을 받은 이날의 스타일은 주변의 여배우들을 쇼윈도의 마네킹처럼 보이도록 만들어버렸고 TV 화면으로 그를 본 전 세계 시청자들의 눈에 스윈튼은 창백한 외계인처럼 비쳤다. "화장은 일종의 갑옷일 수 있는데 나는 화장으로 강해진다는 느낌이 없어서 필요를 모르는 케이스다." 메이크업에 대한 스윈튼의 입장이다. 하얀 배우. 하나의 색상과 이처럼 밀접하게 연관되는 스타의 예는 드물 것이다. 아니, 틸다 스윈튼이라는 배우를 휘감은 백색은 많은 색채 중 하나라기보다 채색되지 않은 여백의 그것이며, 『모비딕』 이스마엘의 표현대로 "모든 색의 부재인 동시에 모든 색의 종합"으로서의 초월하고 포용하는 흰색이다(『색의 수수께끼』마가레테 브룬스, 조정옥 옮김, 세종연구원, 1999, 213쪽에서 재인용).

데릭 저먼 이후 영화감독들은 틸다 스윈튼이 가진 순백의 초월적 이미지를 보다 직설적인 방식으로 활용했다. 위악 없이 잔혹한 아름다움의 본보기를 보여주는 〈나니아 연대기〉 시리즈의 하얀 마녀 역과 〈콘스탄틴〉(2005)에서 세계를 멸망으로 몰고 가려는 천사장 가브리엘 역이 전형적 사례다. 서른 살에 이르러 남성에서 여성으로 변신하는 〈올란도〉(1992)의 영국 귀족 올란도는 "병들지도 늙지도 말라!"는 엘리자베스 1세의 명을 받고 스르륵 영생의 존재가 됐고 1996년 작 〈여성의 도착Female Perversions〉은 밧줄에 묶인 여신상처럼 보이는 스윈튼의 나신 숏으로 영화를 열었다. 스윈튼의 첫 할리우드 메이저 영화인 〈비치〉(2000)에서 태국의 외딴 섬에 코뮌을 건설하고 지배하는 족장 틸다 스윈튼이 나른하게 가로누워 있는 숏은, 영화 도입부에서 주인공 리어나도 디캐프리오가 방콕에 도착하자마자 보는 거대 와불臥佛의 이미지와 신통하게 공명한다. 그런가 하면 짐 자무시 감독은 〈리미츠 오브 컨트롤〉(2009)에서 틸다 스윈튼에게 실버 블론드 가발을 씌우고 하얀 중산모와 장갑, 흰테 선글라스와 투명한 우산으로 그의 몸을 꽁꽁 감싸서 주인공인 킬러에게 메신저로 파견했다. 상류층 부인이 관능과 열정에 눈을 떠 '인형의 집'을 뛰쳐나간다는 간추리면 극히 전형적인 스토리의 〈아이 엠 러브〉(2009)가 "사랑은 우리를 구원하는 동시에 파괴한다"는 깊숙한 암시까지 영화적으로 전달할 수 있었던 저력은 흠잡을 데 없이 완벽한 안주인이면서도 가족 가운데 이질적 존재로 불가피하게 두드러지는 틸다 스윈튼의 외모와 품위에 크게 빚지고 있다.

앤드로지니의
매혹

빈 도화지 같은 틸다 스윈튼의 얼굴과 몸은 작은 변수만 움직여도 변화의 진폭이 크다. 립스틱을 바르느냐 바르지 않느냐, 속눈썹과 머리칼을 어떻게 물들이느냐에 따라 팜파탈에서 남자로 건너뛰고, 천사와 마녀, 인간과 오브제의 영역을 횡단한다. 서사영화에서 그가 가장 빈번히 뛰어넘는 경계는 물론 성별이다. "데이비드 보위 전기 영화가 제작된다면, 단연 틸다 스윈튼이 적격이다"라는 여론이 대변하듯 스크린 위의 틸다 스윈튼이 은연중에 환기시키는 화두는 성gender의 정체란 무엇이냐는 회의다. 실생활에서 틸다 스윈튼은 "신사분sir"으로 잘못 불리는 일이 흔하다고 한다(본인은 립스틱을 안 발라서일 거라고 생각한다). 몇 가지 일화도 있다. 영국군 소장이었던 아버지와 남자 형제들 사이에서 자란 스윈튼에게는 어머니의 드레스보다 아버지의 제복과 구두, 훈장이 더 인상적인 이미지로 남아 있으며, 일주일 동안 예뻐지는 것과 한 시간 동안 아버지만큼 잘생겨지는 마법 중 하나를 선택하라면 후자를 골랐을 거라고 인터뷰에서 언급했다. 앤드로지니의 아이콘인 그는 공교롭게도 이란성 남녀 쌍둥이를 낳았다. 틸다 스윈튼은 연극 〈맨 투 맨〉에서 남편이 사망한 후 생계를 위해 남편으로 가장해 여생을 살아간 여인을 연기했고, 〈모차르트와 살리에리〉에서는 역사상 가장 중성적인 천재인 모차르트로 분하기도 했다. 흥미로운 점은 그가 남자 연기에 별다른 어려움을 느끼지 않으며 심지어 여성 역할이 좀 더 어렵다고 토로한다는 점이다.

부치지 못한 헌사

남성과 여성을 포괄하고 자유롭게 오가는 완전체를 뜻하는 앤드로지니는, 생물학적으로 남녀의 생식기관을 한 몸에 가진 사람을 일컫는 헤르마프로디테hermaphrodite와 달리 추상적 개념이다. 그러나 앤드로지니가 영화 속에서 배우의 육체를 통해 제시되는 순간—예컨대 우리가 여성임을 아는 배우가 극 중에서 남성을 연기하고 화면 안에서 양성을 모두 매혹할 때—그것은 더 이상 투명한 관념일 수만은 없으며 특별한 에로티시즘을 발산한다. 수전 손택이 썼듯이 "가장 정제된 형태의 성적인 매력, 그리고 가장 세련된 형태의 성적 쾌락은 자기 성에 역행하는 부분에서 나온다. 강한 남자에게서 가장 아름다운 부분은 여성적인 면이고 여성스러운 여자의 가장 아름다운 부분은 남성적인 요소다"(「캠프에 관한 단상」에서). 그렇다면 영화에서 앤드로지니와 크로스드레싱(반대 성의 옷을 입는 일)은 어떻게 구별해야 할까? 영화 의상과 정체성 관계를 연구한 스텔라 브루치에 따르면 남장 여자, 여장 남자를 모티프로 한 숱한 코미디와 드라마에서 인물의 '진짜 성'은 시종일관 고정돼 있으며 그것이 폭로되는 순간은 대단원의 이성애 짝짓기를 예비하는 위기로 기능한다. 반면 〈모로코〉에서 남장한 마를레네 디트리히가 남녀 관객을 홀리는 장면이나 〈퀸 크리스티나〉의 그레타 가르보가 남자로서 행동하는 장면은—시퀀스 단위에 한정된 것이라 해도—코미디나 서스펜스와 무관하게 포괄적인 성(앤드로지니)을 구현한다. 출세작 〈올란도〉에서 스스럼없이 두 성을 월경하고 〈콘스탄틴〉에서 남성복을 입은 천사로서 시종 중성성을 견지한 틸다 스윈튼은 이 계보를 잇고 확장한 배우다. 앤드로지니가 영화 속에 구현될 때 관객과 배우 사이에는 통상보다 복잡한 매혹의 메커니즘이 작동한다. 남자로 보이는 여성 인물에게 여성과 동일시하는 남성 관객이 끌릴 수도 있고 게이 남성과 동일시한 여성 관객이 끌릴 수도 있으며, 극 중 앤드로지니를 여성성 강한 남성 캐릭터로 수용할 경우 일련의 다른 방향 화살표들도 성립 가능하다.

여장하는
여배우

중성성 혹은 유동적 성을 체현하는 배우 틸다 스윈튼이 명백한 여성으로 분할 때 그의 연기는 어떤 특징을 드러내는가? 요컨대, 스윈튼의 여성 인물은 '연기된 여성'이다. 이 무슨 김새는 동어반복? 우선 데릭 저먼 감독의 극영화 〈에드워드 2세〉(1991)의 이사벨라 왕비를 보자. 고증을 무시하고 촬영된 이 사극에서, 이사벨라는 장면마다 패션지에서 튀어나온 듯한 디자이너 드레스를 갈아입고 홀로 조명을 받으며, 충만하다 못해 체기를 일으키는 듯한 여성성femininity을 발산한다. 게이 왕 에드워드 2세에게 사랑받지 못해 쿠데타를 사주하고 급기야 흡혈귀가 되는 악녀로 묘사된 이사벨라는, 당대에 게이 예술가의 텍스트가 보여주는 여성혐오적 캐릭터의 표본이라는 비판을 받았다. 그러나 2003년 발표된 니알 리처드슨의 논문 「데릭 저먼의 〈에드워드 2세〉에 나타난 틸다 스윈튼의 퀴어 퍼포먼스」는 이사벨라를, 게이 커뮤니티가 숭배하는 '디바' 캐릭터로 재해석한다. 마돈나나 조앤 콜린스처럼 사회적

부치지 못한 헌사

억압 때문에 게이 남성들이 공공연히 드러내지 못하는 여성적 측면을 대리 해소해주는 과잉된 여성성의 아이콘이라는 뜻이다. 또, 리처드슨은 여성혐오가 투영된 악녀의 일반적 성향과 달리 히스테리를 부리고 비이성적인 쪽은 오히려 에드워드 2세와 가베스톤이라는 점에도 주목한다. 허리와 가슴을 강조하는 이사벨라의 의상이 스윈튼의 중성적 체형과 이루는 대비는 모든 성gender은 인위적 구성물이라는 메시지를 발신하고 있다는 해석도 덧붙였다.

〈리미츠 오브 컨트롤〉에서 스윈튼이 분한 정체 모를 은발 여인 역시 여성복 카탈로그에서 튀어나온 것 같은 차림을 하고 있는데 그 작위성이 가장假裝에 육박해서, 도리어 졸라 맨 바바리 안에서 남자의 몸이 드러난다 해도 이상하지 않을 것처럼 느껴진다. 그런가 하면 에리크 종카 감독이 연출한 〈줄리아〉의 불안정한 알코올중독자 줄리아와 〈마이클 클레이튼〉의 카렌은 캐릭터의 성격 자체가 연기자다. 울긋불긋한 야한 입성으로 매일 아침 숙취에 신음하며 모르는 남자의 침대에서 깨어나는 줄리아는 섹시하고 센 여성이라는 셀프 이미지에 맞춰 끝없이 거짓말을 하고 속이 들여다보이는 '연기'를 한다. 한편 〈마이클 클레이튼〉의 출세 지향적 변호사 카렌은 집에서, 화장실에서 사람들에게 지을 표정과 말을 부단히 연습한다. 여성 캐릭터로서는 보기 드물게 흥건한 겨드랑이 땀을 닦는 장면으로 화제가 됐던 카렌은 슈퍼우먼의 역을 철저히 연기하려는 목적에 삶을 헌납한 병적인 배우다.

예측하기 어려운 궤적을 그리는 틸다 스윈튼의 필모그래피에서 모성은 거의 유일하게 반복 등장하는 모티프다. 스윈튼이 연기하는 어머니 혹은 유사 어머니는 예외 없이 모성에 대한 세속의 통념과 불화한다. 〈딥 엔드〉(2001)는 게이 아들을 살인죄에서 구해내기 위해 누구의 도움도 없이 고군분투하는 전업주부가 협박범의 대리인과 이상한 유대감을 느끼는 드라마였다. 2006년 작 〈스테파니 데일리〉에서 신생아를 버린 십대 소녀를 인터뷰하며 모성에 내재된 공포를 직면하는 임산부로 분했던 스윈튼은, 2011년 〈케빈에 대하여〉를 통해 유사한 지점으로 회귀했다. 〈줄리아〉 〈아이 엠 러브〉 〈케빈에 대하여〉는 스윈튼의 모성 3부작으로 묶이기도 한다. 줄리아는 돈 때문에 납치한 아이를 다시 납치당하면서 엄마의 정체성을 엉겁결에 뒤집어쓴다. 〈아이 엠 러브〉의 엠마는 자녀들이 장성해 양육의 의무가 끝날 무렵 아들의 친구와 사랑에 빠지며 돌연 개인으로서 거울 앞에 앉는 어머니다. 충실한 내조자, 자애로운 엄마, 품위 있는 안주인으로서 1그램의 과부족도 없는 엠마의 모습은 너무 완벽해 역시 위태로운 연극으로 보인다. 이 우아한 어머니가, 머리를 썩둑 자르고 선머슴 같은 트레이닝복을 입었을 때 비로소 여성으로 눈뜨는 연출은 다분히 틸다 스윈튼이라는 배우의 묘한 외모를 활용한 설정이다. 최근작 〈케빈에 대하여〉의 에바는, 모성애가 모든 여성에게 자연스럽게 내면화되는 감정이 아니라 일정 부분 사회적으로 구축된 규범이라는 점을 호소하고, 부모의 교육에 따라 자녀의 삶이 하나의 수제품처럼 빚어질 수 있다는 미신을 반박하는 캐릭터다. 에바는 엄마가 되는 두려움을 극복하기 힘들다는 바로 그 이유로 임신에 도전하고 훌륭한 모성을 '연기'하기 위해 필사적으로 노력하지만 실패한다. 임산부 역할에 적응하려고 애쓰는 원작 속 에바의 독백은, 틸다 스윈튼의 연기가 여러 영화 속에서 드러낸 여성과 모성이라는 관념의 허구

부치지 못한 헌사

성을 묘사하는 듯하다. "난 진부한 광경에 대한 새로운 접근을 시도했어, 내숭 떨기, 뒤로 미루기, 어리둥절하기, 괜히 퉁명스러운 척하기, 감정의 과잉표출. '아이, 자기야!' 그 어느 것도 내겐 적절해 보이지 않더군."

액팅 < 퍼포먼스

앞서 검토한 대로, 틸다 스윈튼이라는 배우에게 있어서 궁극적 질문은 "어떻게 보이는가?"이다. 기존 인터뷰를 종합해보면 그는 연기acting보다 공연performance이라는 개념에 무게를 둔다. 이는 소위 진정성 유무와는 무관한 연기에 대한 기술적 접근 방식의 문제이며 그의 대사 처리가 취약하다는 의미는 더욱 아니다. 〈아이 엠 러브〉에서 러시아 출신 여성으로 분해 영화 대부분을 이탈리아어로 연기하면서도 스윈튼은 억양에 까다로운 유럽 평론가들에게 트집을 잡히지 않았다. 〈줄리아〉에서 스윈튼은 불안정하면서도 에너지가 넘치는 줄리아로 분해 어떤 메소드 연기자보다 철저하게 영화 전체를 씹어 삼켰다가 토해내는 표현적 연기를 보여준다. 〈줄리아〉는 말하자면, 사람이 엉망진창이 되는 모습 중에도 완벽한 엉망진창이라는 것이 있음을 알려주는 영화다. 〈줄리아〉는 따라서 틸다 스윈튼 영화 가운데 가장 액팅에 가까운 연기가 담긴 작품이기도 하다. 배우 본인도 "내 안에 줄리아가 없었고 줄리아 안에 약간의 틸다가 있었다"는 점에서 이 작품과 여타 영화의 연기를 구별한 바 있다.

스윈튼은 "나는 배우라기엔 부족하다"며 "실은 배우actress 는커녕 공연자performer가 된 것조차 실수다"라고 여러 번 말했다. 그를 이해하고자 구분을 시도해보자면 액팅은 연극, 텔레비전, 영화에서 가상 인물의 성격을 형상화하는 예술이다. 관객이 있고 없고는 액팅의 성립에 결정적이지 않다. 반면 퍼포먼스는 어디까지나 노래, 연주, 몸짓을 포함해 언제나 관객을 상정하는 행위다. 스스로 '도제 시절'이라 부르는 데릭 저먼과의 실험적 작업이 남긴 흔적인지 틸다 스윈튼은 말보다 몸으로 표현하려는 성향이 강한 배우고 유성영화가 도래한 이후 영화는 나빠졌다고 믿는 고답적 취향의 소유자다. 그에게 최고의 칭찬은 본인의 연기를 버스터 키턴의 그것에 비교하는 평이다. 대다수 영국계 배우들이 그렇듯 스윈튼 역시 연기를 신비화하지 않는다. "우리는 실제 인간이 아니라 인물의 메타포를 연기하는 거다"라고 선을 긋는가 하면, 눈물 연기를 할 때는 극 중 인물이 되어 우는 게 아니라 캐릭터를 위해 우는 거라 여긴다. 의미심장하게도 잡지 〈모노.쿨투어Mono.Kultur〉와의 인터뷰에서 스윈튼은 글을 쓸 때와 연기할 때 같은 근육을 쓴다고 표현했다. 반면 〈나니아 연대기〉나 〈마이클 클레이튼〉처럼 정교한 각본의 부품이 되어 하는 연기와 〈줄리아〉나 〈올란도〉처럼 한 캐릭터가 중심이 되는 영화의 연기는 목수 일과 배관 일만큼 동떨어진 작업이라고 말했다. 스스로를 배우로 정의하는 데에는 인색한 반면, 마음에 드는 영화를 만들기 위해 감독과 손잡고 투자자를 몇 년씩 설득하거나 35대째 가문이 터를 잡고 살아온 스코틀랜드에서 지역 영화제를 기획하는 일은 명백히 자기의 업이라고 여기는 태도까지 알고 나면 틸다 스윈튼이 머릿속에 그리는 업

부치지 못한 헌사

무 벤다이어그램은 일반적인 배우의 그것과 상당히 다름을 알 수 있다.

틸다 스윈튼은 배우를 감독의 모델로 취급하는(긍지 높은 배우들이 대부분 반발하는) 로베르 브레송의 연기론에 동조한다. 심지어 〈당나귀 발타자르〉의 당나귀가 이상적 연기의 모델이라고 공언할 지경이다. 〈모노.쿨투어〉와의 같은 인터뷰에서 그는 브레송 영화를 사랑하는 이유를 스스로를 스크린에서 본 적이 없는 사람들을 카메라로 바라보기 때문이라고 설명했다. "적나라하게 보이게 된다"는 퍼포먼스의 속성과, 연기하는 자신을 스크린에서 볼 수 있다는 영화 연기의 특성 사이의 모순을 민감하게 의식하고 있는 그는 브레송 영화에서 이뤄진 두 행위의 통합에 깊은 인상을 받는 것이리라. 데릭 저먼을 여읜 이듬해인 1995년 틸다 스윈튼은 런던 서펀타인 갤러리에서 유리 상자 안에 들어가 하루 여덟 시간씩 잠을 자는 〈The Maybe〉라는 제목의 퍼포먼스를 했다. 이 아이디어의 핵심은 관객이 그를 원하는 거리와 각도에서 선택한 시간만큼 지켜볼 수 있는 반면(시집을 읽어준 관람객도 있었다), 응시의 대상이 된 공연자는 잠이 들어 공연 순간에는 응시를 의식할 수 없다는 점이었다. 말하자면 〈The Maybe〉는 "연기하는 순간 관객이 부재하는 공연"인 영화 연기의 본질에 대한 그의 사색이기도 했다.

그처럼 틸다 스윈튼은 본인의 비범한 몸을 남성과 여성, 게이와 스트레이트, 인간과 신성, 추상과 리얼리티 사이에서 관객이 주체적으로 교섭을 벌이는 장소로 제공하는 희한한 배우다. 평범한 화면 속에서도 연초점으로 촬영된 듯 미스터리를 안개처럼 두르고 있는 그의 '미친' 존재감은 〈케빈에 대하여〉에서 케빈이 이혼을 논의하는 부모에게 던졌던 "내가 (이혼의) 맥락이잖아!(I'm the context!)"라는 한마디와 짓궂은 우연처럼 들어맞는다. 틸다 스윈튼, 그가 바로 컨텍스트다. 2012. 8.

부치지 못한 헌사

각성하는 영화

달의 아이

문라이트 Moonlight
감독 배리 젠킨스, 2016

"어둠 속에서도 우리의 눈이 찾아가는 윤곽과 움직임과 색깔.
그것들이 개인의 생을 지탱한다."

　　　작가 터렐 앨빈 매크레이니와 배리 젠킨스 감독이 기억
하는 1980년대 마이애미 서민 공공주택 단지는 젊은이들이 의식
적으로 사력을 다하지 않으면 빈곤과 범죄, 마약중독의 악순환에
서 인생을 건져내기 어려운 곳이다. 서로를 알지 못한 채 세 블록
떨어진 이웃에 자라며 같은 초등학교를 다녔고 똑같이 마약중독
에 시달린 독신 어머니를 두었던 두 사람은 동네를 벗어나 작가와
감독이 됐고 〈문라이트〉를 각색하며 처음으로 만났다. 영화의 주
인공 샤이론은 매크레이니처럼 게이이며, 친절한 동네 마약상 아
저씨에게 가족이 주지 못한 보살핌을 받았다. 젠킨스는 풋볼과 육
상에 뛰어난 이성애자였고 아버지가 없다는 사실도 담담히 받아
들인 우등생이었으나 샤이론처럼 혈연과 무관한 세 어른의 선의
에 힘입어 성장했다고 한다. 생물학적 아버지임을 부정한 남자—
젠킨스는 그의 말이 사실일 거라고 판단한다—의 어머니, 십대에
아이들을 낳고 중독으로 고생하는 생모를 거두어준 선량한 아주

머니, 젠킨스의 글쓰기 재능을 깨우쳐준 외지 출신 백인 여성 교사가 그들이다.

〈문라이트〉는 열 살, 열일곱 살, (아마도) 삼십대 초반의 샤이론을 해당 연령대의 다른 배우가 연기하는 3부로 구성돼 있다. 많은 관객이 관찰하듯 샤이론 역의 알렉스 히버트, 애슈턴 샌더스, 트리반테이 로즈는 그리 닮지 않았다. 셋을 연결하는 고리는 그들의 눈동자 안에서 가냘프게 타오르는 희구다. 타인을 상대하는 몸놀림과 머릿속에 휘몰아치는 생각 가운데 무엇을 입 밖에 낼 것인가를 신중하게 고르는 '사이pause'들이다. 예컨대 1부에서 친구 얼굴에 묻은 핏자국을, 3부에서는 엄마의 눈물을 본능적으로 훔쳐주는 손가락이다. 따라서 세 배우의 외양은 1, 2, 3부의 연속성을 확인시키기보다 각 챕터가 보여주지 않은 시간이 샤이론이라는 인간에게 무엇을 남겼는지를 하나의 이미지로 우리에게 던진다. 1부와 2부 사이에 샤이론은 후안 아저씨를 잃었고 엄마의 중독 악화를 목격했다. 2부와 3부 사이에 샤이론은 감옥살이를 통해 불법적 직업을 택했고 세상이 인정하는 강자의 모습으로 변신했다. 이 사건들은 다음 챕터의 샤이론에게 흔적을 남긴다. 결과를 봐서는 믿을 수 없게도 배리 젠킨스 감독은 세 배우가 서로를 모방할 수 있도록 촬영분을 보여주거나 미팅을 소집하지 않았다고 한다. 〈문라이트〉에서 각 챕터의 제목 '리틀' '샤이론' '블랙'은 시기마다 주인공을 규정한 아이덴티티를 호명한다. 젠킨스는 챕터마다 약간의 프롤로그를 두어 관객이 소제목의 의미를 반쯤 상상하며 샤이론을 지켜보도록 편집했다. 체구와 몸짓이 여러 '리틀'로

각성하는 영화

불렸던 꼬마는 십대에 이르러 첫사랑을 통해 게이 정체성을 확정하고 삼십대에는 터프한 마약상으로 사회적 자아를 구성해 사랑했던 친구가 붙여준 이름 블랙을 닉네임으로 택한다.

영화의 제목과 어울리게도, 샤이론은 우리가 지켜보는 동안 어둠 속에서 세 번의 중요한 만남을 경험한다. 1부에서는 또래들에게 쫓기다 숨은 컴컴한 마약 창고에서 쿠바 출신 동네 딜러 후안(마허셜라 알리)에게 발견돼 유사 부자관계를 시작하고, 2부에서는 집과 학교 양쪽에서 떠밀려 발길이 닿은 달밤의 해변에서 친구 케빈(자렐 제롬)과 첫 성 경험을 한다. 3부의 어둠은 보다 아늑하다. 빛나는 성공은 아닐지언정 세상 속에 자리 잡은 샤이론은 고향의 쿠바 식당에서 일하는 케빈을 찾아간다. 엷은 빛으로, 사방을 에워싼 어둠 속에서도 우리의 눈이 찾아가는 윤곽과 움직임과 색깔. 대낮에는 약하고 희미한 그것들이 개인의 생을 지탱한다.

백인이 아닌 유색인 빈곤층 캐릭터의 불리한 환경, 성소수자 차별, 마약중독, 학교폭력 등 〈문라이트〉가 다루는 소재 중 우리에게 생경한 것은 없다. 한편 참신한 것은 나머지 거의 모두다. 〈문라이트〉의 이야기는 비참으로부터 구원에 이르는 서사의 표준을 벗어나며, 형식적으로는 사회에 기인한 불행을 묘사하는 영화들이 자동적으로 채용하는 자연주의 미학을 택하지 않는다. 배리 젠킨스는 무엇을 보여주고 들려줄 것인지, 가리고 묵음시킬 것인지를 거의 시인이나 건축가의 엄밀한 태도로 통제한다. 그렇게 정제된 결과물은 거의 완벽한 비율로 조합된 음향과 침묵, 이미지와 생략이다. 가로등 없는 해변의 파도 소리. 친구가 무안하지 않도록 정액을 가만히 모래 위에 문질러 닦는 소년의 손, 회전수를 늦춘 힙합, 말수 적은 소년의 희열과 각성을 대신 노래하는 현악기의 코러스. 상태가 악화된 엄마의 고함은 소년의 관객에게도 차단되고 그의 성난 움직임은 붉은 조명 아래 현실인지 꿈인지 명멸한다. 각본가 매크레이니는 이 신에 대해 다음과 같이 묘사하기도 했다. "그런 날이면 분명 내가 엄마를 보고 있으면서도 보고 있지 않은 것 같았다." 1인칭 주인공 내레이션을 쓰지 않았는데도 〈문라이트〉에서 시종 샤이론의 보이스오버가 들리는 듯한 착각은 촬영과 음향에 기인한다.

무엇보다 〈문라이트〉가 관객에게 '개안'의 느낌을 안겨주는 까닭은, 흑인의 남성성을 재현하는 방식이 지금까지 일상적으로 접해온 블랙무비들과 다른 데에 있다. 미국영화에서 젊은 흑인 남성 캐릭터가 걷는 길에는 전형이 있다. 폭력을 휘두르거나 폭력에 희생되거나, 마약에 중독되거나 마약상이 되거나, 경찰에 체포되거나 경찰 시험에 합격해 백인 파트너 앞에서 순직하거나 등등. 배리 젠킨스 감독의 〈문라이트〉에도 언급한 내용 중 일부가 불가피한 현실로서 포함돼 있다. 그러나 〈문라이트〉에는 스크린에서 접하기 어려웠던 아프리카계 미국인 남성의 이미지들이 있다. 주인공 샤이론은 남이 보는 앞에서 눈물을 흘리고 근육질의 팔뚝으로 친구의 전화를 조심스레 받는다. 배리 젠킨스의 흑인 남성 캐릭터들은 터프함 혹은 터프함의 결핍에 관해서 말고 다른 화제로 대화한다. 이를테면 〈문라이트〉에는 두 흑인 남자아이가 바닷가에서 불어오는 바람이 가져다주는 미묘한 감각에 대해 말하는 장

각성하는 영화

면이 있다. "그럴 땐 울기도 해?" "울 것 같지만 울진 않지, 너는?"
"나는 너무 울어서 온몸이 눈물방울로 변할 것 같아." "큭, 그래서
바다로 흘러들어 가기라도 하려고?"

어린 샤이론이 물에 뜨는 법을 배우는 장면의 이미지는
거의 신화적인데 소년을 요람에 든 아기처럼 받쳐 든 후안의 모습
은 어머니의 그것에 가깝다. 관객은 신성한 침례浸禮 같은 이 광경
을 지켜보다가 문득 미국영화에서 흑인 성인 남자가 아이를 안아
보살피는 이미지를 본 적이 있나 기억을 되짚어보게 된다. 그리고
이때 후안은 힘이 아니라 힘을 빼는 일에 관해, 세상 속에서 자리
를 찾아가는 일에 대해 아이에게 들려준다. 수많은 영화에서 그렇
지만 물은 〈문라이트〉에서도 매우 중요한 이미지이며 그래서 공
들여 찍혀 있다. 제임스 랙스턴의 카메라와 조명은 눈물, 세면대의
얼음물, 욕조의 비누거품, 바다 그리고 마이애미의 무더운 대기와
인물들의 피부에 감도는 습기를 세심히 잡아낸다. 내가 과문한 탓
이겠지만 흑인 배우들의 피부 톤을 〈문라이트〉처럼 인물의 상태
에 맞춰 아름답게 표현한 영화는 기억에 없다.

〈문라이트〉는 먹고 먹이는 행위가 중요한 영화다. 대화
장면에 마땅한 맥락이 없어서 식사가 그냥 들어가는 설정이 아니
다. 이 영화에서 고비나 계기가 되는 음식들은 모두 전혀 특별할
것 없는 일용할 양식이다. 못살게 구는 친구들을 피해 창고에 숨
은 어린 샤이론을 후안이 데려가 처음 마주 앉은 장소는 패스트
푸드 레스토랑처럼 보이는 동네 음식점이다. 통 말이 없는 소년의
목소리를 듣고 싶어 후안이 장난삼아 쟁반을 뺏자 꼬마는 놀랍게

도 대들거나 대답을 들려주는 대신 고개를 푹 숙이고 차라리 먹기를 포기한다. 주인공이 얼마나 일찍 단념을 받아들인 인물인지 단적으로 드러나는 찰나다. 그날 저녁 후안과 테레사(저넬 모네이)의 집에서 샤이론은 다시 접시 하나에 담긴 간소한 식사를 한다. 그에게 대리 부모 역을 하는 후안과 테레사의 식탁에서 샤이론은 오렌지주스 한 잔을 앞에 두고, 평범한 튀김에 포크를 놀리며, 자신에 대해 처음으로 고백하고 질문한다. 후안과 테레사가 샤이론에게 준 것 가운데 따뜻한 음식과 깨끗한 시트는 "네가 어떤 사람이 될지 결코 남이 결정하게 하면 안 된다"라는 교훈만큼이나 중요하다. 극 중에서 샤이론은 곤히 잠들었다가 깨어나는 두 번의 아침을 엄마와 사는 집이 아니라 테레사의 집 침대 위에서 맞는다. 세월이 흘러 3부에서 성인이 된 샤이론에게 한 끼를 만들어주는 이는 오랜 친구이자 유일한 사랑인 케빈(안드레 홀랜드)이다. (공교롭게도 후안의 고향인) 쿠바 음식점 요리사로 취직한 케빈은 십수 년 만에 재회한 샤이론에게 '셰프 스페셜'을 대접한다.

애틀랜타에서 마이애미까지 먼 길을 운전해온 샤이론이 식당에 들어설 때 딸랑거리는 방울 종 숏으로 시작해 샤이론과 케빈이 가게 문을 닫음과 동시에 울리는 방울 종 숏으로 마무리되는 재회의 식사 시퀀스는, 그 자체로 밀봉된 낙원이다. 시간의 밀도는 올라가고 심장박동이 느려지고 진실이 옷깃을 푼다. 그래, 어쨌든 저들은 무사히 어른이 됐어. 이렇게 될 일이었어. 여태 샤이론의 30년 인생을 따라온 관객은 처음으로 휴식을 맛본다. 주크박스 덕택에 우선 왕가위 영화가 떠오르지만, 참았다 내쉬는 긴 날숨과도 같은 이 아름다운 시퀀스는 궁극적으로 비밀스런 안온

각성하는 영화

함으로 가득한 허우샤오시엔의 러브 스토리 〈쓰리 타임즈〉의 1부로 기억을 이끌어간다.

그러나 감정의 협상은 어디까지나 미묘하다. 샤이론은 오랜만에 먼저 연락해온 케빈이 반갑고 한 공간에 있음에 행복하지만 그의 진의를 몰라 조심스럽다. 이미 20년 전 "(네가 약하지 않단 걸) 난, 알아. 하지만 보여주지 않으면 아무도 모르잖아"라고 샤이론을 통찰했던 케빈은, 기억 속 친구가 얼마나 그대로인지 얼마나 변했는지 살핀다. 샤이론이 메뉴에서 고를 건지, '셰프 스페셜'을 먹을 건지 답하지 않고 물끄러미 자기를 바라보자 "여전하구나?"라고 미소 지으며 결정을 대신하는 케빈의 얼굴에서는 일종의 안도가 읽힌다.

배리 젠킨스가 두는 신의 한 수는, 뜻밖에도 주방으로 들어가는 케빈을 따라가 굽고 데우는 동작을 찬찬히 지켜보는 연출이다. 역시나 이번에도 요리는 미식과 거리가 멀다. 데운 밥과 치킨, 구운 양파가 전부다. 영화는 넌지시 말하는 중이다. 서로가 보이지 않는 곳에서 소박한 음식을 기다리고 준비하는 이 시간과 바꿀 만한 것은 없다고. 음식을 올린 접시를 테이블에 내려놓은 케빈은 특별한 날을 기념하기 위해 와인을 가져온다. 마시다 남은 하우스 와인, 겹쳐진 두 개의 투박한 플라스틱 컵은 〈문라이트〉식 스페셜 디너의 완벽한 마무리다. 둘의 삶에서 어쩌면 길이 중요할 수도 있는 대화는 손님들의 주문과 계산, 전화벨 소리로 연신 끊겼다 이어지길 반복한다. 그리고 샤이론의 품성처럼 부드러운 점프컷이 조각난 시간을 봉합한다. 배리 젠킨스는 대화의 단절을, 숭고한 시간에 틈입하는 일상을 부정하지 않은 채 호흡을 이어나간다. 그리고 그 자리에서 결론을 내지 않은 채 시퀀스 바깥으로 걸어 나간다. 나는 줄곧 숨죽이며 마음을 졸이고 다음 순간 감독의 현명한 판단에 감탄하며 케빈과 샤이론의 재회에 함께했다.

　　미국 소년 성장담인 〈보이후드〉와 〈문라이트〉를 비교하려는 충동은 자연스럽다. 특히 열 살 샤이론이 당장 의미를 알지 못한 채 스쳐가는 경험을 스크랩한 〈문라이트〉의 1부는 인생의 '스냅숏'을 이어가는 〈보이후드〉의 양식과 비슷한 점이 있다. 말하나마나 차이도 명백하다. 〈문라이트〉는 세 명의 배우가 다른 나이대를 연기하는 일반적 방식으로 만들어졌고 〈보이후드〉와 달리 대체로 샤이론의 성장에서 결정적 이벤트를 따라간다. 〈문라이트〉의 관객은 유년의 끝이 언제인지 정확히 지목할 수 있다. "아저씨, 마약 팔아요?" "우리 엄마, 마약 해요?" 후안이 고개를 끄덕이자 어린 샤이론이 말없이 화면 밖으로 문을 닫고 나가는 순간이다. 내가 좋아하는 아저씨가, 내가 싫어하는 엄마를 싫은 사람으로 만든 원인 제공자라는 괴상한 진실에 직면한 것이다. 세상의 모순과 삶의 비논리성을 마주친 그날 샤이론은 유년을 뒤로한다. 그러나 가장 단순하고도 결정적인 두 영화의 차이는 주인공이 속한 인구 집단이다. 메이슨(엘라 콜트레인)은 텍사스 중산층 이성애자 백인 소년이고 샤이론은 마이애미 빈민가 게이 흑인 소년이다. 리처드 링클레이터 감독은 18년간 치명적 비극이나 상실이 나오지 않는 〈보이후드〉의 서사를 향한 비판에 대해 "지금 영화를 보고 있는 우리 대다수는 우여곡절이 있지만 대체로 평탄하게 여기까지 왔다"라는 요지의 대답을 했으며 그것이 〈보이후드〉가 충실한 리얼리티다. 한편 마약, 빈곤, 범죄는 〈문라이트〉가 재현하는 인구 집단에게 특별하지 않은 현실이다. 〈보이후드〉는 일상성을 앞세운 예술영화, 〈문라이트〉는 소수자의 '비참 포르노' 사회문제 영화라고 가를 수 없다고 여기는 까닭이다. 샤이론과 메이슨의 성장은 객관적 조건이나 문화를 바꾸는 위업은 아니지만 본인뿐만 아니라 그들을 염려하고 돌본 타인들에게 매우 귀중한 일이다. 서른 무렵의 샤이론은 객관적으로 마약을 거래하는 범법자이지만 자기를 부양하고 정체성과 화해하고 꼭 해야만 하는 말을 발화하고 그 결과를 받아들일 수 있는 성숙한 개인이 되었다. 두 영화는 희극도 비극도 아니다. 〈문라이트〉가 훨씬 어두운 이야기지만 아픔과 외로움이 대종인 시간 속에서도 햇살과 바다는 아름답고, 행복한 찰나는 더욱 눈부시다. 두 영화 가운데 어느 쪽이 더 희망적인가를 논하는 것은 내게 부질없어 보인다. 2017. 3.

자기로부터의 혁명

레이디 버드 Lady Bird
감독 그레타 거윅, 2017

"본인의 현재를 극복해야 할 '구체제'로 보는 소녀는
지금의 자신을 닮은 엄마를 좋아할 수 없다."

〈레이디 버드〉의 배경은 감독 겸 작가인 그레타 거윅의
고향 새크라멘토다. 하지만 영화에 감독의 사춘기 체험이 얼마나
반영돼 있는가는 관객에게 별 의미가 없다. 중요한 것은 〈레이디
버드〉의 성장담이, 누가 됐든 실제로 어딘가에 존재하는 특정인의
경험처럼 느껴진다는 데 있다. 그리고 서사 예술은 구체적일수록
보편성을 획득한다. 희로애락을 널뛰는 엄마와의 쇼핑, 반마다 한
명씩 꼭 있는 폼 잡는 아웃사이더, 베스트 프렌드와의 유치찬란한
냉전, 대학 합격 발표를 기다리는 동안의 멀미. 그레타 거윅의 시
나리오는 주된 사건의 기승전결을 좇는 대신, 누구든 감정이입할
구석이 있으되 개성적인 에피소드를 유기적으로 엮어낸다.

"테러 때문에 사람들이 뉴욕을 기피한다"는 대사로 미뤄
보아 때는 2002년. 대단한 반항아도 최상급 우등생도 아닌 크리스
틴 맥퍼슨(시어셔 로넌)은 가톨릭계 고등학교 졸업반이다. 따로 설

각성하는 영화

명되지 않지만, 난임인 부모가 아들을 입양해 키우다가 뒤늦게 얻은 딸이다. 맥퍼슨 가족은 동네의 부유층 구역 밖에서 살지만 딱히 빈곤층은 아니다. 프로그래머 아버지(트레이시 레츠)가 실직하고 간호사 어머니(로라 멧캐프)의 초과근무로 생계를 지탱하는 크리스틴네는 쉴 새 없이 발장구를 쳐야 중산층 안에 머무를 수 있는 가정이다. 가족 멜로드라마와 코미디에 덮여 두드러지지 않지만 그레타 거윅 감독은 분명히 경제적 계급을 청소년기 삶의 중요한 변수로 다룬다. 〈레이디 버드〉의 포스터에 쓰인 서체와 시어셔 로넌의 옆모습은 서양의 중세 종교화를 연상시킨다. 아닌 게 아니라 그레타 거윅 감독은 시나리오를 쓰면서 순교한 기독교의 성인聖人들이 어쩌면 "나도 이 정도는 할 수 있어"라는 자아도취에 빠진 십대가 아니었을까 상상했다고 한다.

객관적으로 평범한 축에 속하는 크리스틴에게서 가장 특별한 점은, 특별한 사람이 되려는 의지다. 소녀는 제 뜻과 무관하게 주어진 모든 것을 버리고 오직 자신이 선택한 속성들만 모아 삶을 꾸리고 싶어 안달한다. 그래서 '레이디 버드'라는 이름을 스스로 짓고 "콜 미 바이 마이 네임!"을 외치고 다닌다(어쨌거나 학교도 가족도 크리스틴의 요구를 들어준다). 분홍색으로 물들인 머리칼은 물려받은 것들에서 벗어나겠다는 깃발이고, 좋아하는 대상의 이름을 쓰고 사진을 붙인 침실 벽은 레이디 버드의 자기소개서나 다름없다. 하지만 그 모든 '좋아요' 리스트가 어떤 모습의 개인을 가리키고 있는지 아직 분명하지 않다. 레이디 버드는 다만 속물적 서부를, 지루한 새크라멘토를, 상상력 없는 엄마를, 무력한 미성년을 간절히 벗어나고 싶다. 수학을 잘하지도 못하는데, 수학올림피

아드에 나가겠다거나 당선 가능성 없는 학생회 선거에 출마하는 행위 역시, 나는 열일곱이고 세상이 어떻게 말하건 뭐든 될 수 있다는 시위라서 해볼 만한 것이다.

성장영화 〈레이디 버드〉에서 가장 중요한 관계는 이성애 커플이 아니라 모녀다. 영화 도입부는 극단적 에피소드로 어머니 매리언과 딸 크리스틴의 관계성을 요약한다. 자동차 운전석과 조수석에 나란히 앉은 모녀는 〈분노의 포도〉 오디오북의 결말에 공히 감동한다. 아름다운 정경이다. 그러나 다음 찰나 어느 지역 대학에 진학해야 하는지가 화제에 오르면서 시작된 언쟁은, 딸이 달리는 차에서 뛰어내림으로써 끝난다. 그렇게라도 이겨야 직성이 풀리는 것이다. 레이디 버드는 자신의 단점을 우회적으로 지적하는 엄마의 화법과 수세적 공격성을 지독히 싫어한다. 매리언과 레이디 버드가 매번 상대가 제일 아픈 말의 표창을 서로에게 던지고 한쪽이 피를 흘려야 전투를 끝내는 적수인 까닭은 두 사람이 무척 닮아서다. 모녀는 투닥거리다가도 동시에 마음에 쏙 드는 드레스를 찾자 환성을 지르고, 기분풀이로 사지도 않을 근사한 집을 같이 보러 다닌다. 딸은 아들의 여자 친구까지 자식으로 거둔 엄마가 강하고 너그러운 사람임을 잘 알고 있다. 영화를 통해 관객이 목도하듯 레이디 버드도 주변 사람들에게 자주 상처를 주지만 기본적으로 강하고 관대한 인물이기 때문이다. 역설적으로 본인의 현재를 극복해야 할 '구체제'로 보는 소녀는 지금의 자신을 닮은 엄마를 좋아할 수 없다. 가족의 메커니즘을 그린 많은 영화가 있지만, 사랑하면서도 좋아하지 않는 관계를 〈레이디 버드〉만큼 정확히 포착한 작품은 기억에 없다. 사춘기는 부모가 단점이 있는 인간임을 깨닫고 그들을 사랑하지만 존경하지 못하는 현실에 죄의식과 원망을 품는 시절이기도 하다. 널리 알려진 대로 가족이란 패키지 딜이라 흡족한 면만 골라 취할 수 없다. "엄마, 날 사랑하겠지만 좋아해요?" 레이디 버드의 질문에 매리언은 "당연히 좋아하지!"라고 답하지 못하고 머뭇거려 딸을 아프게 한다. 왜일까? 매리언은 세탁기 가동을 최소화하기 위해 딸이 쓰는 수건의 개수를 통제하는 엄마다. 즉, 극단적 실용주의자로서 그는 딸이 헛된 꿈을 꾸다 낙망할까 봐 칭찬에 인색하다. 동시에 딸이 충분히 노력해 최선의 모습을 갖추도록 압박하는 것이 부모의 일이라 믿는다. 레이디 버드가 반문한다. "만약 지금 내 모습이 최선이라면요? (내가 싫어요?)" 매리언의 침묵은, 사실 어떻게 답해야 좋을지 모른다는 두려움의 결과다.

성장영화로서 내게 〈레이디 버드〉의 비범함은 두 가지다. 첫째는 주인공의 비중을 위협할 만큼 레이디 버드를 둘러싼 모든 인물을 사려 깊게 바라보는 시선이다. 그레타 거윅은 캐릭터를 입체적으로 그린다는 말의 의미가 장점을 두 가지, 약점을 두 가지 보여준다는 의미가 아님을 아는 작가다. 성격의 다양한 측면은 분리할 수 없으며 잇닿아 한 덩어리를 이룬다. 이는 스크린 타임이 짧은 배역까지 관철된다. 수녀님(로이스 스미스)의 유머 감각은 독실한 신앙과 이어져 있고 신부님의 배려심은 그의 우울과 하나다. 둘째, 〈레이디 버드〉는 실망을 끌어안는다. 기대를 배신한 첫 섹스에 낙심해 남자 친구의 집을 뛰쳐나가는 레이디 버드의 원경에 감독은 불치병으로 무력하게 누워 있는 남자 친구의 아버지를 배치한다. 신나는 파티 장면의 한구석에는 냉장고 문을 연 채 원하는 음식이 없어 멍해 있는 이름 모를 소년이 있다. 〈레이디 버드〉의 마지막 장은 뉴욕으로의 탈출이 아니라 뉴욕에서 느끼는 실망이다. 크리스틴은 시시껄렁한 숙취에서 깨어난 다음 그토록 지겨워했던 성당을 찾고 엄마에게 전화를 건다. 삶은 본래 실망스럽지만, 청산할 수 있는 부채가 아니다. 마침내 동부로 날아간 레이디 버드는 미움으로 말미암은 열렬한 관심이 사랑과 멀리 있지 않으며 그것이야말로 앞으로 자기가 살아갈 저력임을 어렴풋이 깨닫는다.

2018. 4.

각성하는 영화

부모 키우기

미성년
감독 김윤석, 2019

"〈미성년〉은 자매애를 답으로 내세우는 드라마는 아니다.
네 여자는 그저 서로에게 솔직하다."

　　음식점 덕향오리의 사장이자 독신모인 김미희(김소진)는
회사원 기혼남 권대원(김윤석)과 사랑에 빠져 임신하기에 이른다.
부모의 불륜을 알아차린 대원의 딸 주리(김혜준)와 미희의 딸 윤
아(박세진)는 대책 없는 커플을 멈추려 하지만, 미희는 아기를 낳
을 생각이고 대원은 주리가 자신의 연애를 안다는 사실조차 모른
다. 윤아의 도발로 상황을 파악한 대원의 아내 영주(염정아)는 우
여곡절 끝에 조산기가 있는 미희를 산부인과로 손수 실어 나르게
된다. 마침 학교에서 부모의 연애 때문에 드잡이를 벌이다 병원으
로 달려온 멍투성이 윤아와 주리에게 영주는 대원의 신용카드를
쥐여주고 표표히 돌아선다. 그리고 등 뒤로 툭 던진다. "싸우지 마.
니들이 왜 싸워?" 이 대사는 관객의 쓸데없는 염려를 덜어주고 앞
으로 어떤 범주의 이야기를 기대하면 될지 예고한다. 거기서 영주
는 불륜 상대의 딸인 윤아를 주리와 똑같이 보호해야 할 아이로
간주한다.

〈미성년〉은 뜻하지 않게 엮인 네 여자가 불필요한 상처를 최소화하며 불운한 사태를 통과해가는 이야기다. 감독 김윤석이 직접 연기하는 대원은, 마치 이번 공격에선 서브를 넣고 공 배급만 하기로 결심한 배구의 세터처럼 사건의 불씨를 댕긴 다음 네 여자 둘레를 겸연쩍게 배회한다. 대원이 시시한 행동을 할수록 관객은 그를 연민하긴커녕 이 남자와 삶을 공유한 영주를 안쓰러워하게 되는데, 이는 〈미성년〉의 최대 역습이다. 중요한 것은 이 캐릭터가 실패한 남성성을 보여준다는 점이 아니라 실패한 남성성이 영화에서 차지하는 자리다. 한국영화에서 배우 김윤석은 남성이 연출하고 주연하는 장르영화의 대표적 얼굴이었고, 이야기 안에서 패배할지언정 그의 패배와 고통은 영화가 그리는 세계의 중심이었다. 도끼와 소뼈, 소주병을 휘두르는 그는 다음 세대 남자아이들에게 정신적 내상을 입히며 장렬히 패배하는 남자였다.

그러나 〈미성년〉의 대원은 보통의 조연이다. 대원은 '멀리서 보면 희극'인 인생을 사는 1인이다. 한데 카메라는 관객이 대원의 애환을 알아주도록 그의 얼굴 가까이로 데려가거나 오래 지켜보라고 요구하지 않는다. 다행히도 감독 김윤석은 이것이 대원의 스토리가 아니라는 점을 잊지 않은 것이다. 〈미성년〉이 대원을 '싸고도는' 유일한 지점은, 가족에게서 밀려난 그가 지방에 내려갔다가 불량배들에게 린치를 당하는 사건이다. 피투성이가 돼 집으로 돌아온 대원에게 영주와 관객은 추궁을 유예한다. 하지만 영주는 야무지게 '일단'이라고 단서를 단다. "쯧, 일단 병원에 가자." 대원의 카리스마 결핍은 영주의 견고한 퍼스낼리티와 대비된다.

영주는 우리가 현실에서 한두 명쯤 알고 있지만 한국영화에서는 보기 힘들었던 유형의 여성이다. 영주는 남편의 외도가 있기 전에도 활짝 웃는 법을 잊어버린 사람이다. 동시에 그는 선택을 후회하는 대신 실망을 받아들이고 가정을 경영하는 보람으로 삶을 지지해왔다. 피해자로서 영주는 놀랄 만큼 객관적으로 사태를 파악한다. 중언부언 변명하는 대원에게 영주는 "당신은 날 기만했어!"라고 쏘아붙이지 않는다. "당신은 두 사람을, 네 사람을 기만한 거야"라고 깨우친다. 대원의 미숙함과 무책임함은 영주를 모욕하지만 쓰러뜨릴 수는 없다.

영주의 일관성은 미희의 다면성과도 대조를 이룬다. 윤아 나이에 엄마가 된 후 무책임한 남편과 헤어져 홀로 딸을 키워온 미희는 중년까지 유예한 욕망과 열정을 무슨 일이 있어도 실천해보려는 중이다. 미희는 딸에게는 억지를 부리고 손님에게는 오지랖 넓게 친절하다. 참견하는 구경꾼한테는 이악스럽다가 애인과 통화할 때는 우아하다. 모든 일이 끝나고 컵라면을 들이켜는 미희는 차돌처럼 무표정하다. 김소진의 연기는 미희의 종잡을 수 없는 성격을, 미비하게 창조된 캐릭터가 아니라 그 자체로 온전한 인격으로 설득한다.

두 딸은 긍정하건 부정하건 두 엄마를 고스란히 닮았다. 합리적이고 단호한 주리는 산부인과에서 도망치는 아빠를 보자 뒤쫓는 대신 그저 운다. 그리고 원망의 과정 없이 아빠 딸 안 하기로 했다고 선언한다. 윤아는 철없는 엄마를 타박하며 돌보는 데에 이력이 난 것 같지만 학교를 당장 그만두고 돈을 벌어 동생을 양육하겠다고 막무가내로 나서는 모습은 미희 그대로다. 윤아가 엄마의 출산에 극구 반대한 까닭은 자신이 아기를 불가피하게 사랑하고 책임감 허술한 엄마 대신 양육을 짊어지게 될 줄 무의식적으로 짐작했기 때문일 터다. 〈미성년〉은 네 여자의 합으로 굴러가지만 자매애를 답으로 내세우는 드라마는 아니다. 짐짓 상냥하게 구는 여자는 아무도 없다. 미희마저 영주에게 빈말로 사과하지 않는다. 네 여자는 그저 더도 말고 덜도 말고 서로에게 솔직하다(반대로 대원은 스스로도 자신의 진의를 모르는 것처럼 보인다).

언뜻 연기가 떠받치는 영화처럼 보이지만, 영화 연기의 성패는 배우만의 몫이 아니라는 사실은 널리 알려져 있다. 〈미성년〉의 대화가 성공적이고 캐릭터끼리의 관계가 흥미롭다면, 감독이 다른 요소를 동원해 적절한 상황을 조성해서다. 돋보이는 공간은 영주의 집이다. 신도시로 설정된 지역의 아담한 중산층 아파트는 개성적이진 않지만, 분양받고 나서 인테리어를 개비하고 꼼꼼히 가꾼 흔적이 역력하다. 몇 해 전부터 각방을 쓰는 대원은 부부 침실에 들어가는 장면이 없고 영주의 집에서 대부분의 사건은 거실에서 일어난다. 예컨대 대원이 영주에게 용서를 구하는 대목은 연극의 무대를 보는 듯하다. 안방 문고리를 잡고 외워온 변명을 읊는 대원 뒤에 영주가 등장한다. 흠칫 놀란 대원은 영주를 졸졸 따라다니며 애원하는데, 영주는 앞뒤로 난 발코니를 왕복하며 커튼을 열어젖혀 대원의 비굴한 얼굴에 백주의 햇빛이 조명처럼 떨어지도록 한다. 또 하나의 효율적 '무대장치'는 현관과 거실 사이의 중문이다. 집 안으로 인물이 진입하기 전에 안을 살필 수 있는 중간 지대는 망설임과 발견의 공간으로 기능한다. 윤아와 영주의 유

각성하는 영화

일한 일대일 대화 장면은 좋은 예다. 자존심을 지키기 위해 병원비를 돌려주러 온 윤아는 용무를 마치고 나서다가 중문을 통해 눈물을 터뜨리는 영주를 보고 되돌아온다(관객은 중문 옆에 걸린 거울로 영주의 울음을 엿본다). 소녀는 사과하는 대신 진의를 분명히 한다. 오해로 불필요한 상처를 늘리기 싫어서다. 〈미성년〉은 단독 신보다 둘 이상이 상호작용 하는 장면을 통해 개별 인물의 진면목을 드러내는 감각이 뛰어난 신인 감독의 등장을 알린다. 2019. 5.

평생교육

페르세폴리스 Persepolis
감독 마르잔 사트라피·뱅상 파로노, 2007

"〈페르세폴리스〉의 검정은
내가 영화에서 본 가장 검은 검정이다."

　　10년 만에 재개봉하는 〈페르세폴리스〉는 마르잔 사트라피 감독의 자전적 그래픽노블에 움직임을 부여한 핸드드로잉 애니메이션이다. 이란의 이슬람 혁명기에 유년을 보내고 우여곡절 끝에 유럽으로 이주한 마르잔(키아라 마스트로이안니)의 성장기는 독특한 '액자'에 담겨 있다. 영화는 안정에 도달한 현재의 주인공이 타인에게 들려주는 향수 어린 추억담이 아니라, 여전히 불안과 결핍을 안고 사는 마르잔이 담배를 피우며 빠지는 회상이다. 그의 부모와 할머니는, 젠더 불평등이 만연한 폐쇄 사회에서 딸이 행복할 수 없음을 확인하자, 딸을 순응시키는 대신 떠나보냈다. "다시는 돌아오지 마라"라며. 그리움에 공항까지 온 마르잔은 차마 테헤란행 티켓을 사지 못하고 대합실에서 담배에 불을 붙인다. 동시에 화면에서는 색채가 사라진다. 결말 즈음 영화가 다시 현재로 복귀하면 우리는 마르잔이 파리 공항에서 덧없이 보내는 하루가 이번이 처음이 아닐지도 모른다는 짐작에 이르게 된다.

〈페르세폴리스〉의 주인공인 이란 여성 마르잔 사트라피는 〈와즈다〉(2012)에서 자전거를 타고 싶어 하는 사우디아라비아 소녀의 먼 자매다. 마르잔의 부모는, 아스가르 파르하디 감독의 〈씨민과 나데르의 별거〉(2011)에서 딸의 미래를 위해 아이를 유럽에서 교육시키고자 하는 젊은 엄마의 선배다. 테헤란 좌파 지식인 중산층 가정의 외동딸 마르잔은 예언자가 장래희망이고 이소룡이 역할모델이다. 팔레비 국왕이 축출된 이슬람 혁명기 초반, 여덟 살 마르잔은 부모가 친구들과 정치를 걱정하는 자리에서 쿵후 시범을 보이고 "왕은 물러가라!"라는 구호를 외치며 논다. 그래도 유물론자는 아니어서 꽤나 종교적인데, 소녀의 종교는 율법과는 무관하니 스스로 예언자·교주를 꿈꾸고 신을 상상의 친구로 삼는 방식의 신앙이다. 〈페르세폴리스〉는 부모를 선망하거나 증오하며 성장하는 스토리가 아니다. 주인공에게는 이란 사회라는 더 막강한 적이 있다. 마르잔의 가족은 곧 마르잔의 됨됨이고 숙명이다. 진보적인 부모는 출소한 친구가 고문 경험을 상세히 들려주는 자리에도 어린 딸을 동석시킨다. 팔레비 국왕 퇴출로 새로운 이란을 낙관했던 사회주의자 삼촌이 이슬람 혁명 정권 아래 다시 투옥되자, 마르잔의 부모는 처형을 앞둔 마르잔의 삼촌을 그가 혼자 면회하도록 허락한다. 대부분의 또래들이 모르고 자라는 일들이 마르잔에게는 일상의 일부인 것이다. 뒷날 마르잔이 결혼을 결심하자 어머니(카트린 드뇌브)는 기뻐하기는커녕 이십대 초반에 결혼을 택한 딸에게 실망을 표한다. 오래지 않아 마르잔이 이혼을 고민하자 할머니(다니엘 다리외)는 한술 더 뜬다. "난 또 누가 죽었다고. 고작 이혼 가지고 그랬니? 심장병 있는 거 알면서 왜 놀라게 하고 그러니?" 하지만 이 가족에게 감탄한 대목은 따로 있다. 부모의 배려로 빈의 고등학교에서 유학했던 마르잔은 부적응과 실연으로 심신이 상해 불명예스럽게 귀향하는데, 이때 어른들은 마르잔에게 아무것도 묻지 않겠다는 약속을 끝까지 지킨다. 가족의 진보적 성향보다, 내 아이가 어떤 사람이 되건 지켜보며 필요한 지지를 보내는 인내가 인상적이다.

〈페르세폴리스〉는 1978년 이후 이란 정치사를 시민의 관점에서 생생히 전하는 영화이기도 하다. 서구화를 경계하며 민주주의가 보장하는 기본권까지 도외시하는 이슬람 정권이 끼치는 폐해는 권력의 직접적 억압 이상이다. 공포정치의 결과 시민들은 서로를 의심하고 불신한다. 이라크와의 8년 전쟁은 국민이 전사한 애국자들에게 보은하는 길은 정권에 대한 순종이라고 세뇌시킨다. 이 과정에서 여성은 일종의 '보상'으로 대상화되고 여성혐오는 깊어진다. 검거된 반정부적 인사 가운데 처녀인 여성은 율법에 끼워 맞추기 위해 처형 전에 강제 결혼, 즉 성폭행당한다. 마르잔 사트라피 감독이 자전적 영화의 연출자로서 갖춘 강력한 미덕은 자기 연민에 빠지지 않는다는 점이다. 극 중 마르잔은 양성 분리와 성차별에 강력히 항의하는 모습을 보이는 동시에 여성혐오적 통념을 이용하기도 한다. 십대 시절 헤비메탈 음반을 사다가 적발되자 계모가 악독하다고 동정을 호소하고, 풍기단속을 당했을 때는 연약한 여자 이미지에 기대어 위기를 모면한다. 이쯤 해서 왜 영화의 제목이 이란의 수도를 이르는 고대 그리스식 명칭 '페르세폴리스'인지 반문할 만하다. 간단히 말해 이슬람 근본주의 정권이 강요

하는 규범은 마르잔의 가족을 포함한 진보적 이란인들이 보기에
진정한 이란의 전통이 아니기 때문이다. 할머니가 마르잔에게 잊
지 말라고 강조하는 정체성은 '페르세폴리스'라는 옛 이름이 대변
하는, 정치적으로 수천 년 동안 외세에 시달리면서도 유지된 페르
시아 고유의 언어와 문화다.

　　애니메이션 〈페르세폴리스〉의 양식적 매력은 이를테면
고딕체의 그것이다. 담백하고 통렬하며, 감상感傷이 없고 위트가 넘
친다. 흑백 모노크롬으로 그려진 인물과 배경은 장식미술의 패턴
처럼 추상화되어 주인공의 관점을 직접 반영한다. 예컨대 마르잔
의 복장을 단속하는 차도르 쓴 어른들은 '가오나시'를 연상시키
고 테헤란과 빈의 거리 풍경은 독일 표현주의 영화의 세트가 그렇
듯 주인공의 마음을 반영한다. 한편 마르잔의 이목구비는 아동화
처럼 단순한 선으로 이루어져 있지만 심신의 상태를 꼼꼼히 반영
해 재미를 준다. 무엇보다 〈페르세폴리스〉의 검정은 내가 영화에
서 본 가장 검은 검정이다. 살해된 이웃의 몸에서 흘러나온 피의
웅덩이, 정권을 수호하는 유사 경찰들의 덥수룩한 수염, 겁에 질린
여자들의 히잡을 깜깜하게 칠한 검정은 그대로 심연이다. 〈페르세
폴리스〉의 흑백이 내는 또 다른 효과는 비밀스러움이다. 96분 동
안 나는 이불을 쓰고 금지된 팸플릿을 손전등으로 읽는 동조자의
기분에 빠졌다. 2018. 11.

성장과 터부

스토커 Stoker
감독 박찬욱, 2013

"가족은 서로 사랑하는 일이 당연시되는 관계지만

동시에 어떤 선을 넘어선 애정은

엄격히 터부시되는 모순의 구역이다."

　　　〈박쥐〉 이후 4년 만이다. 여윈 얼굴로 미국에서 돌아온
박찬욱 감독이 가방을 열자, 내성적인 소녀의 성장영화가 또르르
굴러 나왔다. 〈스토커〉의 주인공 인디아(미아 바시코프스카)는 드
라큘라를 창조한 브램 스토커와 같은 성姓을 가졌으며 〈싸이보그
지만 괜찮아〉의 영군(임수정)처럼 유별난 소녀다. 아니, 적어도 스
스로 그렇다고 믿는다. 남보다 멀리 보고 작은 소리까지 듣는 인
디아의 비범한 감각은 그에게 소외감과 우월감의 원천이다. 고립
이 왕관이 되는 시절. 바야흐로 청춘이다. 그리고 어느새 경계선
을 넘어야 하는 시각, 열여덟 번째 생일이 도래한다. 소녀는 기다
린다. 어떤 격렬한 경험을.

　　　통과의례는 철퇴처럼 닥친다. 세상 누구보다 가까웠던
아빠(더모트 멀로니)가 여행 중 사고를 당해 시신으로 돌아오고,
장례식 날 여태 존재하는지조차 몰랐던 찰리 삼촌(매슈 구드)이 현
관을 두드린다. 넓은 세상을 두루 여행하고 돌아온 잘생기고 신비

로운 남자. 그는 정말 아빠의 동생일까? 형제라면 어떤 형제였을까? 오랫동안 남편 리처드와 소원했던 이블린(니콜 키드먼)은 찰리에게서 젊은 날―딸이 부부 사이에 끼어들기 전―다정했던 남편의 모습을 찾고, 인디아는 아빠와 닮은 얼굴로 그를 금지된 세계에 인도해줄 소울메이트를 본다. 그리고 찰리에 관해 뭔가를 발설하려고 했던 인물들이 모녀 주변에서 사라지기 시작한다. 삼촌을 향한 소녀의 태도는 이율배반적이고 변덕스럽다. 이블린과 찰리가 시시덕거리는 광경에는 모친의 부정을 목격한 햄릿처럼 배신감에 떨지만, 삼촌의 수상한 행적을 눈치채고도 입을 꼭 다문다. 인디아는 비밀을 통해 찰리와 연결되고 그를 소유하는 쪽을 택한다. 인디아와 이블린, 찰리는 혈연과 질투, 욕망으로 아슬아슬한 삼각형을 이룬다. 인디아에게 이 삼각형은, 성년으로 이행하기 위해 부수어야 하는 알의 껍질이다. 일단 알을 깨기만 하면, 아기 새가 부축을 받아 날지 않듯 인디아는 도움의 손길을 내미는 모든 어른에게 "거기까지만. 노 땡큐"라고 말할 소녀다.

배우 웬트워스 밀러가 쓴 〈스토커〉의 각본은 〈아르고〉 〈마진콜〉 등과 더불어 2010년 소위 '블랙리스트'(할리우드에서 미제작된 작품들 가운데 최고의 시나리오 목록) 톱 텐에 들어 화제를 모았다. 처음 읽었을 단계에는 앨프리드 히치콕의 1943년 작 〈의혹의 그림자〉를 향한 팬심에서 탄생한 오마주 인상이 강했다고 박찬욱 감독은 회고한다. 〈의혹의 그림자〉는 건전한 일상에 질린 소녀 찰리(테레사 라이트)를 도주 중인 연쇄살인자 외삼촌 찰리(조지프 코튼)가 방문한 다음 가족과 공동체에 일어나는 파문을 그린 범죄스릴러였다. 능청스런 히치콕은 권선징악의 서사로 당대 관객을 안심시키며 범죄의 매혹과 근친애적 암시를 살짝 가려놓았다. 그러나 거칠 것 없는 박찬욱은 〈스토커〉에서 시대성과 지역성을 제거하고 3인 가족을 저택에 몰아넣어 소녀의 의식에 집중한다. 지역사회와는 은근히 단절된 적막한 공간과 노골적인 상징성을 띤 이미지들이 동화의 기운을 불어넣는다. 줄거리의 큰 흐름만 따지자면 〈의혹의 그림자〉를 뒤따르는 시나리오인데도 〈스토커〉가 의심의 여지 없는 '박찬욱 영화'로 보이는 까닭은 한국 관객에게 친숙한 감독의 주제 의식과 양식미가 동요 없이 관철되고 있기 때문이다. 〈파라노이드 파크〉〈황무지〉〈캐리〉〈롤리타〉〈분홍신〉〈신데렐라〉……우리는 〈스토커〉에서 수많은 영화와 동화의 기억을 불러낼 수 있겠지만 결국엔 박찬욱의 전작으로 돌아가게 될 것이다.

〈달은… 해가 꾸는 꿈〉〈3인조〉〈공동경비구역 J.S.A.〉 정도를 제외하면 가족은 언제나 박찬욱식 드라마의 원점이자 도달 불능점이었다. 그의 인물들은 가족으로 인해 짐승도 되고 성스러워지기도 한다. 박찬욱에게 가족은, 장르를 초월해 인간성에 관한 거의 모든 이야기를 가장 멀리까지 밀어붙이면서도 가장 많은 문화권 관객과 소통하게 해주는 지렛대다. 〈스토커〉가 건드리는 가족의 딜레마는 "얼마나 사랑해도 좋은가?"이다. 가족은 어떤 집단보다 서로 사랑하는 일이 당연시되고 장려되는 관계지만 동시에 어떤 선을 넘어선 애정은 엄격히 터부시되는 모순의 구역이다. 그런가 하면 혈육은 사랑과 이기적 생존 본능의 경계가 얼마나 희미한지 일깨우는 타인이다. 〈박쥐〉의 관객은 뱀파이어가 된 신부(송강호)가 흡혈과 성직자의 일을 일맥상통하는 행위라고 합리화

각성하는 영화

하던 모습을 기억할 것이다. 〈스토커〉에서도 박찬욱은 개인에게
는 동질적인 충동으로 이해되지만, 제도의 관점에 따라 완전히 다
르게 관리되는 인간의 욕망을 다룬다.

　　가족 구성원 중 〈스토커〉를 지배하는 인물은 딸이다. 인
디아는 그 이름처럼 하나의 나라다. 〈복수는 나의 것〉에서 납치된
어린 딸이 아빠의 꿈속으로 찾아와 허리에 맨발을 감으며 안기던
순간부터 딸이라는 존재는 멀리서 박찬욱의 서사를 끌어당기는
소실점으로 작용했다. 〈스토커〉는 박찬욱 감독의 영화에서 줄곧
유괴당하기만 했던 딸이 마침내 영화의 복판에 선 이야기이기도
하다. 작가론을 쓰는 뒷날의 비평가는 영화가 제작되던 해 박찬욱
감독의 딸이 성년에 이르렀다는 공교로운 사실을 비고란에 적어
넣을지도 모르겠다.

　　〈스토커〉에 드리운 〈의혹의 그림자〉의 잔영이 당신의 예
상보다 월등히 흐리다면, 박찬욱이 가능한 한 직설을 피하며 이야
기를 '서술'하지 않았기 때문이다. 마찬가지로 혼자만의 세계에서
살아가는 소녀의 이야기였던 〈싸이보그지만 괜찮아〉의 태도로 돌
아가 〈스토커〉는 모든 장면을, 이야기가 아니라 감각적 체험으로
서 전달하고자 한다. 정정훈의 촬영, 필립 글래스와 클린트 만셀
의 음악, 니콜라스 데 토스의 편집이 이 목표를 위해 일사불란하
게 동원된다. 단일하고 일관된 동기로 추진되는 이야기가 아니기
에 과거와 현재, 인물과 인물, 기억과 상상을 쉬지 않고 병렬시키
는 교차편집이 중요해지는 것은 당연해 보인다. 박찬욱 감독은 시
나리오를 다 읽기도 전에 교차편집을 전면적으로 사용하는 영화

를 떠올렸다고 한다.

"교차편집은 플래시백, 보이스오버와 더불어 감독들이 재미있게 쓰고 싶어 하지만 매우 조심해서 다뤄야 하는 도구다. 그런데 이번엔 아예 그것이 영화 전체를 지배하면 어떨까 생각했다. 교차편집의 덩어리들이 계속 이어지는 거다. 한 장소에서만 벌어지는 일이 아닌 바에야 어찌 보면 모든 영화는 넓은 의미의 교차편집적 성격을 띤다. 하다못해 한 장소에 있는 두 사람을 번갈아 보는 신도 그렇다. 둘이 대화를 하며 딴생각을 할 수도 있고 대화 없이 각기 다른 일을 할 수도 있는 거다. 그런 면을 극대화하면 어떨까 싶었다. 음악적 리듬이 특정 시퀀스에만 있는 것이 아니라 영화 전체에 흐르는 음악적 영화를 한다는 구상이었는데 뒤늦게 편집을 하다가 내가 택한 형식에 그 이상의 필연적 이유가 있었음을 알게 됐다. 〈스토커〉에서는 각각의 이야기 라인이 별개가 아니다. 인물도 교차하고 과거와 현재도 교차하고 현실과 환각도 교차한다. 여러 양상의 교직이 있는데 그들이 운명적이다. 따로 떨어진 사건 같지만 이 영화의 시각으로 보면 하나의 결론을 향해가는 숙명인 거다."

널리 알려졌듯 〈스토커〉는 기획 단계부터 다국적 관객을 염두에 두고 만들어진 영어 영화다. 한국영화로서 마켓을 통해 외국에 배급된 전작과는 관객들이 영화를 소비하는 맥락이 다르리라는 점을 예상할 수 있다. 박찬욱이라는 이름을 이국적 액션영화의 브랜드로 인지하는 서구 관객은 〈스토커〉의 표현 수위를 보고 할리우드 스튜디오의 소심함을 탓할지도 모른다. 그러나 박찬

각성하는 영화

욱 감독이 전하는 실상은 반대에 가깝다. "어디까지나 성장영화다. 오히려 관객의 기대를 고려한 영화사의 권유에 마지못해 한 발더 나아간 장면이 있다." 전작의 폭력 묘사가 안구에 면도날을 긋는 감각이었다면 〈스토커〉에서 '죽이는' 역할을 맡은 요소는 무드라고 해도 좋을 것이다. 한편 미스터리영화로 〈스토커〉를 기대한 관객은 숨겨진 대단한 패는 없다는 사실에 실망할 수도 있다. 〈스토커〉는 사건 자체가 아니라 사건들 사이의 시간이 미스터리적 뉘앙스를 자아내도록 의도된 영화다. 이런 영화에서 비밀은 강제로 캐내어진다기보다 때가 무르익으면 하나씩 베일을 벗는다.

할리우드의 구애를 받은 외국 감독의 첫 영화에 흔히 쏟아지는 우려는, 애초 그를 흥미로운 감독으로 만들었던 개성이 이런저런 절충의 과정에서 흔적기관으로 퇴화되고 위원회가 다수결로 제조한 것처럼 보이는 표준적인 영화로 낙착될 위험성이다. 〈스토커〉는 확실히 첫 함정을 피해 감독의 인장印章을 유지했고 박찬욱의 필모그래피에도 이물감 없이 등재될 영화다. 첫 번째 영어 앙상블 연출에 대한 외신의 평가도 만족스러운 편이다. 감독이 들려주는 연기 연출 방법론에는 왕도가 없다. "한국어 대사를 한국 배우가 하고 훌륭한 감독이 연출했는데도 어색한 영화들을 보면서 무섭다고 생각했다. 배우를 믿노라 하고 손 놓을 일이 아니었다. 전치사 하나까지 신경 쓰며 대사를 만들었고 뉘앙스가 영어로 정확히 옮겨졌는지, 말이 아름다운지, 캐릭터랑 어울리는지를 공동작가 에린 크레시다 윌슨과 관련자들에게 꼼꼼히 점검받았다."

〈스토커〉에 이르러 사라진 요소를 굳이 찾는다면 아마도 박찬욱 기존 영화 특유의 잉여분일 것이다. 스토리텔링의 효율과 무관하게 비죽이 튀어나와 있던 블랙 유머와 웃어야 할지 울어야 할지 좀처럼 정할 수 없는 보풀 같은 감흥들을, 이 매무새 단정한 영화에서 발견하기는 쉽지 않을 것이다. 대신 이번에 주목할 만한 박찬욱 감독의 성취는 오케스트라 지휘자로서의 균형감각과 집중력이다. 그리하여 〈스토커〉는 어느 때보다 덜 모호하고 합주合奏의 성격이 강하며 접근하기 편한 박찬욱 영화로 완성됐다.

2013. 2.

각성하는 영화

첫사랑의 추파

콜 미 바이 유어 네임 Call Me by Your Name
감독 루카 과다니노, 2017

"올리버의 주위를 경중경중 맴돌다가 등에 올라타고

다시 화들짝 뒷걸음치는 엘리오는

마치 어린 골든리트리버 같다."

  〈콜 미 바이 유어 네임〉의 제목은 첫 섹스를 나누던 밤 엘리오(티모시 샬라메)에게 올리버(아미 해머)가 속삭인 말이다. "네 이름으로 나를 불러줘. 내 이름으로 너를 부를게." 1인칭 주인공 시점으로 쓰인 원작 소설에서 엘리오는 회고한다. "태어나 처음 해본 일이었다. 그를 내 이름으로 부르는 순간 나는 그전에, 어쩌면 그 후에도 타인과 공유한 적이 없는 영역으로 들어갔다."『그해, 여름 손님』, 안드레 애치먼, 정지현 옮김, 잔, 2018, 167쪽 피아의 구분이 사라지고, 자아의 국경을 넘어서도록 추동하는 사랑의 속성에 관해서는 〈사랑니〉(2005)의 조인영(정유미)도 "난, 다시 태어나면 이석이 되고 싶어"라고 토로한 바 있다.

  안드레 애치먼의 원작을 제임스 아이보리가 시나리오로 각색한 〈콜 미 바이 유어 네임〉의 초반은, 당사자도 구경하는 관객도 긴가민가한 추파의 교환이다. 열일곱 살 엘리오는, 교수인 아버지를 도우며 이탈리아에서 여름을 보내러 온 스물넷의 청년 올리버에게 걷잡을 수 없이 사로잡힌다. 총명하고 조숙한 소년은 말을 너무 많이 쏟아내는가 하면 마음의 동요를 들킬까 봐 어깨만 으쓱 해놓고 후회하기도 한다. 고개나 시선을 돌리지 않아도 시야에 올리버를 둘 수 있는 자리가 엘리오가 있는 곳이다. 지나치게 쿨하게 굴면 쿨하지 않아지고 과하게 무뚝뚝하면 애정의 반증이 되어버릴까 봐 엘리오는 머릿속으로 끝없이 체스의 수를 연구한다. 한국어 번역판 『그해, 여름 손님』을 읽으며 나는 이만큼 신열에 들뜬 묘사를 소설가라는 사람들은 회상이나 상상만으로 생생히 쓸 수 있다는 사실에 새삼 충격을 받았다. 예컨대 다음과 같은 행갈이. "나는 기차를 보고 싶은지 물었다. '나중에. 아마도.' 잘 보이려고 애쓰는 내 부적절한 노력을 알아차리고 그 자리에서 밀어내는 듯한 정중한 무관심이었다./ 가슴이 쓰렸다."위 책, 11쪽

하지만 더 큰 놀라움은 『그해, 여름 손님』이 소위 영화화할 만한 건더기가 거의 없어 보이는 소설이라는 점이었다. 각색자제임스 아이보리와 루카 과다니노 감독은, 첫 페이지부터 끝까지엘리오의 내면에서 들끓는 감정을 정밀 묘사 하는 문장이 대부분인 소설을 영화로 만들었을 뿐 아니라, 무엇보다 보이스오버 내레이션이 없는 영화로 만들었다. 심지어 아무 정보 없는 관객이라면 러닝타임 30분이 지나도록 엘리오가 올리버를 열망한다는 사실조차 눈치채지 못할 수도 있다(소설은 '여름 손님'이 택시에서 내리는 순간부터 매료된 엘리오의 마음을 분명히 한다). 다행히도 〈콜 미바이 유어 네임〉을 만든 사람들은 인생 최초로 몸과 마음을 던져사랑을 경험했던 시간을 아직 자세히 기억하는 성인들이다. 영화는 엘리오의 시점 숏이나 클로즈업을 티 나게 쓰지 않고도, 욕망

의 제스처와 움직임으로 충만하다. 변모하는 자신의 몸을 생경해 하며 체모에 입김을 불고 쓰다듬어보는 무료한 한낮, 시선을 감추려 짐짓 걸치는 선글라스, 돌기둥을 사이에 두고 떨어져 걷는 동안 사라졌다 나타나기를 반복해 소년을 행복하게 하는 올리버의 이미지. 사랑이라는, 사건 없는 사태. 사내들끼리의 흔한 부딪힘인 척 올리버의 주위를 경중경중 맴돌다가 등에 올라타고 다시 화들짝 뒷걸음치는 엘리오는 마치 어린 골든리트리버 같다.

엘리오는 조숙하지만 미숙하기도 하다. 날 받아줄까? 좋아해주지 않는다면 죽는 것이 나아. 태연한 척 속을 끓이며 올리버 주변을 얼씬거린다. 올리버와 자전거를 달려 시내로 나간 어느 오후, 엘리오는 "넌 모르는 게 없구나"라는 올리버의 말에 "정말 중요한 건 몰라요"라고 마음을 발설하기 시작한다. "당신은 아셔야 할 것 같아서요. 알아줬으면 해서요." 올리버는 시치미는 떼지 않지만 조심스럽다. 이미 느껴온 '그것'을 처음 언급하는 둘의 대화는 단속적이고 괄호를 포함한다. 너무 가까워질까 봐 혹은 밀쳐낼까 봐 겁내듯, 엘리오와 올리버는 뚝 떨어져서 광장의 동상 주변을 돌며 띄엄띄엄 말을 주고받는다. 그리고 카메라는 멀찍이서 둘 사이의 거리까지 화면에 담는다.

폼페이 귀족 같아. 〈콜 미 바이 유어 네임〉을 보다 소리 없이 중얼거리고 말았다. 올리버가 극 중에서 말하듯 〈콜 미 바이 유어 네임〉의 주요 배경인 이탈리아 마을은 낙원에 가깝다. 햇살도 복숭아도 바람도 소년의 첫사랑을 응원한다. 영화 〈콜 미 바이 유어 네임〉은 1인칭 해설만 없는 것이 아니다. 소설의 엘리오는 동성을 욕망한다는 사실이 가져다줄 결과를 그려보고 몇 차례 몸서리치는 반면, 영화 속 두 연인은 그런 비굴한 염려는 자신들에게 가당치 않다는 듯 행동한다(사실 2017년에 만들어진 이 영화를 보는 관객의 마음에 더 거리끼는 부분은 원작보다 더 커 보이는 엘리오와 올리버의 나이 차이다). 엘리오를 포함해 극 중 어떤 인물도 게이 커플을 적발하거나 제지하지 않으며, 손님으로 게이 커플이 등장하지만 1980년대라는 시간적 배경에서도 이상하리만큼 에이즈의 공포는 언급되지 않는다. 엘리오와 올리버는 대낮의 풀밭에서 강변의 바람을 느끼며 키스한다. 오랫동안 LGBT 영화의 클리셰였던 폭로와 굴욕의 장면은 도래하지 않고 통상 금지하는 권력의 얼굴인 아버지는 오직 아들을 축복한다. 비단 소수자의 사랑이 아니더라도 멜로드라마의 동력은 사랑을 가로막는 장애물과의 투쟁에서 나오는 법인데 〈콜 미 바이 유어 네임〉은 방해하는 외적 변수를 몽땅 제거하고, 사랑의 내적 흐름만으로도 충분한 영화적 모험을 연출할 수 있음을 작심하고 증명한다. 비현실적인 자유와 평화는 영화 속 세계에서 시공의 지표를 자꾸 지워버린다. 도입부에서 분명 1983년이라는 연도를 명시되지만 관객은 댄스파티에서 팝음악이 나올 때까지 시대를 잊는다. 지역도 시인 퍼시 셸리가 익사했다는 스치는 대사가 슬쩍 암시할 따름이다. 엘리오의 아버지와 올리버는 헬레니즘 시대의 미술품을 연구하고, 가족과 손님들이 나누는 대화는 영어, 이탈리아어 등 네댓 개 언어와 고대어를 갈아탄다. 〈아이 엠 러브〉〈비거 스플래쉬〉와 묶어 루카 과다니노의 쾌락주의hedonism 3부작이라고 불러도 무방할 것이다.

각성하는 영화

여기까지 쓰고 시청한 제90회 오스카 시상식에서 제임스 아이보리가 〈콜 미 바이 유어 네임〉으로 각색상을 수상했다. 그는 내게 반전의 감독이다. 〈전망 좋은 방〉 〈하워즈 엔드〉 〈남아 있는 나날〉의 그를 처음에는 옥스퍼드나 케임브리지 출신 영국 감독, 고상한 취미의 주류 감독이겠거니 했다. 알고 보니 머천트 아이보리 프로덕션은 미국 출신 아이보리와 인도 출신 제작자 이스마일 머천트, 독일에서 태어나 인도인과 결혼한 작가 루스 프라워자발라 3인 체제의 3대륙 합작 영화사이자 가장 수명이 긴 독립 영화사였고 아이보리와 머천트는 44년간 동업자이자 커플이었다. 사업가의 아들로 태어나 아름다운 물건을 애호하는 미술감독 지망생이었던 1928년생 제임스 아이보리는 영화보다 이탈리아에 먼저 매혹됐다. 그리고 아버지의 지원으로 찍은 베니스에 관한 30분짜리 다큐멘터리로 영화계에 입문했다. 그는 커밍아웃의 가능성조차 꿈에도 떠올리지 못한 세대이기에 오히려 번민이 적었던 성소수자 예술가이기도 하다. 최근의 동성결혼 합법화에 대한 감회를 묻는 〈할리우드 리포터〉 기자의 질문에 아이보리는 "나와 이스마엘은 부부였고 결혼할 필요가 없었다"고 간략히 답하기도 했다. 많은 관객이 〈콜 미 바이 유어 네임〉을 남성끼리의 사랑을 그린 아이보리의 전작 시대극 〈모리스〉와 연관 짓는다. 동성애가 징벌받지 않고 끝나는 원작 〈모리스〉는 E. M. 포스터 생전에 출간되지 못했지만, 영화화되었을 때 같은 이유로 퀴어 관객에게 사랑받았다. 하지만 여기에 대한 노장의 반응도 덤덤하다. "문화적 억압 때문에 욕망을 가두는 젊은이들의 사랑 이야기로 보면 〈모리스〉는 〈전망 좋은 방〉과 쌍둥이다. 〈콜 미 바이 유어 네임〉은 이탈리아에 관한 영화라는 점에서 오히려 〈전망 좋은 방〉과 가깝다고 본다." 〈콜 미 바이 유어 네임〉에 쏟아진 호응에 대한 그의 간결한 해석에 나는 그만 머쓱해졌다. "〈전망 좋은 방〉과 마찬가지다. 예쁜 배경에서 펼쳐지는 미인들의 에로틱한 사랑 이야기니까."

2018. 3.

각성하는 영화

매직 캐슬의 파수꾼

플로리다 프로젝트 The Florida Project
숀 베이커, 2017

"감독은 내려다보지 않고 옆자리를 지키며
그들의 삶에 내재한 아름다움과 어두움을
그대로 파악하고자 한다."

플로리다 프로젝트란 1965년 디즈니가 테마파크 건설을 위한 플로리다주 올랜도 부동산 매입 계획에 붙인 가칭이다. 그렇게 지어진 디즈니월드는 여전히 성업 중이지만, 가족 단위 투숙객을 겨냥한 인근의 저렴한 모텔들은 2008년 경기침체 이후 극빈층의 임시 거주지로 용도가 변경됐다. 하루 벌어 하루 사는 형편이라 안정된 주거를 확보하지 못하고 남의 집에 얹혀살거나, 차에서 먹고 자거나, 모텔에 주 단위로 투숙하는 소위 '숨은 홈리스Hidden Homeless' 현상이다. 숀 베이커 감독의 〈플로리다 프로젝트〉는 192번 국도 주변 퇴락한 모텔 매직 캐슬을 로케이션으로 삼아, 디즈니 월드 지척에 살면서도 디즈니 월드로부터 가장 멀리 떨어진 세계에 속한 여섯 살 소녀 무니(브루클린 프린스)와 친구들의 여름을 지켜본다. 아직 십대 티를 벗지 못한 엄마 핼리(브리아 비나이트)는 하루 38달러의 방값과 다음 끼니가 어디서 나올지 모르는 처지다. 그러나 말썽쟁이 무니에게 알록달록한 모텔 동네와 기념품 가게들은 신나는 놀이터고 교육의 부재는 무한한 자유다. 소녀는 관광객에게 잔돈을 얻어 소프트아이스크림을 사 먹는 일이 하나도 슬프지 않다. 엄마끼리 친구인 아래층 스쿠티(크리스토퍼 리베라), 이웃 퓨처랜드 모텔에 새로 이사 온 잰시(발레리아 코토)와 삼총사를 이룬 무니는 어른의 인내심을 시험하는 부류의 꼬마다. 자동차 창에 침 뱉기 게임을 하고, 관계자 외 출입금지 구역에 들어가 두꺼비집을 내리고, 일광욕하는 아줌마를 놀리며 뛰어논다. 말할 나위 없이 한 발 떨어져보면 아이들의 일상은 위험투성이다. 국도에는 자동차가 질주하고, 수풀에서는 악어가 나올지도 모르고, 공사가 중단된 주택단지에선 뭐가 떨어질지 모른다. 수상한 취향의 뜨내기 아저씨가 노는 아이들 주변을 어슬렁거리기도 한다. 무니의 매일은 여름 캠프처럼 즐겁지만, 엄마 핼리는 생계를 점점 위험한 방법에 의지하게 되고 이는 여름의 파국으로 이어진다.

보호자들이 돈을 버는 사이 본의 아니게 모텔 아이들의 안위를 챙기는 역할을 맡은 사람은 매직 캐슬의 관리인 바비(윌럼 더포)다. 관광 모텔이 빈민 레지던스로 변하면서 모텔 매니저인 그는 업무 영역에도 없는 '생활 주임' 노릇을 한다. 투숙객들은 그에게 불평을 늘어놓으면서도 의지한다. 숀 베이커 감독은 이 사내를 가부장적 시혜자로 만들지 않는다. 모텔 주인의 피고용인으로서 할 수 있는 일의 한계를 명백히 인식하면서도 무니 모녀가 최악의 상태에 떨어질까 반사적으로 경계하는 바비는 수호천사도 선한 사마리아인도 아니고 그저 다른 인간의 곤경에 감응하는 인간이다. 모녀를 염려하지만 도울 길이 무망하다는 점에서 그는 관객의 대리자이기도 하다. 〈플로리다 프로젝트〉에서 가장 아름다운 순간 중 하나는 부산한 일과를 마친 그가 어스름을 바라보며 담배에 불을 붙일 때 찾아온다. 바비가 첫 모금을 작은 한숨처럼 내쉬자 모텔 복도 외부 등이 일제히 들어오는 순간은, 이 남자가 '매직 캐슬'을 지키는 소박한 마법사임을 말하는 매직아워다.

바비는 관객의 대리자일 뿐 아니라, 사회 주변부에서 겨우 생존을 이어가는 인물들을 이야기하는 영화에서 감독이 택한 윤리적 포지션도 암시한다. 우선 미국영화에서 거의 재현되지 않는 극빈층 아웃사이더의 삶과 생활공간, 그들이 매일의 빵을 얻는 지하경제는 숀 베이커 감독이 줄곧 이끌리는 소재다. 2012년 작 〈스타렛〉은 캘리포니아 산페르난도 밸리의 백인 포르노 배우가 노년의 여성과 맺는 우정 이야기였고, 〈플로리다 프로젝트〉의 바로 전작 〈탠저린〉은 성매매로 먹고사는 트랜스우먼 친구 둘의 크리스마스이브를 그렸다. 이와 같은 소재에 접근하면서 숀 베이커 감독은 외부자로서 취하기 쉬운 분노나 동정의 태도를 취하지 않는다. 내려다보지 않고 옆자리를 지키며 그들의 삶에 내재한 아름다움과 어두움을 그대로 파악하고자 한다. '궁핍한 삶'에서 방점은 '궁핍'이 아니라 '궁핍이라는 조건을 수반한 삶'에 있어야 한다고 숀 베이커의 영화는 믿는다. 예컨대 〈플로리다 프로젝트〉의 도입부에는 무니가 침을 뱉은 차의 주인이 따지러 오는 에피소드가 나온다. 내키지 않는 투로 무니의 손목을 끌고 간 엄마 핼리는 피해자 아주머니와 벌 받는 아이들을 구경하다가 그도 처지가 딱해진 딸 대신 손자를 키우고 있음을 알게 된다. 담배를 나눠 피우는 두 여자 사이에는 어느새 미묘한 유대감이 형성된다.

〈플로리다 프로젝트〉는 "이 아이들을 보라!"는 계고의 메시지와 거리가 멀다. 숀 베이커의 시나리오와 카메라는 어린이의 가난에 집중하는 대신, 아이를 아이답게 만드는 환희와 활력을 놓치지 않는다. 동시에 그들의 객관적 궁지도 직시한다. 이 과정에서 어떤 극 중 개인도 천사와 악마로 만들지 않는 일이 얼마나 어려운가는, 선한 의도와 무관하게 결과적으로 절망을 착취하는 수많은 영화들이 입증한 바 있다. 핼리는 누가 봐도 훌륭한 엄마가 아니다. 부분적으로 무책임하며, 어리석은 선택도 한다. 관광객들에게 물건을 팔려고 어린 딸과 함께 호객하고, 성매매용 프로필 사진 촬영을 딸과의 놀이로 만들어버리는 핼리의 행동은 충분히 우려스럽다. 그가 딸에게 선물하는 사치는, 좀 더 고급스런 모텔의 아침 뷔페에서 누리는 도둑 포식이다. 숀 베이커 감독은 핼리를 변호하지 않으나 이 캐릭터를 판정하지도 않는다. 우리는 핼리를 한심해하면서도, 이 어린 엄마가 무니에게 최고의 친구이며 무니를 온 세상과도 바꾸지 않으리라는 점을 확신할 수 있다. 그래서 마지막 순간이 왔을 때 우리는 사필귀정이라는 안도감과 모녀가 헤어지는 일은 옳지 않다는 감정 사이에서 흔들린다. 영화의 최선은 때로 관객 안에 진정한 갈등을 심는 것이다.

전작 〈탠저린〉을 아이폰 5S로 촬영해 스크린에 손색없이 아름답게 담아 화제를 모았던 숀 베이커는 '아이폰 감독'으로 세상에 기억되지 않도록 〈플로리다 프로젝트〉를 35밀리 필름으로 찍었다. 카를로스 레이가다스 감독의 〈침묵의 빛Silent Light〉〈어둠 뒤

각성하는 영화

에 빛이 있으라Post Tenebras Lux〉를 촬영한 알렉시스 사베가 카메라를 담당했다. 실제 로케이션에서 촬영된 〈플로리다 프로젝트〉의 프레임은 연보라와 오렌지, 플로리다의 환한 푸른색으로 가득하다. 혹자는 〈플로리다 프로젝트〉의 시각적 아름다움을 현실의 어둠과 배치되는 컬러의 역설에서 찾겠으나 그것이 전부는 아니다. 숀 베이커는 그의 인물들이 살아가는 장소의 공기를 주민의 눈으로 포착할 줄 안다. 저예산 영화 다섯 편을 만들며 세트 없이 인물의 생활공간에서 영화적 긴장을 발견해온 경험은 그의 커다란 자산이다. 〈플로리다 프로젝트〉의 많은 숏은 성인의 허리께에 오는 아이들의 눈높이로, 순진한 흥분과 거기에 무심한 세상의 압도적 사이즈를 전한다. 그러나 숀 베이커는 특정 스타일에 고착된 감독은 아니다. 존재감이 엷고 기동성 높은 스마트폰 촬영으로 비전문 배우의 거침없는 연기를 따라잡고 부추겼던 〈탠저린〉과 대조적으로 〈플로리다 프로젝트〉는 주의 깊은 블로킹가장 효과적인 화면 배치를 위해 대사의 어느 지점에서 배우들의 동작이나 동선을 만들지 결정하는 것과 프레이밍이 만들어낸 숏으로 지지된다. 어린 배우들에게서 의도한 결과를 끌어내는 데에 실용적인 방식이기도 하다.

이 영화의 뇌관인 무니 역 브루클린 프린스의 연기에 대해서는 앞으로도 널리 회자될 터라 여기서는 말을 아끼기로 한다. 〈플로리다 프로젝트〉가 공개된 후 프린스와 자주 비교되는 대상은 최연소 오스카 여우주연상 후보에 지명됐던 〈비스트〉(2012)의 쿠벤자네 월리스인데, 월리스가 아이로서 존재를 그대로 카메라 앞에 드러내는 연기를 했다면 브루클린 프린스의 그것은 타고난 배우의 철저히 리허설된 연기다. 중요한 점은 이런 영악한 속성이 스스로를 세상의 주인공으로 믿고 화려한 '퍼포먼스'를 벌이는 무니라는 소녀의 성격과 조화롭다는 사실이다.

관객을 이끌고 무니의 세상을 기웃거리며 뛰어다니던 〈플로리다 프로젝트〉는 마지막에 이르러, 마치 지금껏 한 번도 달리지 않았던 것처럼 달려 나간다. 질주인지 비상인지 구분하기 힘든 이미지 앞에 떨면서 나는 딱 한 가지만 잊지 않으려고 했다. 예술이 세계를, 예술가가 지금 이곳에서 살아가는 동료 인간을 염려하고 사랑하는 좋은 방법을 아는 영화를 방금 봤다는 사실을.

2018. 3.

욕망하는 영화

이별의 기술

결혼 이야기 Marriage Story
감독 노아 바움백, 2019

"이혼 절차를 시작한 두 사람은 반대편 자리에 서서

힘을 모아 서로를 분리하는 벽을 치는 과정에 있다."

　　　노아 바움백 감독이 예술가 부부의 이혼을 그린 영화를
만든다는 소식을 듣고, 바움백과 배우 제니퍼 제이슨 리의 이혼이
남긴 자기 연민을 스크린에서 보게 될까 걱정한 사람 중에는 감독
본인도 있었던 모양이다. 〈결혼 이야기〉의 각본을 쓰면서 노아 바
움백은 이혼 커플을 양쪽 고루 인터뷰했고 이혼 관련 법에 대한
다양한 리서치를 했다고 한다. 스토리뿐만 아니라 촬영에서도 부
부 중 한쪽으로 비중이 기울지 않도록 주의를 기울였고 편집 기
사와 매일 통화하며 현장에서 달라진 부분을 어떻게 부부 양쪽의
균형을 유지하며 수용할지 의논했다.

　　　〈결혼 이야기〉는 합의이혼을 앞두고 뉴욕에서 LA로 일
하러 온 니콜(스칼릿 조핸슨)에게 관객이 동조하도록 초반을 이끌
어간다. 그러다 예정과 달리 니콜이 전문 변호사를 고용한 다음부
터는, 법적 대리인을 통한 협상까지 갈 줄 몰랐다 충격에 빠진 찰
리(애덤 드라이버)한테 동일시한다. 그리고 중반 넘어 부부가 가정

법원에 나란히 앉아 변호사들의 대리전을 착잡한 심정으로 지켜보는 장면부터 영화는 관객을 니콜과 찰리로부터 등거리에 앉히려 노력한다. 하지만 아무래도 남성 감독의 팔은 안으로 굽어 영화 마지막 장은 찰리의 감정을 지근거리에서 그리는 데에 시간을 더 할애한다. 그래도 이 정도면 선방이다. 찰리 쪽이 약자로 보이는 일은 영화에 담긴 부분이 전체 결혼 생활 중 차지하는 시기 때문에 불가피한 면도 있다. 둘의 이혼 사유를 제공한 쪽은 결혼 생활을 자기중심적으로 운영한 찰리지만 이는 영화 시작 전의 일이기에 관객은 볼 수 없다. 아들과 LA에서 새 인생을 살기로 결심한 니콜의 요구에 뒤늦게 현실을 인식하고 당혹한 채로 끌려가는 찰리는 러닝타임 동안 '약자'의 위치에 선다.

이혼 과정을 그린 영화를 〈결혼 이야기〉라고 명명한 근거는 이별 절차 역시 결혼 생활의 마지막 장이기 때문일 것이다. 무심히 다루던 가전제품이 고장 나야 찬찬히 들여다보는 것과 마찬가지로 이혼은 결혼을 전면적으로 반추하게 만든다. 영화에는 전기가 끊긴 니콜의 집에 찰리가 도와주러 온 장면이 있다. 세 식구는 미닫이 현관문을 안팎에서 밀어 닫는데 문이 부부를 갈라놓는 순간은 의미심장하게 편집돼 있다. 말하자면 이혼 절차를 시작한 두 사람은 반대편 자리에 서서 힘을 모아 서로를 분리하는 벽을 치는 과정에 있다. 애초 대리인 없이 평화롭게 헤어지고 재산을 분할하기로 했던 부부는, 캘리포니아 본가로 돌아온 니콜이 유능한 이혼 전문 변호사 노라(로라 던)를 고용하면서 날카롭게 대립한다. 찰리는 이를 배신으로 느끼지만 니콜의 결정은 이해할 만하다. 오

욕망하는 영화

프닝의 '상대의 장점'을 나열한 편지가 소개하듯 찰리는 언변이 좋고 원하는 바를 반드시 관철하는 유형이다. 연출자이자 작가인 찰리에게 배우로서 줄곧 평가받는 위치였고 자존감이 약한 니콜은 직접 남편과 협상하면 백전백패일 것임을 안다. 둘 사이엔 어린 아들이 있고 니콜이 LA에서 드라마와 영화 일을 하며 인생의 다음 장을 살기로 결심한 순간부터, 뉴욕을 생활 근거지로 고집하는 찰리와의 소송은 불가피하다. 각박한 소송을 거치지 않았다면 찰리는 결혼 생활의 무게중심이 자기 쪽으로 기울어 있었다는 사실을 깨닫지 못했을 것이다.

〈결혼 이야기〉는 형식부터 눈에 들어오는 영화는 아니지만, 블로킹과 컷의 리듬, 구도로 인물들의 관계를 전달한다. 우선 영화 초반, 이혼의 원인조차 관객이 모르는 상황에서 등장하는 연극 〈엘렉트라〉의 뒤풀이 신도 그렇다. 니콜은 여성 멤버들과, 찰리는 남자 동료들과 식당 반대편에 앉아 있다. 둘은 서로를 의식하며 방을 가로질러 시선을 던진다. 그러다 한 여성 스태프가 찰리에게 다가오자 니콜은 갑자기 외투를 챙겨 나서고 찰리는 급히 따라 나간다. 다음 컷은 텅텅 빈 지하철에서 한 사람은 앉고 한 사람은 서서 거리를 유지하는 부부의 모습이다. 설명적 대사가 없어도 관객은 화가 난 쪽은 니콜이지만 그것의 폭발을 두려워하는 것도 니콜임을 알아차린다.

도입부 몽타주 시퀀스를 제외하면 이혼 합의 전 결혼 생활의 플래시백이 전무한 이 영화에서 이혼에 이르기까지의 과정은 변호사 노라의 사무실을 방문한 니콜의 긴 회고로 진술된다.

컷 없이 인물을 따라다니는 카메라는 회상 장면으로 도망치지 않고 스칼릿 조핸슨을 끈질기게 지켜본다. 주저하던 니콜은 회상하는 동안 격앙되고 급기야 운 다음 편해져서 화장실에 가서 손을 씻고 과자를 집어먹는다. 무엇이 니콜의 무장을 해제했는지는 로라 던의 연기와 공간이 보여준다. 개방적이고 실용적인 노라는, 니콜이 말문을 열자 하이힐을 툭 벗어 떨구고 소파에 다리를 올려 다정한 뱀처럼 의뢰인을 감싼다. 모던하면서도 친근한 분위기를 내는 노라의 사무실은, 육중한 책상으로 권위를 뽐내는 라이벌 변호사(레이 리오타)의 업무 공간, 집인지 직장인지 분간이 안 가는 노변호사(앨런 알다)의 체계 없는 사무실과 시각적 대비를 이룬다.

　　　물리적 폭력이 등장하지 않는 이 영화의 '액션' 시퀀스에 해당하는 클라이맥스는, 찰리가 LA에 얻은 아파트에 찾아온 니콜이 찰리와 대화를 시도하다가 서로를 상처 내는 언쟁으로 비화되는 10여 분의 시퀀스다. 거구의 찰리와 자그마한 니콜은 현저한 체격 차를 보이는 커플이다. 자칫하면 육체적 위협이 감정선을 압도할 수도 있다. 노아 바움백 감독은 니콜이 저돌적으로 쫓아다니고 찰리는 집 안 곳곳으로 피하도록 동선을 정해 니콜을 공격자 입장에 두는 한편 결혼 생활의 문제에 관한 그간 부부의 대화 양상을 짐작하게 한다. 더 이상 도망칠 곳이 없어진 찰리는 거실로 내몰리고 마침내 니콜을 직면해 자폭한다.

　　　이혼 절차를 완료한 둘은 각기 LA와 뉴욕에서 노래를 부른다. 다소 갑작스러운 이 연출은 니콜과 찰리가 근본적으로 시련과 슬픔에서 영감을 얻는 부류의 공연예술가임을 상기시켜 흥미룹다. 우울한 사건을 다루고 있음에도 〈결혼 이야기〉의 엔딩은 기묘하게 희망적이다. 결혼이 끝나도 아이를 통해 가족은 지속된다. 이혼에 관한 영화이지만 영화를 보고 결혼하기 싫어지는 관객만큼이나 결혼이 할 만한 시도라고 생각하는 관객도 있을 법하다. 결말부에 찰리가 뒤늦게 발견하는 니콜의 글(찰리의 사랑스러운 점을 나열한)은, 둘의 결혼이 실패했지만 진짜 사랑을 했고 그 사실은 이혼으로 무화되지 않음을 말한다. 희귀하게 아름다운 것을 놓쳤다는 각성은, 그 아름다움을 뼈저리게 만지작거리게도 한다.

2019. 12.

사랑이라는 협상

내 사랑 My Love
감독 에이슬링 월시, 2016

"그들이 도달하는 정점은 상대방과 내가
삶을 견디기 위해 무엇이 필요한지를
이해하는 상태이다."

　　　　〈내 사랑〉은 캐나다 화가 모드 루이스의 생애를 실제보다 로맨틱하게 그린 예술가 영화이자 이례적인 러브 스토리다. 선천성 관절염과 그림을 향한 열정을 한 몸에 지닌 모드 루이스(샐리 호킨스)는 그를 독립된 성인으로 대하지 않는 가족을 떠나 무뚝뚝한 생선 장수 에버렛(이선 호크)의 입주 가정부가 된다. 두 사람이 동거하는 집은 〈룸〉의 세트만큼 비좁다. 침대 들일 자리도 없어 한 매트리스를 나눠 쓰는 지경이다. 자기만의 방을 가진 적 없던 여자와 타인을 곁에 두는 방법에 철저히 무지한 남자는, 이 콩깍지처럼 비좁은 공간에서 숙명처럼 조금씩 가까워진다. 우연히 발견한 페인트로 선반을 칠한 날부터 모드는 오두막의 벽과 계단을 꽃과 새, 환희와 의지로 채워나간다. 〈내 사랑〉의 제작진은 가로 3미터, 세로 3.6미터의 야외 세트를 짓고 벽을 뜯어내지 않은 채 협소한 공간을 감수하며 촬영했다.

어떻게 한 거지? 설마 체구를 줄인 건가? 〈내 사랑〉에서 장애가 있는 왜소한 화가 모드로 분한 샐리 호킨스를 보는 순간, 배우라는 직군의 비현실적 능력에 새삼 경탄했다. 모드의 가족은 선천적 관절염으로 몸을 보통 사람처럼 가누지 못하는 그가 당연히 자기 앞가림도 할 수 없다고 믿어버린다. 그러나 샐리 호킨스가 연기해온 많은 여성이 그렇듯 모드는 외유내강의 살아 숨쉬는 정의定義 같은 인물이다. 팔다리는 오그라져 있고 얼굴은 경련으로 떨릴지언정 그는 결코 겁에 질린 인간이 아니다. 마음이 답답하면 혼자 동네 바에 가서 술도 마시고, 팔레트에 손을 뻗어 그림을 그리며, 주변의 협박에 가까운 타박에도 주눅 들지 않는다. 말과 말 사이에 어김없이 끼어드는 모드의 수줍은 미소는 약자의 아부라기보다 '당신을 상냥히 대할 테니 당신도 나를 그렇게 대해달라'는 단호한 청이다. 모드가 온전한 성인으로서 살아가는 것을 가로막는 장애는 그러니까 질병이 아니라 주변 사람들의 예단이다.

독립하려는 모드에게 입주 가정부의 일자리와 숙식을 제공하는 이는 모드와 반대로 정신적으로 미숙하지만 강한 척 살아온 고독한 생선 장수 에버렛이다. 고아원 출신의 남자는 외딴 오두막에 홀로 살며 아직도 고아원에 가서 끼니를 때운다. 에버렛은 사지가 멀쩡하지만 소통 기술이 0에 수렴한다(대화의 명인 이선 호크가 에버렛을 연기한다는 점이 아이러니다). 말문이 막힐 때 에버렛이 의지하는 마지막 비상구는 화내기다. 버럭 하면 상대의 입을 막아 대화를 중단할 수 있기 때문이다. 모드가 집에 온 첫날 무슨 일부터 할까 묻자 에버렛은 "일일이 지시할 거면 내가 하고 말지!"라고 성을 내는데 여기서 우리는 그가 감정 표현은 고사하고 아주 단순한 사실의 설명도 힘겨워하는 중증의 소통 장애를 안고 있음을 알 수 있다. 요컨대 〈내 사랑〉은 사회적 약자인 인물이 배려하는 반려자를 만나 잠재력을 실현한다는 인간 승리 미담이라기보다, 원래 강인한 여성이 본인의 자아를 실현하는 도중에 겉으로만 터프해 보였던 미성숙한 남자까지 돕는 이야기라서 진부하지 않다. 에버렛은 그의 오두막이 그러하듯 모드에게 허름하지만 꼭 필요한 지붕이고, 모드는 그 지붕 밑을 진정한 집home으로 변화시킨다.

에버렛은 모드와 동거한 지 두 달 만에 뺨을 때리고 거칠게 모드를 밀어낸다. 이 행동은 착취와 증오의 발현이라기보다 친밀한 관계의 가능성이라는 '무시무시한' 위기에 몰린 남자의 자기 방어에 가깝다(물론 그렇다고 용인되진 않는다). 분노한 모드는 밀린 급료를 받아 오두막을 뛰쳐나오지만 다음 순간 우리는 그 돈으로 물감을 사서 에버렛의 집에 돌아와 그림에 몰두하는 모드를 본다. 〈내 사랑〉은 실화의 일부를 생략한다. 전기작가와 기록에 의하면 폭력은 한 번이 아니었을 가능성이 높고 에버렛은 다른 여성을 곁눈질했으며 모드가 유명해진 다음 아내의 재능을 이용한 면도 있다고 한다. 에이슬링 윌시 감독은 루이스 부부에게서 영감을 받아 착안한 두 남녀의 희귀한 관계를 그리기 위해 실화를 취사선택했지만, 동시에 최루성 멜로를 뽑아내려고 무리수까지 두진 않았다.

〈내 사랑〉에는 흔한 키스신 하나 없다. 사랑의 고백 대신 모드는 "에버렛은 좋은 사람이에요"라고 하고, 에버렛은 "당신이 나보다 나은 사람이라 겁났어"라고 말한다. 관객이 목격하는 가장

다정한 행위는 머리를 쓰다듬어주는 손길 정도이다. 러브신의 결
핍에 관한 인터뷰 질문에 이선 호크는 '비포' 시리즈가 배출한 사
랑의 철학자답게 설명했다. "(미디어 탓에) 성생활과 로맨스에 관한
너무 많은 과장된 가짜 아이디어가 우리의 머리를 점령하고 있다.
그래서 실망하고 혼란에 빠진다." 어쩌면 〈내 사랑〉이 그리는 관계
를 규정하는 단어로 사랑은 과하다. 에버렛과 모드가 도달하는 정
점은 상대방과 내가 삶을 견디기 위해 무엇이 필요한지를 이해하
는 상태이고 그것만으로도 감격하기엔 족하다. 2017. 7.

병적인 천생연분

팬텀 스레드 Phantom Thread
감독 폴 토머스 앤더슨, 2017

"알마는 웅얼거릴지언정 항복하는 법이 없다.

대화의 마무리도 꼭 자기 쪽에서 짓는다."

     1950년대가 배경인 폴 토머스 앤더슨 감독의 〈팬텀 스레드〉에는 두 채의 집이 나온다. 하나는 집과 의상실을 겸한 런던의 디자인 하우스이고 다른 하나는 항구 마을의 별장으로 작업실이 들어앉아 있다. 두 집의 주인은 열여섯 살에 어머니의 재혼 웨딩드레스를 직접 만든 일을 계기로 줄곧 드레스를 지어온 완벽주의 디자이너 레이놀즈 우드콕(대니얼 데이 루이스)이다. 영화는 런던 우드콕 하우스의 아침 제의로 시작한다. 집 맨 위층에 사는 '성주城主' 레이놀즈와 그의 매니저인 누나 시릴(레슬리 맨빌)이 완벽하게 차려입은 다음 문을 열면 줄을 서서 기다리던 여성 재봉사들이 비로소 출근한다. 레이놀즈는 재봉사 한 사람 한 사람의 이름을 부르며 아침 인사를 한다. 내려오는 레이놀즈와 올라오는 직원은 계단에서 살짝 몸을 돌려 서로를 지나친다. 두 사람이 동시에 지나가기에는 너무 좁아 요령이 필요한 가파른 계단. 〈팬텀 스레드〉가 탐구하는 사랑이라는 관계도 그러하다.

우선 관계의 한쪽 당사자인 그는 누구인가? 레이놀즈 우드콕은 죽은 어머니의 머리카락을 옷 솔기에 바느질해 넣고 다닐 만큼 유년기에 고착된 폐쇄적 천재형의 예술가다. 어머니의 유령을 비롯해 그는 여자들의 울타리를 두르고 산다. 경영을 전담하는 누나, 재봉사, 고객에다가 주기적으로 교체되는 입주 뮤즈 겸 모델이 있다. 본인의 영감과 일과를 흔드는 미세한 잡음도 용납치 못하는 그는 기존 모델을 내보낸 직후 마음의 파문을 다스리고자 시골 별장으로 내려가자마자 꾸밈없는 태도를 가진 웨이트리스 알마(비키 크리프스)에게서 곧장 이상형을 발견하고 런던으로 데려온다. 이 뻔뻔하게 자로 잰 듯한 타이밍은, 폴 토머스 앤더슨 감독이 이번에는 일종의 게임을 디자인하고 있음을 말한다.

〈팬텀 스레드〉에는 섹스 신이 없다. 관점에 따라 레이놀즈는 무성애자로 보이기도 한다. 다만 폴 토머스 앤더슨은 패션쇼 도중 굳이 구멍을 통해 본인의 드레스를 입은 모델의 워킹을 엿보는 레이놀즈의 숏으로, 스코포필리아scopophilia, 에로틱한 대상으로서 타인을 보는 행위를 통해 얻는 성적 쾌감가 이 남자에게 중요한 쾌락의 원천임을 암시한다. 첫 데이트에서 서슴없이 알마의 입술 화장을 지워버리고 "훨씬 낫다"고 품평하는 레이놀즈는, 머릿속에 있는 절대적인 미와 여성의 이상을 옷으로 구현해 상대에게 입히고 그것을 바라보는 데에서 행복을 찾는다. 영화에 등장하는 우드콕표 드레스의 특징은 우아하되 각진 실루엣으로 여성의 몸을 지탱하고 '조각'한다는 데에 있다. 스타일로 예견할 수 있듯, 유행을 경멸하는 레이놀즈는 저무는 시대에 속한 딱한 예술가이기도 하다. 아무튼 고착형 인간인 것이다. 가상의 쿠튀르지만 아마도 우드콕 하우스는 변화 없이

1960년대를 살아남지 못했을 터다.

그렇다면 알마는 누구인가? 영화는 그의 과거를 생략한다. 룩셈부르크 출신 비키 크리프스의 억양이나 벨기에 공주와의 장면으로 이방인임을 암시할 뿐이다. 순순히 레이놀즈의 제안을 받아들이는 알마는 부와 권력을 지닌 남자에게 기꺼이 픽업된 신데렐라로 보인다. 그러나 비키 크리프스가 분한 알마는 〈팬텀 스레드〉가 대니얼 데이 루이스의 원맨쇼인 줄 알았던 관객에게 최대 반전을 안긴다. 영화를 두 번째로 보는 동안 나는, 첫 관람에서 알마의 많은 반격을 놓쳤음을 깨닫고 웃었다. 그는 웅얼거릴지언정 항복하는 법이 없다. 대화의 마무리도 꼭 자기 쪽에서 짓는다. 감독은 알마의 캐릭터를 단번에 제시하는 대신 영화의 솔기 곳곳에 감춰두었다. 처음 모델이 되던 날 알마는 똑바로 서라는 레이놀즈의 핀잔을 그냥 넘기지 않고 "어떻게요? 진작 그렇게 말하지 그랬어요?"라고 대꾸한다. 시도 때도 없이 가봉하는 레이놀즈를 위해 서 있었던 일화를 추억하며 독백하는 "나는 누구보다도 오래 서 있을 수 있었어요(No one can stand as long as I can)"라는 대사는, 누구보다 오래 자기의 입장을 견지할 수 있다는 의미로도 해석된다. 그는 레이놀즈가 강요하는 아침 식탁의 침묵이 우스꽝스럽다고 토를 달고, 아무도 그에게 묻지 않는데도 원단에 대한 견해를 말한다. 그리고 마침내 "나는 내가 원하는 방식으로 그를 알아가야 해요(I have to know him in my own way)"라고 선언하며 남자와 충돌한다.

영화 전반부의 한 장면에서 레이놀즈의 드레스를 예찬

하는 여성들은 "당신의 드레스를 입은 채 죽어 매장되고 싶다"고 말한다. 알마는 다르다. 그는 레이놀즈의 드레스를 입고 만들며 살 길 원한다. 옷 만드는 과정에서 자신이 한 기여를 주장하듯, 우드콕의 드레스가 모욕당할 때 레이놀즈보다 더 분노한다. 로테르담 국제영화제에서 집행위원장이 〈팬텀 스레드〉 상영에 참석한 비키 크리프스에게 "대니얼 데이 루이스와 연기하는 일이 긴장되지 않았나요?"라고 묻자 눈치 빠른 폴 토머스 앤더슨 감독이 끼어들었다. "왜 긴장한 쪽이 비키라고 단정하시죠?"

레이놀즈와 알마는 병적인 천생연분이다. 정신적 사도마조히즘의 10라운드 경기 같은 둘의 관계에서 출구를 찾는 쪽은 알마다. 알마가 없는 삶을 원치 않는다고 호소했다가, 남매가 이룩한 세계를 알마가 망친다고 투정하며 오락가락하는 레이놀즈는 동시에 갖기 불가능한 둘을 함께 가지려 든다. 이 딜레마를 극약 처방으로 해결하는 알마의 행위는 언뜻 이기적으로 보이나 관계의 전체 그림에서는 총대를 멘 격이다. 병상에 누운 레이놀즈는 어머니의 환영이 알마와 교대하는 듯 보이는 광경을 목격한다. 사춘기에 고착돼 있는 이 자폐적 예술가가 어머니의 자리를 (못 이기는 척 기꺼이) 알마에게 넘기리라는 전조다.

시골뜨기 이방인 알마가 우드콕가에 입성하고 시릴에게 관찰당하는 시점까지만 해도 〈팬텀 스레드〉는, 우드콕과 이름도 비슷한 히치콕의 스릴러 〈레베카〉의 설정을 반복할 듯 보인다. 갑자기 신분 상승한 평범한 여자가 저택에 깃든 죽은 여자의 환영에 억눌리고 미쳐가는. 그러나 시릴은 동생의 천적인 알마에게 점점 호감을 느끼고 알마는 노이로제에 걸리기는커녕 교섭권을 키워나간다. 누구의 환상일지 모를 영화의 에필로그는 어쩌면 그가 우드콕 하우스를 넘겨받았을지도 모른다는 상상을 부추긴다.

　　폴 토머스 앤더슨 감독은 자신이 아파서 온전히 무력해졌을 때 아내(마야 루돌프)의 얼굴에 떠오른 기묘한 만족감과 기쁨을 보고는 〈팬텀 스레드〉를 구상했다고 밝힌 바 있다. 그러고 보면 영화 제목도 감독 이름과 이니셜이 같다. 하지만 폴 토머스 앤더슨은 레이놀즈를 부둥부둥 끌어안는 대신 거의 놀려대고 있다. 〈팬텀 스레드〉는 압도적 재능을 가진 남성 예술가에게서 나온, 자기애의 가장 세련된 표출이다. 2018. 3.

이기적으로, 잔혹하게

레이디 맥베스 Lady Macbeth
감독 윌리엄 올드로이드, 2016

"셰익스피어의 맥베스 부인이 살인을 부추긴 여자였다면
〈레이디 맥베스〉의 캐서린은 살인자다.
그는 원하는 것을 위해 자기 손에 피를 묻힌다."

　　　〈레이디 맥베스〉의 윌리엄 올드로이드 감독은 미장센으로 우선 주인공을 감금한다. 캐서린(플로렌스 퓨)은 코르셋과 크리놀린에 한 번 갇히고, 채도 낮은 가구와 계단, 창틀이 그리는 네모 안에 다시 담긴다. 집 안에는 책 한 권, 오락거리 하나 없다. 영화 후반 캐서린의 뒷모습은 실내에 홀로 있는 여성과 인테리어를 즐겨 그린 덴마크 화가 빌헬름 하메르쇠이(1864~1916)의 그림을 그대로 가져온 것만 같다. 그러나 얼굴 없이 뒤돌아선 여성의 침묵을 묘사한 하메르쇠이의 작품과 반대로 캐서린은 수시로 장의자 중앙에 앉아 정면을 쏘아보며 다음 행보를 궁리한다. 하메르쇠이의 그림 속 여성을 돌려세우고 목소리를 듣고 싶었던 사람이라면 〈레이디 맥베스〉에 만족할 것이다.

　　　이것은 유혈극 버전의 〈채털리 부인의 사랑〉일까? 〈레이디 맥베스〉의 야심은 그보다 복잡해 보인다. 영화를 여는 결혼식 장면에서 부잣집에 팔려 오다시피 한 어린 신부는 낯선 얼굴들에

둘러싸여 있다. 그러나 베일 뒤의 젊은 눈동자는 호기심, 심지어 엷은 희망을 내비친다. 때는 1865년이고 소녀 캐서린은 당시 사회에서 여성이 삶의 궤도를 바꿀 수 있는 거의 유일한 문턱에 선 참이니 충분히 그럴 만하다. 모색의 시간은 길지 않다. 캐서린의 새 가족은 매우 신속하게 그가 애 낳는 살림살이property에 불과하다는 점을 확실히 한다. 그들은 캐서린이 말대꾸를 하거나 현관 밖으로 나가는 일을 불허하고 저녁 식탁의 대화에 끼워주지 않는다. 기상 시각도 청소하러 들어오는 하녀가 정한다. 가장 직접적으로 캐서린을 모욕하는 남편(폴 힐턴) 또한 슈퍼 가부장인 아버지 보리스(크리스토퍼 페어뱅크)의 꼭두각시에 불과하다. 영화 중반 캐서린은 벽에 세운 보리스의 관 옆에 웨딩 사진을 찍듯 서기도 한다. 그를 '사들인' 주체는 남편이 아니라는 사실을 향한 정중한 조소의 제스처 같다.

그러나 애초 매매혼에 가까운 결혼에서도 실리를 찾아내려고 했던 소녀는 벽에 부딪혀도 순순히 좌절하지 않는다. 캐서린은 한마디로 '한마디도 지지 않는 여자'다. 물리적 대결이 영화에 등장하기 전부터 캐서린은 대화에서 밀리지 않는다. 울며불며 반박하는 대신 말 이외의 신호들로 맞선다. 아버지에게 찍소리 못 하면서 내실에서만 큰소리치는 남편에게는 피식거리고, 협박을 들으며 나른하게 뭔가를 집어먹는다. 방문한 목사가 현숙한 부인의 도리를 늘어놓자 말허리를 끊고 의자에서 벌떡 일어나 즉시 배웅해 버린다. 기억해야 할 것은 캐서린이 기본권으로서 여성의 주체적 삶을 주장하고 다른 소수자 집단과 연대하는 현대 페미니스트와는 거리가 멀다는 점이다. 그는 손에 걸리는 도구란 도구는 다 사

욕망하는 영화

용한다. 남편과 시아버지가 집을 비우자 하인들을 휘어잡기 위해 계급과 가부장의 권위를 대리 행사하고("내 남편의 시간과 돈으로?") 남편에게 들었던 "웃지 마"라는 명령을 흑인 하녀 안나(나오미 아키)에게 반복한다. 머지않아 캐서린은 자신이 강자의 자리에 설 수 있는 상대인 하인 세바스찬(코스모 자비스)에게서 성적, 감정적 만족을 얻는다. 처음 세바스찬이 침실에 침입함으로써 시작되는 이 관계는 "노가 곧 예스"라는 왜곡된 강간 판타지를 충족시킨다는 비판을 부를 만하다. 하지만 과정을 들여다보면 캐서린은 폭행을 당한 다음 남자에게 끌리는 게 아니라 키스부터 적극 주도한다. 몸의 자신감은 운명을 통제하려는 의지를 다시 강화시키고 캐서린은 욕망의 방해물을 잔인하게 제거하는 단계에 이른다.

〈레이디 맥베스〉는 비백인 배우에게 주요 배역의 절반 이상을 맡겼다. 하녀 안나와 연인 세바스찬, 남편의 혼외 아들과 그 보호자가 아프리카계 내지 혼혈 캐릭터다. 올드로이드 감독의 요람인 연극계에서는 이미 낯설지 않은 방식이기도 하다. 감독의 주장에 따르면 의도한 바가 아니라 캐릭터에 가장 적합한 배우를 물색한 '블라인드 캐스팅'의 결과라고 하는데, 사실이라면 페미니즘 외에도 계급과 인종의 권력관계가 덕분에 끌려 들어온 셈이다.

안나는 생면부지 타인들 사이에 떨어진 캐서린과 가장 친밀한 거리에 있는 동성이다. 캐서린 역시 동조와 우정을 원하는 기색을 보인다. 첫 번째 범죄 현장에 굳이 안나를 동석시켜 친구처럼 가족과 고향 이야기를 묻는 캐서린은, 오만한 지배계급을 응징한다는 의미를 사태에 불어넣으려는 것처럼 보이기도 한다. 하지만 캐서린과 달리 19세기에 온전히 속한 인물이며 고용주의 이데올로기를 내면화한 안나는 같은 여성인 캐서린의 일탈에 두려움을 넘어 거부감을 느낀다. 같은 여성이지만 흑인이고 하인 계급인 안나는 캐서린보다 선택지가 더 적다.

두 번째 범죄에서는 공범인 연인이 주춤하기 시작한다. 밀회 중 남편이 갑작스레 돌아오자 정부情婦와 정부情夫 커플이 으레 그러듯 순간적으로 세바스찬을 숨긴 캐서린은 창녀 운운하는 비난을 듣자 제 손으로 남자를 끌어내 정사 자세를 취하며 도발한다. "이 경우에는 결혼이 매춘"이라는 반론이라도 하듯. 같은 여성이 연대를 거부하고 남자 친구가 주저하는 가운데 〈레이디 맥베스〉는 가차 없는 속도로 모성애의 시험을 마지막으로 제기한다(캐서린은 애인의 아이를 임신하지만 이 점은 영화가 끝나고 잊힐 정도로 극 중에서 거론되는 일이 없다. 동시에 그는 임신을 감출 생각이 없는 양 배에 손을 자주 얹는다). 남편의 핏줄이라고 찾아온 어린 소년은 착하고 캐서린을 첫눈에 따르며 게다가 정치적으로 올바른 관객의 동일시를 즉각적으로 부르는 소수인종 혼혈이다. 그렇다면 캐서린은 당연히 아이의 엄마 역을 맡아야 하는가? 일견 그것이 소수자들의 대안가족을 이루는 안심되는 결말처럼 보이긴 한다. 그러나 달리 바라보면 캐서린에게 아이는 결혼 당시 남편이 숨겼던 '거짓말'이며 현재의 사랑을 위협하고 그를 애도하는 '미망인'의 자리에 눌러 앉히는 족쇄이기도 하다. 한편 "감옥까지, 하늘까지" 캐서린과 함께하겠다던 애인은 돌연 남편과 같은 남성임을 확인시키듯 "너랑만 섹스가 안 됐나 보다"라는 비아냥마저 흘린다. 소년을 줄곧 적대시하던 세바스찬이 마음이 약해져 아이를 없앨 기회를 놓쳤다고 탄식하며 떠나겠다고 통보하자, 캐서린은 서슴지 않고 남자의 '핑계'를 손수 날려버린다. 대다수 관객이 주인공에게 등을 돌리는 모멘트다. 제약 속에서 살아오다 생을 통제하는 힘을 겨우 손에 쥐게 된 십대라서 가능해 보이는 천진난만한 잔혹성이다. 요컨대 제목이 유래한 셰익스피어의 맥베스 부인이 살인을 부추긴 여자였다면 〈레이디 맥베스〉의 캐서린은 살인자다. 그는 원하는 것을 위해 남자의 손이 아닌 자기 손에 피를 묻힌다. 또한 플로렌스 퓨가 연기하는 캐서린은 『폭풍의 언덕』의 캐서린과도 딴판이다. 이 모든 피투성이 과정에서 캐서린의 심리적 상태는 흔히 여성 살인자에게 배당되는 광기나 히스테리와는 동떨어져 있다. 그는 본인의 사고와 행동을 완전히 장악하고 어떤 궁지에서도 다음 카드를 생각 중이다.

젠더, 계급, 인종의 권력관계가 겹치는 이 영화의 인물들은 이야기가 나아감에 따라 본인이 귀속된 여러 가치 체계의 우선순위를 달리하며 말하고 행동한다. 〈레이디 맥베스〉는 페미니즘 영화 하면 쉽게 떠올리는, 시대에 저항한 고결한 여성의 투쟁기가 아니며 자매애의 승리담도 아니다. 그러나 예를 든 두 경우보다 더욱 드문 영화는, 긍정적 성격과 혐오스러운 습성의 요철을 가진 둘 이상의 여성 인물이 각자 이기적 욕망을 좇으며 의지와 운을 겨루는 드라마다. 시대극에서 이런 영화의 희소성은 더 말할 나위도 없다. 2017. 8.

미친놈은 내 전문이야

엘르 Elle
감독 폴 버호벤, 2016

"미셸은 범인을 법으로 처단하는 데에 무관심하다.
대신 폭력적 성의 주도권을 탈취하는 쪽을 택한다."

자극적 섹스를 나누는 커플의 신음으로 들렸던 음향이,
화면이 밝아지면 성폭행에서 비롯된 소리로 판명된다. 회색 고양
이는 룸메이트를 보호하려는 어떤 움직임도 없이 현장을 바라보
고 있다. 고양이의 담담한 태도와 괴한이 사라진 후 폭력의 잔해
를 치우는 미셸(이자벨 위페르)의 침착성 탓에 관객은 혹시 합의된
사도마조히즘적인 유희였나 다시 한번 의심해보지만 〈엘르〉의 충
격적 오프닝은 실제 주거침입 강간으로 드러난다. 호되게 시작했
으니 더 견디기 힘든 신은 없으리라는 기대도 무색하게 폴 버호벤
감독은 두어 차례 최초의 폭행 장면으로 돌아간다. 두 번째로 관
객 앞에 재현되는 성폭행은 다른 앵글로 찍혀 있으며 이번에 우리
는 보다 더 성공적으로 저항하고 마침내 둔기로 범인의 머리를 후
려치는 미셸을 목격한다. 그러나 안도도 잠시, 우리는 방금 장면이
본인이 희생된 경험을 곱씹으며 다른 결말을 상상하는 미셸의 백
일몽이었음을 발견한다. 특유의 희미한 미소를 입꼬리에 띤 위페

르의 손은 유일한 증인인 고양이를 안아 올린다. "눈을 뽑진 못해도 할퀼 순 있었잖아?" 그의 책망은 마치 왜 쥐를 놓쳤냐고 묻는 듯 가볍다. 거기에는 삶에서 외부의 어떤 도움도 기대하지 않는 인물의 차가운 표표함이 있다.

특기할 사항은, 영화의 도화선인 강간의 묘사와 재연에서 고양이 마티는 줄곧 구두점 노릇을 한다는 점이다. 영화의 최초 숏은 폭행을 목도하는 마티의 클로즈업이고 나중에 우리는 고양이의 외출이 문단속을 풀었음을 알게 된다. 사건 후 미셸의 회상도 마중 나온 마티의 야옹거림에서 촉발돼 고양이로 끝난다. 며칠 후 창문에 뭔가 부딪치는 소리는 다른 종류의 '유혈'로 이어지는데 이 경우 범인이 섰던 가해자의 자리에 고양이가 있다. 요컨대 이 고양이는 강간범의 침입에 빌미를 제공했으나 그로 말미암은 사태에 개입하지 않으며 누구에게도 감정이입하지 않고 때로는 잔혹하다. 이쯤 되면 이 고양이야말로 감독 폴 버호벤의 얼터에고 alter ego가 아닌가 싶다. 결정적으로, 마티는 많은 것들을 영화로 물고 들어오지만 결국 이자벨 위페르의 무릎 위에 있기 때문이다.

무단침입한 괴한에게 집에서 성폭행을 당한 미셸은 범인이 사라지자 부서진 세간을 쓸어 담고 속옷을 버리고 욕조에 몸을 담근다. 그리고 초밥 집에 주문 전화를 걸어서 묻는다. "홀리데이 롤에는 뭐가 들었죠?" 이튿날엔 성병 감염 여부를 검사하고 호신용 최루 스프레이를 사고 도어록을 바꿔 단다. 경찰에 신고하거나 심리 상담을 신청하는 일은 없다. 영화의 3분의 1을 남기고 범인의 정체가 밝혀진 다음에도 미셸은 복수와 처벌을 도모하긴커녕 사도마조히즘의 게임을 주도한다. 상식을 넘어선 이 행동에는 극히 특수한 과거가 연관돼 있다. 39년 전 평소 멀쩡한 시민이었던 미셸의 아버지는 마을 주민을 다수 살해해 프랑스 전국을 뒤흔들었고 그날 이후 어머니와 미셸은 평생을 대중의 저주와 모욕 속에 살아왔다. 결과로서 미셸은 경찰과 언론을 멀리하게 됐고, 버스나 지하철 안에서도 언제든 공격당하면 누구의 도움 없이 스스로를 방어해야 하는 입장에 익숙해졌다. 이를테면 〈케빈에 대하여〉의 에바(틸다 스윈튼)와 유사한 상황이지만, 사춘기 이전에 트라우마를 겪은 미셸에게서 나타나는 결과는 가해자의 어머니인 에바의 그것과 사뭇 다르다.

　　범인 추적에 나선 미셸은 한 직원에게 회사 컴퓨터들을 몰래 뒤지라고 지시한 뒤 다음 조치는 직접 하겠노라 말한다. "미친놈은 내가 잡아. 내 전문이지." 이 대사로 미루어보건대 생애 두 번째로 괴물과 조우한 미셸에게는 평범한 사람이 이해할 수 없는 치명적인—마조히즘적인—호기심과 오기가 있다. 성폭행이라는 사태를 맞아 그가 원하는 바는 정의 실현이나 보복과는 조금 궤를 달리한다. 이번에야말로 멀쩡한 인간 내부에서 악마가 언제 어떻게 튀어나오는지 똑똑히 지켜보고, 사태의 주도권을 차지해 평생 그를 따라다닌 희생자 역을 영구히 청산하겠다는 의지에 가까워 보인다. 영화의 원작 소설 『엘르Oh…』(2012)의 한 대목이다. "나는 그가 어둠 속에서 기다리고 있기를 바랐다. 다시 대결하고 싶었다. 온 힘을 다해 발로 차고 주먹을 날리고 깨물고 머리칼을 쥐어뜯고 벗겨서 창문에 묶어놓고 싶었다." 미셸은 복역 중인 아버지의 죽음을 안 직후 자동차 충돌사고가 나자 놀랍게도 문제의 강간범에게 도움을 청한다. 왜? 내가 생각할 수 있는 유일한 설명은 미셸이 남자 안의 괴물과 구면이라는 점이다. 공격당한 여성의 저항이 지배욕을 부추기는 상황이 오지 않으면 괴물은 깨어나지 않으리라는 가설에 패를 걸고 허를 찌름으로써 '게임'의 서브권을 넘겨받는 것이다.

한편 〈엘르〉는 강간범을 쫓는 스릴러 서사와 나란히 미셸을 둘러싼 인간관계를 스케치한다. 친구인 동업자 안나를 제외하면 그 주변의 모든 인물이 미셸을 저어하면서도 그의 경제력과 권위에 의존하고 있다. 전남편, 생활력 없는 아들과 그의 뻔뻔한 여자 친구, 실속 없는 연애와 성형에 빠진 어머니, 둔감한 불륜 상대 등은 하나같이 미셸의 눈에 한심해 보이는 무인지경이지만 미셸은 자신이 주재하는 영역에서 그들이 이탈하기를 원치 않는다. 모두를 초대한 크리스마스 파티에서 고양이처럼 집 곳곳을 누비며 상대에 따라 그들을 유혹하고 공격하고 경악시키는 미셸은 거의 희열을 느끼는 것처럼 보인다. 다시 말해 〈엘르〉의 대다수 주변 인물들은 미셸에게 짐이자 필요한 존재이고 이 극점에 가장 최근 그의 자장磁場에 뛰어든 강간범이 있다. 미셸은 성폭행의 피해자로서 범인을 법과 물리력으로 처단하는 데에 무관심하다. 대신 성폭력 안으로 들어가 폭력적 성의 주도권을 탈취하는 쪽을 택한다.

〈엘르〉를 거절했다는 할리우드 1급 여배우들의 사유는 예술적 모험심 부족이 아니라, 주인공과 영화가 성폭행을 대하는 파격적으로 모호한 태도가 위험하다는 판단이었을 터다. 남성 지배적 세계의 권력 구조에 크게 기인한 끔찍한 범죄인 강간을 당연히 있을 수 있는 에피소드인 양 취급하고 그 결과물로 발생한 에로티시즘까지 즐기는 설정은 강간과 관련된 일부 남성들의 미신과 클리셰를 공고히 할 수 있다는 점에서 확실히 위험하다. 앞서 추측해본 미셸의 심리적 기제를 고려한다고 하더라도, 미셸의 불합리한 충동과 상호 모순된 속성을 단일한 퍼스낼리티로 흡수하고 변명 없이 납득시켜버리는 이자벨 위페르의 권위가 없었다면 〈엘르〉는 제대로 작동하지 않았을 것이다. 이 배우에게는 관객이 동의하거나 연민하지 않더라도 그가 연기하는 인물의 현존을 믿고 용인하게 밀어붙이는 거의 폭력적인 힘이 있으며 배우 자신도 때때로 이 힘을 인지하고 무기로 쓰는 것처럼 보인다. 원작이 미셸의 1인칭 독백으로 이야기를 실어 나른다는 점을 고려하면 보이스오버 한 줄 없이 〈엘르〉를 끌어가는 위페르의 완력은 가공할 만하다. 한 발만 헛디디면 관객이나 연기자를 착취할 가능성이 높은 〈엘르〉 같은 작품에 흔쾌히 뛰어들려면 감독을 향한 200퍼센트의 신뢰 혹은 배우 자신의 캐릭터 장악력에 대한 확신이 필요할 텐데 위페르의 경우 어쩐지 후자였을 것 같다. 과연 폴 버호벤 감독은 뉴욕 링컨센터에서 열린 관객과의 대화에서 천하태평하게 회고했다. "이자벨과 나는 캐릭터, 심리, 본질에 대해 아무 대화도 안 했다. 당일 촬영에 어떤 색깔의 옷을 입을지, 여러 인물이 있는 장면의 동선을 어찌할지 정도만 이야기했다. 그의 직관을 그냥 믿었다. 미셸도 여자니까 이자벨이 더 잘 알 테고……."

이자벨 위페르와 폴 버호벤을 삼각형의 꼭짓점으로 놓는다면 나머지 괄호에 들어갈 이름은 〈피아니스트〉를 연출한 미하

　　　　　　　　욕망하는 영화

엘 하네케다. 버호벤도 유럽 거장의 영향을 묻는 질문에 페데리코 펠리니와 루이스 부뉴엘을 거명하고 현대 작가로서는 하네케를 제일 좋아한다고 밝힌 바 있다. "나는 그런 영화 도저히 못 찍는다"고 부언하면서. 관객의 눈에도 차이가 무엇인지는 분명하다. 〈퍼니게임〉〈피아니스트〉〈하얀 리본〉은 영화를 보다 보면 인간성의 일부를 이루는 어둠에 도달하지만, 버호벤은 아예 인간이 그렇고 그런 존재임을 전제해놓고 영화를 시작한다. 팝콘무비 작가인 버호벤은 개탄하거나 사색하는 대신, 폭력과 에로티시즘의 스펙터클을 실컷 펼쳐놓은 다음 관객이 방금 무엇을 즐겼는지 깨닫게 하고 아울러 "사실 감독인 나도 이런 것들을 좋아한다"는 태도를 드러낸다. 많은 오락영화에는 지워져 있는, 이와 같은 자각의 순간이 어디서 오는지는 짚어내기 어렵다. 〈로보캅〉〈스타쉽 트루퍼스〉처럼 지독히 노골적인 알레고리—전자는 예수, 후자는 파시즘—와 〈쇼걸〉(1995)처럼 아메리칸드림을 세일즈하는 게 아니라 진심 신봉하는 스트레이트한 성공담을 오가는 버호벤의 영화적 톤은 쉬워 보이지만 아무도 모방하지 못한다. 늘어놓고 보니 9.11 테러가 발생한 후 미국에서 폴 버호벤의 할리우드영화가 재평가받고 트럼프 집권 이후 그를 그리워하는 미국 평자들이 여기저기 보이는 것도 우연이 아니다. 버호벤의 아이러니는 세속적이고 가볍다. 자신도 영화가 지목하는 부박한 쾌락의 추종자이기 때문이다. 1938년에 태어나서 일곱 살까지 나치 점령기의 네덜란드에서 성장한 버호벤은 당시 원체험을 들어 "나는 죽음과 폭력에 놀라지 않는다. 좋아한다는 건 아니지만 그것들이 인간의 정상상태라고 느낀다"라고 취향을 설명한 적이 있다. 프랑스 감독 자크 리베트는 망한 영화의 대명사로 일세를 풍미한 버호벤의 〈쇼걸〉을 호평하며 이렇게 덧붙였다. "비뚤어진 멍청이들assholes로 가득 찬 세상에서 살아남는 법에 관한 영화이고 그것이 버호벤의 철학이다." 〈엘르〉에도 해당하는 말씀이다. 오늘 다시 본 〈쇼걸〉은 기억과 딴판으로 재미있고 통쾌하다. 내가 귀가 얇거나, 당시 댄서들의 몸에 떠다니던 모자이크에 눈이 흐려졌거나, 버호벤이 부지중에 시대정신을 앞질러 간 감독이었거나 셋 중 하나인가 보다. 2017. 6.

욕망하는 영화

남부의 작은 아씨들

매혹당한 사람들 The Beguiled
감독 소피아 코폴라, 2017

"그가 '집 안의 유일한 남자'로서

섣불리 품은 우월감과 기회주의가 불운을 초래한다."

　　남북전쟁 종전을 1년 앞둔 1864년 미국의 버지니아. 숲에서 버섯을 따던 십대 초반 소녀 에이미(우나 로런스)는 적군인 북군의 부상병(콜린 패럴)을 발견한다. 지혜롭게도 존 맥버니 상병은 소녀를 향해 윽박지르는 대신 "무섭니? 나도 무섭다"라고 말을 걸고, 소녀는 참다운 기독교인답게 다른 네 학생과 함께 지내는 근처의 판스워스 기숙학교로 남자를 부축해 간다. 그곳에선 저택 주인이자 교장인 마사(니콜 키드먼)와 오랫동안 유일한 교사로 일한 에드위나(커스틴 던스트)가 다섯 학생을 가르치고 돌보며 '남부판 〈작은 아씨들〉' 같은 정경을 그리고 있다. 그러나 〈매혹당한 사람들〉과 루이자 메이 올컷 소설의 차이는 명확하다. 이 백인 여성들은 바깥세상에서 완전히 고립돼 전쟁이 지나가기만 기다리고 있다. 노예들은 떠났고 앞으로의 세계는 달라질 참이지만, 그들이 할 수 있는 일은 숙녀의 교양을 배우고 가르치며 자세를 흐트러뜨리지 않는 것뿐이다. 〈매혹당한 사람들〉의 기숙학교는 험한 바깥과 단절된 채 욕망들이 어우러지는 어여쁘고 특권적인 장소, 즉 〈마리 앙투아네트〉의 베르사유, 〈사랑도 통역이 되나요?〉의 도쿄 특급호텔 등과 같은 소피아 코폴라가 선호하는 공간이다. 간헐적으로 땅을 울리는 포성 사이로 그래도 여자들은 음악을 연주하고 낙엽만 굴러가도 깔깔거린다. 존이 회복하는 동안, 일곱 여자는 그를 저어하면서도 그에게 매료된다. 욕망의 대상으로서 누릴 수 있는 권력을 간파한 존도 점점 생존 이상을 꾀한다. 그가 악한은 아니나 '집 안의 유일한 남자'로서 섣불리 품은 우월감과 기회주의가 불운을 초래한다. 코폴라의 〈매혹당한 사람들〉은 1971년 돈 시겔이 만든 동명 영화의 재해석이며 대부분의 주요 플롯을 공유한다. 서사의 대동소이함에도 불구하고 코폴라의 신작은 '리메이크'라는 표현이 어색하다. 돈 시겔과 클린트 이스트우드의 영화가 여성 욕망의 광기에 포위된 남성의 거세공포에 주목한 호러에 가깝다면, 소피아 코폴라의 〈매혹당한 사람들〉은 여자들을 움직인 매혹의 성격, 그것을 통제하거나 통제하려다 실패하는 제스처, 그것들이 어울려 조성하는 무드에 주목하는 드라마다.

1971년 작에서 존을 둘러싼 여성 인물들의 동기는 성적 욕구불만과 호기심, 로맨틱한 열망이 지배적이었다. 코폴라는 일곱 인물의 욕망을 좀 더 상세히 살핀다. 홀로 학교를 이끌어온 마사는 든든한 조력자를 아쉬워하고, 에드위나는 자신을 학교 밖으로 데려다줄 손을 열망한다. 알리시아(엘 패닝)는 빨리 성인 여성이 되고 싶고 에이미는 지적인 호기심을 나눌 친구를 원한다. 존 맥버니는 이러니저러니 해도 세심한 유혹자다(오직 남자라는 희소

가치로 매혹시킨 것이 아니다). 그는 마사에게는 강인함과 용기를 칭찬하고 에드위나에게는 새로운 삶을 약속하며 알리시아의 요염함을 확인시켜주고 에이미에겐 아빠나 친구가 그러하듯 새로운 걸 알려주며 그의 어깨에 기댄다. 나름대로 세파에서 차단된 안온한 '고치' 같은 학교 분위기가 강조되고 캐릭터가 원작보다 선명해지면서 유머가 강화됐다. 존이 애플파이의 맛을 칭찬하자 마사는 요리한 에드위나를 언급하며 "내가 준 레시피 맞지?"라고 넌지시 못 박고, 에이미는 사과를 따왔다고, 다른 소녀는 땅을 갈았다고 공치사를 한다. 문제의 애플파이도 이 대화만큼 맛있진 않을 것이다. 돈 시겔 감독은 고려하지 않았던 소녀들의 천진난만한 왁자함도 소피아 코폴라는 포용한다. 작은 숙녀들은 "다같이 남부의 인심을 보여줘서 계속 여기 있게 하자"라고 모의하다 "다들 싫어하니까 이만 가달라고 할까?"라고 울상을 짓는다.

소피아 코폴라의 연출은 남녀 모두에게 너그럽다. 그의 존 맥버니는 1971년 작의 거짓말을 일삼는 남자가 아니고 교장의 비밀스러운 가족사는 생략됐다. 도덕성 검열에서 막 벗어난 당대 할리우드의 흥분을 반영해 레즈비언 판타지, 근친상간, 소아성애의 코드를 두루 건드리고 하드고어를 포함했던 돈 시겔 작품과 달리 새로운 〈매혹당한 사람들〉은 해방감을 누리기 위해 금기를 자극할 필요가 없다. 시각적 톤도 이야기의 해석에 동조한다. 레이스 천들은 필터처럼 종종 눈앞을 가리고, 촛불로만 밝혀진 실내와 안개 서린 장원을 얇은 초점으로 촬영한 화면은 몇 세기 전 과거에서 날아온 세피아 톤의 그림엽서 같다. 이 부연 시야는, 극 중 여성들이 외부 세계와 역사를 바라보는 시선을 드러내기도 한다. 소피아 코폴라는 원작 소설과 1971년 작 영화에 있던 흑인 하녀 캐릭터를 없앴다는 이유로 비난받기도 했다. 그러나 얼핏 뉘앙스와 매너의 연구처럼 보이는 이 영화는, 감독의 의도와 무관하게 당시 필사적으로 단정하고 우아한 생활을 유지했던 남부 백인 여성들이 외부의 현상을 외면하고 자처한 고립의 비판으로 읽을 수도 있을 것이다. 그리하여 소피아 코폴라는 돈 시겔의 〈매혹당한 사람들〉과 180도 반대 앵글의 숏으로 영화를 맺는다. 저택 앞에 가족사진의 구도로 모여 선 여자들은 거대한 철문 뒤에 갇힌다. 2017. 9.

욕망하는 영화

닮은 영혼에 바치다

조용한 열정 A Quiet Passion
감독 테런스 데이비스, 2016

"〈조용한 열정〉은 먼저 죽은 다른 예술가의 혼에서
자신의 거울 이미지를 발견한 한 예술가가 쓴
위령의 시이기도 하다."

에밀리 디킨슨(1830~86)의 유일하게 남아 있는 사진을
보면 비슷한 시대가 배경인 영화 〈피아노〉의 주인공 에이다(홀리
헌터)가 떠오른다. 실제로 제인 캠피온 감독은 에밀리 디킨슨에게
서 영감을 얻었다고 전해진다(마이클 니먼이 작곡한 영화음악에도 디
킨슨의 작품에서 따온 제목이 붙어 있다). 여섯 살 때부터 말을 잃은
미혼모 에이다는 본인의 바람과 무관하게 대양을 건너 생면부지
뉴질랜드 남자의 아내가 된다. 그의 자아와 욕망을 표현하는 유일
한 길은 피아노고, 에밀리 디킨슨에게 그것은 운문이었다. 에이다
와 에밀리의 저항은 지극히 고요하지만 어떤 혁명가의 거사보다
완강하다.

테런스 데이비스 감독이 최초로 실존 인물을 다룬 〈조
용한 열정〉은 완벽한 대칭구도의 숏으로 시작한다. 당시 미국 여
성이 받을 수 있는 최고의 교육을 제공했던 홀리오크 학교의 교장
메리 라이언이 기독교 신앙을 영접한 학생과 앞으로 받아들이고

자 희망하는 학생을 오른편과 왼편으로 갈라놓는다. 모두가 양쪽으로 비껴난 공간 중앙에 홀로 남은 에밀리(에마 벨)는 지극히 고독해 보이지만 이 이미지에는 유일무이한 영혼의 위풍당당함도 있다. 그는 180도 맞은편의 중앙에 서 있는 교장에게, 자신의 지성과 감정에 문제를 회부한 결과 개심할 수 없노라 말한다. 세속적 구도자의 험한 앞길이 눈에 선한 순간이다. 에밀리 디킨슨은 가족과 친구들이 하나둘 회심한 다음에도 끝까지 교회의 품에 안기지 않았다고 전기작가들은 전한다. 종교에서의 해방은 테런스 데이비스가 이 19세기 시인과 교감한 첫 번째 지점일 것이다. 영국 리버풀 가톨릭 집안에서 태어난 게이로서, 폭력적인 아버지와 성당의 규범에 저항하며 어렵게 정체성을 형성한 데이비스는 "내게 영혼이 있음은 확실한데 신이 없다면 어떻게 할 것인가?"라는 문제를 7년간 고민한 끝에 무신론을 택했다고 여러 차례 밝혔다.

두 예술가의 또 다른 공통점은 가족과의 비상한 유대다. 열 남매 중 일곱 명이 살아남은 가운데 예민한 막내였던 감독은 어린 시절 집에서 떨어진 기숙학교에 보내졌다가 심하게 앓고 다시 집으로 돌아왔다. 아버지를 향한 미움으로 배가된 어머니를 향한 사랑, 형제자매와의 친밀한 유대가 소년에게는 생명줄이나 다름없었기 때문이다. 영화 초반 홀리오크 학교를 그만두는 에밀리의 얼굴도 오직 기쁨으로 빛난다. 그를 데리러 온 가족들에게도 책망의 기색은 없다. 에밀리 디킨슨이 55세까지 평생을 보낸 매사추세츠주 애머스트의 집은 시대와 사회의 요구에 문을 닫아걸어버린 단호한 정신의 첨탑이고 요새였다.

〈먼 목소리, 조용한 삶Distant Voices, Still Lives〉 〈긴 하루 지나

욕망하는 영화

고The Long Day Closes〉〈리버풀의 추억〉 등 자전적 작품을 제외한 테런스 데이비스 영화의 주인공이 대부분 여성이라는 점도 덧붙일 수 있다. 감독이 영화와 처음 사랑에 빠질 무렵 대중을 사로잡던 영화들은 〈마음의 등불Magnificent Obsession〉 같은 여성 중심 멜로드라마들이었다. 〈환희의 집The House Of Mirth〉〈더 딥 블루 씨〉 같은 데이비스의 여성 영화 주인공들은 이상을 버리지 못해 현실을 피폐하게 만들지만 역설적으로 그럼으로써 주인 된 삶을 살거나 적어도 자기만의 죽음을 맞는다. 에밀리 디킨슨도 예외가 아니다.

마지막으로 조금 실례이긴 하지만, 테런스 데이비스는 생전에 합당한 평가와 명성을 누리지 못하는 예술가의 고통을 누구보다 깊게 통찰할 수 있는 감독일 것이다. 칠십대에 들어선 테런스 데이비스는 멜로드라마계의 현존하는 최고의 거장임에도 매번 제작비를 구하지 못해 40년간 단 아홉 편의 장편을 완성하는 데에 그쳤다.2021년에 〈베네딕션〉이 개봉하면서 그가 2022년 현재까지 45년간 완성한 장편은 열 편이 되었다 같은 영국의 거장 켄 로치와 마이크 리가 누린 명성과 인정도 그를 비스듬히 비껴갔다. 극 중에서 중년의 에밀리(신시아 닉슨)는 자신의 시를 워즈워스 목사에게 보여주며 거기에 모종의 가치가 있는지 초조히 묻는다. 그리고 출간된 작품이 적다고 놀라는 목사에게 말한다. "내가 가진 것을 아무도 원하지 않으면 금욕적stoic이 되는 건 어렵지 않아요. 사후 평가란 것이 있긴 하죠. 신의 존재처럼 도움이 되지 않지만요." 그의 초탈에서 데이비스의 목소리를 듣는 관객은 나뿐이 아닐 것이다. 〈조용한 열정〉은 먼저 죽은 다른 예술가의 혼에서 자신의 거울 이미지를 발견한 한 예술가가 쓴 위령의 시이기도 하다.

은둔 시인에 관한 영화치고 〈조용한 열정〉은 뜻밖에도 다량의 위트와 유머를 포함하고 있다. 이는 테런스 데이비스 감독이 에밀리 디킨슨의 가족생활을 일부 전기작가보다 훨씬 긍정적으로 해석했기에 가능했다. 〈조용한 열정〉에 따르면 하원의원이자 법조인이었던 시인의 아버지 에드워드 디킨슨은 기본적으로 보수적인 가부장이었지만 삼남매를 자유로운 정신으로 키우고자 했고 딸들도 최고 수준의 교육을 받도록 독려했다. 일례로 19세기 중반 점잖은 가문 여성의 독신 생활은 희귀했는데도 불구하고 디킨슨가 양친은 에밀리의 선택을 이해 못 할지언정 용인했다. 〈조용한 열정〉이 재현하는 디킨슨 집안의 대화는 점잖지만 도발적이라, 마치 꽃과 레이스에 감싸인 비수 같다. 상대의 말을 비유 섞인 완곡 화법으로 받아치는 속도는 조금 과장하면 에런 소킨 수준이다. 가족을 방문한 완고한 집안 아주머니가 신앙에 대해 힐문하자 삼남매는 예의를 갖춰 불경한 답을 내놓는다. 자작시에 대한 에밀리의 능글맞은 비판에 아주머니가 재차 묻자 젊은 시인은 "모든 좋은 평은 모호하죠"라며 미소 짓는다. 이어 오빠 오스틴은 "미덕은 가장한 악덕일 뿐이죠"라며 눙친다. 남매의 불손함이 거슬린 아주머니가 디킨슨 부인에게 의견을 묻자 "전 듣기만 하겠습니다. 편견을 의견이라 우기지 않기 위해"라는 철벽방어가 돌아온다. 이 대목에서 유의해야 할 포인트는, 아주머니 역시 사상은 딴판이지만 뼈 있는 농담에서 뼈를 파악하는 총기聰氣의 소유자라는 사실이다.

가부장 아버지와 맏딸 에밀리의 관계는 절묘한 선 위를

욕망하는 영화

걷는다. 아버지는 에밀리의 재능을 존중하지만 딸이 선을 넘지 않길 바란다. 에밀리는 개명한 아버지의 관용이 그가 이번 생에서 누릴 수 있는 최대의 자유임을 잘 안다. 예컨대 에밀리는 새벽 3시부터 동이 틀 때까지 홀로 깨어 시를 쓰고 싶다고 아버지의 허락을 구하고("여긴 아버지의 집이잖아요") 아버지는 딸의 사려 깊음을 기꺼워하며 "네 집이기도 하단다"라는 말로 답례한다. 그러나 에밀리는 때로 만만치 않았다. 아버지가 교회에 나가길 권유하며 딸의 영혼을 염려하자 에밀리는 "저도 잘 알아요. 제 영혼이 너무 소중해서 그 독립성을 지키려고 제가 이렇게 노력하잖아요"라고 방어하는 장면이 대표적이다. 어느 날은 아버지가 식탁의 접시가 덜 깨끗하다고 타박하자 바로 식기를 깨버리고 "이젠 안 더럽죠?"라고 일축하기도 한다(에밀리 디킨슨은 빵 굽기, 정원 가꾸기 등 가사노동에 많은 시간을 들였고 그것이 얼마나 보람 없는지에 대해 오빠의 아내 수잔과 공감하곤 했다). 요컨대 에밀리 디킨슨은 가족들 사이에서 완벽히 자유롭지 않았지만 다른 어떤 가족의 일부가 되더라도 자신의 언어로 대화하기 힘들 것이며, 당대 어떤 남편도 아내에게 새벽의 창작을 허하지 않을 것임을 알았기에 결혼의 가능성을 고려하지 않았다고 〈조용한 열정〉은 전한다.

　　　　가족에 대한 에밀리의 불안한 애착은 저녁 식사 후 한방에 모여앉아 각자의 일을 하는 가족을 둘러보는 느린 360도 패닝 숏카메라가 한자리에 고정된 채 수평으로 회전해 시선을 이동하는 숏에 아름답게 함축돼 있다. 오빠는 독서하고 동생은 바느질을 하며 우울한 어머니는 촛불을 응시한다. 시간은 어김없이 연소되고 있다. 언젠가 방 안의 이들은 늙고 하나씩 사라져갈 것이다. 카메라가 방 안을 한 바퀴 돌아 다시 에밀리에게 도달한 순간 그의 얼굴은, 남은 생에는 상실만 남아 있음을 각성한 자의 공포와 슬픔을 드러낸다.

2017. 12.

욕망하는 영화

오! 나의 여왕님

더 페이버릿: 여왕의 여자 The Favourite
감독 요르고스 란티모스, 2018

"격자무늬 바닥에 선 인물들은 체스의 말을,
궁정은 체스판을 닮아간다."

세 여자의 역학 관계로 굴러간다는 점에서 〈더 페이버릿: 여왕의 여자〉(이하 〈더 페이버릿〉)가 기억에서 불러내는 영화로는 〈이브의 모든 것〉(1950)과 〈외침과 속삭임〉(1972)을 꼽을 수 있다. 코스튬 드라마과거를 배경으로 의상이 특정 시대 역사 재현에 중요한 역할을 하는 영화가운데 생각나는 작품으로는 역시 18세기가 배경인 스탠리 큐브릭의 〈배리 린든〉(1975)이 으뜸이다. 자연광과 촛불만 이용한 조명, 클래식 음악의 전면적 사용, 격식 차린 서슬 퍼런 대사와 건조한 유머가 40년을 뛰어넘어 두 영화를 잇는다. 또한 2부 구성의 〈배리 린든〉은 아일랜드 청년 레드먼드 배리(라이언 오닐)의 극적인 신분 상승을 1부에서, 전락의 과정을 2부에서 다루는데, 그 상승과 하강의 궤적이 〈더 페이버릿: 여왕의 여자〉에서 교차하는 애비게일(에마 스톤)과 사라(레이철 바이스)의 운명에 견줄 만하다.

〈더 페이버릿〉의 역사적 배경은 스페인 왕위 계승을 둘러싼 영국과 프랑스의 전쟁이다. 그러나 영화에서 전쟁은 '소문'으로만 존재한다. 카메라는 러닝타임 대부분을 앤 여왕의 궁정 실내에 머무른다. 광각렌즈, 어안렌즈를 서슴없이 쓰는 카메라는, 인물을 내리누르고 있는 천장을 프레임에 담는다. 요르고스 란티모스 감독의 전작 〈킬링 디어〉에서도 구사했던 낮은 앵글이 한층 노골적으로 강조된다. 게다가 〈더 페이버릿〉의 천장은 디자인이 화려하고 층고가 높아 위압적이다. 흔히 낮은 앵글 숏은 〈시민 케인〉이 보여주었듯 인물에 위엄을 더해준다고 알려져 있지만 〈더 페이버릿〉의 그것은 배우를 불안하고 기괴하게 잡는다. 어디로 가든 프레임 위쪽에 드리워져 있는 천장은, 이전투구를 벌이는 권력자들을 왜소하고 무상하게 표현한다.

2019년 시상식 시즌에 〈더 페이버릿〉은 요르고스 란티모스 감독 작품으로는 이례적으로 작품상과 감독상뿐 아니라 연기상 부문에서도 각광받았다. 올리비아 콜먼, 에마 스톤, 레이철 바이스가 여러 시상식에서 주·조연 연기상 후보로 지명받았고, 여성 트리오에게 가렸지만 토리당 수장 할리 역의 니컬러스 홀트도 많은 평자가 특별 언급했다. 지금까지 요르고스 란티모스 영화 속 배우들은 마리오네트처럼 보이곤 했다. 〈송곳니〉(2010), 〈알프스〉(2011), 그리고 도가 낮아지긴 했으나 영어로 찍은 영화 〈더 랍스터〉(2015)와 〈킬링 디어〉(2017)의 인물들은 인간이라기보다 인공지능 로봇 같은 무감한 말투를 구사하곤 한다. 나아가 란티모스는 대사보다 몸—스포츠나 춤, 수화의 규율에 억지로 맞추는 어색한 육체—을 통해 이야기와 캐릭터를 캐리커처화 하길 즐겼다. 자신이 연극계 출신임에도 배우의 역할 해석을 그다지 바라지 않는 연출자로 보였다. 그러나 〈더

　　　　　　　　욕망하는 영화

페이버릿〉은 충격적일 만큼 배우들에게 큰 권한을 준다. 야심이 일차적 동력인 인물 말보로 공작부인 사라 처칠과 애비게일 힐에게서도 정념을 발견할 수 있고, 앤 여왕(올리비아 콜먼)은 〈송곳니〉 이후 란티모스 영화에서 처음 보는, 연민을 부르는 인물이다.

　　물론 〈더 페이버릿〉은 온전히 '란티모스 월드'의 톤과 매너 안에 있다. 인간과 그들이 이룬 사회에 희망적 요소는 별로 없고 출구도 보이지 않는다. 우스꽝스러운 댄스 신이 있고 시대착오적 대사가 있고 동물을 희한한 방식으로 활용한다(〈더 페이버릿〉에서는 오리와 토끼가 수고했고 오소리가 의문의 1패를 당했다). 한 명의 디자이너가 꾸준히 만드는 란티모스 영화의 포스터는 은연중에 그의 작품을 일종의 연작으로 브랜딩한다. 동시에 〈더 페이버릿〉은 예상보다 훨씬 사실적인 코스튬 드라마다. 시대와 배경을 불문하고 기존 란티모스 영화는 일종의 SF로 느껴졌다. 가혹한 내적 법칙이 다스리는 폐쇄된 세계를 설정하고, 거기서 벗어나기 위해 몸부림치는 인간들의 수난을 다뤘기 때문이다. 하지만 〈더 페이버릿〉은 영국 스튜어트왕조의 실제 군주와 두 총신의 관계에 초현실적 설정을 보태지 않았다. 모든 전작의 각본을 쓴 감독 본인과 에프티미스 필리푸가 이번엔 작가로 참여하지 않았다는 사실에도 기인할 터다. 대신 란티모스는 조금씩 핀트가 어긋난 세부로 현실감을 교란하며 역사를 리믹스한다. 야당 당수가 유치한 사내아이처럼 하녀를 밀어 넘어뜨릴 때, 귀족이 가발만 걸친 나체로 희희낙락하며 (슬로모션으로) 무화과 세례를 받을 때, 구애의 의식이 격투기로 변할 때 관객은 혹시나 했더니 역시나 이번에도 란티모스 월드에 들어왔음을 확인한다. 덧붙이자면 〈더 페이버릿〉은 란티모스 영화로는 드물게 정상적인 섹스를 묘사한 작품이기도 하다. 〈송곳니〉에는 독재적 가부장이 강제한 근친상간이 나오고 〈킬링 디어〉에서는 전신마취 흉내가 전희로 동원되고, 생사여탈권을 쥔 남편의 환심을 사려는 섹스가 등장한다. 〈더 랍스터〉나 〈킬링 디어〉 등에서 섹스는 남성 호르몬을 달래기 위한 일종의 요법처럼 그려진다. 〈더 페이버릿〉에도 애비게일이 결혼 첫날밤을 멀티태스킹으로 '때우는' 장면이 있긴 하다. 하지만 적어도 삼각관계의 세 주인공은 성인끼리 동의 아래 쾌감을 얻는 성행위를 나눈다. 앤 여왕이 즉위한 1702년 잉글랜드 궁정에서는 모든 것이, 아주 조금 더 자연스럽다.

비교적 사실적인 대화와 액션을, 란티모스 영화답게 보완(?)하는 요소는 촬영이다. 〈나, 다니엘 블레이크〉를 비롯한 켄 로치 영화들, 존 매클린의 〈슬로우 웨스트〉, 무엇보다 앤드리아 아널드 감독의 시그니처 4:3 비율의 화면(〈레드 로드〉 〈피쉬 탱크〉 〈아메리칸 허니: 방황하는 별의 노래〉)을 구현해온 로비 라이언 촬영감독은 울트라 와이드 6밀리 렌즈를 포함한 광각렌즈를 실내와 야외를 가리지 않고 썼고, 때로는 광각의 빠른 패닝까지 과감히 구사했다. 결과적으로 〈더 페이버릿〉의 화면은 높은 천장과 바닥을 포함한 광활한 궁정 공간과 그곳을 채운 왕실과 귀족의 넘쳐나는 소유물을 프레임 안에 '우그러뜨려' 눌러 담는다. 이는 화려한 부를 향한 경탄을 부르는 동시에 사물에 압도적으로 포위된 인간들의 왜소함을 부각한다. 〈더 페이버릿〉의 시대 상황은 스페인 왕위 계승 전쟁이고 토리당과 휘그당의 의원들은 국민의 빈곤과 전황

욕망하는 영화

의 다급함을 놓고 목소리를 높인다. 그러나 전쟁은 극 중에서 '소문'으로만 존재할 뿐 한 번도 이미지로 재현되지 않는다.

정작 독점적 부의 전시장이자 전장戰場은 궁정의 실내다. 가장자리가 왜곡되는 짧은 초점의 이미지는 상류층의 소우주를 어항처럼 보이게도 한다. 그들은 수많은 군인과 국민의 생명과 생존을 손에 쥐고 있지만, 어항 속의 금붕어처럼 제 몸을 담근 물속에서 유영할 뿐이다. 당파를 초월해 오리 경주와 과일 던지기로 무료함을 달래는 귀족들의 시간은 유독 고속촬영으로 느리게 재현돼, 현실과 유리된 몽롱한 생활 감각을 짓궂게 강조한다.

샌디 파월의 의상도 고증하되 리믹스하는 영화 전체 스타일을 완성한다. 복식은 18세기 초에서 가져왔지만 색상을 제한하고 현대적 소재를 도입했다. 하늘하늘한 레이스 대신 플라스틱과 가죽, 3D 프린팅으로 제작한 세 주역의 옷과 장신구는 쉽게 모양이 흐트러지지 않는 무장이다. 장면마다 다른 색 옷을 무한히 갈아입고 나오는 여느 사극과 달리, 〈더 페이버릿〉의 여자들은 정해진 몇 벌의 옷을 목적에 따라 입고 같은 옷을 다시 입기도 한다. 컬러는 거의 코드화됐다. 붉은색과 푸른색, 흰 가발과 검은 가발로 양당 의원을 구분하고, 권력을 가진 여왕과 두 여자는 블랙과 화이트를 조합한 옷을 입는다. 그리하여 격자무늬 바닥에 선 인물들은 체스의 말을, 궁정은 체스판을 닮아간다. 퀸이 있고, 나이트도 있다. 이야기의 주변부를 서성이는 남성 캐릭터들은 폰인 셈이다. 잃어버린 자식을 상징하는 토끼를 애지중지하고, 신경증을 일으키는 앤 여왕은 급기야 〈이상한 나라의 앨리스〉에서 "당장

저 자의 목을 베어라!"라고 외치는 카드의 여왕을 소환하고 만다.

　　〈조지 왕의 광기〉(1994)까지 갈 것도 없이 폐위된 폭군을 거듭 그리는 국내 사극만 보더라도 '미친 군주'는 대중문화가 은 근히 사로잡힌 주제다. 넷플릭스 오리지널 시리즈 〈킹덤〉에서는 급기야 왕이 좀비 역병의 근원이다. 〈더 페이버릿〉의 앤 여왕(재위 1702~14)도 갑자기 역정을 내고 자기 파괴적으로 행동한다. 그러나 한 걸음 다가가 들여다보면 〈더 페이버릿〉의 시나리오와 배우 올리비아 콜먼은 이 인물을 종잡을 수 없는 광인으로 규정하지 않는다. 특히 올리비아 콜먼의 본능적 균형감은 앤 여왕을 요르고스 란티모스 영화를 통틀어 가장 복잡한 인물로 만든다. 앤은 여섯 살 아이처럼 응석을 부리고, 총신 사라에게 휘둘리지만 결정적 순간에는 "내가 군주다"라는 명제를 놓지 않는다. 만만히 보여 마음 놓게 했다가 상대가 선을 넘으면 늦기 전에 밀어낸다. 여왕의 불건강한 상태를 긴 설명 없이 대뜸 이해하게 만드는 대사는, 열일곱 명의 자식을 잃었다는 회고다. 이 끔찍한 숫자는 역사적 사실이다(열아홉 명이라는 기록도 있다). 앤은 열일곱 번 임신했지만 살아서 태어난 아이는 다섯뿐이었고, 그중 가장 긴 수명을 누린 왕자가 열한 살에 죽었다. 감히 상상할 수도 없다. 성인이 된 후 대부분 기간을 임신 중이거나 유산 후유증을 앓거나 자식을 애도하며 보낸 여성의 삶이란 어떤 것일까? 신화 속 왕비 니오베는 다복함을 신 앞에서 자랑하다 노여움을 사서 열네 명의 아들딸을 잃은 슬픔으로 돌이 됐다. 그러나 앤은 열일곱 명의 아이를 묻고 영화의 배경인 1708년에 남편까지 여읜 채 군주의 임무를 계속 수행해야 했다. 게다가 〈더 페이버릿〉이 묘사한 대로 통풍, 고혈압 등 지병으로 항상 고통받았다. 영화는 흐뭇하게 즐기다가 돌연 진노하는 앤 여왕을 종종 보여준다. 어쩌면 여왕은 불행에 중독돼 감각적 쾌락을 즐기는 자신을 용납하지 못한 게 아닐까? 육체적 관계를 포함했느냐는 차치하고 앤 여왕은 실제로 소녀 시절부터 친구였던 말보로 공작부인과 그를 대체한 애비게일 마섬에게 크게 의지했다고 역사는 전한다. 여왕과 사라가 주고받은 서신 일부도 남아 열정을 증명한다(몰리 부인, 프리맨 부인이라는 애칭도 편지에서 쓰인 그대로라고 한다). 하지만 영화가 보여주듯 앤은 육신이 무너져 내린 말년에도 부지런히 문서를 읽고 공무를 처리했다. 본래 왕위 계승 서열이 뒤였던 앤은 제왕 교육을 받은 바 없었고 준비된 군주가 아니었을 것이다. 그러나 현대 역사가들의 연구에 따르면 사상 최초의 잉글랜드와 스코틀랜드 통합 군주였고 해외 영토도 획득한 앤은 선왕 윌리엄보다 더 업적이 많고 국민에게 지지받는 왕이었다.

〈더 페이버릿〉에서 세 여성이 벌이는 줄다리기는 감정 전쟁이며 권력 다툼이다. 여왕은 사라와 애비게일의 보필과 위안으로 군주로서 삶을 지탱하고자 하고, 사라는 친구의 사생활을 돌보며 정치적 신념과 가문의 이익을 실현하려 한다. 애비게일은 말 그대로 퇴락한 신분을 청산하는 데에 집중한다. 세 여자 중 누구도 현대적 의미의 페미니스트가 아니지만, 〈더 페이버릿〉은 참정권이 주어지기 전까지 여성은 정치를 하지 않았다는 세간의 오해를 반박하는 이야기이기도 하다. 〈더 페이버릿〉의 독특한 인상은 관객이 처음부터 끝까지 마음을 주고 따라갈 캐릭터가 고정돼 있지 않다는 데에 기인한다. 여왕과 사라, 애비게일은 모두 절박하고 얼마간 이기적 이유로 타인을 이용한다.

셋 중 가장 성숙한 캐릭터인 사라는 애국심과 정치철학, 추진력을 지닌 한편, 여왕을 자기 방식으로 사랑한다. "폐하는 특별한 분이다"라는 대사는 진심으로 들린다. 단, 사라는 여왕의 능력을 불신한다. 본인이 공언하듯, 사라는 사랑에 한계가 있고 애국심에 한계가 없는 인물이다. 그런데 여왕은 사라가 반대이길 원한다. 절친한 앤 여왕과 사라의 공통점은 약자에게 약하다는 것이다. 애비게일은 그 점을 이용해 여왕의 내실로 파고든다. 애비게일은 정치에 개입할 만큼 한가로운 처지가 아니다. 그는 도박 빚에 팔리고 겁탈당하고 수시로 밀쳐져 진흙탕에 구른다. "나는 누구 편도 아니고 내 편이다. 우연히 당신네 당의 이익과 내 이익이 일치할 수는 있다." 토리당 우두머리 할리의 회유를 내치는 애비게일의 대답이다. 결혼으로 귀족 지위를 마침내 회복한 애비게일은 "이제 아무도 나를 건드릴 수 없어"라고 말한다. 모 아니면 도. 귀족이 되기 전엔 언제 구렁텅이에 버려질지 모르는 처지인 것이다.

내게 있어 요르고스 란티모스 감독의 인장 중 하나는 마지막 장면의 '음정'이다. 〈송곳니〉는 간신히 폭군 아버지의 집을 탈출한 자식이 은신한 자동차 트렁크를 응시하며 끝난다. 〈더 랍스터〉는 주인공(콜린 패럴)이 연인을 떠날지 자해할지 결정하려는 찰나에 마무리되고 〈킬링 디어〉는 살기 위해 한 식구를 제물로 바친 가족의 평범한 외식 풍경으로 막을 내린다. 란티모스의 라스트 숏은 결론을 내리거나 반전을 던지지 않는다. 대신 질주를 멈

욕망하는 영화

추고 '자, 여기까지 왔다. 이제 어찌할 텐가?'라고 못되게 묻는다. 인물과 관객은 귀를 찌르는 이명 같은 여운 속에 방치된다. 언젠가 나는 란티모스 영화의 마지막 장면을 개기일식에 비유한 것 같은데, 아수라장 앞에서 천천히 눈을 감았다 뜨는 기분이기 때문이다. 비슷한 예를 굳이 찾자면 유명한 〈졸업〉(1967)의 엔딩이나 〈마스터〉(2012)의 라스트 신이 있다.

　　　〈더 페이버릿〉은 사라가 팽팽한 삼각구도에 빠진 다음부터 급격히 탄력을 잃는다. 첫 관람에서는 시나리오의 약점이라고 여겼지만, 두 번째 보고 나서는 의도된 지루함이 아닐까 싶었다. 여왕과 애비게일의 삶은 늘어져버렸다. 영화는 권태로운 오후 여왕의 침실에서 끝난다. 책을 읽던 애비게일은 여왕에게 자식 대신인 토끼 위에 발을 얹고 무심하게 잔인한 태도로 누른다. 이를 알아차린 여왕은 불편한 몸을 끌고 도망치려는 듯 문 쪽으로 향하다가 애비게일이 다가오자 그의 머리를 잡고—애비게일이 토끼에게 그랬듯—내리누른다. "나는 언제나 너를 밟을 수 있어"라고 안간힘을 다해 무언의 경고를 던진다. 두 여자의 클로즈업이 오버랩되고 거기에 프레임을 꽉 채운 토끼들의 이미지가 다시 포개진다. 앤과 애비게일은 침묵 속에 불현듯 깨닫는다. 이제부터 남은 생은 늘 이런 모양일 것이다. 행복도 욕망도 진짜는 없고, 죽은 자식을 대신하는 토끼들처럼 가짜 대체물만이 끝없이 증식해 이 세계를 뒤덮을 것이다. 2019. 3.

근심하는 영화

자본주의의 최약자를 사랑하다

옥자
감독 봉준호, 2017

"옥자의 눈에 보이는 풍경이 대변하듯
지구상 대다수 동물에게 세상은 공동묘지다."

　　　"문제는 동물들이 '이성적'일 수 있는가, 혹은 '말할 수' 있는
가가 아니라 그들이 '고통을 느끼는가' 하는 점이다."
　　　_제러미 벤담(1781년)

　　　"허먼은 동물과 물고기의 도살을 목격할 때마다 언제나 똑
같은 생각을 했다. 동물에 하는 행위로 보면 모든 인간은 나치였다. 다
른 종의 존재를 자기 좋을 대로 취급하는 인간의 오만은, 강한 것이 곧
옳은 것이라는 극단적 인종차별주의를 예시했다."
　　　_아이작 B. 싱어, 『원수들, 사랑 이야기』

　　　여섯 번 종이 울리고 2007년의 뉴욕에서 농화학 대기업
미란도의 프레젠테이션이 시작된다. 대대로 이어진 회사의 새로운
총수 루시 미란도(틸다 스윈튼)는 아무렇지 않게 선대 자본가를
사악하다고 지칭하며 노동자들의 피로 얼룩진 공장 벽을 가리킨

다. 2007년의 신세대 사주 루시는 착취의 유적을 부끄러워하는 대신 아이러니한 효과를 더할 쇼 무대로 이곳을 고른 것이다. 우리는 이 아이디어를 떠올리고 자랑스러워하는 루시의 얼굴을 선하게 그려볼 수 있다. 주주와 언론 앞에 애교스럽기까지 한 이 자본가는 세계 식량난을 해소할 신종 돼지 프로젝트를 친환경 이미지로 범벅된 선전 영상을 통해 브리핑한다. 루시는 기괴하게도 슈퍼 돼지가 적게 먹고 적게 싸며 체구가 크다는 사실 외에도 아름답고 매우 특별한 존재임을 강조한다. 야생동물과 반려동물에게는 마음 편히 우호적이지만, 인간의 이익을 위한 도살용으로 농장이나 공장에서 사육되는 동물은 외면하거나 분열적으로 바라보기 마련인 소비자를 안심시키는 립서비스다.

세계 곳곳에 퍼뜨린 스물여섯 마리의 아기 슈퍼 돼지 중 하나로 울트라 슈퍼 돼지 후보인 옥자는 그렇게 남한 강원도 우수 축산농 주희봉(변희봉) 씨의 조실부모한 손녀 주미자(안서현)의 품에 안기고, 10년이 흐르자 미자를 품에 안는 거구로 성장한다. 옥자는 처음부터 가축이 아니라 미자의 친구지만 소유주 미란도 기업에게는 오래 기다린 이윤을 뽑아야 할 상품이다. 친구를 납치당한 산골 소녀는 서울로, 다시 뉴욕으로 달린다. 구르는 눈덩이처럼 불어나는 이 추격전에서 가장 주요한 추가 변수는 옥자를 통해 미란도 기업의 실체를 폭로하려는 동물해방전선Animal Liberation Front(ALF)이다. 〈저수지의 개들〉식의 작명법을 쓰는 5인조는 영화 속 테러리스트 사상 가장 표정이 온유한 제이(폴 다노)의 지휘 아래 활동한다. 뉴욕에서 뒤늦게 미자의 저항을 알게 된 루시는, 노이즈를 마케팅 기회로 아는 기업가답게 미자와 옥자의 사연을 슈퍼 돼지 사업에 목가적 아우라를 입히는 액세서리로 이용할 플랜 B를 가동한다.

〈옥자〉는 동물과 인간의 우정담이자 일종의 몬스터 무비이며 자본주의 식량 생산 시스템을 비판하는 어드벤처 영화다. 〈괴물〉의 환경주의, 반제국주의를 이어받고, 미래의 밀폐된 슈퍼 기차 안에서 벌어졌던 〈설국열차〉의 직진하는 계급투쟁을 한국과 뉴욕으로 펼쳐놓은 활극이다. 제작의 맥락으로 보면 〈설국열차〉와 마찬가지로 다국적 인물과 공간이 이야기의 필요로 끌려 들어오는 인터내셔널 프로젝트이며, 코믹스 원작 프랜차이즈가 할리우드 대작의 주류가 되기 이전 시대에 만들어지던 블록버스터의 후예다.

옥자가 베이브처럼 사랑스러운 분홍빛 돼지가 아니라 코끼리 피부의 슈퍼 돼지인 까닭은 명백하다. 귀여운 반려동물과 식용 가축의 인간 중심적 구분을 회의하게 하려면 미자가 사랑하는 옥자는 가축이어야 한다. 슈퍼 돼지는 가축을 넘어 아예 처음부터 고깃덩어리로서 창조된 동물이다. 〈괴물〉에서 바이러스 유포 누명을 썼던 괴물이 인간의 무책임에서 파생된 돌연변이 생명체라면 〈옥자〉의 슈퍼 돼지는 인간의 철저한 계획으로 엔지니어링된 생명체다. 그러나 괴물도 옥자도 인간이 결코 뜻한 적 없는 신경과 감각, 감정을 장착하고 태어나 존재한다. 심지어 성격도 형성한다. 옥자는 오늘날 대부분의 돼지와 달리 인간 가족과 밀착한 사회화 과정을 통해 개성을 성숙시킨 개체다. 강원도에서 옥자와 미자가 사는 정경을 보여주는 목가적 초반 가운데, 절벽에서 실족한 미자를 옥자가 구하는 에피소드는 옥자의 지력 수준과 행동 경향, 옥자가 미자에게 헌신하는 정도를 요약하는 '일러두기'다. 힘이 세지도 날렵하지도 않은 옥자는 체중과 저돌성밖에 무기가 없다. 살집이 두껍고 피부가 단단해 충격을 받아도 치명상을 입지 않는다. 보다 더 중요한 것은 옥자가 자기 신체의 특징을 인지하고 있다는 사실이다. 이후 관객은 과도한 의인화 없이 옥자를 의지와 판단력을 갖춘 존재로 인식하게 된다. 한편 몸을 던져 미자를 구한 다음 추락한 숲속에 시무룩하게 퍼져 있는 옥자의 행동은 토라진 감정을 표현해, 둘의 관계가 상하 없이 동등함을 암시한다. 미자가 사과하자 게으름 피우기 좋아하고 너그러운 옥자는 튕기듯 뜸 들이더니 한 번 옆으로 굴렀다 몸을 일으킨다.

봉준호 감독이 예고했던 옥자와 미자의 멜로드라마는, 원형적 애착과 우정의 선을 크게 넘어서지 않는다. 할아버지 희봉의 "이제 너도 나이가 있는데 옥자랑만 붙어 있지 말고 읍내 나가서 남자 친구도 사귀어라"라는 대사가 십대 초반 소녀의 생활에서 옥자가 그 이상의 자리를 차지한 것인지도 모른다고 암시하는 정도다. 하지만 말과 생각이 복잡하지 않은 돼지와 어린 소녀의 스킨십은 영화 내내 소통 방법으로서 결정적이다. 대화도 입과 귀를 마주 대는 지근거리를 요한다. 잠이 오지 않는 밤이면 미자는 베개와 효자손을 안고 돼지우리로 가고 옥자도 반사적으로 품을 연다. 강아지나 고양이라면 사람의 잠자리로 파고들겠지만 체구상 사정이 여의치 않으니 미자가 간다. 둘은 같은 효자손으로 등을 긁는다. 미자 역시 슈퍼 소녀다. 배두나-고아성을 잇는 분위기를 몸에 두른 배우 안서현은 '피그 위스퍼러' 미자를 순진무구한

　　　　　　　　근심하는 영화

산골 소녀가 아니라 물정에 훤하고 의지가 강한 인물로 표현한다. 아무래도 엄마 옷을 물려 입은 듯한 차림의 미자는 밥상머리에선 큼직한 안경을 끼고 할아버지에게 잔소리를 풀어놓는다.

〈카이에 뒤 시네마〉와 한 인터뷰에서 봉준호 감독은 운전 도중 도로 가운데에서 본 이상한 동물의 환영에서 영감을 얻었다고 〈옥자〉의 '태몽'을 회고했다. 어느 날 갑자기 갖게 된 절체절명의 목표를 향해 가진 것을 총동원해 질주하는 기층 서민 인물을 영화 한복판에 두어온 봉준호 감독은 〈옥자〉에서 자본주의 시스템 피라미드의 최하층을 떠받치고 있는 동물에 눈을 돌렸다. 〈괴물〉의 박씨 가족 매점 벽에 박제로 걸려 있던 돼지가 쿵쿵거리며 돌아온 셈이다(이 멧돼지 박제는 마지막 장면에서는 사라지고 없다). 뉴욕에 도착한 옥자의 눈에 보이는 풍경이 대변하듯 지구상 대다수 동물에게 세상은 공동묘지다. 〈옥자〉의 주제는 봉준호 필모그래피에서 생뚱맞은 변덕이 아니다. 〈설국열차〉는 의식과 감정을 가진 존재―꼬리 칸 성인 승객과 아이들―를 자원으로 취하는 설정이다. 타자를 고통과 행복을 느낄 줄 아는 살아 있는 존재가 아니라 이용할 자원으로 물화하는 행태는, 살아 있는 타자에게서 원하는 부분을 취하는 상황에서 극대화된다. 불평등한 식량배급이 꼬리 칸 승객들끼리의 다툼을 야기하자 길리엄(존 허트)은 자신의 팔을 식량으로 내놓아 소요를 진정시켰고 체구가 작은 어린이들은 기차 밑바닥에 갇혀 동력원이 됐다. 〈옥자〉에는 살아 있는 돼지의 부위별 육질을 뽑아내는 기계가 등장한다. 살아 있는 곰의 쓸개에 빨대를 꽂아 뽑은 담즙을 파는 엽기적 행태가 어른대는 대목이다.

동물에 인간이 가하는 불필요한 고문은 어떻게 도살하느냐보다 도살까지 어떻게 살게 하느냐에서 현저히 드러난다. 돼지의 머리에 한 번의 충격을 가해 숨을 끊는 〈옥자〉의 도살장은 현실에 비해 차라리 인도적인 편이다. 우리를 한결 몸서리치게 하는 이미지는 검고 축축한 땅에 철조망을 두르고 발 디딜 틈 없이 돼지들을 가둬놓아 나치 수용소를 연상시키는 〈옥자〉의 축사다. 몇 해 전 〈가디언〉은 "무시무시한 낙농업(Dairy is Scary)"이라는 기사로 공장제 축산의 그늘과 대안을 다루는 보도를 꾸준히 이어갔다. 이 기사에 따르면 영국 젖소의 경우 암소는 생후 15개월부터 젖을 내기 위해 끝없이 강제 인공수정을 당하고 출산 36시간 이내 송아지를 빼앗긴다. 수송아지는 바로 죽임을 당하거나 몇 달의 말미 후 송아지고기가 되고, 암컷은 엄마 소와 같은 순환 지옥에 들어간다. 이들의 삶은 자연수명의 5분의 1이다. 옥자 역시 인간으로 치면 강간에 해당하는 폭력적 강제 교미를 당하고 〈모노노케 히메〉에서 총에 맞은 멧돼지 신이 그랬듯 포악해진다.

〈옥자〉는 동물권 운동의 여러 이슈를 조금 벅차리만큼 이야기 안에 쓸어 담는다. 직접 동물을 먹이고 죽이는 공장제 축산업에 종사하는 노동자들 역시 정신적 피해자다. 제이크 질런홀이 분한 수의학자 조니 윌콕스는 "난 동물을 사랑한단 말이야!"라고 신음하며 본인이 하는 일의 엽기성을 잊고 가학성에 박차를 가하기 위해 술에 의존한다. 자본의 요구에 따라 어떻게 빨리 살을 찌우고 알을 낳고 번식하게 만들지에만 집중하게 된 관련 분야 학자들의 자괴를 대표하는 목소리로 들린다. 〈옥자〉의 공동 각본가인 존 론슨은 몇 해 전부터 채식주의를 택했다고 알려져 있다.

　　　다국적 대기업에 맞서는 〈옥자〉 인물들의 투쟁 방식은 다분히 봉준호스럽다. 옥자와 미자의 공통점은 가진 것이라곤 제 한 몸의 중량과 저돌성뿐이라는 데에 있다. 미자는 미란도 코리아 지사의 유리문을 몸을 짱돌 삼아 돌파하고 옥자와 재회하기 위해 어떤 탈것의 도움도 받지 않고 두 발로 달리며 〈집으로 가는 길〉의 장쯔이 이후 스크린 위의 가장 애절한 뜀박질을 보여준다. 그는 지구력과 속도가 좋은 주자일 뿐 아니라 지리 파악이 빨라 질러 가기에 능하다. 극 중 옥자와 미자의 질주는 헛디딤과 미끄러짐도 결국 일종의 전진임을 자못 감동적으로 증명한다. 실존하는 동물 해방전선과 달리 투쟁 과정에서 사람도 동물도 다치지 않도록 비폭력주의를 내세운 극 중 ALF의 멤버들도 가해를 배제하기에 물건을 쓰러뜨리거나 몸을 던져 적을 막는 수밖에 없다. 1980∼90년대 한국의 구사대와 백골단을 정확히 연상시키는 복장과 진압 매너를 시전하는 대기업의 사병 블랙 초크단 앞에서 해방전선은 무력하다. 내부자끼리는 폭력을 쓰고 거짓말도 하는 와중에 이상주의 원칙을 견지하는 그들은, 때때로 한국 386 운동권의 희화화된 캐릭터처럼 보인다. 그래도 감독은 ALF 단원들을 '머리에 꽃을 단 이상주의자'로 손쉽게 비웃음으로써 양비론에 발목 잡히지 않는다. 짧지만 인상적인 역할을 하는 계약직 청년(최우식)은 봉준호 감독 이후 세대가 운동에 합류하는 방식을 스케치한다.

　　　〈옥자〉의 세트 피스는 명동역 지하상가에서도 뉴욕 번

화가에서도 잘 설계된 한국적 난장판이다. 특히 족발천국에서 다이소 매장에 이르는 세 팀이 뒤엉킨 지하상가 추격전은 결과와 무관한 카니발적 순간을 연출한다. 화면이 느려지고 익숙한 팝송이 흐르는 봉준호식 '퀵실버 모먼트'(〈엑스맨: 데이즈 오브 퓨처 패스트〉 중 시간을 미분하는 장면)에서 핵심은 여유로운 제압이 아니라 하나의 사태를 각자 판이하게 파악하고 있는 세 의지의 우스꽝스러운 충돌이며, 발바닥의 파편을 경건하게 빼주는 제이를 "얘는 뭐야?" 하듯 힐긋 보는 옥자의 눈빛이다.

　　제이크 질런홀과 셜리 헨더슨에게 강원도 산골짜기 생활의 문화 충격을 경험하게 만들고 틸다 스윈튼에게 한국식 부잣집 사모님 패션과 비슷한 퀼티드 재킷, 버버리 셔츠와 스카프, 구두를 착용시킨 봉준호 감독을 보며 할리우드 배우들에게 매우 한국적인 상황을 부여하고 악동처럼 즐거워하고 있나 보다 짐작하는 관객도 있을 법하다. 〈괴물〉의 "노 바이러스"를 추억하게 만드는, 〈옥자〉의 가장 중요한 농담은 "통역은 신성하다"이다. 타자의 범위를 말 못 하는 동물에게까지 확장한 영화에서 당연한 경구이기도 하고 다국적 프로덕션 영화의 내부자 조크 같기도 하다. 옥자와 미자를 제외하고 가장 성공적인 연기자는 틸다 스윈튼과 폴 다노다. 스윈튼의 루시는 자존감을 형성하는 성장기에 인물이 겪었던 문제를 또박또박 투명하게 전달한다. 앞으로 본인이 꺼낼 말의 효과에 미리 도취돼 흥분을 감당하지 못하는 그의 연기는 자못 유쾌하다. 스윈튼의 1인 2역은 다른 방식으로 공포스러운데 쌍둥이 자매 사이의 권력 이동을 오바마 정권에서 트럼프 정권으로의 이행에 대한 은유로 해석하는 미국 관객이 있다 해도 놀랄 일이 아니다.

서사가 본론의 전진 방향에서 90도 전환해 반전으로 해결되는 〈설국열차〉와 〈옥자〉의 패턴은 발상의 옆구리 찢기에 가깝다. 〈옥자〉의 마지막 담판은 액션 어드벤처의 결말로선 실망스러울지 몰라도, 주제에 관한 사색을 매듭짓고 요점을 확인하는 장치로는 족하다. 요컨대 〈설국열차〉의 기관실 앞에서 벌어지는 남궁민수(송강호)와 커티스(크리스 에번스) 사이의 결정적 대화와 유사하다. 옥자와 미자가 예정에 없이 모르는 아기 돼지를 구하는 애틋한 서브플롯은 〈괴물〉을 향한 셀프 오마주라기보다 시민 봉준호의 신념이라고 여겨야 옳을 것이다. 봉준호 영화가 늘 그랬듯이 전면적 승리 따위는 없으며 세상은 돌아가던 대로 돌아간다. 그 와중에 인간과 동물은 할 수 있는 일을 하고 구할 수 있는 것을 구한다. 꿈속에 들려오는 도살장 양들의 울음을 멈추기 위해 세상에 만연한 악의 한 조각에 불과한 연쇄살인범 버팔로 빌을 죽도록 추격한 〈양들의 침묵〉의 클라리스(조디 포스터)처럼, 미자는 때때로 가위 눌리며 잠을 청할 것이다. 그리고 싸움의 추억은 남아서 세상 속을 흘러 다닐 것이다. 툇마루와 퇴창이 구획한 극히 아름다운 마지막 숏은 몇 개의 질문을 잠시 보류하게 만든다. 2017. 6.

구해줘

퍼스트 리폼드 First Reformed
감독 폴 슈레이더, 2017

"인간으로 말미암아 신음하는 대지의 풍경은
톨러에게서 찰나의 지복을 걷어가고
결단을 요구한다."

그는 새벽에 흐느끼며 깨어나는 자다. 퍼스트 리폼드 교
회의 담당 목사 에른스트 톨러(이선 호크)는 기능하는 알코올의존
증 환자다. 즉, 술로 일을 망치는 일은 없지만 하루도 마시지 않는
날은 없다. 알코올 이외 식사에는 무심하고 전기를 쓰는 일도 거
의 없고 목사관의 가구라고는 책상, 침대, 의자 하나뿐이다. 톨러
는 언제든 떠날 준비가 돼 있다. 군목 집안의 전통대로 명분 없는
전쟁에 참전시켰던 아들이 전사하자 톨러의 가정은 산산조각 났
다. 5개월 전 진단받은 중병과 싸울 의지가 남자에겐 없다. 대신
톨러는 1년 후 파기할 일기를 쓴다. 지우고 고치고 뜯어낸 기록이
남도록 종이에 펜으로 쓴다. 톨러는 일기를 기도라고 여긴다. 목회
자로서 인도하는 예배는 그를 신에게 가까이 데려다주지 않는 것
이다.

누군가 "목사님은 돌봐줄 사람이 필요해요"라고 말한다.
그러나 톨러에게 필요한 것은 돌볼 사람인지도 모른다. 상담을 청

근심하는 영화

해온 신도 메리(어맨다 사이프리드)와 마이클(필립 에팅거) 부부가 무의미 앞에 정지해 있는 그에게 출구를 준다. 죽음으로 통하는 출구일지언정 출구는 출구다. 환경운동가 마이클은 망가진 세계에 자식을 태어나게 하고 싶지 않은 이유를 합리적 근거를 들어 목사에게 토로한다. 톨러는 최선을 다해 희망의 편을 들지만 "신이 세상에 이런 짓을 한 우리를 용서할까요?"라는 마이클의 반문은 그의 가슴에 박혀 뿌리를 내린다. 그날 밤 톨러는 힘겨웠던 토론을 일기에 쓴다. "밤새 천사와 씨름한 야곱이 된 기분이었다." 그리고 덧붙인다. "희열을 느꼈다(exhilarating)." 마이클을 염려하는 메리는 남편과 신념은 공유하되 절망은 나누지 않는다. 톨러는 메리를 돕고 그의 부재하는 남편을 대신하면서 심플한 행복과 신의 존재를 느낀다. "신의 축복이다(It's god-given)." 마이클이 자살한 다음 톨러는 유품을 취한다. 미수에 그친 자살테러용 폭탄 조끼와 환경파괴 실태 및 환경오염 기업에 관한 자료다. 물건과 더불어, 목사는 내면의 진공에 죽은 활동가의 고통과 사명을 받아들이고 자기의 지옥에서 마이클의 지옥으로 옮겨 간다.

　　평론가로 출발한 폴 슈레이더는 1972년 『영화의 초월적 스타일: 오즈, 브레송, 칼 드레이어』라는 비평서에서 제목에 언급된 감독들이 심리적 인과로 전개되는 일반 영화들의 카메라워크, 편집, 외부적 음악, 액션을 구사하지 않음으로써 영화적 초월을 성취했다고 논했다. 반면 각본가 및 감독으로서 슈레이더는, 스스로 무엇을 구하는지 정확히 모르며 폭력과 섹스로 어지러운 낮은 땅을 헤매는 남성 단독자 이야기에 매달렸다. 〈택시 드라이버〉(1976), 〈분노의 주먹〉(1980), 〈아메리칸 플레이보이〉(1980), 〈모스키토 코스트〉(1986), 〈어플릭션〉(1997), 그리고 〈그리스도 최후의 유혹〉(1988)도 예외는 아니다. 신과 구원을 직접 말하는 영화는 본인의 달란트 밖이라고 간주했던 슈레이더는 일흔을 앞두고 초월적 영화를 만드는 동시대 감독, 〈이다〉(2013)의 파베우 파블리코프스키Paweł Pawlikowski를 만난 것을 계기로 〈퍼스트 리폼드〉에 착수했다. 그러면서도 감히 맨 앞줄에 설 수는 없다는 듯 로베르 브레송의 〈어느 시골 사제의 일기〉(1951), 잉마르 베리만의 〈겨울 빛〉(1963)에서 서사를 가져오고 칼 테오도르 드레이어의 〈오데트〉(1955)에서 결말의 기적을 빌려 왔다. 카메라는 손에 꼽히는 예외를 제외하면 움직이지 않고 프레임을 드나드는 인물을 좇지 않는다. "필요 없는 숏은 찍지 않는다. 찍으면 반드시 쓰게 된다." 폴 슈레이더가 밝힌 원칙이다. 외부적 음악도 초반 한 시간에는 없다. 모든 스타일적 요소들은 톨러가 결단을 내리고 격앙되면서 함께 고양된다. 주제와 형식, 인물의 삼위일체를 꾀한 셈이다.

　　폴 슈레이더는 비평가로서 예찬했던 영화의 모티프들을 드러내놓고 '리폼'했다. 톨러 목사는 로베르 브레송의 〈어느 시골 사제의 일기〉의 병든 신부처럼 술에 의존하며 일기로 스스로를 분석하고 무자비하게 반박하고 의혹을 표하고 다시 지운다. 그리고 지운 흔적을 지우지 않는다. 잉마르 베리만의 〈겨울 빛〉의 목사 토마스가 그랬듯 가족을 잃고 회의에 빠져 있으며 세속적 행복을 주겠다고 다가오는 여성을 가혹하게 밀어낸다. 토마스는 핵으로 인한 종말을 두려워하는 신도를 상담하고 톨러는 환경파괴에 절망한 교구민을 상담한다.

그러나 〈퍼스트 리폼드〉는 갈데없는 2010년대 영화고 미국의 이야기며 감독 슈레이더의 집대성이다(디지털로 촬영된 〈퍼스트 리폼드〉는 고전적인 1.37:1 화면 비율을 취하는 동시에 필름과 유사한 톤을 추구하지 않고 노골적으로 디지털 이미지를 보여준다). 250주년을 맞는 톨러의 교회는 〈어느 시골 사제의 일기〉의 그것과 달리 영적 길잡이 기능을 잃고 21세기 미국 거대 교회에 관리되는 관광지다. 교회를 구경하러 온 한 남자는 톨러 목사에게 팁을 건넨다. 한편 톨러는 〈겨울 빛〉의 토마스 목사와 달리 환경운동가 마이클의 절망에 감염되고, 나아가 미수에 그친 마이클의 테러를 완수하는 행위를 삶의 마침표로 선택한다. 〈퍼스트 리폼드〉에서 세상의 종말은, 신경증의 산물이나 계시록의 예언이 아니라 실제적이고 긴박한 위협이다. 톨러는 "이런 어둠은 새롭지만, 어둠 자체는 새롭지 않다"고 타이르지만 그 역시 알고 있다. 우리는 지구의 남은 수명에 관한 구체적 수치를 받아든 최초의 세대라는 것을. 인명 살상이 포함된 톨러 목사의 마지막 계획은 말할 것도 없이 기독교 정신에 반하지만, 〈보혈에 씻김 받았나요?(Are You Washed in the Blood?)〉라는 제목의 극 중 찬송가가 드러내듯, 피로 정죄한다는 관념은 기독교의 오랜 잠재의식이기도 하다.

착시를 일으키기 쉽지만 〈퍼스트 리폼드〉는 최근 유럽과 아시아 예술영화를 논의하는 주요 개념으로 쓰인 슬로 시네마사전과 액션에 비해 분위기를 강조하고 미니멀리즘과 길게 이어진 숏을 형식적 특징으로 하는 영화. 관람자의 태도를 사색적으로 이끈다에 속하지 않는다. 폴 슈레이더는 '일물일어설'을 신봉하는 시인처럼, 필요하다고 판단한 길이의 정확한 이미지를 이어나간다. 장식품은커녕 커피 테이블 하나 없는 톨러의 거처처럼. 〈퍼스트 리폼드〉의 사물들은 반드시 쓸모를 다한다. 걷어낸 철조망은 가시면류관으로 쓰이고 배관 세제는 극약의 구실을 한다. 1.37:1 비율의 프레임은 좀처럼 움직이지 않음으로써 인물이 들고 나는 방향을 의미심장하게 만든다. 톨러는 (관객 시점에서) 프레임 왼쪽에서 교회 철조망에 걸린 토끼의 사체를 발견하고, 마이클의 시신을 발견한다. 얼마 후 마이클의 아내이자 흔들림 없는 신자인 메리와 나눈 초월적 경험으로 계시를 받은 톨러는, 동틀 때까지 바깥에서 배회한다. 오염된 부두에서 바다를 바라보다 프레임 왼쪽으로 빠져나간 톨러는 다시 화면으로 들어와 그동안 진홍빛으로 변한 하늘을 응시한다. 그의 마음속에서는 하나의 '사건'이 일어나고 톨러는 반대 방향으로 프레임을 벗어난다.

〈퍼스트 리폼드〉에는 현실을 초월하는 두 차례의 에피소드가 있고 모든 계기는 메리다. 하나는 메리와 죽은 남편이 마음의 평화를 위해 치렀던 '마술적 미스터리 여행'의 의례다. 두 사람이 옷을 입은 채 몸을 맞대고 누워 눈동자 움직임까지 일치시키는 이 의식을 통해 톨러의 정신은 공중 부양하고 신이 의도한 대로의 아름다운 자연을 본다. 그러나 거기서 멈출 수 없는 톨러는, 구태여 얼굴에 드리워진 메리의 머리칼을 걷고 '휘장' 밖을 본다. 인간으로 말미암아 신음하는 대지의 풍경은 톨러에게서 찰나의 지복을 걷어가고 결단을 요구한다. 두 번째 초월적 사건은 마지막 장면이다. 본래 폴 슈레이더는 〈어느 시골 사제의 일기〉처럼 목사가 죽음을 맞고 십자가가 프레임에 남는 엔딩을 고려했다고 한다. 그러나 한 평론가의 "칼 테오도르 드레이어식 결말은 어떻겠느냐?"는

근심하는 영화

말에 깨달음을 얻어 현재의 엔딩을 연출했다. 환경오염 기업 사주를 포함한 주요 인사가 모이는 교회의 250주년 봉헌식에서 자살 폭탄 테러를 준비하던 톨러의 눈에, 예기치 않게 예배당으로 들어서는 만삭의 메리가 보인다. 어떤 저울질도 없이 즉각 폭탄 조끼를 벗어던진 톨러는 대신 자신에게 최대한의 고통을 줄 가시철망을 두르고 (예수의 성의를 연상시키는) 흰 로브를 걸친다. 그리고 위스키 잔에 독을 따른다. 그러나 홀연히 문턱에 나타난 메리를 본 그는 잔을 떨어뜨리고 메리와 뜨거운 포옹과 키스를 나눈다. 포옹이 깊을수록 가시도 깊이 박힐 것이다. 카메라 역시 지금까지 미동도 삼가던 내적 규율을 완전히 벗어나 한 덩어리가 된 둘의 주변을 격렬히 휘돈다. 같은 시각 예배당에서 성가대가 부르고 있는 찬송가 〈주의 친절한 팔에 안기세〉가 사실적 볼륨을 넘어선 크기의 소리로 영화를 덮는다. 화면 밖 음악도 아니지만 정확히 화면 안 음악도 아닌 셈이다. 이 장면을 실제로 일어난 일로 받아들이고, 살아 있는 특정한 인간에 대한 사랑이 구원으로 통한다는 메시지를 읽어낼 수도 있을 것이다.

　　그러나 슈레이더는 메리가 문턱에 출현하기 직전 다른 목사가 톨러를 찾아 목사관 문고리를 돌리다가 실패하는 모습을 보여주어 현관이 잠겨 있음을 알린다. 메리가 열쇠를 갖고 있을 가능성도 거의 없다. 칼 테오도르 드레이어는 〈오데트〉를, 죽은 여인이 예수를 자처하던 '미친' 남자에 의해 부활하는 기적으로 맺었다. 폴 슈레이더 역시 설명을 생략하고 인과율을 뛰어넘는 초월적 형식을 인용하지만 톨러의 기적은 이미 독을 들이켠 그의 환영이거나, 환상과 현실 양쪽 어디에도 속하지 않는 영화가 창조한 차원에서 벌어지는 사건처럼 보인다. 이 의견은 〈오데트〉의 엔딩에도 적용할 수 있을지 모른다.

하지만 내게 〈오데트〉의 기적은 세계 자체가 들림을 받는 엑스터시였던 반면, 〈퍼스트 리폼드〉의 그것은 '이후'를 결코 떠올릴 수 없는 마침표였다. 다시 말해 폴 슈레이더는 끝나는 시점까지 나를 정확히 톨러의 죽음을 향해 데려갔기 때문에, 영화가 끝난 후 살아남은 톨러를 상상하는 일은 불가능했다. 〈퍼스트 리폼드〉의 마지막 숏은 정확히 말해, 포옹과 음악과 카메라의 운동을 갑작스럽게 중단시키는 암흑이다. 인물도 음악도 카메라도 종말을 예견하지 않을 때 스스로의 의지를 행사하며 강림하는 어둠. 나는 순간 어렴풋이 톨러 목사의 일기가 북 뜯기는 음향을 들었다. 2019. 4.

근심하는 영화

신의 손

킬링 디어 The Killing of a Sacred Deer
감독 요르고스 란티모스, 2017

"〈킬링 디어〉는 복수의 불가피함을 강조하고
그것을 면하려는 비굴한 몸부림을
노골적으로 망라한다."

심장외과 의사 스티븐(콜린 패럴)은 정기적으로 십대 마
틴(배리 케오건)과 만나 식사를 하고 산책을 한다. 둘은 무슨 관계
일까? 따로 사는 부자父子? 비밀스러운 파트너? 〈킬링 디어〉의 마
틴을 연기한 배리 케오건은 〈원더스트럭〉(2017)의 밀리센트 시먼
즈, 〈유전〉의 밀리 샤피로에 이어 스크린에 들어오는 순간 눈을
뗄 수 없는 신예다. 〈덩케르크〉에서 애국심에 불타는 투명한 캐릭
터를 연기했던 이 배우는 〈킬링 디어〉의 시커먼 심연이다. 마틴은
예의 바르고 집요하다. 요르고스 란티모스 감독의 모든 인물이 그
렇듯, 흡사 인공지능 같은 딱딱한 말투로 괴상한 질문을 던지고
대답할 때는 필요 이상으로 자세하다. 순진한 동시에 사악하고,
가련하지만 가까이하기 싫은 캐릭터를 배리 케오건은 제2의 피부
처럼 연기한다. 소년은 현실적으로 극 중 최약자이지만 때가 되면
영화 전체의 리얼리티를 교란하는 괴력을 발휘한다.

세련된 중산층 가족이 과거에 과오를 저지른 아버지에게 복수하려고 다가온 외부자의 위협을 받는다. 〈킬링 디어〉의 설정은 〈퍼시픽 하이츠〉 〈케이프 피어〉 등 1990년대 할리우드를 풍미한 일군의 스릴러와 비슷하다. 단 〈킬링 디어〉의 마틴은 아버지의 죽음을 초래한 것으로 의심되는 심장외과 의사 스티븐 머피의 윤택한 생활을 가로채고 싶어 하지 않는다. 그가 원하는 바는 동등한 상실을 스티븐에게 끼치는 마이너스의 균형이다. 실업자 엄마(알리시아 실버스톤)와 남겨진 열여섯 살 소년은 법과 제도에 호소해 의료사고 배상을 받고 책임자가 메스를 놓게 하는, 정당하고 실리적인 길을 고려하지 않는다. 이 작은 미스터 함무라비의 셈법은 무시무시하게 간단하다. (기혼인 건 당신 사정이고) 당장 아버지 자리를 채워주거나, 1안이 여의치 않으면 아내 애나(니콜 키드먼)와 두 자식 중 한 명을 제물로 바쳐야 한다. 누가 신성한 사슴이 되어 제단에 올려질지 스티븐 본인이 정해야 한다는 것도 쳇값의 일부다. 오히려 죄지은 당사자 스티븐의 생명은 마틴에게 쓸모가 없다. 죽으면 고통을 느끼지 못할 테니까. 요르고스 란티모스 감독은 마틴의 법을 확실히 인지시키기 위해 매우 설명적인 장면까지 일부러 넣었다. 스티븐의 팔뚝을 물어뜯은 마틴은 비명을 지르는 스티븐 앞에서 "봐. 지금 당신의 기분을 낮게 해주는 일은 상처를 쓰다듬어주는 행위가 아니라 이렇게 내 손목을 똑같이 물어뜯는 거야"라고 시범을 보인다. 〈킬링 디어〉는 복수의 불가피함과 무자비한 작동 방식을 강조하고 그것을 면하려는 비굴한 몸부림을 노골적으로 망라하는 데에 집중한다. 반면 마틴 가족의 불행에 실제로 스티븐이 어떤 책임이 있는지, 소년의 정의와 스티븐 가족에게

근심하는 영화

닥치는 재앙 사이에 어떤 관계가 있는지는 전혀 언급하지 않는다. 대안도 모색되지 않는다. 현실이라면 극단적 선택 전에 스티븐은 차라리 마틴의 아버지가 되어 가족을 살리는 방법을 고려하거나, '소피의 선택'을 아예 하지 않는 편을 고민할 법하지만 〈킬링 디어〉는 외길만 간다.

〈스토커〉에 출연했던 니콜 키드먼이라는 공약수는 박찬욱의 복수 영화도 떠올리게 하지만 박찬욱 감독이 오래도록 매달린 복수의 함의는 〈킬링 디어〉의 주요 관심사가 아니다. 차라리 돌연 몸에 찾아온 징벌 앞에 좌충우돌하는 〈박쥐〉가 닮았다. 〈올드보이〉의 사설 감옥과 기억상실증도 란티모스 감독이라면 지나치게 산문적 설명으로 여길지 모르겠다. 요컨대 〈킬링 디어〉에서 복수는 그냥 행해져야만 하는 것이다. 집요했던 과정에 비해 복수의 완수로 어떤 변화도 겪지 않는 것처럼 보이는 마틴은 살아 있는 개인이라기보다 잔혹한 신의 현현에 가까운 캐릭터다. 심장외과의라는 스티븐의 직업 역시 인간계에서 신에 해당하는, 생사를 직접 손으로 주무르는 일이다. 극 중에서 그의 손에 대한 예찬이 민망하리만큼 반복되는 것이 우연은 아니다. 소년과 관계가 아직 우호적인 도입부에서 스티븐은 다소 뜬금없이 손목시계를 선물한다. 마치 시간(삶)을 통제하는 힘을 마틴에게 넘기는 의례처럼. 이후 마틴이 극 중에서 전능한 자의 자리에 온다. 신에 대한 언급은 스티븐이 마틴의 집을 방문했을 때 TV에서 흘러나오는 〈사랑의 블랙홀〉의 대사에도 섞여 든다. "당신이 신이 아니라는 걸 어떻게 알죠?"

제목이 암시하는 〈킬링 디어〉의 모티프는 고대 그리스신화 속 이피게네이아의 희생이다. 스티븐의 딸 킴(래피 캐시디)은 이 피게네이아의 설화를 주제로 에세이를 제출해 수업에서 최고점을 받는다. 처녀 신 아르테미스의 수사슴을 해치는 바람에 진노를 산 아가멤논 왕에게 딸인 이피게네이아를 속죄의 제물로 바치면 트로이로 출정할 함대의 돛에 바람을 주겠다는 신탁이 떨어진다는 이야기다. 하지만 신화의 끝은 영화만큼 잔혹하지 않다. 아르테미스는 마지막 순간 암사슴으로 제물을 대신하고 구름으로 이피게네이아를 감싸 신전에 데려가 사제로 삼는다.

　　〈킬링 디어〉의 카메라는 신의 시선을 가정하는 모양새다. 눈높이를 피해 조금 높거나 낮게 잡은 와이드 숏에는 천장이나 바닥이 넓게 담겨 인물을 미물처럼 표현한다. 극 중 공간은 종종 오페라극장 발코니석에서 내려다본 희비극의 무대처럼 보인다. 이 가운데 극단적 경우는 아이가 쓰러진—징벌이 시작되는 순간이다—기나긴 에스컬레이터를 수직 부감으로 내려다보는 깊은 조감 숏이다. 머피네 집 천장, 마틴과 스티븐 가족이 다니는 식당의 천장에는 대형 팬이 시간을 새기며 규칙적으로 돌아간다. 무심하고 냉혹하게. 거대한 종합병원을 돌아다니는 뱀처럼 긴 트래킹숏은 즉각적으로 〈샤이닝〉의 키 작은 자전거를 탄 어린이 시점의 트래킹숏을 연상시킨다. 하긴 거칠게 보면 〈샤이닝〉 역시 가부장인 아버지가 가족의 네메시스가 되는 이야기다. 물론 스탠리 큐브릭에게 있어서, 악마는 가족을 삶의 짐이자 훼방으로 여기는 남성 예술가의 무의식 안쪽에 잠재돼 있었다는 명백한 차이가 있다.

　　〈킬링 디어〉는 작게는 포스터까지 요르고스 란티모스

필모그래피의 일관성을 실현하는 작품이지만 내게는 이행기의 영화처럼 보이기도 한다. 란티모스 감독이 국제적으로 알려지기 시작한 이후 장편인 〈송곳니〉 〈알프스〉 〈더 랍스터〉는 초현실적 세팅으로 현실 세계의 파시즘, 언론 통제, 롤플레잉으로 운영되는 문화, 이성애 커플링의 사회 생태계를 풍자했다. 달리 쓰면, 현실을 우화의 프리즘에 투과시켜 본질을 직면하게 만드는 시도였다. 〈송곳니〉는 완벽히 고립된 가정, 〈알프스〉는 망자 대역 서비스 회사, 〈더 랍스터〉는 짝짓기 호텔이라는 밀봉된 우주를 가정하고 실험을 진행하며 역설적으로 그래서 참을 수 없을 만큼 리얼하다. 반면 〈킬링 디어〉는 평범한 열린 세계에서 란티모스 특유의 불친절한 시리 같은 단조로운 대사 톤과 현실을 초월하는 사건을 밀어붙인다. 그래서 인위성이 두드러진다. 예컨대 전작이 현실에서 원형을 추출했다면, 〈킬링 디어〉는 신화의 간결성을 모방하기 위해 현실을 우그러뜨린 이야기로 보이는 것이다. 2018. 7.

킬링 디어

파경破鏡

미드소마 Midsommar
감독 아리 애스터, 2019

"대외적으로 그는 착한 남자지만
실상 대니의 고통을 외면해 유약해진
마음을 이용하고 있다."

　　　　대학원생 대니(플로렌스 퓨)와 크리스티안(잭 레이너)은
4년 차 연인이다. 하지만 크리스티안은 대니를 만난 지 4년인지
3년 반인지도 혼동할 만큼 애정이 식어버렸다. 집에 두고 온 양극
성장애가 있는 동생은 대니의 큰 근심이지만 관계의 균열을 감지
한 대니는 가족문제를 토로할수록 크리스티안이 자신을 짐스러
워할까 불안하다. 남자는 당사자인 애인과 해결을 도모하는 대신,
동성 친구들에게 스트레스를 흘리고 투정한다. 친구들이 대신 대
니를 비난하도록 만들고 자신은 도리어 애인을 감싸며 악역을 피
하는 방식이다. 친구 가운데 특히 마크(윌 폴터)는 대니에게 적대
적이고 크리스티안이 지지부진한 관계를 끝내기를 바란다. 여성을
성적 대상으로만 간주하는 성향이 강한 마크는 친구가 싱글로 돌
아와 자기와 함께 여러 여자를 섭렵하며 놀길 바란다.
　　　　마크의 미숙한 여성관을 논외로 하면 〈미드소마〉 전반
에 제시되는 연애를 둘러싼 세 인물의 처지는 누구나 한두 가지

　　　　　　　　　　근심하는 영화

쯤 경험해봤을 법하다. 더 사랑하여 상대가 진저리를 낼까 봐 주눅 드는 마음, 어떻게 헤어지면 잡음을 최소화할지 계산하는 속내, 그리고 제3자가 보기에 백해무익한 연애에서 친구를 빼내려는 다소 주제넘은 책임감. 아리 애스터 감독은 하지만 이 보편적인 프롤로그를 극히 예외적인 가족 비극으로 끝낸다. 대니의 동생은 결국 정신적으로 무너지고 부모를 살해한 후 자살한다. 크리스티안은 관계를 정리할 타이밍을 놓친 채 미적거리다가 계획과 달리 남자 친구들과의 스웨덴 하지제(미드소마) 여행에 대니를 동반한다. 가족의 부고에 짐승처럼 울부짖던 대니는 안간힘을 다해 '좋은 여자 친구'가 되고자 애쓰며 크리스티안과의 관계에 매달린다. 아무렇지 않은 척하느라 억눌린 대니의 비탄은 발작적 구토로 배출된다.

여기서 가장 해로운 행위는 크리스티안의 가스라이팅^상대가 스스로를 의심하게 만드는 심리 조작이다. 대니를 떼놓고 갈 예정이던 스웨덴 여행이 발각되자 크리스티안은 진작 말했는데 네가 흘려들은 거라고, 원래 같이 갈 작정이었다고 친구들까지 동원해 주장한다. 한 쪽의 널빤지에 매달려 표류하는 사람처럼 궁지에 몰린 여자는 자기가 오해했다고 믿는 편을 택한다. 급기야 자신의 생일을 잊어버린 남자 친구 앞에서 "내 잘못이야!"라고 선수 친다. 요컨대 크리스티안은 괴물이 아니라 우리 중 누구나 될 수 있고 주변에서 쉽게 찾을 수 있는 악역이다. 대외적으로 그는 불운한 애인 곁을 지키는 착한 남자지만 실상 대니의 고통을 외면해 그것을 괴어 썩게 만들고 극히 유약해진 의존적 마음을 이용하고 있다. 결국 〈미드소마〉는 나쁜 연애의 종말에 관한 영화다. 물론 '민속 호러'이자

밀폐된 장소에서 하나씩 시체가 늘어가는 슬래셔이고, 인체와 동식물을 접붙인 이미지를 전시하는 보디호러이며 사상 최초 꽃꽂이 공포영화이기도 하다.

마침내 일행이 도착한 스웨덴의 코뮌 호르가는, 대니가 스스로에게도 은폐해온 비밀스런 소망을 우아하고 장려한 의식 ritual으로 눈앞에서 보여준다. 퍼포먼스아트라고 해도 과언이 아닌 의례의 나열이 대신하는 서사 전개 방식은 〈미드소마〉와 감독의 전작 〈유전〉과의 가장 큰 차이다. 호르가의 무엇이 대니를 감화시켰을까? 고유한 경전에 따라 한 점 의혹 없이 평생을 사는 마을 주민들은 개인의 삶을 결정하는 수고를 면제받는다. 공적인 삶과 사적인 삶이 일치하는 이 작은 국가에서 모든 사람은 탄생부터 죽음까지 같이 먹고 자고 울고 웃는다. 누구도 고아가 되지 않고 홀로 죽지 않는다. 무엇보다 고어 영화다운 면모를 보여주는 죽음의 의례 장면에서 대니는 친구들과 좀 다른 반응을 보인다. 우리는 가족의 참사 현장을 직접 목격하지 못했을 대니에게, 주민들이 '섭리'로서 흔쾌히 수용하는 죽음의 스펙터클이 끼친 영향을 짐작해볼 수 있다. 여기에 영적 합일의 촉매로 쓰이는 환각물질의 영향까지 더해져, 대니는 급속히 마을의 일원이 되어간다.

그런데 아리 애스터 감독은 대니에게 위안뿐 아니라 복수의 카타르시스까지 주고 싶어 한다. 유전병을 방지하기 위해 외부인과의 짝짓기를 필요로 하는 주민들은 크리스티안을 희생시키고, 결과적으로 여태 혐의에 그쳤던 애인의 '배신'을 대니가 눈으로 확인하게 해 복수의 빌미를 제공한다. 대니에게 깊이 공감하는

　　　　　　　　근심하는 영화

일부 관객은 해피 엔딩이라고 믿을 수도 있을 것이다. 아리 애스 터는 장기간 지속된 본인의 연애가 괴로운 파국을 맞은 상황에서 대니에게 동일시하며 〈미드소마〉의 각본을 썼다고 한다. 〈유전〉과 〈미드소마〉의 결말은, 직관에 따르는 연출과 시각화가 영화 작가 로서 아리 애스터가 갖는 독창성의 근원이자 약점임을 보여준다. 애니(토니 콜레트)와 대니의 어두운 여정을 아등바등 따라가던 관 객은 오컬트적 피날레 속에 중심 캐릭터가 휘발되는 광경을 허무 하게 목도한다.

　　　　남성 감독 아리 애스터는 두 장편에서 여성 캐릭터에 감 정을 이입해 이야기를 착안했다. 그러나 그들을 그리는 방식은, 심 원한 슬픔의 젠더는 여성이라고 지정하고 인물을 알레고리로 채 용하는 데에 그치고 있다는 인상을 준다. 두 영화는 공히 나이 든 여성의 나체를 그로테스크의 맥락에서 사용한다. 〈유전〉은 막판 에 애니를 밀교密敎적 풍경의 일부로 흡수시켜버린다. 〈미드소마〉 에서 대니의 캐릭터도 마지막에 이르러 증발된 인상이다. 연인의 심리적 방치를 오래 견뎌온 대니는 고전적이게도 성적 배신을 목 격하고서야 비로소 복수한다(따지고 보면 이 대목에서 크리스티안 은 배반의 주체가 아니라 성적 제물이다). 고작해야 대니는 애인에게 서 호르가 공동체로 의탁 상대를 바꾸었을 뿐이다. 영화가 끝난 후 대니에게 20여 년의 엄연한 지난 삶은 '전생'으로 일축될 것이 다. 호흡까지 동기화해 함께 울어주는 마을 여자들의 행위는 바깥 세계에서 대니에게 필요했던 도움이 무엇인지 잘 보여주지만, 감 정의 모방이 관습인 공동체에서 이 행위가 갖는 무게는 미지수다.

〈유전〉과 〈미드소마〉는 상반된 팔레트로 비탄과 공포를 풍경화하는 아리 애스터 감독의 재능을 증명하는 동시에, 그 감정의 거처인 인간을 지켜보는 끈기를 키울 여지가 많다는 사실도 암시한다.

2019. 7.

근심하는 영화

한 꺼풀만 벗기면

겟 아웃 Get Out
감독 조던 필, 2017

"이 교양인들은 흑인의 피부색,

육체적 특성을 거론하는 것 외에는

개인으로서 크리스와 대화하는 방법을 모른다."

전도유망한 사진가 크리스(대니얼 칼루야)는 백인 여자 친구 로즈(앨리슨 윌리엄스)의 부모와 처음 인사를 나누러 주말여행을 떠난다. 로즈는 흑인 애인은 처음이라면서도 가족에게 크리스의 피부색을 미리 말할 필요 없다고 장담한다. 아프리카계 남자 친구를 데려간다고 따로 언급하는 것 자체가 촌스럽다면서 어깨를 으쓱하는 로즈에게 크리스는 더 이상 토를 달지 않는다. 과연 딘(브래들리 휫퍼드)과 미시 아미티지(캐서린 키너) 부부는, 조금도 놀라는 기색 없이 현관부터 딸 커플을 포옹으로 환대한다. "법만 허락했다면 오바마를 대통령으로 세 번 뽑았을걸세"라고 호언하는 로즈 아버지는 집 안에 진열된 다양한 여행 기념품을 자랑하며 다문화 체험의 가치를 예찬한다. 그러나 이 집안의 공기는 어딘가 뒤틀려 있다. 세 식구가 각기 다른 방식으로 이상하다는 것이 시나리오의 좋은 점이다. 아버지는 과한 친밀함을 과시하고 어머니는 심판관의 눈으로 관찰하고 로즈의 동생은 육체적으로 크리스와 겨뤄보지 못해 안달이다. 한편 흑인 고용인들은 마네킹처럼 움직인다. 크리스는 찜찜하지만 흑인의 피해의식을 드러내는 꼴이 아닐까 불안을 다스린다. 그의 앞에는 세상에서 가장 긴 주말이 기다리고 있다.

조던 필 감독의 호러 무비 〈겟 아웃〉이 동시대 미국 사회에서 발굴한 괴물은 인종주의다. KKK나 네오나치, 유색인종이 열등하다고 믿는 노골적 인종주의가 아니라 포스트 인종주의 시대에 접어들었다고 자부하는 사회에 여전히 잠복한 소극적 인종주의라는 점이 중요하다. "내가 타이거(우즈)랑 안면이 있어요." "팔 단단한 거 봐. (은근히 눈짓하며) 로즈, 정말 좀 달라요?" "아무래도 이제 어두운 피부가 유행이죠." 크리스와 로즈가 도착한 이튿날, 공교롭게(?) 열린 파티에서 크리스를 향해 백인 손님들이 건네는 말은 호감을 앞세우고 있지만 동시에 모조리 크리스가 흑인이라는 사실에만 사로잡혀 있다. 즉 "여기서 당신만 흑인이야"라는 메시지를 다양한 버전으로 던지고 있다. 인종주의 따위 키우지 않는다고 자부하는 이 교양인들은 흑인의 피부색, 육체적 특성, 유명한 흑인의 이름을 거론하는 것 외에는 개인으로서 크리스와 대화하는 방법을 모른다. '비인간화'까지는 아니어도, 〈겟 아웃〉의 백인들은 크리스를 살아 있는 개인이 아닌 고착된 오브제, 감상되고 연구해야 할 대상으로 인식한다. 한편 극 중 누군가는 "피부색은 내 눈에 안 보여"라며 편견에서 자유로움을 자랑한다. 그러나 이것도 엇나간 해결책이다. 피부색을 비롯한 모든 차이는 인지돼야 한다. 다만 그것이 고유한 개인에 관한 이야기의 전부여서는 곤란하다.

　　　　　　　　근심하는 영화

애초부터 크리스의 주말여행에 반대했던 친구 로드(릴렐 하워리)는 크리스에게 수상쩍은 상황을 전해 듣자마자 "너, 성노예로 잡혀 간다"라고 펄쩍 뛴다. 물론 코믹 효과를 의도한 대사이긴 하지만 이어 드러나는 진실은 로드의 경고와 동떨어져 있지 않다. 〈겟 아웃〉의 늙은 백인들은 흑인을 사냥하고 경매한다. 백인의 뇌로 움직이는 흑인의 육체로 여생을 살고 싶어서다. 더 날쌔고 더 강하고 더 쿨해지고 싶은 그들은 흑인의 특정한 인종적 속성과 예술성을 동경하되 궁극적으로 백인 주체가 흑인의 장점을 전유하는 방식이 가장 바람직한 종합이라고 믿는다. 여행을 예찬하고 수집품을 애지중지하는 로즈 아버지 딘의 다문화주의가 해당 문화를 창조한 주체를 존중하지 않는 페티시즘인 것과 같은 맥락이다. 요컨대 〈겟 아웃〉이 풍자하는, 표면적으로 인종차별을 극복한 사회에서 비백인 문화는 오직 백인의 교양과 발전을 도울 자원으로 존재한다. "크리스, 인생의 목적이 뭐지?" 영화의 3막에서 딘이 던지는 질문은 "흑인인 네게도 한층 고차원적 목적에 삶을 바치는 쪽이 유의미하지 않겠냐"는 강변을 포함하고 있는 것처럼 들린다.

호러로서 흔치 않게 〈겟 아웃〉은 2차 관람의 가치가 충분하다. 프롤로그부터 엔딩까지 비명의 횟수를 채우기 위해 샛길로 빠지는 법 없이 대주제와 사건의 전모를 착실히 쌓아 올려서다. 영화 전체의 미니어처인 프롤로그부터 핵심은 분명하다. 밤에 길을 잃고 백인 중산층 주거지역을 홀로 헤매는 흑인 남성(러키스 스탠필드)은 수상한 차가 다가오기 전부터 공포를 느낀다. 이 장면은 첫째, 영화에 흔히 묘사되는 흑인 구역에 간 백인이 느끼는 위협을 역전시키고 둘째, 단지 검은 후드티를 입었단 이유로 의심받아 사살된 흑인 소년 트레이본 마틴 사건을 연상시킨다. 처음에 심상히 보아 넘겼던 〈겟 아웃〉 전반의 몇몇 장면은 퍼즐이 맞춰진 관람에서는 등골에 한기를 흘려보낸다. 예컨대 로즈가 부모에게 크리스의 피부색을 언급할 필요가 없었던 이유는 다른 데 있었다. 파티에서 손님들이 크리스의 취미를 화제로 삼은 것은 각기 취향에 부합하는 몸을 구하고 있었기 때문이다. 아미티지가 사람들의 금연에 대한 열정은, 크리스의 가치를 떨어뜨리지 않기 위해서였다. 한밤중 정원을 질주하고 거울을 들여다보던 월터와 조지나는, 다시 얻은 젊은 육체를 음미하는 중이었다. 하나만 보태자면, "장총으로 위협당하면서 잔디밭에서 도망치고 싶진 않아"라는 크리스의 농담은 약 48시간 후 정확히 현실이 된다.

〈여고괴담〉 1, 2편이 진심으로 무서웠던 까닭은 관객이 한국 교실의 경쟁과 소외가 만들어내는 을씨년스러운 풍경을 알고 있었기 때문이다. 〈팔로우It Follows〉(2014)의 여운이 길었던 이유는 섹스와 성년의 도래를 맞이하는 보편적 공포를 호러의 문법으로 적절히 형상화했기 때문이다. 〈겟 아웃〉 역시 현실에 만연한 두려움과 제대로 접속하는 공포영화다. 조던 필 감독은 리버럴이건 아니건 다수의 백인에 둘러싸인 세계에서 살아가는 흑인 소수자 구성원이 느끼는 불안과 압박을 위트 있는 신체 강탈 호러로 변환했다. 인종이 다른 연애에서 두 사람의 관계가 주변으로 확장될 때 마이너리티에 해당하는 쪽이 예감하는 배척, 반항하는 무례한 흑인의 스테레오타입으로 보이지 않기 위해 상대의 차별적

　　　　　　　　　　근심하는 영화

발언을 웃어넘기는 안간힘, 만약 항의하면 무슨 결과가 올지 우려
하는 두려움을 〈겟 아웃〉은 끔찍하게 잘 알고 있다. 〈겟 아웃〉의
파티 장면에서 유일한 일본인 참석자—아마도 백인과 동일시하
는—가 뜬금없이 묻는다. "크리스, 오늘날 아프리칸 아메리칸으로
산다는 것은 상대적 메리트인가요, 핸디캡인가요?" 통계와 현상
이 입증하는 객관적 불평등을 무시하고 몇몇 문화적 코드를 근거
로 다수자가 역차별당하고 있다는 주장을 연상시키는 대사다. 그
러나 〈겟 아웃〉이 그리는 현재의 세계는 흑인들이 뺑소니를 당해
도 빨리 구조되지 못해 도로 위에서 죽어가고, 실종돼도 찾는 이
없이 멀쩡히 굴러가는 세상이기도 하다. 이 영화가 정치적으로 올
바른 시민들의 나라에서 살고 있다는 자부심이 넘쳤던 오바마 전
대통령 임기에 기획되어 트럼프 대통령이 취임한 2017년 1월 20일
직후 선댄스영화제에서 공개된 타이밍은 참으로 절묘했다고 할 수
밖에. 2017. 6.

그들이 부르짖을지라도
내가 듣지 아니할 것인즉

어스 Us
감독 조던 필, 2019

"제이슨과 플루토는 둘 다 불장난을 좋아하지만,

다치고 흉터가 생기는 것은

제대로 보호받지 못하는 플루토뿐이다."

　　　조던 필을 단박에 중요한 차세대 미국 감독으로 부상시
킨 〈겟 아웃〉은 인종주의가 반사회적 혐오로, 적어도 쿨하지 못
한 구습으로 공인된 이후, 미국의 중산층 백인이 흑인 동료 시민
에게 품는 이중적 의식을 파고든 신체 강탈 스릴러다. 골든글로브
상은 이 영화를 코미디로 분류하고, 혹자는 다큐멘터리라고 여겼
지만, 〈어스〉의 장르는 누가 봐도 호러이고 이 영화에서 조던 필이
다루는 일차적 이슈는 인종이 아니라 계급이다. 유산자와 무산자,
특권을 누리는 시민과 애초에 계층이동의 가능성이 봉쇄된 최하
층 계급의 관계다. 〈어스〉는 지상에 사는 '우리' 눈에 보이지 않거
나 우리가 보려 하지 않는 박탈당한 사람들을 '테더드the tethered'라
고 부른다. 이들은 시민을 꼭두각시처럼 조종하는 권력의 손에 창
조된 클론이다. 말하자면 부두교의 인형과 비슷하다. 영혼까지 복
제하지 못하고 실험이 실패로 돌아가자, 테더드들은 미국 전역에
존재하는 지하 공간(폐쇄된 지하철과 폐광 등등)에 버려진다. 지상의

본체와 그들의 연계tethering는 불완전하게 작동하여, 테더드는 자기와 묶여 있는 지상인의 행동을 의지와 무관하게 열등한 판본으로서 모방하며 연명한다. 지하인의 삶은 물질적 결핍에 더해, 존재의 목적과 방향성, 일체의 의미 있는 상호 관계를 박탈당한 채 목숨을 부지하기에 참혹하다. 관객에 따라서는 테더드를, 우리가 의식의 지하에 가둬놓은 추하고 서툰 자아로 바라볼 수도 있을 것이다. 보이지 않는 웹 세상으로 해석할 수도 있고, 심지어 테더드들의 옷 색깔을 근거로 트럼프를 선출해 역공을 날린 공화당 지지자로 보는 시각까지 존재한다. 어쨌거나 주인공 애들레이드(루피타 뇽오)의 테더드인 레드(루피타 뇽오)가 지하인들을 규합해 혁명을 꾀하면서 조던 필 스타일의 〈다크 나이트 라이즈〉가 시작된다. 게이브(윈스턴 듀크)와 결혼해 조라(샤하디 라이트 조지프)와 제이슨(에번 알렉스) 남매를 둔 애들레이드는, 30여 년 전 어느 밤 산타크루즈 유원지에서 길을 잃었다가 거울의 집에서 레드를 마주친 적이 있지만 기억은 희미해졌다. 사고 직후 앓았던 실어증은 전문가 조언에 따라 무용을 배우면서 치료됐고 현재 그가 누리는 중산층의 생활은 평온하다. 부모에게 상속받은 산타크루즈 인근 집으로 휴가를 떠나올 때까지는. 백인 친구 조시(팀 헤이데커)와 키티(엘리자베스 모스) 가족과 해변 나들이를 다녀온 애들레이드 가족은 그날 밤 레드가 이끄는 도플갱어 4인 가족의 방문을 받고, 이들의 상견례는 영혼을 공유한 한 쌍의 육체 중 하나만 살아남을 수 있는 사투로 이어진다.

〈어스〉의 M. 나이트 샤말란급 반전은 1986년 산타크루즈 유원지에서 애들레이드는 잠시 길을 잃은 것이 아니라 지상으로 올라온 레드에게 납치됐고, 이후 둘은 맞바뀐 위치에서 살아왔다는 사실이다. 과연 이 반전이 영화에 꼭 필요할까 하는 의아함은 이내 그것이야말로 조던 필 감독의 가장 긴요한 정치적 코멘트라는 깨달음으로 바뀐다. 애들레이드가 된 레드는 테더드 가운데 유일하게 지상 사회가 허락하는 교육과 환경의 영향을 받으며 성장한 인간이다(지하의 사람들이 지상으로 올라가지 못하게 하는 결계는 어처구니없게도 두 세계 사이의 하행 에스컬레이터다. 레드 외에 누구도 한 방향으로 움직이는 계단을 거슬러 올라갈 엄두를 내지 못한다). 즉, 30년 후 재회한 애들레이드와 레드는 동일 유전자를 가진 쌍둥이가 양극단의 환경에서 성장한 결과의 예시다. 복제인간 레드는 이를테면 애들레이드보다 불완전한 아이고 지상으로 나온 직후 언어장애를 겪지만 환경은 둘의 발달을 역전시킨다. 인간은 태생적으로 동등한 능력을 타고나지 않지만 자질은 후천적 조건에 따라 현저히 강화되거나 약화된다. 기본적 복지에서 소외된 집단의 사람들에게 핸디캡을 보완하는 자원과 기회를 제공하면 어떤 결과가 나올까?

물론 레드(원래 애들레이드)는 애초에 지상인으로 태어났기에 테더드들의 지도자가 될 수 있었다는 반박이 가능하다. 그러나 설령 종족, 성별, 성정체성에 따라 특정 능력이 높고 낮다는 가설이 사실이라고 해도 그 우열은 오직 평균치로만 존재하기에 개인의 소속 집단을 기준으로 한 불평등한 처우는 정당화될 수 없다. 〈어스〉는 애들레이드의 흑인 중산층 가족을 통해 일반적 죄책감을 일깨운다. 우리가 모순과 불평등이 관철되는 사회에서 운 좋은 그룹에 속한다면 기울어진 시스템의 발명에 가담하지 않았더라도 모순을 공고히 하는 데 일조하고 있으며, 사회 전체의 인적자원을 개발하지 않음으로써 스스로에게 해로운 행위를 하고 있는지도 모른다. 처음 레드의 가족이 현관 앞에 손을 잡고 나타났을 때 그들은 영락없는 괴물이며 문명의 적대자로 보인다. 그러나 자신을 특권층이라고 여겨본 적 없는 애들레이드의 가족은, 아웃사이더들이 침입하자 소유한 것을 지키기 위해 빠른 속도로 적극적 킬러로 변모한다.

막판 레드의 일장 연설을 제외하면, 조던 필 감독은 스토리를 최대한 이미지와 사운드로 전달한다. 도플갱어들끼리 사생결단을 벌이는 두 집은, 심사숙고된 블로킹과 촬영에 의해 '거울의 방'으로 변한다. 레드의 가족에게서 보듯, 테더드들은 단순히 지상인의 공포스러운 닮은꼴 이상이다. 게이브의 그림자 아브라함은 눈이 나쁘지만 게이브에게 빼앗기 전까지 안경 없이 살며 불편을 겪었다. 아직 어린 탓인지 막내 제이슨의 움직임에 좌우되는 지하 소년 플루토는 얼굴에 심한 화상 자국이 있다. 영혼이 같은 제이슨과 플루토는 둘 다 불장난을 좋아하지만, 다치고 흉터가 생기는 것은 제대로 보호받지 못하는 플루토뿐이다.

"그러므로 나 여호와가 이와 같이 말하노라. 보라. 내가 재앙을 그들에게 내리리니 그들이 피할 수 없을 것이라. 그들이 내게 부르짖을지라도 내가 듣지 아니할 것인즉." 레드가 지하 세계로 납치되기 전 마주친 홈리스 남자가 들고 있던 예레미야서 11장 11절의 내용이다(대칭duality에 집착하는 영화답다). 동료 테더드들과 달리 자유의지와 창의력을 소유한 소녀는 자신을 신의 대행자라고 믿는다. 현실적이라서 더 우울한 〈어스〉의 설정은, 레드가 일으킨 혁명의 표적이 화근인 권력이 아니라 박탈감을 준 닮은꼴 인간들이라는 점이다. 레드는 30년 전 지상 세계에서 마지막으로 본 사건인 1986년의 자선 이벤트 '핸드 어크로스 아메리카'를 본떠 테더드의 존재를 알리는 시위를 실행한다. 하지만 레이건 시대 자선 열풍의 일환이었던 '핸드 어크로스 아메리카'는 빈곤의 정책적 해결을 회피하고 10달러로 중산층의 가책을 달랜 이벤트로 뒷날 기록됐다. 애들레이드의 남편 게이브는 붉은 띠를 이룬 테더드들의 행렬을 보며 무심코 말한다. "후진 퍼포먼스아트야 뭐야." 슬프게도 레드는 그렇게 비치는지 미처 몰랐을 것이다.

　　　〈어스〉에 인용되는 예레미야서 11장 11절은 우상을 숭배하는 예루살렘 시민들을 향한 계고다. 지하의 테더드들을 혁명으로 이끈 레드가 해석하는 '우상'은 아마 지상인들의 물질주의와 이기적 시야였을 것이다. 전형적 중산층인 애들레이드의 남편 게이브가 줄곧 언급하는 관심사는 물건의 구매와 소유다. 그는 바닷가 별장이 있는 사람이면 응당 갖춰야 한다고 믿는 모터보트를 사서 길들이느라 애를 먹고, 조금 더 유복한 백인 친구 조시 가족의 고급 자동차를 시샘한다. 조시는 보트를 처음 손에 넣은 게이브에게 갖춰야 할 옵션을 나열하고 조명탄이 빠졌음을 지적한다. 게이브는 자못 애석해하지만 역설적으로 막상 도플갱어들이 습격해왔을 때 목숨을 구해주는 무기는 조시의 조명탄이 아니라 본인의 시원치 않은 보트다. 한편 레드와 동지들이 선택한 무기는 가위다. 이중 이미지를 모티프로 삼은 영화답게 두 개의 날이 교차하는 흉기다. 그러나 레드를 지도자로 밀어올린 결정적 무기는 춤이다. 일대일로 연결된 지상 본체의 흐릿한 복사물 같은 행위밖에 하지 못하던 도플갱어들은 레드의 춤 안에서 정신을 발견한다. 독창성과 주체성이라고 바꿔 말할 수도 있을 것이다. 레드가 메시아로서 지위를 인정받은 경위다. 그런데 영화의 설명에 따르면, 지상인과 테더드의 관계는 한 영혼을 가진 두 개의 육신이다. 영혼은 다르지 않으니, 엄밀히 말하면 테더드에게 결여된 것은 영혼을 표현하고 현실로 옮기는 능력이다. 요컨대 보이지 않는 아이디어에 형상을 부여하는 예술 행위가 혁명의 씨앗이었다는 사실이 흥미롭다. 짐작건대 교육이 단절된 레드는 춤을 통해 언어 능력 및 연결된 사고 능력을 보존했고, 지하인들은 예술을 빌려 다른 세상을 비로소 꿈꾸게 된 셈이다.

레드에게 공격당한 애들레이드는 여태 이룩한 지상의 삶을 지키기 위해 싸우는 동안 옷을 붉은 피로 물들여가고 영화 말미에는 그야말로 누가 레드인지 분별하기 어려워진다. 관객인 나역시 애들레이드의 승리 앞에 안도해야 할지 좌절해야 할지 혼란스럽다. 〈어스〉는 호러 장르가 기본적으로 약속하는 정화 효과를 제공하지 않는다. 결말로 달려가는 과정의 액션들로 가벼운 카타르시스를 준 다음 피날레로 그 쾌감을 일종의 실수로 만든다. 마지막에 과거를 완전히 기억해낸 애들레이드는 후회나 죄책감 대신 안도감이 서린 미소를 짓는다. 함께 웃을 수는 없지만, 태어날 때부터 가능성이 차단된 삶을 박차고 나온 소녀를 비난할 수 있을까. 인생을 통째로 도둑맞고도 굴복하지 않고 고통 속에서 자신뿐 아니라 동포의 해방을 꾀한 인물 역시 두려움보다 존경의 대상에 어울린다. 실상 레드와 애들레이드는 동일한 몰이꾼에게서 도주하고 있다. 안타깝게도 둘의 생존 투쟁은 얼굴 없는 몰이꾼을 찾지 못한 채 한 사슬에 묶여 있는 상대를 향한다. 그리고 〈어스〉는 누구를 향하는지 모를 슬픔을 남긴다. 2019. 4.

근심하는 영화

가려진 고통

툴리 Tully
감독 제이슨 라이트먼, 2018

"그의 눈은 많은 것을 애절히 호소한다.
동시에 내가 말한들 아무도
나를 도울 수 없을 거라는 체념이 깃들어 있다."

"여자들은 완전히 치유되지 않아요. 겉은 멀쩡해도 자세히 들여다보면 컨실러 범벅이죠."
〈툴리〉에서 산후우울증을 앓는 주인공 마를로(샤를리즈 테론)가 젊은 야간 보모 툴리(매켄지 데이비스)에게 들려주는 말이다. 셋째를 낳은 직후 〈툴리〉의 시나리오를 쓴 작가 디아블로 코디는 데뷔작부터—때로는 지나치게—재치 있는 대사의 달인으로 유명했지만 마를로의 이 한마디에는 재치 이상의 경험적 통찰이 있다. 여자들이 컨실러피부 결점을 덮는 화장품 범벅인 까닭은, 당연하게 갖춰야 한다고 여겨지는 미덕의 가짓수와 기대치가 가혹하게 높기 때문이다. 고발이나 화풀이의 화법과 거리를 두는 이 영화에서 여성이 느끼는 모호한 압박을 잘 보여주는 장면은, 탈진한 마를로가 혼자만의 짧은 휴식을 위해 들른 카페에서 연출된다. 당분과 카페인이 절실히 아쉬워 디카페인 저지방 라테를 주문하는 만삭의 마를로에게 지나가던 중년 부인이 슬쩍 조언한다. "디카페인 커피에

도 소량의 카페인이 들어 있대요. 그냥 알고나 있으라고요." 점원
이 재차 묻는다. "그래도 드시겠어요?" 원했던 대로 주문을 강행
한 마를로는 커피와 머핀보다 두 여자에게서 은근한 비난의 시선
을 먼저 받는다. 머핀에 박힌 초콜릿을 힘없이 떼어 먹는 마를로
의 커피 브레이크는 기대만큼 즐겁지 않다. 딱히 악역이 없는 〈툴
리〉에는, 이처럼 아기를 낳고 주도적으로 키우는 여자들을 둘러
싼 근원이 모호한 억압을 짚어내는 탁월한 장면이 여럿 있다. 자
폐 증세가 있는 둘째 조나가 특별한 보살핌을 요하기에 만삭의 마
를로는 더욱 힘겹다. 교장 면담의 날, 사소한 일에 집착하는 조나
는 엄마가 평소와 다른 주차장에 차를 세우려고 하자 발을 구르
며 소리를 지른다. 첫째도 덩달아 흥분하고 초주검이 된 마를로는
하는 수 없이 꽉 찬 주차장으로 핸들을 돌려 주차 순서를 기다린
다. 여기서 〈툴리〉는 차 안의 소동에서 갑자기 외부 숏으로 화면
을 바꾼다. 마를로의 차가 서 있는 주차장의 전경은 감쪽같이 조
용하고 평온하다. 자동차 밖에 있는 사람들은 그 안쪽에서 벌어지
는 생지옥을 짐작도 하지 못한다. 그처럼 〈툴리〉는 외부자에겐 알
려지기도, 공감받기도 어려운 고통에 관한 영화다.

　　　극 중에서 마를로에게 실질적 도움을 주는 유일한 인물
은 부유한 오빠 내외다. 둘째를 낳고 산후우울증에 시달리던 동
생을 기억하는 오빠 부부는, 모유수유만 하면 나머지를 전담하는
야간 보모를 고용해주겠다고 제안한다. 마를로가 이 합리적인 선
물을 처음에 사양하는 까닭 역시 좋은 엄마의 기준을 충족시키려
는 책임감에 있다. 과로와 신경증으로 자신이 무너지고 있는데도,
갓 태어난 내 아이를 생면부지 타인의 품에 맡기는 일이 더 나쁘

근심하는 영화

다는 믿음이다. 하지만 과연 그럴까?

〈툴리〉의 출산 및 산후조리 과정은 건조하다. 설령 신생아 덕분에 흐뭇하고 행복한 순간이 있었다 해도 카메라는 산모의 피폐한 몸과 마음의 증세를 보여주는 데에 집중한다. 그리고 눈물 나는 몽타주가 이어진다. 끝없는 불면, 기저귀 쓰레기의 사슬, 젖이 돌아 아픈 가슴에 매달린 유축기, 어질러진 레고 블록을 밟고 지르는 비명. 엄마 되기의 공포를 그린 〈바바둑〉(2014)을 잇는 올해의 호러라는 말이 농담만은 아니다. 결국 마를로의 결심으로 도착한 야간 보모 툴리는 신기하리만큼 염렵하게 아기와 마를로의 필요를 채워준다. 툴리의 일성은 "나는 당신을 돌보러 왔어요. 당신과 아기의 행복은 별개가 아니에요"다. 젊고 아름답고 현명하기까지 한 이십대 후반의 툴리를 보는 마를로의 눈길은, 영락한 소공녀가 빵집 쇼윈도를 들여다보는 시선과 닮았다. 무엇보다 툴리에겐 현재의 마를로가 잊어버린 인생의 방향감각이 선명하다. 마를로는 한때 툴리였다.

두 사람이 교외의 집에서 브루클린으로 밤 외출을 하는 길이 얼마나 먼지 제이슨 라이트먼 감독은 음악으로 표현한다. 십대의 마를로가 들었을 법한 신디 로퍼의 히트곡들이 카스테레오에서 연속 플레이되며, 청춘의 시공간으로부터 주인공이 얼마나 멀리 왔는지 가늠케 하는 것이다. 다양한 가수의 노래 메들리였다면 불가능한 부피감이 와 닿는다.

디아블로 코디는 제이슨 라이트먼 감독이 연출한 〈주노〉

(2007)로 오스카 오리지널 각본상을 수상한 바 있지만 나는 〈툴리〉의 시나리오가 영화의 밑그림으로서 훨씬 성숙하다고 느꼈다. 예컨대 다음과 같은 장면 때문이다. 요리할 기력이 없는 마를로는 냉동 피자를 전자레인지에 돌려 저녁을 차린다. 첫째와 둘째가 식탁에서 휴대폰을 들여다보지만 마를로에게는 제지할 기력도 없다. 마침 퇴근해 이 광경을 본 남편 드류(론 리빙스턴)는 마를로의 티셔츠에 아이가 남긴 얼룩을 가리킨다. 그러자 마를로는 수건으로 닦거나 갈아입을 옷을 가지러 가는 대신, 앉은 채로 훌렁 상의를 벗어버린다. 브래지어만 걸친 상체는 살이 이리저리 늘어져 있다. "엄마, 몸이 왜 그래?" 딸의 질문이 상처도 남기지 않을 만큼 마를로는 둔감하다. 산후의 고통은 육아하는 고생이 전부가 아니라, 내 몸을 더 이상 내 것으로 느낄 수 없는, 아기가 섭취하는 '리소스'로만 느껴지는 무기력 상태를 포함한다는 사실을, 이보다 더 간명하게 보여주는 장면은 상상하기 어렵다. 한편 마를로는 툴리에게 입을 옷을 고르는 행위가 한없이 귀찮다고 토로하기도 한다. 나의 몸이 어떤 모습인지, 건강한지, 심지어 내게 속하는지 희미해지는 것이다.

첫째 아이와 둘째 아이가 뛰어노는 동안 소파에서 입을 벌리고 잠든 샤를리즈 테론은 100퍼센트 정말 잠이 든 것처럼 보인다. 스트레스가 극에 달하는 대목에서는 특수분장을 동원해 철저히 변신했던 〈몬스터〉(2004) 때의 얼굴도 어른거린다. 영화를 보지 않은 이들은 〈툴리〉에서 샤를리즈 테론이 감행한 체중조절에 관심을 갖지만 영화를 본 관객의 기억에 새겨지는 이미지는 마를로의 눈일 것이다. 그의 눈은 종종 뜬 채로 아무것도 보지 않는다. 때로는 자기도 모르는 새에 많은 것을 애절히 호소한다. 동시에

근심하는 영화

내가 말한들 아무도 지금 나를 도울 수 없을 거라는 체념이 깃들어 있다.

남편 드류는 상냥하지만 지레 체념한다. 뭐가 힘든지 말하면 돕겠다고 암시하면서도 어차피 아이들은 당신을 원하고 당신이 나보다 더 잘 돌본다고 말하는 눈이다. 남편의 생각은 일부 옳고 크게 그르다. 엄마와 아이의 밀착된 관계를 아빠와의 관계에 비할 수 없다는 명제는 아마 진실일 것이다. 엄마는 아이를 자기 몸 안에서 키워냈고, 극 중 대사에 따르면 출산 후에도 아이의 유전자가 엄마 몸 안에 남아 있다. 그래서 엄마는 아기와 분리된 후 몸을 이루는 성분이 빠져나가 텅 빈 자루가 된 기분이고 체질이 아예 바뀌기도 하며 출산의 여파를 갱년기에 이르러 뒤늦게 체험하기도 한다. 〈그렇게 아버지가 된다〉(2013)가 말했듯 출발부터 아이와 결합도가 낮은 아빠는 그래서 부모가 되기 위해 노력해야 한다. 자연적 조건으로 아이를 아내만큼 잘 돌볼 수 없다 해도 아내는 돌볼 수 있을 것이다. 어떤 개인도 비난하지 않는 〈툴리〉가 간접적으로 주장하는 바가 있다면, 모든 직장이 아빠에게 출산과 육아를 위한 휴직을 당연히 허락해야 한다는 것이다.

〈툴리〉가 종장에서 드러내는 진실을 두고, 각본의 결정적 흠이라고 여기는 의견도 있을 터다. 그러나 〈툴리〉는 이 '발견'을 "어때? 대단하지?" 하는 투로 영화적으로 길게 과시하지 않는다. 1분이 채 안 되는 몽타주로 짚고 넘어가면서, 영화적 트릭보다 마를로가 처한 상황의 본질을 다시 생각하도록 유도한다. 깊은 우려를 남기는 처절한 이야기임에도 〈툴리〉는 따뜻한 색과 톤의 비주얼을 택했고 엔딩 또한 마찬가지다. 아이들을 돌보는 의무는 삶을 빼앗아가는 재앙이 아니라 삶을 이루는 가장 소중한 일 중 하나이며 바로 그렇기 때문에 따개비에 좀먹히는 배처럼 육아에 거꾸로 삶이 침몰되지 않도록 반려자들이 함께, 매일 해야 하는 일이다. 2018. 11.

근심하는 영화

현대의 성인聖人

그녀들을 도와줘 Support the Girls
감독 앤드루 부잘스키, 2018

"'자동차 소음도 이제 눈을 감으면 파도 소리 같아'라는

리사의 말은 일터 밖에서 따로

낙원을 찾지 않는다는 의미로도 들린다."

    리사(레지나 홀)는 눈물을 훔치며 출근한다. 〈그녀들을 도와줘〉는 그날 아침 리사가 우는 이유를 명확히 밝히지 않는데, 리사의 하루를 따라다니는 영화가 끝날 무렵 관객은 감독의 선택을 수긍하게 된다. 이 여자에게는 울 만한 일이 한두 가지가 아니기 때문이다. 선정적 유니폼을 입은 젊은 여성들이 서빙을 맡는 레스토랑 '더블 웨미'의 성실한 매니저 리사는 온 세상을 짊어지고 있다. 못된 남자 친구에게 휘둘리는 웨이트리스와 아이 맡길 데가 없는 동료를 도와야 하고, 환풍구로 침입한 도둑과 무례한 손님을 처리해야 한다. 소인배 사장은 직원들의 생활까지 보살피는 리사의 방식을 못마땅해하고, 남편은 갖은 노력에도 불구하고 리사를 떠나려 한다. "슬픈 사람들은 내 전공이야"라는 리사의 말에는 본인도 포함돼 있다.

    비일상적 사건이 일어날 가능성이 낮은 보통 사람들의 일터는 극영화보다 텔레비전이 즐겨 찾는 영역이다. TV 엔터테인

먼트가 직장을 그릴 때 즐겨 쓰는 장르는 시트콤이다. 다수 인물이 반복적 루틴 속에서 소소한 희로애락을 겪고 관계를 발전시키는 서사를 담는 데에 적합하기 때문일 것이다. 여기서 노동은 딱히 좋은 것도 나쁜 것도 아니다. 반면 영화는 노동 자체를 주제로 삼을 경우 비판적 접근법을 택하는 경향이 있다. 많은 다큐멘터리 영화들은 자본주의사회의 노동에 포함된 비인간화와 소외의 과정을 폭로했고, 극영화들도 경제 시스템에 편입되지 않은 히피, 실업자, 홈리스 같은 캐릭터를 통해 아웃사이더적 시선으로 노동을 조명해왔다. 그런데 〈그녀들을 도와줘〉의 앤드루 부잘스키 감독은 제3의 길을 간다. 인간의 숙련된 행위의 아름다움, 노동이 주는 성취감을 주시하는 동시에, 아무리 일해도 부와 존중을 얻기 힘든 열악한 조건을 드러낸다. 최근에 비슷한 궤적을 보인 감독으로는 〈스타렛〉〈탠저린〉〈플로리다 프로젝트〉의 숀 베이커가 있다.

　　〈그녀들을 도와줘〉에서 앤드루 부잘스키 감독을 인도하는 길잡이는, 텍사스의 식당 지배인 리사다. 카메라는 24시간 남짓 리사의 일과를 뒤따른다. 그의 직장 '더블 웨미Double Whammy'는 여성 종업원의 섹스어필을 상품성으로 내세우는 일명 '브레스토랑breastaurant'이다. 몸매를 노출한 유니폼을 입은 젊은 여성이 서빙을 하며 고객을 상대하는 식당이라는 의미다. 미국의 실존 프랜차이즈 '후터스'와 비슷한 콘셉트이되, '더블 웨미'는 업장이 하나뿐인 자영업자의 가게다(위키피디아에 의하면 후터스의 직원 가이드북에는 "고객에게 미국적인 치어리더, 서퍼, 옆집 아가씨의 이미지를 제공한다"고 명시돼 있으며, 채용된 여성 직원들은 이 식당이 성적 어필에 기초

　　　　　　　　근심하는 영화

하고 있으며 농담과 즐거움을 위한 대화가 노동 환경의 일부임을 인지한다는 서류에 서명한다고 한다). 요컨대 '더블 웨미'는 여성의 성적 대상화에 기대어 이익을 창출하는 사업장이다. 그리고 바로 그 이유로 여성 노동자들은 동료 이상의 결속을 맺는다. 성 상품화를 아예 전제로 삼는 직장에 다니는 비정규직 여성 노동자들은, 궁극적으로 아무도 그들을 보호해주지 않음을 알기에 오직 서로에게 의지한다. 영화의 제목 역시 리사가 어려운 직원을 돕기 위해 사장 몰래 여는 세차 이벤트의 구호 "아가씨들을 도와주세요 Support the Girls"에서 나왔다.

중간관리자인 리사는 '더블 웨미'의 진정한 주인이다. 소유주는 백인 남성 사장이지만, 이곳에서 일하는 스태프와 고객을 속속들이 알고, 돌보고, 시스템을 돌리는 이는 리사다. 스스로도 고용주의 변덕으로 언제 해고될지 모르는 처지이면서도 리사는 직원과 손님이 안전하고 행복한지 헌신적으로 살핀다. 리사의 분주한 하루는 신입 종업원 지원자들에게 긍지를 불어넣고 밤새 침입한 도둑을 경찰에 넘기는 업무로 시작된다. 절도와 관련된 내부자를 최대한 관대하게 정리하고 나면, 베이비시터를 구하지 못한 웨이트리스가 어린 아들을 데리고 출근하고, 여성 동료들은 자연스레 다함께 아이를 돌본다. 하필 큰 경기가 있는 날 TV 케이블이 고장 나고 음향기기를 빌릴 일도 생긴다. 이 와중에 종업원을 모욕하는 손님이 나타나자 리사는 무관용 원칙으로 경찰과 협력해 동료를 보호한다. 앤드루 부잘스키 감독은 홀과 주방, 로커룸을 한달음에 드나들며 상황에 따라 매너를 바꾸는 리사와 동료들의 움직임을, 티 나지 않지만 공들인 블로킹으로 따라잡으며 이들의 일상에 내포된 리듬을 표현한다. 리사의 일과는 이를테면 폭설 속에서 계속되는 제설 작업과 비슷하다. 끊임없이 치워야 할 거리가 쌓인다. 그러나 삶은 참으로 배은망덕하다. 남편은 리사의 노력에 호응하지 않고 옹졸한 사장은 리사가 직원들의 개인적 곤경까지 배려하는 것이 못마땅하다.

〈그녀들을 도와줘〉의 최대 역설은, 유능하고 선량한 리사가 더 오래, 더 열심히 일할수록 사장이 돈을 벌고 성 상품화는 지속되는 반면, 그곳에서 일하는 여성 노동자들이 겪는 빈곤과 성차별은 개선될 가망이 없다는 사실이다. 부잘스키 감독은 이 암담한 팩트를 소리 내지 않고 명시한다. 그렇다면 리사의 긍지와 원칙은 무의미할까? 사회학도라면 그렇다고 말하겠지만, 영화는 다르게 답할 수 있다. 직장이 객관적으로 얼마나 척박한 조건의 노동 현장이건, 자기가 관할하는 동료들이 최소한의 품위를 지킬 수 있도록 최선을 다하는 리사는 숭고한 인물이다. 명예와 책임을 매일 지키는 현대의 성인聖人이다. 이 작은 체구의 슈퍼히어로가 품은 목표는 세계를 구하는 것 따위가 아니다. 실제 가족에게서 아무런 '서포트'를 기대할 수 없는 동료들에게 리사는 가족 엇비슷한 울타리가 되어주고자 한다. 막 사회에 진출한 이십대 초반의 여성들이 자존감을 잃지 않도록 "여기는 스트립 클럽이 아니다. 고객이 선을 넘으면 내가 지켜줄 것이다"라고 단단한 말투로 긍지를 불어넣는다. 리사와 동료들은 선봉에 서서 유리천장을 깬 엘리트 슈퍼우먼이 아니다. 시간과 감정, 때로는 육체의 이미지까지 팔며 생계를 지탱하는 대부분의 여성 노동자와 같은 조건에 처한 인물들이다. 그렇다고 그들이 노동에서 얻는 것이 임금만은 아니다. 일은 그들에게 임금뿐 아니라 웃음과 우정을 주고, 인간임을 확인하게 하는 보람이다.

바쁜 일과 중 벽에 부딪힐 때마다 리사는 식당 뒷문으로 나와 하늘을 올려다본다. "도로의 자동차 소음도 이제 눈을 감으면 파도소리 같아"라는 리사의 말은 일터 밖에서 따로 낙원을 찾지 않는다는 의미로도 들린다. 〈그녀들을 도와줘〉는 "노동은 우리에게 무엇인가?"를 묻고, 그 의미를 실현하는 데에 방해가 되는 사회적 조건을 조용히 적시한다. 이쯤 해서 떠오르는 〈그녀들을 도와줘〉의 엉뚱한 남매 영화는 스티븐 소더버그 감독의 〈매직 마이크〉(2012)다. 댄스 뮤지컬의 속성이 강하지만 〈매직 마이크〉는 남성 스트리퍼들을 통해 미국 남부의 저임금 노동자계급의 현실을 드러내는 영화이기도 했다. 퍼포먼스의 성격을 띠는 노동으로 육체적 매력을 파는 불안정한 일자리라는 점도 유사하다. 춤추는 청년들은 〈그녀들을 도와줘〉의 여성 노동자들과 마찬가지로 스트립쇼가 일시적 직업이라고 여기면서도 무대 위에서 자긍심을 느끼고 무대 뒤에서 유사 가족을 이룬다. 사람들은 창의적 일과 단순노동을 쉽게 구분하지만 모든 노동은 유의미하고 의미 있어야 한다. 나와 남에게 영향을 주어 변화를 일으키고 세계를 움직여 흔적을 남기는 한. 2019. 8.

액션과 운동

윙가르디움 퓨리오사!

매드맥스: 분노의 도로 Mad Max: Fury Road
감독 조지 밀러, 2015

"페미니스트 액션영화가 아니라고 주장하는 평은 좀 의아하다.
코앞에 제시된 팩트와 텍스트가 너무나 또렷하기에,
이를 기어코 부정하는 의도가 더 궁금해진다."

　　오스카에서 〈매드맥스: 분노의 도로〉(이하 〈분노의 도로〉)
가 기술 부문 후보 지명을 받는 데에 그친다면 나는 꽤 실망할 것
이다. 반면 각본상 후보에 오른다면 놀라지 않을 것이다. 〈분노의
도로〉는 훌륭한 이야기이기 때문이다. 불필요한 인물도 없고 장면
으로 인물을 빚는 법도 탁월하다. 대사의 양은 중요치 않다. 영화
는 맥스(톰 하디)의 독백으로 시작한다. "세계가 무너지면서 우리
는 각자의 방식으로 파괴됐다." 상투적인 디스토피아 영화의 오프
닝처럼 들렸던 이 대사는, 인물이 하나씩 등장하면서 의미를 찾아
나간다. 퓨리오사(샤를리즈 테론)의 18륜 구동 워리그에 올라탄 여
덟 인물은, 공동체의 실패가 어떻게 개인의 존엄과 인성 파괴로 이
어졌는지, 그리고 각자 이 전락을 어떻게 극복하고자 하는지 드러
낸다. 영화 홍보 문구는 '살아남기'를 전체의 테마로 강조하지만
가까이 들여다보면 생존이 궁극적 가치라고 말하는 주요 인물은
맥스뿐이다. 퓨리오사가 들려주는 목표는 '구원redemption'이다. 복

수도 희망도 아니다. 구원이라는 단어는 속죄를 포함한다. 조지 밀러 감독은 퓨리오사의 과거사를 길게 논하지 않지만, 퓨리오사는 여성을 가축 취급하는 남성 독재 체제의 지도층에 편입돼 살아왔다. 퓨리오사의 삭발과 의상, 기계 의수 등은 여성의 표식을 지우고 있는데, 이는 남성 중심 사회의 권력을 나눠 갖기 위해 택한 위장camouflage으로도 해석할 수 있다. 과연 영화 초반 임모탄과 워보이들은 사령관 퓨리오사를 명예 남성으로 대한다. 요컨대 기득권층인 퓨리오사의 탈주 계획은 오히려 그의 생존에 해롭다. 그는 삶을 바로잡으려고 결단한 것이다.

　　병약한 워보이 눅스(니컬러스 홀트)는 곧 스러질 목숨에 의미를 부여하고 싶어 한다. 얼마나 의미에 목말랐냐면 몸에 생긴 종양에까지 이름을 붙여줄 정도다. 임모탄을 신격화한 눅스는 전장에서 산화함으로써 보스에게 인정받아 천국 발할라에 입성하길 열망한다. 그러나 퓨리오사 일행에 합류한 이후 그가 생각하는 위대한 생의 의미는 허위의식을 탈피해 내 옆의 타인을 살리려는 의지로 전환된다. 눅스는 모멸당하는 소모품에서 진짜 영웅으로 변모함으로써 극 중에서 가장 격한 변화를 경험하는 캐릭터이며, 시타델 체제가 자원 독점 외에 어떤 이데올로기로 유지되고 있는지 관객에게 알리는, 서사에 긴요한 인물이다.

　　임모탄의 다섯 여자는 눅스와 달리 탈주 여정에 오르기 전부터 종속을 거부한다. 아직 젊은이들의 슬로건은 '희망'이다. 호의호식하는 씨받이, 성 노예로 살기를 거부하고 인격을 지키며 살고자 한다. 〈분노의 도로〉의 시나리오가 돋보이는 대목은 자칫하면 한 덩어리로 뭉뚱그려질 다섯 여자에게 퍼스낼리티를 부여했다는 점이다. 서사 창작물의 성평등 지수를 가리는 벡델 테스트가 있다. 극 중 이름이 부여된 여성 캐릭터가 둘 이상이고 그들이 남자 이외의 화제로 대화를 나누느냐가 판정 기준이다. 〈분노의 도로〉는 벡델 테스트를 훌쩍 뛰어넘는다. 만삭의 스플렌디드(로지 헌팅턴 와이틀리)는 비폭력주의자로 총을 장전하기도 싫어하지만 자기를 희생할 용기가 있다. 과단성 있는 토스트(조이 크래비츠)는 행동력 또한 강하다. 케이퍼블(라일리 키오프)은 눅스를 용서하고 변화시킨다. 프래자일(코트니 이턴)은 이름처럼 겁이 많지만 소리 없이 성장하고, 역시 임신 중인 대그(애비 리)는 외유내강형으로 사막에서 만난 부발리니 할머니들과 제일 친밀한 관계를 맺는다. 바삐 도망치는 와중에 풀어낸 정조대를 발로 차는 것도 그다. 영화를 두 번째 보는 동안 나는 맥스와 눅스의 공격에 여자들이 합심해 대항하는 장면에서 놀랐는데, 어지러운 액션 중에도 각자의 리액션에 성격이 반영돼 있었기 때문이다. 이처럼 조금씩 상이한 인물들의 동기와 필요는, 추격전이 진행됨에 따라, 시타델로의 귀환과 혁명을 통해서만 공히 충족될 수 있음이 명백해진다.

결국 억압을 피해 '여기 아닌 다른 곳'을 찾아 떠났던 사람들이 기수를 180도 돌려 역주행하는 사태가 빚어진다. 운동의 방향으로 치면 반전이지만 주제와 드라마의 전개로 보면 터보 모드의 직진인 셈이다. 이 내적인 교차가 강렬한 쾌감과 각성을 폭발시킨다. 혹자는 시타델로 가자는 제안을 맥스가 내놓았다는 점에서 여성 주체의 결단이 아니라고 지적하지만 기계적 해석으로 보인다. 맥스는 남성적 권위로서가 아니라 황무지의 생태를 잘 아는 떠돌이로서 현실적 대안을 낸 것이고 그의 아이디어는 일행 전원의 근거 있는 동의로 힘을 얻는다. 그리고 퓨리오사는 군인이자 리더로서 귀로의 전황과 시타델의 여론을 가늠해 최종 판단한다. 〈분노의 도로〉는 종장까지 가속페달을 밟아 결승선을 뚫어버리는 이야기다. 우리는 가부장제에서 도주한 여자들이 남성의 영토 밖 해방구로 탈출하는 순간 멈춰버린 이야기들을 알고 있다. 퓨리오사 일행은 소금 사막에서 죽을지언정 이 꼴 저 꼴 안 보는 길을 버리고, 자기들을 착취해 축적한 자원과 인프라를 접수하겠다는 결단을 내린다. 왜 우리가 떠나야 하는가? 네가 가라, 사막.

우리에겐 액션 스펙터클과 서사적 재미를 물과 기름으로 여기는 경향이 있다. 평이한 영화들에는 적용되기도 한다. 그러나 이 이분법은 일정 경지를 넘어서면 성립하지 않는다. 액션영화도 위대해지려면 동기와 행위, 결과를 잇는 논리와 윤리를 요한다. 〈분노의 도로〉에 표명된 단호한 페미니즘도 액션영화로서의 비범함과 통한다. 조지 밀러 감독은 마초적인 기존 액션영화의 플롯을 혁신할 궁리를 하다가 여성 주체를 강화했다고 밝혔다. 한편, 밀러는 액션 장르 경험이 없어 주저했던 편집 기사 마거릿 식셀(감독의 배우자이기도 하다)에게 〈분노의 도로〉의 커팅을 청하며 "남성 편집 기사가 작업하면 결국 다른 액션영화와 비슷해지지 않겠냐"라고 설득했다고 한다.

물론 영화계에는 거장의 파트너로, 액션 블록버스터를 완성하는 손으로 정평 난 여성 편집 기사들이 이미 다수 존재한다. 〈분노의 도로〉의 숨 막히는 액션 시퀀스에서 보여주는 독창적 뉘앙스가 편집 기사의 성별 덕분이라고 말할 수는 없다. 그러나

액션과 운동

결과물이 아름답다는 사실은 분명하다. 새삼스럽지만, 가장 훌륭한 스토리텔러는 근본적으로 페미니스트일 수밖에 없다고 나는 믿는다. 현실 비율대로라면 인물의 절반이, 상투형에 갇혀 활동 반경을 제약받는 이야기가 어떻게 그렇지 않은 경우보다 재미있을 수 있을까? 여기 동의하지 않는다면 페미니즘을 뭔가 다른 비좁은 것으로 이해하고 있기 때문 아닐까?

　　　다양한 해석을 보탤 수는 있다. 하지만 구태여 〈분노의 도로〉가 페미니스트 액션영화가 아니라고 주장하는 평은 좀 의아하다. 상징, 메타포까지 갈 것도 없이 코앞에 제시된 팩트와 텍스트가 너무나 또렷하기에, 페미니즘영화임을 부정하는 근거보다 기어코 부정하는 의도가 더 궁금해진다. 〈분노의 도로〉는 세 연령대의 여성 인물들이 피폐해진 세상과 자기 삶의 복원을 위해 투쟁하는 이야기다. 나아가 남성 지배체제가 파괴한 세계에서 여성 리더십이 이끌어가는 대안적 시스템을 도모하는 결론을 갖고 있다. 심지어 성 대결로 봐도 무방하다. 100퍼센트 남성 집단과 두 남성 조력자를 포함한 여자들의 결사가 영화 내내 전면 대결한다. 남아에 대한 임모탄의 배타적 집착은 그가 그냥 독재자가 아니라 철저한 성차별주의자임을 명시한다. 조지 밀러 감독도 다섯 여자를 한 남자에게서 구해 다른 곳으로 데려가는 전사가 남성 캐릭터였다면, 그것은 본인이 하고자 한 이야기가 아니었을 것이라고 밝혀 의도를 분명히 했다. 제작 과정에서도, 오늘날 세계 각국의 성적, 인격적 자유를 박탈당한 여성의 실태에 정통한 『버자이너 모놀로그』의 저자 이브 엔슬러를 초빙해 여자 배우들이 배역의 본질을 이해하도록 만전을 기했다. 영화의 예술적 목표를 이루는 데에

이 과정이 중요했기 때문이다. 작가의 의도가 반드시 작품의 실체는 아니라는 반박이 가능하다. 그러나 〈분노의 도로〉의 실체는 조지 밀러의 구상을 서사 전개부터 시각적 디테일까지 정확히 형상화하고 있다. 이 영화의 또렷한 페미니스트 지향을 외면하는 반응은, 페미니즘 미학이 여성 캐릭터의 우월성을 무차별적으로 관철시키고 모든 사건 전개에서 여성이 주도권을 쥐는 것이라는 오해에서 비롯된 것은 아닐까? 혹은 여성의 강화가 곧 남성의 약화라는 미신 때문인지도 모르겠다. 〈분노의 도로〉의 여자들은 남자를 때려눕혀서 페미니스트가 아니라, 단지 여성이라는 이유로 남성 권력에 의해 태아를 담은 용기나 성욕 해소 도구로 물화되고 대상화되기를 거부하기에 페미니스트다. 총알받이 눅스도 '피 주머니' 맥스도 도구화된 인간으로서 같은 고통 아래 있고 여자들은 그들과 한 차를 타고 싸운다. 신념을 위해 죽음을 불사하고 남자들의 구조를 기다리지 않을뿐더러 전투 중 남자들을 구해내는 그들은 자신의 힘과 품위를 믿는 페미니스트고, 그들을 온전히 존중하는 맥스와 눅스도 페미니스트다.

사실 임모탄의 다섯 아내가 처음 스크린에 모습을 드러냈을 때 흠칫했다. 워리그 바닥에 숨어 있다가 사막 복판에 내린 아름다운 여자들은, 마치 디올 향수 광고 속 샤를리즈 테론 같은 차림새로 몸을 씻어 내린다. 혹시 〈분노의 도로〉도 대외적 주제와 이미지가 전하는 암묵적 메시지가 따로 노는 영화에 그치는 게 아닐까? 극 중에서는 대상화되길 거부하는 여성 캐릭터가 관객에겐 눈요기로 소비되는 전례들을 따르게 될까? 그러나 맥스가 퓨

액션과 운동

리오사 일행을 처음 발견하는 이 장면을 카메라는 평평한 풀숏으로 잡아낸다. 마이클 베이 영화나 또 다른 자동차 액션 〈분노의 질주〉 시리즈가 그랬듯 여자들의 신체 일부를 따내 카메라로 훑지도, 줌인하지도 않는다. 그리고 영화는 곧장 주먹다짐과 다섯 여자의 성격묘사로 넘어간다. 스플렌디드와 네 친구는 영화에서 성적으로 철저히 대상화된 처지다. 양질의 '씨받이'로서 통제되고 관리된 그들의 외모와 옷차림은 캐릭터의 조건을 반영한다. 그러나 감독은 카메라의 시선을 절대 극 중 설정과 혼동하지 않는다. 이 영화에서 관음적 숏의 부재는 본인이 하려는 이야기와 그것을 그르칠 수 있는 실수를 잘 파악하고 있는 조지 밀러의 엄정한 연출 태도를 보여준다. 〈분노의 도로〉가 여성의 몸 일부를 부각한 숏도 있다. 임신으로 부푼 스플렌디드의 배다. 그는 공격해 오는 임모탄을 향해 달리는 트럭 문을 열고 친구들의 팔에 매달려 만삭의 배를 방패처럼 내민다. 여자를 자궁으로 환원하고 강제 임신으로 자신을 결박한 남자에게 거꾸로 태아가 든 배를 내밀며 "자, 네 새끼다. 쏘아봐"라고 일갈하는 이 숏은 통쾌하고 벅차다. 나아가서는 이 배우를 〈트랜스포머3〉 첫 장면에서 엉덩이부터 소개했던 마이클 베이 감독을 향해 치켜세운 그의 가운뎃손가락처럼 보이기까지 한다. 비단 카메라의 시선에 대한 숙고뿐만이 아니다. 〈분노의 도로〉는 그토록 찬란한 순간을 스플렌디드에게 선사해 관객이 애착하게 만들어놓고도 그를 이야기의 볼모로 끝까지 붙들고 가지 않는다. 가장 페미닌하고 임신부로서 연약한 상태인 스플렌디드에게 우리가 연연하도록 만들면 이야기의 중심이 흐려진다고 믿는 것이다.

육십대 이상 여인들로 구성된 부발리니족의 묘사도 마찬가지다. '초록 땅'에 대한 퓨리오사의 회상은 '대지의 여신' 같은 어머니들을 기대하게 만들지만 정작 부발리니들은 척박한 환경에 연마된 전사의 모습이다. 대중문화가 각인한, 누구나 다름없는 가죽과 스판덱스를 입은 '여전사' 이미지와는 상극이다. 그렇게 조우한 젊고 여린 여자들과 늙고 거친 여자들은 서로를 신기해하며 만져보다가 이내 무기와 신뢰를 나눠 갖는다. 〈매드맥스3: 썬더돔〉에서 티나 터너가 부른 〈다른 남자 영웅은 필요 없어We Don't Need Another Hero〉가 들리는 듯하다. 워너브러더스는, 디즈니 마블이 블랙 위도우 장난감 제작에 우물쭈물하는 틈을 타서 퓨리오사와 부발리니의 액션 피겨를 서둘러 내놓을 필요가 있다.

막상 영화를 보고 나니 〈분노의 도로〉의 'Fury Road'에는 '퓨리오사의 길'이라는 뜻도 있다. 〈분노의 도로〉는 맥스의 시타델 탈출기와 퓨리오사의 탈주 혁명기를 포개놓는 구조를 취한다. 배우 크레딧에서도 샤를리즈 테론과 톰 하디의 이름은 동시에 뜬다. 그러나 이번 영화를 움직이는 의지와 감정은 단연 퓨리오사에게 나온다. 맥스는 〈분노의 도로〉의 제1주인공이 아닐뿐더러 캐릭터의 궤적에 따른 임팩트로 치면 눅스에게도 밀린다. 하지만 이 사실은 시리즈 주인장으로서 맥스의 자리를 위태롭게 하지는 않는다. 맥스의 시점에서 찍은 퓨리오사의 모습이 이 영화의 마지막 숏이라는 점은 의미심장하다. 그리고 〈매드맥스〉 연작은 원래 좀 그랬다. 아내와 아이를 잃은 사내의 복수극이었던 〈매드맥스〉(1979)를 제외하면, 2편과 3편의 맥스(멜 깁슨) 역시 우연히 마주친 낯선 공

액션과 운동

동체에 휘말려 전투에 가담하는 방랑자였다. 서부극으로 치면 셰인, TV 시리즈로 치면 〈도망자〉 속 닥터 킴블이랄까. 그렇게 생각하고 있던 터라 웹에서 접한 국내외 일부 남성 관객의 "우리의 소중한 〈매드맥스〉를 부당하게 여자들에게 도둑맞고 속아서 관람했다!"는 반응은 좀 뜻밖이었다.

한데 그들이 표명하는 스트레스와 좌절감은, 거꾸로 지금껏 대다수의 남성 지배적 액션영화를 보러 갔을 때 여성 관객으로서 내가 극장 입구에서 자동적으로 수행해온 '스위치 끄기' 절차를 환기시켰다. 말하자면 이런 소리다. 영화학자 로라 멀비가 「시각적 쾌락과 내러티브 시네마」에서 썼던 대로, 액션 장르영화를 보러 간 여성 관객은 젠더 정체성을 잠시 잊고 남성 주조연 캐릭터에 상상으로 동일시해야 영화의 쾌감을 최대한 만끽할 수 있다. 흥미진진한 갈등과 근사한 활약은 모조리 남성 인물의 몫이고 여성 캐릭터들은 이야기 주변부로 밀려나 필요할 때 '계기'로 동원되거나 해결돼야 할 '문제'가 되거나 최악의 경우 모욕당하기 일쑤이기 때문이다. "여자들은 액션영화를 싫어한다. 액션 연출은 더군다나 못 한다"는 통념은 뒤집어볼 필요가 있다. 여성 관객이 액션 장르를 덜 선호하는 게 사실이라면 그 까닭은 과연 태생적으로 폭력을 못 견디는 여린 평화주의자라서일까? 혹시 영화를 보는 동안 그들의 욕망을 자연스럽게 투사하고 몰입할 만한 동일한 젠더의 캐릭터가 스크린에 부재하거나 부족해서는 아닐까?

일부 남자 관객의 낙담에도 아랑곳없이, 내 눈에 톰 하디의 맥스는 '올해의 남성' 후보이며 충분히 영웅적이다. 확실히 〈분노의 도로〉의 맥스는 30년 전 멜 깁슨에 비교하면 히어로치고 모양 빠지는 상황을 많이 겪는다. 영화 초반 장시간 재갈이 물려 자동차 앞에 비끄러매지는가 하면, 퓨리오사가 발목을 잡아준 덕분에 거꾸로 매달려 간신히 살아남는 상황도 있다. 그러나 맥스는 진화된 방식으로 남자답고 영웅적이다. 이 영화에서 맥스의 매력이 절정에 달하는 대목은, 그가 멋진 액션을 독점하는 세트 피스가 아니라, 두 차례 오발 끝에 마지막 총탄이 남은 라이플을 등 뒤로 말없이 다가온 퓨리오사에게 넘기고 한 팔이 없는 그가 조준하도록 두툼한 어깨를 대주는 장면이다(이것이 〈분노의 도로〉를 통틀어 두 남녀 주인공이 육체적으로 가장 밀착한 순간이다!). "내가 쏠게"라는 제안도 "당신이 쏴"라는 양보의 말도 생략돼 있다. 어색한 자존심 저울질도 없다. 훈련된 전문 사수가 쏘는 편이 합리적이니 그렇게 할 뿐이다. 곧이어 맥스는 일행을 두고 어둠 속의 적을 향해 홀로 떠났다가 전리품을 지고 돌아온다. 출발할 때 댁이 늦도록 돌아오지 않으면 어떻게 하느냐는 퓨리오사의 질문에 맥스는 무슨 당연한 걸 묻느냐는 듯 "그냥 가"라고 답했다. 나는 결코 이 스토리의 필수 불가결한 주인공이 아니라고 확인해주듯. 맥스는 영웅을 자처하지 않으면서 영웅적 일들을 해낸다. 여기서 조지 밀러 감독은 놀랍게도, 적진에 침투한, 아마도 화려했을 맥스의 단독 액션을 전혀 보여주지 않는다. 카메라는 퓨리오사 일행 곁을 계속 지키다가 피에 젖어 귀환한 맥스를 마중함으로써 영화의 중심을 재차 못 박는다. 이에 앞서 맥스는 스플렌디드가 달리는 차에 걸린 사슬을 끊어 자기를 구하자, 감격하거나 칭찬하는 대신 담백하게 엄지를 들어 인정한다. 하지만 고마운 스플렌디드가 차에서 추락했을 때

액션과 운동

는 미인을 구하는 기사가 되는 대신 "바퀴 밑으로 들어갔어"라고 퓨리오사에게 정보만 전달한다. 동반 여성 캐릭터를 보호하거나 사랑하지 않은 채 존중하면서 필요한 일을 나눠 하는 남성 영웅으로서 톰 하디의 연기는 부족함이 없다. 〈다크 나이트 라이즈〉와 이 영화만 보고 톰 하디를 어슷비슷하게 둔탁한 연기만 하는 배우라고 단정하는 관객에겐, 〈분노의 도로〉의 대사 분량 백배에 달하는 말을 이 배우가 자동차 핸들 뒤에서 85분간 쏟아내는 모노드라마 〈로크〉를 권하는 것으로 반박을 대신하겠다.

  이제 〈분노의 도로〉의 말 없음에 대해 말해야 할 순서다. 조지 밀러 감독은 스토리에 관심이 없는 것이 아니라 스토리를 말로 설명하는 데에 관심이 없다(두 무관심은 전혀 다르다). 예컨대 긴 몽타주로 미래 세계를 소개한 2편 〈매드맥스2: 로드 워리어〉와 대조적으로 〈분노의 도로〉는 22세기 지구가 지금 어떤 상태인지를, 머리 둘 달린 도마뱀 한 마리와 그걸 날로 집어 먹는 맥스의 행위로 뚝딱 제시한다. 맥스가 끌려간 시타델의 정치체제도 마찬가지다. 보통 영화라면 시타델의 사회구조는 지배자 임모탄 조(휴 키스 번)와 부하의 대화로 관객에게 간접 브리핑됐을 가능성이 높다. 조지 밀러는 다 집어치우고 그냥 보여준다. 신이 비를 내리듯 아쿠아콜라(물)를 낮은 땅의 인민에게 퍼붓는 의례, 유축기에 가슴을 물린 여자들의 동굴, 지배·피지배 계급을 막론하고 병에 찌든 육신들을 보며, 관객은 시타델이 돌아가는 원리를 눈치껏 파악한다. 사물과 인간의 작명법도 의미심장하다. 사람의 직업은 '씨받이' '워보이' '피주머니'로, 지명은 '석유촌' '총탄 농장'이라 불리는 이 세계

에서 문명인의 완곡어법은 잉여분의 사치가 된 지 오래임을 알아
차릴 수 있다. 자원 독점, 유사종교, 이족간의 분업 및 물물교환,
지배층끼리의 공조, 유전자 개량……. 영화가 무심하게 다음 방해
물을 돌파하고 다음, 그다음 1마일을 달려나가는 동안 22세기의
세계상은 우리 머릿속에서 키워드를 하나씩 더하고 퍼즐을 완성
한다.

　'Every picture tells a story.' 로드 스튜어트의 유명한 앨
범 제목은 〈분노의 도로〉의 슬로건이 될 만하다. 〈분노의 도로〉를
이루는 모든 이미지는 스토리를 내포한다. 사막에서 부상당한 맥
스가 상처의 피를 유조차에서 흘러나오는 젖으로 씻어내는 숏에
는 한 줄의 시詩가 깃들어 있다. 영감과 위트로 세부를 매만진 소
품과 메이크업은 의도한 이야기 너머를 우리가 상상하도록 자극
한다. 예컨대 워보이의 외양을 보자. 삭발한 얼굴을 백랍처럼 칠
하고 눈가를 까맣게 강조한 그들의 모습은 알고 보면 죽어서 '발
할라'로 들림 받기를 원하는 자들의 해골 코스프레다. 전투 중 피
어오르는 색색의 스모크는 생뚱맞은 호들갑인 듯하지만, 짚어보
면 통신망이 사라진 시대에 자연히 부활한 봉화다. 번지점프 와이
어에 매달려 라이브 연주로 진군을 독려하는 기타리스트는 어떤
가. 처음 등장했을 때에는 웃자고 넣은 난센스처럼 보이지만 부족
사회로 퇴행한 시대의 전장에 썩 어울리기도 한다. 19세기 이전 전
쟁터에서 북 치고 백파이프를 불었던 병사들처럼. 이 캐릭터와 '드
럼 사병'들의 연주는 액션영화에서는 드물게도 화면 안에서 전투
를 반주하는 동시에 추격이 소강상태에 빠졌을 때에는 원경의 사
운드로 임모탄 군대가 어디쯤 왔는지 가늠하게 해주는 기능도 한

　　　　　　　　　　　　　　액션과 운동

다. 굶주리고 병든 시대에도 사람들은 장식을 하고 의례를 치른다. 완벽히 아름다운 세계를 파괴해놓고도 자기들은 살아보겠다고 어떻게 해서든 한 줌의 아름다움을 지어내려고 발버둥 친다. 단검을 변형한 기어봉, 차체 아래에 더덕더덕 붙은 해골, 뼈로 만들어진 손잡이. 〈분노의 도로〉에 등장하는 수많은 차량들은 관객이 알아차리건 말건 제각기 사연을 장착하고 모래 먼지 속을 달린다. 나아가 낱낱이 해명되지 않은 시각적 '떡밥'들은 텍스트를 풍부하게 만든다. 가미카제 같은 자살 공격을 앞두고 입에 크롬 스프레이를 뿌리는 워보이들의 행위는 누가 어떻게 최초로 시작한 걸까? 기타 치는 병사는 어쩌다 눈이 멀었을까? 임무를 위해? 아니면 거꾸로 눈이 멀어서 소명을 받게 됐을까?

　〈분노의 도로〉의 상상력이 다 이런 식이다. 얼핏 보면 미친 것 같은데 극 중 세계의 현실과 논리에 가만히 비추어보면 또 그럭저럭 말이 된다. 인물들의 과묵함도 마찬가지다. 시시콜콜한 데에 연연하지 않고 의사소통은 눈빛 교환으로 해결하는 맥스와 퓨리오사의 성격도 성격이지만 어느 인물도 수다스럽지 않은 까닭은 교육과 문화가 절멸한 탓도 있을 터다. 어휘는 제한적이고 달변가는 아무도 없다. 동식물을 포함한 사물의 다수가 사라져버렸기에 단어도 자연 감소했을 것이다. 나는 극 중 인물이 수렁에 빠진 트럭을 묶을 나무를 보고 금방 이름이 생각나지 않는 듯 '저것'이라고 지칭하는 장면에서 치밀하게 의도된 대사가 아닐까 잠시 의심했다.

　첫 번째 〈매드맥스〉도 기념비적 카체이스 영화였지만 저

예산이 원수라 정작 차끼리 충돌하는 모멘트는 편집으로 무마한 대목도 심심찮게 보인다. 하지만 이 거칠고 조악한 면모가 작품과 어울린다는 점이 공교롭다. 누가 뭐래도 〈매드맥스〉는 영화 끝나기 15분 전에야 영웅이 복수할 사건이 터지는 '비뚤어진' 형상의 괴작이다. 반면 〈분노의 도로〉는 '1억 5천만 달러(한화 약 2천억 원)'를 쓰는 가장 효과적 방법'으로 기네스북에 올라도 손색이 없어 보인다. 조지 밀러는 이 돈을 현장 특수효과와 스턴트, 그리고 마치 대장장이 신이 독주를 들이켜고 조립한 레고처럼 보이는 150여 대의 돌연변이 차량에 쏟아넣었다. CG는 그리기보다 지우는 데에 썼다. 결과는, 관객을 한시도 안심할 수 없게 만드는 위기감과 장면의 유기성이다. 같은 날 같은 햇빛 아래서 찍은, 혹은 같은 테이크에서 조각냈다가 다시 조립된 시퀀스만이 줄 수 있는 온전한 박력이, 추격전으로 점철된 〈분노의 도로〉를 질리지 않게 한다. 퓨리오사가 최초로 워리그의 핸들을 틀어 노선에서 이탈하는 순간부터 터져 나오는 〈분노의 도로〉의 모든 자동차 액션 세트 피스에는 각기 뚜렷한 목표와 내적 플롯이 있다. 덕분에 임모탄 부대, 무기 농장, 가스 타운의 무리에다가 바이크족까지 가세해 일행을 사방에서 공격하는데도 뒤죽박죽이 되지 않는다. 눈썰미 좋은 관객이라면 세 번쯤 본 뒤에는 시타델에서 광야로, 다시 시타델로 이어지는 동선의 전투 상황을 지도 위에 그릴 수도 있을 법하다.

이 영화 속 누구도 액션히어로로서 압도적으로 강하지 않다. 응급실에서 스스로를 교육한 전직 의사답게 조지 밀러의 영화에서 원인은 반드시 결과를 낳는다. 낙상하면 골절하고 총탄이 스치면 피가 흐르고 그 피에 발이 미끄러져 트럭 바퀴 밑에 깔

액션과 운동

리고 만다. 순간 가속을 하려면 엔진에다 입으로 석유를 뿜어 넣어야 한다. 결정적으로, 대비의 아름다움을 아는 편집이 이 줄기찬 전자기타 속주 같은 영화 안에 마음을 끄는 파동을 만들어낸다. 일대일로 드잡이를 벌이는 세부는 전투 대형의 큰 움직임과 단단히 연결되고, 가장 부드러운 교감의 순간은 거친 폭발로 애틋하게 스러진다. 폭발 이야기가 나와서 말이지만, 눅스가 골짜기에서 몸을 던져 동지들의 혈로를 뚫는 장면은, 이 영화에서 유일하게 대놓고 CG 이미지 티가 나는 대목이다. 물론 전반부의 모래 폭풍 신이 실제라고 보는 관객은 없겠지만, 그 장면에서 CG의 목표는 사실성이다. 반면 사람과 사물이 사방으로 부웅 날아가는 골짜기 폭파 신은 노골적으로 관객에게 외치는 듯하다. "옜다, CG! 옜다, 3D! 두 시간 동안 여태 본 거랑 많이 다르지? 그건 리얼이었거든." 조지 밀러 감독은 특정한 예술적 덕목에 전혀 집착하지 않는 것처럼 보인다. 그의 독창성은 스피드, 그로테스크, 유머, 신념, 미, 추를 조합하는 자기만의 비율에 있기 때문일 것이다. 〈분노의 도로〉를 생각하면 언제나 내 마음은 가만히 떨려올 것이다. 아무것도 두려워하지 않는 영화감독이란 얼마나 날렵한 맹수가 될 수 있는가! 2015. 6.

쿵푸 말고 건푸

존 윅3: 파라벨룸 John Wick: Chapter 3-Parabellum
감독 채드 스타헬스키, 2019

"감독은 영화 액션의 예술적 자부심을 강조하듯,

교양 넘치고 고풍스런 공간을 싸움터로 골랐다."

1990년 이전까지 근육질 스타의 한 방을 선호하던 할리우드 액션영화는 무술을 가볍게 여기고 담당 스태프도 존중하지 않았다고 한다. 〈매트릭스〉(1999) 이후 사정은 달라졌다. 블록버스터 액션에 아시아 무술을 흡수한 격투가 등장했고 슈퍼히어로물이 액션 장르의 주류가 된 지금도 이 점은 변하지 않았다. 그리고 대규모 시각특수효과VFX가 파괴의 스펙터클을 만드는 슈퍼히어로 세계 바깥에서는 맷 데이먼의 〈본〉 시리즈, 톰 크루즈의 〈미션 임파서블〉 시리즈, 덴젤 워싱턴의 〈이퀼리브리엄〉 그리고 키아누 리브스의 〈존 윅〉 시리즈가 상대적으로 사실적인 액션영화의 계보를 이어온 셈이다.

〈존 윅3: 파라벨룸〉(이하 〈존 윅3〉)은 결혼 후 은퇴한 킬러계의 전설 존 윅이 아내를 여의고 상실감에 잠겨 있던 중 아끼는 차와 반려견을 범죄 조직 보스의 아들에게 빼앗기고 복수에 나섬으로써 열린 피바다의 세 번째 장이다. 〈매트릭스〉에서 다름 아닌 네오(키아누 리브스)의 대역이었던 액션 전문가 채드 스타헬스키 감독이 연출한 이 시리즈의 자부심은 당연히 편집과 CG의 눈속임을 최소화하고 배우의 액션 능력과 정교한 안무를 부각한 액션에 있다. 〈존 윅3〉는 암살자 세계의 '영업' 금지 구역에서 살인을 범한 존 윅이 조직에서 파문되고 1400만 달러(한화 약 180억 원) 현상금을 노리는 온 세상 암살자들의 표적이 되는 순간 시작한다. 요컨대 죽이려고 달려드는 다양한 집단의 킬러들을 존 윅이 차례대로 최대한 다채롭게 초토화하는 것이 내용의 전부다. 일대일 액션의 연쇄가 주를 이루던 1편과 비교해, 3편은 가능한 경우의 수를 총동원한 액션 편람이다. 총 없는 일대일 맨손 싸움부터, 일당백 총격전까지 대결 조합도 가지각색이고 흉기로는 책, 허리띠, 단도, 도끼, 장검, 말, 개가 동원된다. 특히 스타헬스키 감독은 영화 액션의 예술적 자부심을 강조하듯, 교양 넘치고 고풍스런 공간을 싸움터로 골랐다. 존 윅은 뉴욕 공공도서관에서 출발해 앤티크숍, 골동품점, 마구간, 카사블랑카의 우아한 건물, 호텔 유리 라운지를 거치며 시체의 산을 쌓는다. 버스터 키턴, 해럴드 로이드 등 무성영화 스타의 이미지를 2편에 이어 인용하는 이 영화는 살인 슬랩스틱 또는 슬랩스틱 슬래셔라고 불러도 이상하지 않다.

〈존 윅3〉는 자기만의 우주에 존재한다. 〈존 윅3〉의 뉴욕은, 상점 뒤에 엄청난 무기고가 숨겨져 있고 발레단 예술감독이 러시아 비밀조직의 수장인 도시다. 암살자 네트워크는 도스 화면의 구형 컴퓨터로 관리되고 수배 현황은 칠판에 분필로 기록된다. 유리가 화면에 등장하면 반드시 박살나고, 무슨 일이 있어도 개는

다치지 않는다는 것도 이 세계를 지배하는 법칙이다. 존 윅은 맨해튼 한복판에서 아무 제지를 받지 않은 채 줄을 매지 않은 반려견과 달리고, 위기에 몰리자 개부터 호텔로 대피시킨다. 무슨 일이 있어도 폭력은 안 된다던 친구 소피아(핼리 베리)는 자신의 개가 공격받자 견아일체의 액션으로 중대 병력을 쓸어버린다. 사막에서도 식수는 개가 먼저 마신다. 1편에서 스토리를 시작하기 위해 희생한 비글 데이지에게 사과하듯.

〈존 윅3〉의 모든 액션 시퀀스는 차별화를 위해 고심한 흔적을 드러낸다. 특히 무기와 사용법의 미스매치가 눈에 띈다. 뉴욕 공공도서관에서 2미터가 넘는 거한(보반 마랴노비치)과 벌이는 최초의 결투는, 돌돌 만 잡지로 사람을 잡은 제이슨 본의 액션을 하드커버 고서로 대체한 버전으로, 영화 후반에 등장하는 키 작은 적수와의 싸움과 대구를 이룬다. 딱딱하고 무거운 책은 자체가 둔기지만 타격을 극대화하는 받침대로도 쓰인다. 앤티크숍 창고에서 벌어지는 칼 액션은 찌르고 베기보다 던지기 위주다. 존 윅은 진열장에서 수많은 칼을 털어 쟁여놓고 눈싸움하는 어린아이처럼 양손으로 쉬지 않고 칼 팔매질을 한다. 겨냥 따위 할 틈이 없다. 반면 총은 칼이나 망치처럼 쓴다. 존 윅은 "요새 방탄복이 왜 이렇게 좋아졌냐"고 불평하면서, 마치 중세 기사들이 갑옷 틈새 노리듯 적의 목덜미나 겨드랑이를 헤쳐 총탄을 꾹꾹 박아 넣는다. 굳이 원치 않아도 쿵후 말고 건푸gun fu라는 조어의 의미를 절감하게 만드는 장면이다.

무엇보다 채드 스타헬스키 감독은 영화 액션의 요체는

액션과 운동

상대의 균형을 흐트러놓는 행위이며 치는 사람과 맞는 사람이 서로를 멋있게 보이도록 하는 무용이라는 점을 잘 안다. 클라이맥스의 무대인 유리 칸막이 방은 영화 속 총격 액션 배경으로 익숙한 거울 방과는 또 다른 유희를 연출한다. 상대의 반영과 실체를 분별하는 거울 방의 긴장 대신, 투명한 유리벽은 허공인 척 공격을 가로막아 근접 액션의 안무를 복잡하게 만든다. 메인 싸움이 벌어지는 장소 외에도 좌우 위아래의 방까지 한눈에 들어와 깊이감을 극대화한 유리방 시퀀스는, 격투기를 연기하는 배우뿐 아니라 촬영과 조명팀까지 마스터숏의 그림을 숙지하고 철저히 공조할 때에만 달성 가능한 영화 액션의 재미를 예시한다. "나쁜 액션에는 이유가 있다. 무술감독에게 맡겨놓고 찍기 얼마 전 테스트하는 것만으로는 부족하다. 배우, 조명, 촬영, 스테디캠 기사가 액션의 동선을 완전히 알고 있어야 한다. 우리는 보통 액션영화보다 리허설에 세 배의 돈을 들였다." 스타헬스키의 말이다. 2019. 7.

기술의 쓸모, 종교의 쓸모

라이프 오브 파이 Life of Pi
감독 리안, 2012

"'시각뿐 아니라 스토리텔링에도 한 차원을 더하고자 했다'던
감독의 의도는 화면에서 어떻게 관철됐나?"

나는 〈라이프 오브 파이〉를 세 번 보았다. 배급사 시사실
의 작은 스크린으로만 관람했던 〈라이프 오브 파이〉를 비로소 온
전한 사이즈와 효과로 구현된 3D로 극장에서 확인하고, 파이가 휘
두른 구명보트 노에 뒤통수를 맞은 강도로 충격을 받았다. 상영
포맷이 한 영화에 대한 이해와 평가를 통째로 흔들어놓은 첫 경
험이라고 해도 좋다. 적어도 내겐 〈라이프 오브 파이〉의 3D가 내
용과 합일해 불가분의 상태에 이르렀다는 얘기일 것이다. 이야기
와 조응하는 형식은 〈아바타〉도 마찬가지였지만, 제임스 캐머런의
성취는 쇼케이스에 가까웠다. 신기술의 쓰임새를 가장 잘 설파할
수 있도록 거꾸로 맞춤 고안된 서사로 보였다는 소리다. 리안 감독
의 3D는 놀라움보다 정서에 봉사한다. 〈라이프 오브 파이〉는 내
가 눈물 흘린 첫 번째 3D영화다(《토이 스토리3》는 치지 말자. 그 영화
의 감흥은 맹세코 3D와 무관했다). 역설적으로 〈라이프 오브 파이〉는
가장 2D 같은 3D영화였다. 콧등에 성가신 3D 안경이 얹혀 있다는

액션과 운동

사실을 러닝타임의 대부분 망각했다. CG인지 알아채지 못하게 구사한 CG가 가장 우수한 CG라는 해묵은 정설을 3D에 대해서도 꺼낼 수 있는 단계가 온 걸까. 하지만 〈라이프 오브 파이〉가 3D 영화의 게임 규칙을 바꿔놓았다고, 3D 미학의 진화를 재촉할 거라고 흥분하긴 주저된다. 〈라이프 오브 파이〉의 성취는 여전히 얀 마텔 소설의 특정한 주제, 리안이라는 작가가 세계를 보는 방식과 단단히 얽혀 있기 때문이다. 단, 3D에 접근하는 영화인들의 태도와 상상력에 숨통을 틔워줄 거라는 예상은 충분히 가능하다.

그럼 〈라이프 오브 파이〉는 구체적으로 3D를 어떻게 썼나? "시각뿐 아니라 스토리텔링에도 한 차원을 더하고자 했다"던 감독의 의도는 화면에서 어떻게 관철됐나? 〈라이프 오브 파이〉에는 이해 불가한 숏이 하나 있다. 호랑이 리처드 파커를 맹수로 인식하지 않는 어린 파이에게 교훈을 주기 위해 아버지가 아기 염소를 호랑이 먹이로 주는 장면을 보자. 창살에 묶인 가련한 염소가 보이고 어머니가 파이의 눈을 가리면 다음 컷에서 호랑이는 이미 어린 짐승을 창살 너머에서 물어뜯고 있다. 염소의 몸뚱이가 형체 그대로 우리를 통과해버린 이 숏은 물리적으로 불가능한 '옥에 티'처럼 보인다. 그러나 두 번째 관람부터 나는 괴상한 점프를 감행한 이 숏이 3D의 쓸모에 관한 리안 감독의 장난스런 힌트가 아닐까 상상하게 됐다. 서로의 눈을 보며 통할 수 있는 존재인 리처드 파커로부터, 내 팔뚝을 당장 씹어 삼킬 수 있는 육식동물로 전신轉身하는 경계, 즉 스토리가 있는 세계에서 스토리가 없는 세계로 넘어가는 '국경'에 호랑이 우리의 창살이 버티고 있는데 리안은 그 창살의 물질성을 편집으로 홀연히 사라지게 한 셈이다. 그건 말하자면 마음의 칸막이이고 곧 〈라이프 오브 파이〉가 3D를 구사하는 첫 번째 방식과 통한다. 〈라이프 오브 파이〉는 3D를 타고 서사적 평면을 표 나게 옮겨 다닌다. 현재에서 과거로 진입하고, 크리슈나 신의 입속 우주로 들어가며, 현실에서 꿈으로 다이빙한다. 또한 주관적, 객관적 시점의 디졸브와 오버랩, 스크린 프로세스 배경 장면을 영사한 상태에서 그 전면에 있는 연기자를 배경과 함께 포착하는 촬영기법 같은 케케묵은 영화의 마법을 3D에 실어 태초처럼 천진하고 진지하게 실행한다. 이는 묘하게도 제작 규모가 판이한 알랭 레네의 〈당신은 아직 아무것도 보지 못했다〉가 구사하는 단순하고 고풍스런 화면 분할, 디졸브, 아이리스 기법 화면 한 점에서부터 원형으로 이미지가 퍼져나가거나 그 점으로 이미지가 모여들며 장면이 전환되는 기법과 유사한 감흥을 자아내는데, 말하자면 하이퍼리얼한 기술에 묻혀 절명한 영화의 고졸古拙한 '마술'이 부활하는 광경을 목격하는 경이감이다. 칸칸이 나뉘었다가 밀어젖히면 새로 구획되고 때로 한데 통합되는, 동양의 미닫이 문 달린 가옥처럼 〈라이프 오브 파이〉의 세계는 3D를 칸막이로 이용한다. 다만 전체의 크기도 자유롭게 팽창했다 수축한다는 점—프레임 사이즈가 변하는 대목도 있다—이 집과의 차이라 하겠다.

　　〈라이프 오브 파이〉의 주인공 파이, 즉 피신 몰리토 파텔(수라즈 샤르마)의 취미는 우표 수집이 아니라 종교 수집이다. 어린 파이는 힌두의 신 크리슈나의 입속에 들어 있었다는 우주의 형상을 상상하며 황홀해하고, 기독교의 신이 인간의 죄를 대속하기 위해 외동아들을 보내 죽게 했다는 신약성서의 이야기가 말도 안 된다고 반응하면서도 매료된다. 소년은 한 종교의 신에게 다른 신을 소개해주어 고맙다고 기도까지 한다. 말하자면 〈라이프 오브 파이〉에서 신자가 된다는 일의 의미는 아무개 신을 만물을 창조하고 관장하는 유일한 절대자로 섬기는 행위라기보다 그 종교가 지닌 서사와 의례의 아름다움을 받아들이는 행위다(파이는 "나는 신의 아들이 좋아졌다"고 독백한다). 그렇다고 이 영화가 신은 인간이 창조한 허구일 뿐이라고 말하는 것은 아니다. 호랑이의 눈동자에서 읽히는 인격은 네 생각의 반영에 불과하다고 아버지가 말할 때 파이는 도리질 친다. 거기엔 신이건 무엇이건 인간 바깥의 숭고한 의지가 개입돼 있다고 믿는 것이다. 어쨌거나, 리안 감독은 〈라이프 오브 파이〉에서 종교를 미학적 활동으로 바라보는 동시에 스토리텔링에서 현세의 삶을 부축하는 종교의 기능을 발견한다. 성聖과 속俗의 경계에 연연하지 않는 것이다. 파이와 리처드 파커의 태평양 표류 장면에서 자주 한 몸이 되는 바다와 하늘처럼.

이 태도는 작가 알랭 드 보통이 『무신론자를 위한 종교』에서 취한 입장을 문득 다시 떠올리게 했다. 드 보통은 근대 이후 종교가 서구 사회의 기둥과 대들보 자리에서 밀려난 지 오래지만, 여전히 사람들에게는 어떻게 살 것인가라는 번민에 대한 체계적인 충고와 영감의 원천이 필요하므로 예술과 문학이 종교의 소임을 이어받을 수 있다고 주장한다. 『사랑의 기초: 한 남자』 발간에 즈음해 진행한 〈씨네21〉과의 서면 인터뷰 중 알랭 드 보통은 예술의 종교적 기능과 관련된 질문에 유난히 긴 답을 보내왔더랬다. 지면 사정으로 다 싣지 못했던 대목을 〈라이프 오브 파이〉를 본

다음, 문득 꺼내 읽어보았다. "소설과 역사의 내러티브는 능숙하게 도덕적 가르침과 교화를 줄 수 있습니다. 위대한 회화는 우리가 행복하기 위해 뭐가 필요한지 아이디어를 제시하고 철학은 우리의 고민을 유용하게 규명하고 위안을 제공할 수 있습니다. 문학은 우리의 삶을 바꿀 수 있습니다. 종교가 주는 윤리적 교훈의 등가물은 문화적 규범들 속에 흩뿌려져 있습니다. 바로 내가 그렇게 살아왔습니다. (…) 우리는 좀더 종교적으로 세속 문화에 접근해야 합니다." 2013. 2.

액션과 운동

마이클 베이라는 '작가auteur'

트랜스포머: 사라진 시대 Transformers: Age of Extinction
감독 마이클 베이, 2014

"이 시리즈에 있는 것은

냉각기를 생략한 절정의 연쇄이며

관객의 신경을 향한 중단 없는 물리적 연타다."

　　"흔한 할리우드 블록버스터와 달리 물량 공세로 승부하지 않는다." "보통의 블록버스터에서 보기 힘든 입체적인 캐릭터를 보여준다." 일정한 완성도를 갖춘 거대 예산 영화의 리뷰에서 자주 접하는 구절이다. 하지만 여기서 비교 대상으로 거론되는 '흔한' '보통' 블록버스터는 어떤 영화일까? 〈노아〉? 〈캡틴 아메리카: 윈터솔져〉? 〈엣지 오브 투모로우〉? 다들 해당 사항이 없다. 할리우드 스튜디오가 제작비 1억 달러(한화 약 1300억 원) 이상 영화에 인적자원과 기술력을 집중 투자하게 된 이래 슈퍼히어로물을 비롯한 액션 블록버스터의 만듦새는 상향평준화되었다. 걸출한 작품은 드물지언정. 앞에 열거한 평을 쓴 사람들이 염두에 두고 있는 비교 대상은 무엇보다 〈트랜스포머〉 시리즈와 그것이 대표하는 마이클 베이 영화다. 그렇다면 〈트랜스포머〉 시리즈는 표준화된 기성품일까? 기묘하게도 실상은 반대다. 〈트랜스포머〉 시리즈는 '제작위원회'가 다수결로 만든 절충의 산물이 아니라 마이클 베이라는 개인의 지문이 덕지덕지 묻어 있는 매우 사적인 영화다. 〈트랜스포머: 사라진 시대〉(이하 〈사라진 시대〉)를 관람하는 164분 동안, 나는 어떤 '예술영화'를 볼 때보다 눈앞에 펼쳐지는 영상 뒤에 있는 감독의 취향과 태도에 대해 자주 생각했다. 〈트랜스포머〉 연작은 블록버스터의 표준은커녕 예외적인 영화다. 만드는 영화마다 본인의 인장을 새기는 감독을 '작가auteur'라고 정의한다면 마이클 베이야말로 상작가다. 이 호칭을 그에게 수여하길 거부하려면 가치판단이 포함된 심급을 추가해야 한다. 집에 돌아오자마자 아마존에 들어가 검색해보았다. 마이클 베이 작가론은 아직 출간된 바가 없나 보다. 좀 놀랍다. 베이의 영화는, 실질적 관람보다 그것에 관해 떠들고 쓰는 일이 훨씬 '재미있는' 부류이기 때문이다.

마이클 베이가 1990년대 말 2000년대 초 액션영화에 두루 영향을 끼쳤음은 부정할 수 없다(크리스토퍼 놀런 감독도 베이의 영화를 매우 열심히 보았다는 소문이 있다). 그러나 마이클 베이 영화에는 흉내 내기 불가능한 '독창성'이 있다. 〈사라진 시대〉는 단편 여덟 편을 붙여놓은 것 같기도 하고 예고편을 하염없이 늘려놓은 것도 같다. 어쨌거나 우리가 익히 아는 단일한 장편영화의 형상은 아니다. 장면은 아무렇게나 시작해서 아무렇게나 끝나고, 시퀀스끼리는 인과관계로 연결되지 않으며 시간의 흐름을 헤아릴 수 없도록 밤낮이 널뛰는 와중에 약간이라도 감정이 섞인 장면에는 반드시 석양이 물든다. 마이클 베이 영화는 밤 장면에도 많은 광원을 배치해 환하게 밝혀지며, 빛을 반사하는 구슬 같은 땀방울로 더위를 강조한다.

액션과 운동

그의 영화는 끝날 무렵 해가 지는 경우가 잦은데, 아무래도 이 설정은 해가 떠 있는 한은 내내 질주하고 때려 부숴야 한다는 믿음의 반영 같다. 마이클 베이 영화에서 말초신경의 흥분과 직접 관련이 없는 세부에 시간을 할애하는 일은 아무리 러닝타임이 길어도 낭비로 간주된다. 〈사라진 시대〉에서 어떻게 극장 실내에 대형 트럭이 버려져 있는지 궁금해하면 당신은 베이 영화의 문외한이다. 같은 영화에서 과학자(스탠리 투치)는 "알고리즘! 수학!"이라는 단어 두 개로 트랜스포뮴(트랜스포머를 이루는 무한 변형이 가능한 물질)의 조작 원리를 요약한다. 마이클 베이 영화에는 대체로 속도는 없고 속력만 있다. 사람은 내가 어디에서 어디로 가는지를 파악해야 속도를 느끼는 법이다. 즉, 벡터는 없고 스칼라만 있다. 마이클 베이의 우주는 방향 없이 크기만 갖는 물리량이 지배한다. 양만 충분하면 질은 무관하게 무엇이든 원하는 사물을 만들어내는 트랜스포뮴은 그러므로 마이클 베이 우주의 에센스로서 아주 적절한 물질이다.

그러나 정말로 경외스러운 부분은 고집과 추진력이다. 마이클 베이는 열거한 난센스들이 상식이 될 때까지 커리어 내내 도끼질을 계속해왔고 대중은 거의 넘어갔다. 급기야 베이 영화를 보다 액션의 동선이 파악되는 예외적 순간이 오면 약간 불안하다. 그런 맥락에서 돌아보면 〈타이타닉〉의 여파 속에서 만들어진 〈진주만〉은 가장 작가성이 흐릿한 마이클 베이 작품이다. 아무래도 실제 미국사를 다루다 보니 정적인 설명 장면도 꽤 있고 편집은 상대적으로 느리고 액션도 지나치게 일관성 있었다.

상업적 고려나 스튜디오의 의견이 반영됐다면 〈사라

진 시대〉는 길어야 140분 선에서 마무리됐을 것이다. '더 크게 화려하게 시끄럽게'가 성가신 물리적 한계에 부딪히자 마이클 베이는 '더 길게'를 통해 흡족한 자극의 총량을 달성한 게 아닌가 싶다. '작가' 마이클 베이가 견지하는 예술적 자부심의 든든한 근거는 공짜로 영화를 보는 저널리스트들의 리뷰가 아니라 돈을 지불하고 티켓을 사는 관객의 표결이다. 그렇다면 관객은 마이클 베이 영화의 무엇을 사는 걸까? 배급과 광고의 힘만으로는 설명이 부족하다. 〈트랜스포머〉 시리즈의 경우, 거대 로봇의 액션만 따지면 〈퍼시픽 림〉이 낫고 캐릭터의 카리스마는 슈퍼히어로영화들의 그것이 월등하다. 미지의 세계에서 온 힘센 친구와의 우정은 절절함이 〈아이언 자이언트〉나 〈터미네이터〉를 따르지 못한다. 그러니까 관객은 이런 오락영화의 상식적 장점을 즐기려고 〈트랜스포머〉 시리즈의 표를 사는 게 아니다. 다른 영화에 없고 〈트랜스포머〉 시리즈에 있는 것은 냉각기를 생략한 절정의 연쇄이며 관객의 신경을 향한 중단 없는 물리적 연타다. 게다가 이 쾌감은 극장 스크린에서만 얻을 수 있다. 한번 집으면 멈출 수 없는 팝콘과 탄산의 자극이 더해지면 체험은 완성된다.

마음의 평화를 구하기 위해 마이클 베이 영화를 시네마가 아닌 무엇, 현대미술과 비슷한 현상으로 해석하는 방법이 남아있다. 예컨대 상표와 광고판을 관객의 코앞에 들이대는 〈트랜스포머〉 시리즈의 뻔뻔한 간접광고PPL를 앤디 워홀의 수프 깡통에 견주는 것이다. 그러나 여기에는 간과할 수 없는 차이가 있다. 팝아트는 일상성을 걷어낸 공산품 이미지로 대량생산 사회를 돌아보게 한다는 명분이 있지만, 마이클 베이의 PPL은 상품을 정확히 상품으로 판다. 팝아트가 여의치 않다면, 서사에서 탈구된 시각 임팩트에 몰두하는 마이클 베이를 일종의 추상표현주의 아티스 트로 이해하려고 시도할 수도 있다. 베이의 대학 스승인 영화학자 지넌 베이신저가 비슷한 노력을 했다. "잉마르 베리만은 모든 훌륭 한 필름메이커들은 나름의 방식으로 영화를 정의한다고 말했다. 마이클에게 시네마는 속도와 빠른 운동이다. 시간과 공간, 빛과 색채를 이용하는 방식에 있어서 마이클은 추상주의 예술가이며 거의 실험영화 감독이다." 일리 있고 솔깃하다. 그러나 마이클 베이 가 만드는 작품은 여전히 내러티브영화이며, 광학 효과와 순수한 감각적 체험만 제공하는 미술이 아니다. 그의 영화는 매우 특정한 세계관과 인간을 바라보는 관점을 포함한다. 얼마나 파괴하느냐 가 아니라 어떻게 파괴하고 그걸 어떻게 찍느냐의 문제다. 〈사라진 시대〉에는 악당의 얼굴이 날아가는 자동차 바퀴에 치어 변형되고 침이 튀어나오는 슬로모션이 있다. 꽤 비중 있는 조연이 우스꽝스 러운 잿덩어리로 산화하는 숏에는 어떤 애도나 상실감도 없다. 적 을 해치울 때면 "넌 그냥 더러우니까 죽어줘야겠어" 같은 대사가 따라붙는다. 2001년 〈필름 코멘트〉에서 비평가 켄트 존스는 이렇 게 요약했다. "마이클 베이 영화는 악당을 그냥 물에 빠뜨리지 않 는다. 휘발유를 부어 불을 붙여 화학물질로 오염된 액체에 빠뜨린 다." 〈나쁜 녀석들2〉에 대한 〈살롱〉의 찰스 테일러도 관찰을 공유 한다. "악당은 총탄 세례를 받는 걸로는 불충분하다. 지뢰밭에 떨 어져 갈가리 찢긴 몸의 파편을 보여줘야 한다. 영구차가 카체이스 에 말려들면 시신이 도로에 떨어지는 것은 물론 뒤에 달려오던 차가 시신을 치어 사지가 떨어져나가는 걸 보여줘야 직성이 풀린다." 마이클 베이 영화를 아트 갤러리 소관으로 넘기고 마음 편히 잠을 청할 수 없는 이유다. 2014. 7.

액션과 운동

킬러라는 폐허

너는 여기에 없었다 You Were Never Really Here
린 램지, 2017

"타나토스의 의인화 같은 인물인 조는,

살아 있으나 동시에 지금 여기 온전히 있지 않다."

폭력으로 트라우마를 얻고 여생을 폭력에 의존해 살아가는 사람이 있다. 그는 과거에 복수하는 중일까 아니면 생을 증오한 나머지 죽음을 재촉하고 있는 것일까? 〈너는 여기에 없었다〉의 조(호아킨 피닉스)는 가정폭력 희생자이자 퇴역군인이다. 그는 개인적 의뢰를 받아 성매매 조직에 납치된 미성년자들을 구조하는 일로 살아간다. 딸을 납치당한 어느 뉴욕 정치인의 의뢰가 조를 근본적 질문과 맞서도록 떠밀 때까지.

해결사로서 조가 일하는 방식은 피도 눈물도 없다. 그러나 본인은 거기에서 한 점의 카타르시스도 얻지 못하고 관객 역시 마찬가지다. 린 램지 감독은 극도로 경제적인 연출로 영화가 설명을 배제할 때 다다를 수 있는 풍성함을 보여준다. 〈너는 여기에 없었다〉는 설정과 상징 등 여러 면에서 〈택시 드라이버〉와 어엿한 동시상영 프로그램으로 묶일 만하지만 변주라고 부른다면 과소평가가 될 것이다.

1999년 〈쥐잡이꾼〉으로 데뷔해 〈너는 여기에 없었다〉까지 린 램지 감독이 내놓은 네 편의 영화를 아우르는 공통점은 부서진 사람들의 이야기라는 점이다. 〈쥐잡이꾼〉은 친구를 밀쳤다가 죽음을 이르게 한 소년, 〈모번 켈러의 여행〉(2002)은 애인의 자살을 마주한 여성이 주인공이고 〈케빈에 대하여〉(2011)는 무차별 살상을 저지른 가해자의 엄마가 화자다. 〈너는 여기에 없었다〉의 조는 유년시절 아빠의 폭력에서 겨우 살아남은 외상후스트레스증후군 환자다. 수많은 영화의 중심 소재로 채택되는 가정폭력, 자살, 학살은 린 램지의 영화에서 이야기의 계기로만 다뤄진다. 린 램지 영화의 본론은 폭력이 개인 안에 초래한 강렬한 상태 혹은 그것이 2차 폭력을 낳는 과정이다. 그리고 램지는 이 모든 상태를 인과적 설명 대신 이미지, 사운드, 편집 등을 통해 묘사하고 암시한다.

동명의 원작 소설에서 작가 조너선 에임즈는 조를 이렇게 설명한다. "조는 아버지의 구타가 자신의 영혼을 지배해 마치 토템처럼 자의식에 새겨져 있다는 사실을 잘 알지 못했다. 가학적인 아버지의 폭력에서 살아남을 수 있었던 유일한 방법은 그 행위가 정당하고 아버지는 그럴 만한 자격이 있다고 믿는 것뿐이었다. 게다가 그 믿음은 여전히 조와 함께했고 돌이킬 수도 없었다. 조는 아버지가 시작한 그 폭력행위를 끝내려고 거의 50년을 기다렸다."고유경 옮김, 프시케의숲, 2018, 29쪽 영화 〈너는 여기에 없었다〉는 이와 같은 설명을 하지 않고 관객에게 조의 뇌리에 비친 세계를 보고 듣게 한다. 트라우마의 재발로 근무 현장을 이탈하는 바람에

액션과 운동

면직된 후 조의 생업은 성매매 조직에 납치된 십대들을 사적 의뢰를 받아 구출하고 가해자를 응징하는 해결사 일이다. 하지만 성인이 된 조가 전장과 범죄 현장에서 구조하지 못한 희생자들에 대한 기억은, 아버지가 남긴 상처에 더해져 죽음을 향한 그의 열망을 더할 뿐이다. 린 램지는 학대와 실패의 기억을 온전한 플래시백 대신 사금파리같이 찔러대는 무수한 '플래시'로 조각내 조의 일상에 흩뿌린다. 조에게 자살은 하느냐 마느냐가 아니라 언제냐의 문제다. 이 남자에게 생사, 과거와 현재의 구분은 거의 의미가 없다.

〈케빈에 대하여〉의 에바(틸다 스윈튼)가 그랬듯이 조의 현재는 과거의 고통과 회한에 실질적으로 시시각각 포위돼 있다. 영화와 소설의 제목이 비롯된 "괜찮아 그냥 가면 돼. 넌 원래 여기 없었던 거야"라는 조의 내적 독백은, 린 램지의 시각적 연출 모티프이기도 하다. 타나토스의 의인화 같은 인물인 조는, 살아 있으나 동시에 지금 여기 온전히 있지 않다. 불법 해결사로서 신원이 드러날 만한 증거와 주소를 지우는 데에 실제로 능하기도 하지만, 린 램지는 조의 반투명한 실존적 상태를 현실인지 환영인지 긴가민가한 광경으로 연출해 드러낸다. 토마토즙이 피처럼 출렁이던 〈케빈에 대하여〉에 비하면 한결 은근한 톤으로. 예컨대 의뢰받은 한 사건을 해결한 조가 공항 음수대에서 물을 마시고 뒤쪽으로 시선을 던지면 이어지는 숏은 시선 방향 의자에 누워 있는 한 여성을 잡는다. 눈을 뜨고 입을 벌린 여자는 휴식하는 여행자 같기도 하고 시체 같기도 하다. 다시 카메라가 제자리로 패닝하면 조는 사라지고 음수대의 물만 솟다 멈춘다. 조는 과연 거기에 있었을까?

아니면 조와 관객만 죽은 자를 보고 있는 걸까? 번잡한 뉴욕 거리를 걷는 조를 길 건너편에서 찍은 숏에서, 조는 달리는 차에 가려진 다음 순간 눈 깜짝할 새 사라져버린다. 도시에서 흔해빠진 광경이지만, 앞선 공항 신의 여운이 조를 유령처럼 보이게 만든다. 백주의 뉴욕 전철역 플랫폼에도 조를 멍하니 응시하는, 하지만 말을 섞지 않는 여자가 있다. 공항과 전철역의 말 없는 여자들은 조가 죽음을 유예하도록 만드는 두 명의 여성—어머니와 납치된 니나—과 머리칼 색이 비슷하다. 어머니와 니나의 일렁이는 머리카락은 영화 후반 수중 장면에서 죽음과 재생을 기적적으로 연결하는 운명의 실처럼 표현된다.

　　　액션 시퀀스에 있어서도 비슷한 규칙이 관철된다. 린 램지는 조가 미성년자 성매매 소굴에 침투해 망치로 보초들을 쓰러뜨리는 대목을, 멀찍한 흑백 CCTV 화면(으로 설정된 촬영)으로—오마주 대상으로 거론되는 〈택시 드라이버〉의 해당 시퀀스와 극명한 대조를 이루며—보여준다. 이는 폭력이 스펙터클이 되는 결과를 꺼리는 연출이기도 하겠지만, 그보다 폭력을 행사하는 조라는 인물의 본질과 관련된 방법이 아닐까 싶다. CCTV 영상으로 처리되는 니나의 구조 장면은 그 특성상 몇 초 앞뒤로 튀기를 반복하지만, 조가 망치를 휘두르는 행위는 조가 들어오기 전 공간이나 폭행 후의 상황보다 강조되지 않는다. 니나를 데리고 빠져나오는 길에 화면은 다시 컬러로 변하는데 역시 폭력의 결과인 쓰러진 몸들이 주로 스크린을 차지한다. 조는 운동하는 액션의 주체라기보다 그가 남긴 폐허들의 총합이다.

〈너는 여기에 없었다〉는 오히려 소설이 영화보다 액션 장르물로 느껴지는 희귀한 케이스이기도 하다. 비교적 하드보일드하게 행위의 표면을 따라가는 소설에 비해 영화는 인물의 부서진 내면과 거기 투영된 현실에 집중한다. 조가 파병된 전장이 아프가니스탄이었는지 쿠웨이트였는지, 백일몽 속 떼죽음한 사람들이 난민이었는지 납치된 소녀들이었는지 명시하는 일은 영화에서 중요하지 않다. 또한 영화에서는 카메라 앞의 살아 있는 인간이 반드시 연루되기에 소설에는 없던 요소가 생긴다. 유머와 육체성이다. 영화의 조는 자살에 관해 명상하다가 수도꼭지를 다루지 못하는 어머니의 외침에 급히 뛰어가야 한다. 소설의 조는 "신장 189센티미터에 체중 86킬로그램의 체지방 없는 몸"의 소유자로 소개되지만, 호아킨 피닉스의 조는 여기저기 늘어지고 상한 불균형한 신체를 보여준다. 배우의 조건도 있겠지만, 스크린의 조가 일을 위해 부지런히 단련하는 해결사처럼 보이는 것도 부자연스러웠을 것이다. 살아 있기에 발생하는 시시각각의 통증과 스트레스, 그리고 살아가려면 어떤 상황에서도 불가결하게 수반되는 유머가 소설에는 없고 영화에는 있다. 소설은 어린 조가 갈망했던 복수 대신 정의를 추구하게 되는 결말을 취해 다음 표적을 향해 움직이는 왕성한 운동 중에 끝나는 반면, 영화는 어머니와 니나가 포개지는, 죽음의 완결이자 부활의 시작인 영점零點에서 운동을 멈추고 종료된다. 2018. 10.

시간의 조형

생활의 재발견

지금은맞고그때는틀리다
감독 홍상수, 2015

"차이를 낳는 변수는 구조가 아니라,
미세하게 다르게 대처하는
인물의 말과 몸짓, 표정, 감정의 흐름이다."

　　홍상수 영화의 숙련된 관객이라 자부하는 당신은 무엇
을 보고 듣게 될지 얼마간 '알고' 객석에 앉는다. 남자와 여자가 만
날 것이고, 아마도 구애의 시도가 있을 테고, 취기에 휩싸여 다르
게 사는 법을 꿈꾸기도 할 것이다. 편안한 롱테이크가 일정한 보폭
으로 만드는 흐름에 온화한 패닝과 줌이 완급을 주고, 간소한 음
악이 관객과 스크린 사이의 오붓한 거리를 간간이 일깨울 것이다.
감독 본인에게 그렇듯 홍상수 영화는 관객에게도 이미 아는 것들
과 다시 만나 기적처럼 새로운 경험을 하는 여행이다. 대개 신작의
새로움을 규정한 요소는 넓은 의미의 구조였다. 같은 배우가 같은
이름으로 연기하는 인물이 동일성 없이 움직이는 세계도 있었고
(《옥희의 영화》), 환경과 주변 인물은 같은데 주인공의 정체성만 다
른 이야기도 있었고(《다른 나라에서》), 시퀀스를 뒤섞어 아예 시간
감각을 배제한 세계의 상을 체험케 하는 시도도 있었으며(《자유
의 언덕》), 직진하는 두 개의 시간축이 교차해버리는 초유의 사태

도 있었다(《북촌방향》). 이처럼 상투성을 멀리하며 생의 체험을 영화로 형상화하는 과정에 꿈, 영화, 일기, 편지의 형식이 초대되었다. 하지만 어떤 경우에도 홍상수 영화는 마지막 순간 핸들을 꺾어 도식을 튕겨냈다. 〈자유의 언덕〉풍으로 말하자면 홍상수의 편지는 언제나 한 장이 사라진 채 도착함으로써 무한대로 발산했다. 이야기를 온전히 장악하려는 저자의 의지를 배제하는 태도, 지어낸 것보다 이미 주어져 있거나 매일 주어지는 현상을 영화에 귀하게 쓰는 원칙, 그리고 감독의 직관을 활발하게 유지하는 규율이 이 어려워 보이는 저항을 가능하게 했다.

〈지금은맞고그때는틀리다〉의 구조는, 구조라고 말할 것도 없는 두 개의 직선이다('그때는맞고지금은틀리다'라는 소제목이 붙은 첫 번째 1박 2일을 편의상 1부로, '지금은맞고그때는틀리다'로 명명된 두 번째 여정을 2부로 부르기로 한다). 동일한 인물들이 만나 대동소이한 장소를 돌아다니는 과정이 반복된다. 두 이야기가 흘러가는 차원은 평평하다. 인물들은 꿈을 꾸거나 졸지도 않는다. 영화 전체를 퍼즐로 받아들이게 했던 바로 앞 영화 〈자유의 언덕〉과 대조적이다. 〈지금은맞고그때는틀리다〉에서 경험과 감흥의 현저한 차이를 낳는 변수는 구조가 아니라, 거의 똑같은 상황에서 미세하게 다르게 대처하는 인물의 말과 몸짓, 표정, 감정의 흐름이다. 말하자면 가장 물렁물렁하고 하늘하늘한 것들이 차이를 생산한다. 그래서 자세히 말할 수밖에 없다.

일정을 잘못 전달받은 영화감독 함춘수(정재영)는 '관객과의 대화'가 예정된 날보다 하루 일찍 수원에 도착한다. 정해진 일과가 없는 하루. 화성행궁을 서성이던 남자는 가장 마음에 흡족한 장소 복내당 툇마루에서 쉬다가 바나나우유를 먹는 여자를 만난다. 지금은 그림 그리는 일만 하며 사는 그는 윤희정(김민희)이다. 둘은 함께 화실까지 가고 함춘수는 윤희정의 그림에 훌륭한 의미를 부여하며 칭찬한다. 이어 이자카야에서 술을 마시며 서로를 완전한 남자, 여자로 여기기에 이른 둘은 윤희정의 선배네 카페로 옮겨 술을 더 마신다. 그런데 동석한 아는 언니(최화정)의 질문으로 윤희정은 함춘수의 좋은 조언이 본인 영화에 대한 인터뷰의 반복임을 발견하고, 이어 그가 바람둥이로 소문난 기혼자임을 듣게 된다. 윤희정은 실망과 수치를 느끼고 남자는 초라하게 돌아간다. 2부에서도 똑같이 함춘수는 복내당에서 윤희정을 만나고 화실과 이자카야를 거쳐 카페까지 동행한다. 그런데 1부에서 윤희정에 대한 함춘수의 접근이 습성처럼 보였다면 이번에는 훨씬 강한 끌림으로 보이고 그래서 여자에게 더 진실하게 대하려고 성의를 기울이는 듯하다. 1부의 함춘수는 "너무 잘 알 것 같다"는 맞장구를 남발하고 자기 그림에 자신이 없는 윤희정을 '외워둔' 말로 다독인다. 그 여자를 좋아하지만, 결혼은 못 할 처지임을 궁지에 몰릴 때까지 밝히지 않다가 품위를 잃는다. 반면 2부의 함춘수는 냉정한 평으로 여자에게 도움을 주려다 처음에는 상처를 입히지만 그로 인해 신뢰를 얻는다. 여기서부터 둘의 감정이 기초한 토대는 미묘하게 달라진다. 이어 이자카야에서 그가 결혼 사실을 밝히자 윤희정은 멈칫한 다음 웃으며 섭섭하다고 말한다. 서운하다는 여인의 반응에 울면서 좋아하는 정재영의 연기는 올해 최고의 희비극 연기다. 그의 모습은 우스꽝스러우나 그의 슬픔과 환희는 진짜다. 둘은 길에서 주운 (결혼) 반지로 순간의 진심을 확인하고 이튿날 윤희정은 함춘수의 영화를 처음으로 보러 온다.

〈지금은맞고그때는틀리다〉에서 1부와 2부의 관계는 규정하기 어렵다. 제목이 부르는 착시와 달리 과거와 현재도 아니고, 따라서 인과일 수 없으며, '남루한 현실 vs. 소원 성취의 판타지'도 아니다. 같은 상황을 찍는 1, 2부의 카메라 위치가 바뀌지만, 인물의 시점이나 반대 앵글의 시야를 드러내는 배치는 아니고 그저 조금 각도를 트는 정도다. 하물며 〈슬라이딩 도어즈〉처럼 특정한 선택을 분기점으로 운명이 갈리는 한 쌍의 이야기와는 거리가 멀다. 운명처럼 보이는 순간이 하나 있긴 하다. 1부에서 함춘수가 관광객을 피해 복내당을 벗어나 걸어가다가 문득 멈춰 서더니 우향우하여 윤희정과 만나게 될 복내당으로 돌아가는 숏이다. 그때 남자를 결단시킨 힘은 "역시 아까 거기가 제일 예쁘네" 정도의 감흥이었을 터다. 어쩌면 딱 그만큼이 홍상수 감독이 긍정하는 상위의 섭리가 아닐까, 생각하게 된다. 우리가 특별한 누군가를 만나도록 하는 우주의 움직임. 그다음부터는 전부 생활生活에 달린 것이다. 〈지금은맞고그때는틀리다〉의 1부와 2부는 그냥 '다른 나라'다. 홍상수 감독에게 두 이야기를 잇는 함수가 확정되는 것은 영화가 망하는 길이며, '두 나라'를 망가뜨리고 나아가 영화 바깥의 무수한 나라를 부정하는 일이다.

1부와 2부에서 그나마 두드러진 설계의 변화는, 함춘수의 생각을 들려주는 보이스오버 내레이션의 유무다. 1부의 함춘수는 상대적으로 많은 말에 둘러싸여 있다. 훌륭한 예술가다, 존경한다는 찬사를 곧잘 접하고, 보이스오버 독백은 그가 품은 계획과 선입견, 준비된 명제들을 들려준다. 한편 표면으로만 존재하는 함춘수는 보다 더 직관적이고 순간에 충실해 보인다. 그렇다면 1부의 함춘수는 속물이고 2부의 함춘수는 순수한가? 아니다. 객관적으로 두 버전의 함춘수는 똑같이 매력 있는 여성에게 어색하게 접근하는 유부남일 뿐이다. 1부의 윤희정은 허영 덩어리고 2부의 윤희정은 원숙한가? 그렇지 않다. 두 이야기의 함춘수와 윤희정은 같은 성격과 같은 삶의 역사를 가진 동일한 인물이다. 두 버전의 틀리고 맞음은 어디까지나 상대적이다. 다만 공기 중의 무엇이, 커뮤니케이션의 미미한 차이가 화학작용을 일으켜 약간 굵은 감정의 덩어리를 빚고 그것들이 얼기설기 쌓여 인물의 동선까지 조금씩 틀어놓는다. 그리하여 결국에는 완전 딴판인 결론에 이른다. 어디서 틀렸던 거지? 뭘 잘한 거지?

〈지금은맞고그때는틀리다〉는 수원에서 14회에 걸쳐 촬영했다. 언제나 그랬듯이, 장면 순서대로 촬영해서 주연인 김민희, 정재영 이외의 배우들은 두 차례씩 수원에 다녀갔다. 1부를 다 찍고 나서야 이야기의 원점으로 시침 떼고 돌아가 리메이크하는 구조를 확정한 홍상수 감독은 거의 처음으로 1부의 편집본을 두 배우에게 보여주었다. 그리고 여자는 조금 더 외롭다, 남자는 조금 더 솔직하다 정도로 2부의 안을 공유했다. 그리고 1부의 영향 아래에서 감독과 배우가 하루하루 2부를 쓰고 연기했다. 이는 두 세계가 서로에 대해 무지하며 무관하다는 설정과 불일치하는 방식 아닐까? 하지만 이 수준의 모방과 자유는, 우리가 실제 삶에서 경험하고 영향받는 기시감의 범위를 넘어서지 않는다. 어떤 면에서 〈지금은맞고그때는틀리다〉는 홍상수 영화가 창조되는 근본적 방법론을 관객 앞에 어느 때보다 투명하게 제시하는 영화다. 이를테면 우리는 함춘수와 윤희정이 만난 사람들의 동선과 감정을 단서로 만들어질 수도 있었던 3부, 4부, 5부······를 상상할 수 있다.

　　〈지금은맞고그때는틀리다〉가 매우 교훈적이라는 감상을 굳이 회의할 필요가 있을까? 이 영화는 예를 들면 〈지금은이렇고그때는그렇다〉가 아니라, 옳고 그름이라는 윤리적 개념을 스스럼없이 제목에 포함시켰다. 극 중에서 함춘수와 윤희정은 허튼짓을 조금 덜하고 마주한 타인에게 조금 더 정직해짐으로써, 조금 더 바람직한 결과에 도달한다. 홍상수의 영화를 "모럴리스트 에리크 로메르와 퍼즐의 대가 찰리 카우프만의 융합"으로 요약해온 일부 해외 평론가들이라면 "이번에는 로메르 쪽!"이라고 서슴없이 한쪽 깃발을 치켜들지도 모른다. 유의할 것은 〈지금은맞고그때는틀리다〉의 교훈은 깨달았다고 자동으로 반복 준수할 수 있는 테제가 아니라는 점이다. 할 일과 해서는 안 될 일의 목록 따위는 없다. 살면서 하루씩 일기를 쓰듯 매번 내가 완성해야 하는 흐물흐물한 교훈이다. 문득 돌아본다. 홍상수의 영화가 존재하기 전에도 우리는 과연 이만큼 긴 생의 시간이 루틴의 반복으로 이뤄져 있음을 각성했던가? 삶은 한번 갔던 자리로 돌아가는 일로 채워져 있다. 우리는 윤희정의 말대로 "지키지 않을 것 같으면 무너질까 봐 무서워서" 루틴을 엄수하기도 하고 "사는 느낌을 매일 확인하는 경험"에 기쁘게 자족하기도 한다. 반복 자체는 두려워할 저주도 안전한 성도 아니다. 분명한 진실은, 우리가 비슷한 장소에서

　　　　　　　　　　　시간의 조형

비슷한 미덕과 결함을 가진 사람들과 비슷한 행위를 거듭하면서도 끊임없이 조금 더 잘 살기를 소망한다는 사실이다. 〈지금은맞고그때는틀리다〉는 그런 우리들의 집에 찾아와 아무것도 안 훔치고 발자국만 남기고 가는 영화다. 언젠가 윤희정의 집에 들었다는 도둑처럼. 아니다. 다시 들여다보니 발자국 말고도 남기고 간 것이 있다. 대동소이하게 반복되는 세계의 얇은 표면에 숨겨져 있는, 우리를 더 큰 자유와 조화로 인도할 신호들이다. 저 반딧불 같은 빛을 내가 정말 본 게 맞을까? 어리둥절하며 눈을 껌벅이는 찰나, 수원의 거리에 종이 울린다. 눈이 내린다. 2015. 10.

일상의 운율

패터슨 Paterson
감독 짐 자무시, 2016

"〈패터슨〉은 굳이 분석할 것도 없이 영화 자체가 7연의 시다.

기상, 산책, 식사 같은 정해진 일과가

기본적 압운을 이룬다."

    미국 뉴저지 패터슨시에 사는 노선버스 기사 패터슨(애덤 드라이버)의 일상은 대다수 노동하는 사람들이 그러하듯 대동소이하다. 다만 그는 시를 쓴다. 패터슨은 매일 아침 6시에서 6시 반 사이에 자명종 없이 일어나 잠들어 있는 사랑하는 아내 로라(골시프테 파라하니)의 어깨에 입 맞추고 간밤에 미리 꺼내둔 옷을 입고 걸어서 출근한다. 차고지까지 걷는 동안 머릿속에 떠올린 시상을 차계부를 관리하는 동료가 올 때까지 운전석에서 끄적거린다. 23번 버스를 모는 동안 귀에 흘러드는 승객들의 대화와 거리 풍경이 그의 마음에 언어로 쌓이고 점심시간이면 폭포 앞에서 도시락을 먹으며 시를 쓴다. 퇴근해서 어쩐 일인지 매일 기울어져 있는 집 앞 우편함을 바로잡고 거실로 들어서면 로라가 하루 종일 한 일을 들려주고 당신의 시를 꼭 책으로 묶어야 한다고 재촉하며 저녁을 내준다. 요리를 포함해 로라는 항상 창의적 취미 활동으로 바쁘기 때문에 패터슨은 주로 말을 듣는 쪽이다. 어둠이 내리면

시간의 조형

반려견 마빈과 산책을 나가 동네 바에서 맥주잔을 내려다보며 하루를 마감한다.

　　　　짐 자무시 감독은 통상 영화가 못 되는 시간들을 아주 사랑한다. 옴니버스영화 〈커피와 담배〉(2003)에서는 별 화제도 없이 커피를 홀짝이는 사람들의 시간 죽이기를 찍었고 〈지상의 밤〉(1991)에서는 흔히 브리지로나 쓰일 법한 택시 안 풍경으로 영화를 채웠다. 〈천국보다 낯선〉(1984)에는 흥뚱항뚱 지내다가 특별한 목적 없이 멀리 떠나는 젊은이들이 있었고 서부극 〈데드 맨〉(1995)의 본론은, 총알이 몸에 박힌 다음 이승의 끝으로 느릿느릿 다가가는 여정이었다.

　　　　〈패터슨〉도 사건과는 거리가 멀다. 특히 월요일부터 금요일까지는 짐 자무시가 편애하는 예술 형식인 변주의 향연이다. 〈패터슨〉의 관객은 주말을 제외하면 어슷비슷한 일과를 다섯 차례 지켜본다. 그러다 토요일에 이례적 사건이 한 가지 일어나고 일요일의 패터슨은 사건의 여파 속에 가라앉아 있다가 우연한 만남을 계기로 조용히 회복한다. 그리고 월요일, 다시 궤도가 시작된다. 〈패터슨〉은 굳이 분석할 것도 없이 영화 자체가 7연(혹은 다음 월요일까지 8연)으로 이루어진 시다. 우선 기상, 산책, 식사 같은 정해진 일과가 기본적 압운을 이룬다. 세부적으로는 반복되며 조금씩 달라지는 숏과 인물의 행위가 크고 작은 패턴을—로라가 그리는 그림처럼—아로새긴다. 화요일 아침 꿈에서 쌍둥이를 가졌다는 이야기를 패터슨에게 들려주는데, 그다음부터 여러 쌍둥이들이 잊을 만하면 패터슨의 시야에 들어온다. 마법은 아니다. 이야기가 예술가의 촉을 건드린 결과 열어젖혀진 감각이 세계에 잠재돼 있는 패턴을 예민하게 인식하는 것이다. 짐 자무시는 반복되는 노동 안에 존재하는 예술적 영감에 주목한다. 만약 소재가 시가 아니라 음악이나 영화, 아니 회화였대도 〈패터슨〉과 같은 아마추어리즘의 예찬이 가능했을까 상상해본다. 모든 예술은 음악의 상태를 동경한다는데, 〈패터슨〉에는 행장 가벼운 시의 상태를 동경하는 영화감독이 얼핏 보인다.

　　　〈패터슨〉의 패터슨이 통근하는 시인이라면 아내 로라는 재택 종합예술가다. 특히 로라의 열정은 페인팅에 집중된다. 방 벽부터 도시락에 넣는 귤껍질까지 그의 캔버스니 말 다 했다. 흑백을 편애하는 로라의 과감한 화풍은, 색과 패턴이 대범한 핀란드의 디자인 브랜드 마리메코를 연상시키는가 하면 짐 자무시 감독의 흑백영화 사랑이 반영된 결과 같기도 하다. 실존 미술가 가운데 로라에게 영감을 줬을 법한 인물은 장 뒤뷔페. '아르브뤼Art Brut'의 옹호자였던 뒤뷔페는 훈련받은 프로 예술가보다 어린아이나 정신질환이 있는 사람 등 소박한 정신이 자발적으로 그린 그림이 위대할 수 있다고 주장했다. 로라가 그린 반려견 마빈의 초상 중 한 점이 유난히 뒤뷔페풍이다. 뒤뷔페의 이름은 영화 말미에 언급도 된다. 아마추어 예술을 예찬하는 〈패터슨〉과 어울리는 선택이다.

　　　위에서 반복되는 노동 안에 존재할 수 있는 예술적 영감에 대해 썼지만, 모든 노동자의 조건이 창작에 우호적일 리는 없다. 〈패터슨〉이 선택한 노선버스 기사라는 직업은 그런 면에서 시인에게 최적으로 보인다. 일단 패터슨의 일과는 틀려서는 안 되는 시간표에 맞춰져 있다. 단순한 출근 복장은 전날 밤에 개켜져 있다. 몇 시에 어느 장소로 가야 할지, 무엇을 입을지를 고심할 시간이 절약된다. 패터슨은 생활의 운영에서 주도권을 쥐지 않는다. 집에서는 가족인 아내와 반려견이, 그가 무엇을 언제 먹고 몇 시에 산책 나갈지를 정해주고 일터에서는 말하기보다 듣는다. 자동 항법으로 일상이 돌아가는 와중에 패터슨의 마음은 시의 씨앗을 찾아 수집하고 싹을 틔운다. 직장까지 도보로 출근한다는 점도 도움이 된다. 버스 차고지와 집 사이를 터벅터벅 걷는 동안, 버스를 운행하는 동안 패터슨은 세상의 흐름을 조용히 내면에 들인다. 휴대전화도 없고 이어폰을 끼고 다니지도 않는 패터슨의 감각은 세계와 매개 없이 직접 접촉한다. 시의 창작은 그가 비밀 공책에 펜을 놀리는 시간에만 이루어지지 않는다. 영화의 제1연인 월요일 아침 일어나서 시야에 잠든 아내의 모습을 담을 때, 시리얼을 먹다 말고 성냥갑의 디자인을 물끄러미 들여다볼 때부터 시는 지어지기 시작한다. 그러고 보면, 투명한 아크릴판으로 부분적으로만 승객들과 분리된 버스 기사의 자리도 적당하다. 사람들은 그를 없는 존재처럼 여기며 의식하지 않고 대화하지만 패터슨은 리액션의 강박 없이 귀 기울일 수 있다. 매일 귀로 흘러드는 승객들의 수다에 패터슨은 흠칫 놀라기도 하고 염려도 했다가 미소 짓는다. 애덤 드라이버가 액션이 아니라 온전히 리액션을 통해 패터슨이라는 인물을 구현했다는 짐 자무시 감독의 칭찬대로 이를 실감하게 만드는 순간들이 버스 안 장면에 있다. 저녁 산책길에 겪은 소동을 이튿날 아내가 맥주 향을 맡으며 물었을 때에야 주섬주섬 털어놓는 장면은, 그가 아내를 지극히 사랑하면서도 자기가 들어

앉아 있는 비눗방울을 터뜨리지 않는 남자임을 암시한다. 요컨대 패터슨은 사람들의 영향에 자기를 열어두면서도 내밀한 세계를 지키는 예술가다.

거리에서 버스를 몰면서 패터슨이 엿듣는 말 가운데에는 정치적 급진주의에 대한 젊은 남녀의 대화가 있다. 그들은 미국 최초의 계획도시로서 1830년대에 이미 노동자들이 파업 투쟁을 경험한 패터슨시의 역사를 이야기한다. 웨스 앤더슨 감독의 〈문라이즈 킹덤〉에서 사랑에 빠진 샘과 수지로 분했던 재러드 길먼과 케라 헤이워드가 부쩍 성장한 모습으로 승객 역을 맡아서 반가운 탄성을 자아낸다. 이 카메오는 자연스럽게, 비슷한 '힙스터'로 통하고 미국 인디영화의 대명사로 간주되는 웨스 앤더슨과 짐 자무시의 비교로 우리의 생각을 이끌어간다. 두 작가는 공히 자기만의 소우주를 영화 속에 창조하는 데 발군인데 웨스 앤더슨의 영화가 정제된 부르주아 미학으로 세공된 세계라면, 짐 자무시의 그것은 블루칼라 계층에 속하는 사람들이 우연히 만났다 헤어지는 거리의 삶에 친화적이다. 어쨌거나 고독한 예술가의 초상이라는 점에서 〈패터슨〉은 같은 테마로 두 편의 성공작을 내놓은 신예 데이미언 셔젤 감독의 영화도 나란히 돌아보도록 부추긴다. 〈위플래쉬〉와 〈라라랜드〉에서 주인공인 남성 뮤지션들에게 사랑과 우정은 최고 경지의 예술과 양립하기 어렵다. 〈위플래쉬〉와 〈라라랜드〉에는 뛰어난 재능을 타고난 개인이 철저한 고독 속에 자기를 가두고 삶의 나머지를 얼마간 포기해야 결실을 얻을 수 있다는 전제가 잠재적으로 깔려 있다. 그리고 영화 속 성취는 세상의 인정으로 완수된다. 반면 짐 자무시의 시인 패터슨은 자기를 둘러싼 환경과 이웃 사람들에게 예술의 재료와 형상화의 영감을 구한다. 그는 시를 인쇄하는 일조차 주저한다. 명성과 불멸은 패터슨이 예술을 통해 얻는 희열과 멀리 떨어져 있다. 자무시에게 예술가의 고독은 훨씬 개방적이고 겸허한 무엇이다. 동시에 장세니슴 수도자가 추구할 법한 금욕과 정진에 가까운, 오히려 한층 완고한 예술관이기도 하다.

뉴저지 패터슨시는 수많은 미국 소도시 가운데 임의로 선택된 배경이 아니라 영화 내용과 불가분의 관계를 맺는다. 우선 짐 자무시는 패터슨 출신의 윌리엄 카를로스 윌리엄스가 쓴 5권 길이의 서사시 『패터슨』의 도입부에서 영화를 착안했다고 밝혔다. 윌리엄스의 시에는 퍼세익강Passaic River의 폭포 옆 바위에서 사람의 형상을 발견하는 표현이 있는데 여기서 감독은 도시와 같은 이름을 가진 남자를 떠올렸다고 한다. 그리고 소아과, 산부인과 의사로서 평생 3천 명의 아기를 받고 서민들을 치료하며 시 쓰기를 멈추지 않았던 윌리엄스처럼 일상과 예술을 병행하는 시인 캐릭터를 만들어냈다. 윌리엄스와 그를 잇는 뉴욕파 시인들의 이상 역시 패터슨처럼 주변의 평범한 사물에 대한 감흥을 묘사하고, 불특정 다수가 아닌 가까운 특정인에게 말을 걸듯 쓰는 시였다고 한다. 비중 있는 백인 캐릭터가 주인공을 포함해 두세 명에 그치는 인물 구성도, 중동계 아프리카계 인구가 미국에서도 손꼽히게 많은 패터슨시의 실제를 반영하고 있다(짐 자무시의 영화는 항상 다인종 캐릭터로 채워지는 편이긴 하다).

역사와 현실을 배제하지 않은 만큼, 영화 속 패터슨의 삶도 무풍지대일 수는 없다. 실제 패터슨시는 경기 악화로 범죄 및 사건 사고가 자주 신문 헤드라인에 오르내리는 도시가 됐다고 한다. 짐 자무시는 리얼리티를 제거하지는 않되 어디까지나 영화의 중심을 인물 내면에 두고 현실의 위협은 노이즈 수준으로 제어한다. 패터슨의 생활에도 위험이 있지만 그것들은 물새처럼 수면에 파문만 남기고 스쳐간다. 예컨대 힙합풍으로 차려입은 청년들이 밤길에 차를 세우고 개가 납치될 가능성에 대해 떠드는 장면은 긴장을 야기하지만 폭력으로 이어지지 않는다. 운전하던 버스가 고장을 일으켰을 때 휴대전화를 쓰지 않는다는 패터슨의 방침은 잠깐 도전받는다. 같은 날 저녁 패터슨이 매일 들르는 동네 바에서는 총을 든 청년이 소동을 일으키지만 흉기는 장난감으로 판명된다. 이때 패터슨은 반사적으로 청년을 제압하고 영웅다움을 칭찬받는데 본인이 더 당황한 기색이다. 침실에 놓여 있던 군복 입은 사진이 관객에게 상기되면서 시인의 삶에 있었던 이질적 시기를 짐작하게 만드는 순간이기도 하다. 그러나 거기까지가 전부다. 〈패터슨〉은 무엇보다 현실의 잦은 바람 속에서 자기 안의 고요를 확보하는 사람의 이야기이고, 이상하고 슬픈 세상을 견디게 만드는 언어가 시를 포함한 예술이라고 믿는 영화이기 때문일 것이다.

2017. 12.

죽음 너머

고스트 스토리 A Ghost Story
감독 데이비드 라워리, 2017

"C에게 집은 이야기로 가득 찬 특별한 상자다.
옛날 사진의 인화지 모양과도 비슷한 프레임은
영화를 휘감고 있는 노스텔지어와도 조화롭다."

　　〈고스트 스토리〉는 갑작스런 죽음 뒤에 사랑하는 사람과 살던 집으로 돌아온 남자 C(케이시 애플렉)의 이야기다. 놀랍게도 데이비드 라워리 감독이 택한 유령의 형상은, 유년기에 우리가 떠올리곤 했던 유령의 원초적이고 약간 코믹하기까지 한 이미지, 즉 두 개의 눈구멍이 뚫린 흰 시트다. 〈고스트 스토리〉의 지극한 아름다움 가운데 큰 몫이 이 과감한 디자인에서 나온다. C의 유령은 대사도 손동작도 없이 어깨와 고개의 각도, 실루엣만으로 생각과 감정을 드러낸다. 바닥에 끌리고 접히고 펴지는 천의 모양새와 주름, 빛과 조명에 따라 변하는 흰 천의 색, 시트가 사각사각 끌리는 소리가 관객이 자율적으로 정서를 만들어내도록 유도한다. 귀신같은 한 수다.

　　결과적으로 '신의 한 수'란 소리를 들었지만, 데이비드 라워리 감독은 〈고스트 스토리〉를 촬영하는 동안 무서웠을 것 같다. 두 개의 눈구멍을 오려낸 침대 시트를 뒤집어쓴 배우가 유령을 연기한다는 아이디어가 막상 현실이 되어가는 광경을 현장에서 지켜보면서 스태프들이 벌거벗은 임금님을 못 본 척하는 중은 아닌지, 공개 즉시 세상 우스갯거리가 되진 않을지 불쑥불쑥 불안했으리라. 10만 달러(한화 약 1억 3천만 원)에 불과한 제작비를 감독 본인과 제작진이 직접 충당했기에 감행할 수 있었던 모험이다. 〈고스트 스토리〉는 여러모로 작아짐으로써 커진 영화다. 감독은 모든 것을 단순화했다. 로케이션은 대부분 한 채의 집 안에 한정했고 구체적 지역은 명시하지 않았다. 주인공 캐릭터의 이름도 C와 M(루니 마라)이라는 이니셜로 줄였다. 현대임은 분명하지만 하이테크 기기가 거의 보이지 않는 실내는 이 이야기가 1980년대의 일인지 2010년대의 일인지 분별할 수 없게 한다. 모든 단순화가 성공적인 추상화에 이르지는 않으며, 가장 구상적인 예술인 영화가 추상화를 통해 풍성한 결과를 낳는 일은 더욱 어렵다. 그러나 〈고스트 스토리〉는 때 아닌 죽음을 맞은 개인의 멜로드라마에서 출발해 삼라만상이 시간 속에 존재하는 방식에 대한 우화로 자연스럽게 확장한다. 영화의 앞과 뒤에 북엔드처럼 들어간 천공의 이미지는 〈고스트 스토리〉의 승화를 오직 살짝 거들 뿐이다.

어떤 관객은 〈고스트 스토리〉의 유령 디자인을 보고 '꼬마 유령 캐스퍼'를 추억할 것이고 더 젊은 관객은 이모티콘을 떠올릴 거다. 〈덩케르크〉의 전투기 조종사 톰 하디가 눈만으로 연기했다면 〈고스트 스토리〉의 유령에게는 눈 연기마저 차단돼 있다. 데이비드 라워리 감독은 유령이 천을 쓴 배우 케이시 애플렉처럼 보여선 안 된다는 사실을 촬영 도중 깨닫고, 보다 더 추상적 연기를 요구했다고 한다. 얼굴은 가려져 있지만 보디랭귀지가 확연했던 〈프랭크〉의 마이클 패스벤더 경우와 다르게, 스태프가 애플렉 대신 유령 역으로 재촬영을 할 수 있었던 이유다. 표정과 팔다리 움직임을 대신해 실망과 고독, 위트를 드러내는 요소는 시트가 주름 잡히고 끌리는 모양이다. 〈고스트 스토리〉의 미술 팀은 원하는 정확한 실루엣과 주름을 만들기 위해 흰 천 안에 페티코트를 넣고 모양을 매만졌다. 스톱모션 애니메이터들이나 할 법한 수고다. 무심한 흰 천에 감정을 투사하며 드라마를 읽어내는 〈고스트 스토리〉의 관람 체험은 그 자체로, 아무것도 없는 실버스크린에 떠오른 이미지의 유령을 통해 관객이 서사를 구성하는 시네마에 대한 제유提喩다. 중요한 것은, 배우가 흰 천을 뒤집어쓴다는 기발한 아이디어만으로는 감정의 투사와 발전을 끌어내기 불가능하다는 점이다. 결국 〈고스트 스토리〉의 감정선을 지탱하는 힘은 첫째, 화면 안 어디에 어떤 무게감으로 유령을 배치할지 정하는 프레이밍 그리고 유령을 담은 숏 앞뒤에 어떤 숏을 붙이고 생략할지 좌우하는 편집이다. 이를테면 영안실에서 홀연히 일어나 생전의 집을 향해 벌판을 건너가는 유령은 대지에 비해 너무 자그마해 미약해 보이면서도 자연의 일부라는 인상을 준다. 실내를 맴도는 유령의 모습을 메모하며 '우두커니' '풀썩' '어리둥절' 같은 감정 실린 부사를 무심코 쓰다 보면 그와 같은 감상의 근거가 카메라의 심사숙고된 앵글과 블로킹에서 비롯됐음을 깨닫게 된다.

〈고스트 스토리〉는 1.37:1이라는 고풍스런 화면 비율에다 네 꼭짓점이 둥글려진—이른바 인스타그램 아이콘 모양—프레임을 선택했다. 가로가 긴 사각형이 영화 화면의 표준으로 여겨지는 1960년대 이후에 이 비율을 취한 영화들은 어쩔 수 없이 "무슨 목적으로?"라는 질문을 부른다. 꿈과 해몽은 별개지만 가능한 짐작이 몇 가지 있겠다. 가장 단순하게 보면, 비좁은 프레임은 이승의 집이라는 상자를 떠나지 못하는 유령의 자발적 감금 상태를 관객에게 곧장 전한다. 〈라스트 홈〉의 부동산업자(마이클 섀넌)는 "집은 그냥 상자야. 정 붙이지마. 그냥 상자를 팔아서 더 큰 상자를 사는 거야"라고 설파한 바 있는데, 〈고스트 스토리〉의 부동산 철학은 정확히 반대라고 할 수 있다. 생전에도 이사를 주저하던 C에게 집은 이야기로 가득 찬 특별한 상자다. 옛날 사진의 인화지 모양과도 비슷한 프레임은 〈고스트 스토리〉를 휘감고 있는 노스탤지어와도 조화롭다. 집주인이 속속 바뀌는 〈고스트 스토리〉의 중반부를 군데군데 멈춰 인화한다면, 우리는 여러 가족 앨범 속을 걸어가는 유령을 보게 될 것이다. 더불어 가로가 긴 보통의 화면 비율은 블로킹의 어려움을 불렀을 것이다. 하얀 천을 쓴 유령이란 어떻게 해도 시선을 독점하는 골치 아픈 피사체이기도 하다. 주로 실내에 머무는 이 영화가 시점숏 외의 숏을 자유롭게 구사하려면 넓은 화면은 걸림돌이 됐을 것이다.

〈고스트 스토리〉의 유령은 한 장소에 매여 있다. 아내와 살았던 집의 주인이 몇 차례 바뀌어도 그는 떠나지 못한다. 이윽고 건물도 낡고 해진다. 철거를 앞둔 집 안의 벽은 생채기 투성이이고, 유령은 그중 한 틈에 숨겨진 아내의 마지막 쪽지를 꺼내려고 애타게 문설주를 긁는다. 이 장면에서 유령을 둘러싼 벽의 상처들은 캔버스를 구멍 내고 베어낸 현대 미술가 루초 폰타나의 작업을 생각나게 한다. 네모난 격자에 천을 팽팽히 당겨 씌운 캔버스 표면은, 현재 이곳에 속하는 정해진 크기의 평면일 뿐이지만 물감이 발리면 입체성을 얻고 과거와 미래로 열린다. 그러나 아무런 형상을 그리지 않고 캔버스를 예리하게 칼로 가른 폰타나의 작품은, 관람자가 화면 뒤쪽의 '무無'를 직면하게 만든다. 그리고 어찌 보면 〈고스트 스토리〉는 그러한 직면에 이르는 여정이다.

아무리 만족스런 한 해였다고 해도, 마지막 날의 자정 무렵이면 애도와 비슷한 기분에 사로잡힌다. 〈고스트 스토리〉를 보기 전까지 나는 애도란 죽음 뒤에 살아남은 자의 것이라고만 생각했다. 아니, 그러고 보니 아피찻퐁 위라세타꾼 감독의 〈엉클 분미〉도 삶의 반대편 기슭으로 나의 관점을 옮겨준 적이 있었다(내가 〈고스트 스토리〉와 한 영화를 짝지어 동시상영을 마련할 수 있다면 유력한 짝은 〈엉클 분미〉나 올리비에 아사야스의 〈퍼스널 쇼퍼〉가 될 거다). 〈고스트 스토리〉가 우주적 섭리를 가르쳐주는 영화라고는 말할 수 없다. 그건 테런스 맬릭 감독의 영화가 더 잘한다. 다만 데이비드 라워리 감독은 아름답고 슬프게, 냉철하고 간혹 유머를 담아, 한밤중 집에서 나는 정체 모를 소리를 두려워하지 않아도 좋다고 설득한다. 대신, '거기 당신, 괜찮아요?' 속으로 묻게 만든다. 아무것도 남지 않은 곳에 여전히 남아 있는 것, 아무도 없게 된 자리에 여전히 존재하는 누군가에 관한 이 영화가, 올해 나의 마지막 영화임을 감사한다. 굿 나이트, 굿 럭. 2017. 12.

2인칭 과거시제

로마 Roma
감독 알폰소 쿠아론, 2018

"〈로마〉는 지극히 내밀한 자전적 회고이면서도
자전적 예술이 빠지기 쉬운
자아도취의 웅덩이 근처에도 가지 않는다."

〈로마〉에는 1970년대 초 멕시코시티를 배경으로 온 가족이 〈우주탈출〉(1969)이라는 영화를 관람하는 장면이 있다. 필시 알폰소 쿠아론 감독이 뒷날 성장해서 만든 〈그래비티〉의 씨앗이 됐을 법한 영화다. 몇 해 전 우주공간을 유영했던 쿠아론은 〈로마〉에서 느리지만 완벽하게 작동하는 타임머신을 설계했다. 시간 여행의 중심에는 백인 중산층 가정의 입주 가정부 클레오가 있다. 영화는 클레오를 바라보거나 클레오가 보고 듣는 세계를 전한다. 영화의 시작은 가장 낮은 길바닥이다. 부감으로 찍은 프레임 안으로 잠시 후 세제 거품이 낀 물이 빗자루 소리와 함께 밀려든다. 더러운 물이 포석을 덮어 이룬 수면에 하늘이 비치고 곧 비행기가 그것을 가로지른다. 이제 타계하고 없는 아바스 키아로스타미나 샹탈 애커먼의 시네마가 종종 우리에게 선사했던 고요한 개안의 순간이다. 그리고 관객은 영화 후반에 이르러 이 비눗물의 춤과 대구를 이루는 파도의 이미지와 마주치게 될 것이다. 마침내 조심스레

시간의 조형

고개를 든 카메라는 마당 청소를 마무리 짓는 클레오를 시야에 담고 한동안 놓아주지 않는다. 화장실에 다녀오기를 문밖에서 기다려서 집 안으로 따라 들어가고, 방을 치우며 빨래를 모으고 하굣길 아이를 데리러 가는 클레오의 일과를 지켜본다. 좁은 별채에서 동료 가정부와 기거하는 클레오는 고용주 가족, 특히 어린 4남매를 사랑하고 아이들도 클레오의 품을 파고든다. 〈로마〉는 확신에 찬 느린 호흡으로 관객을 클레오의 세계로 데려간다. 『잃어버린 시간을 찾아서』를 읽을 때처럼 과거와 기억은 알아차릴 수 없을 만큼 조금씩 발끝부터 적시며 차올라 어느새 사방을 둘러싼다.

　　〈로마〉는 알폰소 쿠아론의 자전적 영화다. 극 중 클레오의 고용주 가정의 모델은 감독이 기억하는 당시 쿠아론가※다. 제작진은 감독이 실제로 살았던 근방에 집을 빌려 기억에 의거해 실내를 디자인했고 감독의 가족들은 가구며 사용했던 물건들을 소품으로 보탰다고 한다. 심지어 캐스팅에서도 모델이 된 인물과 닮은 후보를 찾았다. 그럼에도 〈로마〉는 4남매 중 누가 어린 시절의 쿠아론 감독인지 명시하지 않는다(전생에 뱃사람이었다고 말하는 문학적 자질이 다분한 소년이 알폰소 쿠아론이 아니었을까 짐작할 따름이다). 네 아이는 클레오를 둘러싼 '사람들' 중 한 명으로서 공평하게 흐릿하다. 요컨대 〈로마〉는 지극히 내밀한 자전적 회고이면서도 영화의 관점을 자신이 아닌 다른 인물에게 전적으로 부여한 희귀한 경우다. 말하자면 2인칭 시점의 회고다. 이로써 〈로마〉는 자전적 예술이 빠지기 쉬운 자아도취의 웅덩이 근처에도 가지 않는다. 그렇다면 클레오는 누구인가? 삶에서 몹시도 중요한 일을 나에게 해주었으나 그것을 내가 당연하다고 여겼던 사람이다. 〈로마〉는 그런 이에게 쓰는 늦은 러브레터다.

알폰소 쿠아론은 〈칠드런 오브 맨〉(2006)을 마무리한 시점에, 생후 9개월부터 본인을 키우고 가족을 돌본 여성 리보에 대한 영화를 만들기로 결심했다. 〈로마〉는 감독의 유년기를 재현한 영화지만 1인칭 회고록이 아니다. 누군가를 깊이 사랑하고 사랑받았지만 어렸기에 그 사랑을 당연시했고 그를 나의 필요를 채워주는 편한 존재로만 바라보았던 아이가 중년의 예술가로 성장해 예술의 힘으로 시간을 건너고 "그때 미처 보지 못했던 당신의 모습"을 재현하려는 경건한 시도다. 감독의 전작 대부분을 찍은 파트너 에마누엘 루베스키 촬영감독이 막판에 스케줄이 겹쳐 하차했다지만, 〈로마〉는 쿠아론이 직접 촬영했다는 사실이 마땅하다 못해 필수적인 작품으로 보인다(쿠아론은 각본, 공동 편집, 제작을 맡았고 갈로 올리바레스 촬영기사의 도움을 받았다. 루베스키를 대체할 촬영감독을 고려했으나 이 영화는 모국어로 소통하는 것이 절대적으로 필요한 프로젝트라고 판단해 스스로 카메라를 들었다). 〈로마〉에서 감독 본인은 캐릭터가 아니라 카메라의 시선으로 현존한다. 오십대의 쿠아론은 어린 자신이 몰랐던 클레오의 휴일과 일을 마친 다음의 밤 시간, 말하지 못한 슬픔을 지켜본다. 논리적 귀결로 〈로마〉는 노스탤지어를 부르는 고전적인 필름 룩을 배제하고, 알렉사 65밀리의 쨍하고 샤프한 '2010년대스러운' 디지털 흑백 이미지를 선택했다. 색 보정 후반작업 역시 같은 노선을 취했다. 요컨대 〈로마〉는 현재의 태도로 기억하는 과거다. 쿠아론은 지혜롭게도 시각적으로 감상과 주관을 멀리하는 동시에 극사실적 사운드 믹싱으로 몰입을

시간의 조형

유도한다. 프레임 안에선 보이지 않는 시간 여행자 쿠아론을 대신하듯, 극 중 소년이 "내가 늙었을 때 뱃사람이었어. 그런데 큰 파도에 휩쓸렸어"라는 예언처럼 알쏭달쏭한 말을 클레오에게 던진다. 〈로마〉의 쿠아론은 시곗바늘을 되감는다. 전작 〈해리 포터와 아즈카반의 죄수〉(2004)의 마녀 헤르미온느처럼.

　　　　〈로마〉의 한 대목에서 클레오는 아이들이 위험에 처하자 헤엄도 칠 줄 모르면서 바다로 감연히 걸어 들어간다. 간신히 두 아이를 건져 모래사장으로 나온 클레오를 자신의 네 아이와 얼싸안은 소피아(마리나 데 타비라)는 "우리는 너를 아주 많이 사랑해"라고 속삭인다. 적잖은 관객은 〈로마〉가 중산층 백인 남성 예술가가 유색인 노동자를, 계급적 갈등과 개인적 욕망을 사상한 채 아낌없이 주는 성자로 미화한 영화가 아닐까 의심한다. 유효한 지적이지만 클레오를 오직 억압의 대상으로 그리는 것이 노동자의 삶을 가장 존중하는 태도라고 확신할 수도 없다. 적어도 쿠아론은 가족이면서도 가족이 아닌 1970년대 멕시코 가내 노동자의 모호한 지위를 냉정히 묘사한다. 클레오는 가사노동뿐 아니라 4남매에게 부모가 해야 할 일도 대신 해준다. 아침이면 노래를 불러 깨우고 밤에는 사랑한다 말하며 재운다. 소피아와 그의 어머니 테레사 역시 클레오가 임신한 사실을 털어놓자 두말없이 검진과 출산 준비를 돕는다.

　　　　동시에 현재의 눈으로 과거를 돌아보는 〈로마〉는 계층 사이의 엄연한 벽도 못지않게 보여준다. TV를 보는 주인 가족에게 간식을 가져다준 클레오는 자연스레 거실 바닥에 앉아 함께 쇼를 시청하며 웃지만, 남편의 차를 준비하라는 소피아의 지시에 곧장 일어선다. 클레오를 산부인과에 데려간 테레사는 원무과 직원의 물음에 클레오의 생일도 나이도 대답하지 못한다. 같은 병원의 의사로 근무하는 고용주 안토니오는 클레오를 격려하지만 막상 분만실까지 동석하겠느냐는 동료 의사의 제의에는 뒷걸음친다. 남편의 외도로 홀로 남겨진 소피아와 애인에게 버림받은 클레오는 무책임한 남자들 곁의 빈자리에서 아이를 지키는 입장을 공유하고 교감한다. 그러나 계급과 문화 차이로 말미암아 두 여자가 터놓고 대화하는 상황은 오지 않는다.

자전적 영화는 대개 감독의 커리어 초기에 만들어진다. 명성을 굳힌 감독이라도 〈로마〉처럼 사적인 프로젝트는 저예산 예술영화의 조건으로 제작하는 것이 보통이다. 그런데 〈로마〉는 거대한 수익과 오스카 수상을 포함한 비평적 성과를 올린 〈그래비티〉(2013) 다음에 만든 영화다. 그러니까 감독이 동원할 수 있는 자본과 자원이 정점을 친 시점에 제작한 셈이다. 블록버스터급은 아니지만 영화인으로서 축적한 역량과 신용도를 최대로 활용한 〈로마〉는 이례적으로 큰 예산과 인력이 투여된 자전적 영화다. 일단 쿠아론은 〈로마〉를 어떤 전작보다 오래 찍었고 배우들에게 당일 촬영분 시나리오만 제공하면서 시간 순서대로 촬영하길 고집했다.

〈칠드런 오브 맨〉〈그래비티〉〈이투마마〉 등 쿠아론의 영화에는 파가니니의 카덴차처럼 입이 떡 벌어지는 영화적 기교를 전시하는 장면이 있다. 하지만 〈로마〉의 촬영과 블로킹, 미장센과 후반작업에 투여된 명인적 기교는 너무나 빈번하고 은근해서 '가진 자의 여유'라고밖에 표현할 길이 없다. 예컨대 머릿속에 집의 평면도를 그릴 수 있을 만큼 선명한 공간 연출이 아니었다면, 가족을 등진 아버지 안토니오가 책장을 빼낸 다음 이어지는 거실 숏에 식구들과 동시에 관객이 시각적 충격을 받을 수는 없었을 터다. 안토니오의 마초적 자아를 대변하는 대형 세단의 극적인 쓰임새, 부모의 긴장을 무의식적으로 감지한 아이들이 깨뜨리는 유리창, 요가 달인의 자세를 유일하게 수월히 따라하는 클레오의 평정은, 가장 작은 단면으로 큰 이야기를 전하는 영화적 제유법의 사례다.

입이 떡 벌어지는 무빙 롱테이크는 쿠아론 영화에서 예삿일이다. 다만 〈로마〉에서 그것들은 항상 정의하기 어려운 깊은 감흥으로 마무리된다. 식구들의 잠자리 시중을 마치고 1층으로 내려와 전깃불을 하나씩 끄는 클레오를 따라가는 360도 패닝숏은 스위치를 다 내린 후에야 자기 목을 축일 물을 뜨는 그의 이미지로 끝난다. 이어 영화는 전기를 아끼기 위해 촛불만 밝힌 가정부 숙소로 건너간다. 잘 구성된 노래를 듣는 듯한 흐름이다. 〈할리우드 리포터〉의 〈비하인드 더 스크린〉 팟캐스트 인터뷰에서 알폰소 쿠아론 감독은 〈로마〉를 연출하는 동안 "모든 프레임은 한 치 한 치 정보로 가득 차 있어야 한다"는, 완벽주의 풍경 사진가 앤설 애덤스의 방법론을 염두에 뒀다고 밝혔다. 과연 쿠아론은 정사진필름 중 한 장면만 골라내어 현상한 사진에 관한 애덤스의 명제를 움직이는 카메라와 피사체를 갖고 수행한다. 지진과 화재, 대규모 시위 장면이 등장하는 〈로마〉에는 어떤 전쟁영화 못지않게 많은 군중 신이 들어 있다. 브뤼헐의 풍속화를 방불케 하는 크리스마스 시퀀스는 프레스코 벽화 같은 스펙터클 안에서 인물들의 동선을 달리해 계급의 구분을 드러낸다. 임신 사실을 알고 도망간 애인을 클레오가 찾아간 장면의 벌판에는 알바레스 대통령의 공적을 찬양하는 선전이 울려 퍼지는 가운데 가난한 사람들이 오간다. 이 복잡한 광경 뒤로 무엇을 기념하는지 모를 대포가 발사된다. 클레오의 동선을 따르는 관객의 시선과 원경의 대포가 스크린에서 교차할 즈음 정확히 포탄이 발사된다. 앞서 묘사한 바다 장면의 기나긴 테이크에서는 온 가족이 포옹하는 순간 오차 없이 정수리 뒤에서 햇살이 부서진다. 마법 같은 숏들이다. 꼼꼼히 준비한 조명과 블로킹으로 수십 테이크를 거치기도 했으나, 쿠아론은 후반작업에서 모든 레이어의 노출을 조정했고 로토스코핑부분적으로 다른 테이크의 요소를 집어넣는 기법도 마다하지 않았다 (앤설 애덤스는 사진은 찍는 것이 아니라 만드는 것이라는 말도 남겼다). 〈로마〉는 1970년대 초 멕시코 사회의 격동을 직시하되 클레오가 체감한 만큼 프레임 안에 들인다. 우리는 감히 그릴 수 없는 두려운 부피의 이야기를 4:3 비율의 좁은 프레임이라는 스스로 부여한 시각적 한계에서 서술한 〈엘리펀트〉와 〈사울의 아들〉을 알고 있다. 반대로 내밀한 스토리를 와이드스크린에 펼친 작품들도. 거기에 관점의 전환이나 역설이 있다면 〈로마〉는 훌륭한 협주곡처럼 오케스트라로 독주를 휘감는다.

알폰소 쿠아론은 기예르모 델 토로, 알레한드로 곤살레스 이냐리투 감독과 묶여 '쓰리 아미고3 amigos'로 불린다. 이들은 단순히 국적으로 묶인 삼총사가 아니라 실제로 영화 만드는 과정을 공유하고 조언하며 때로 협업까지 하는 동지다. 그러나 〈로마〉의 시나리오에 관해 쿠아론은 델 토로와 이냐리투의 의견을 구하지 않았다고 한다. 이 영화만큼은 즉자적 기억과 직관이 지배해야 한다는 판단에서였다. 심지어 촬영 도중에 떠오른 본인의 즉흥적 아이디어도 배제했다. 같은 맥락에서 〈로마〉에는 감독이 의도한 영화사적 레퍼런스도 없다. 결과적으로 〈로마〉를 가득 채운 것은 흥미롭게도 우리가 이미 쿠아론의 전작에서 본 이미지들의 '본체'다. 메아리를 먼저 듣고 근원을 뒤늦게 만나는 형국이다. 〈이투마마〉(2001)에는 테녹(디에고 루나)에게 샌드위치를 가져다주며 친근하게 머리를 쓰다듬어주는 가정부 아주머니가 있다. 훌리오(가엘 가르시아 베르날)는 좌파 운동권 누나의 시위를 돕기로 하고 차를 빌리는데, 누나는 〈로마〉에 나오는 1971년 코르푸스 크리스티 학살 현장^{가톨릭의}_{성체 성혈 대축일에 경찰이 멕시코시티의 반정부 시위대에 발포해 120명이 사망한 사건}에도 있었을 법한 젊은이다. 같은 영화 속 해변 피크닉 장면은 〈로마〉의 후반 여행 신과 포개진다. 〈로마〉의 가족이 관람하는 〈우주탈출〉은 물론이고, 크리스마스에 우주복을 입고 뛰어노는 소년의 이미지 역시 〈그래비티〉의 태동을 보여준다. 해리 포터 팬이라면, 크람푸스의 탈을 벗고 노래하는 남자의 모습에서 〈해리 포터와 아즈카반의 죄수〉 속 베오울프를 발견할지도 모른다. 시위가 학살로 변한 아수라장을 뚫고 클레오가 아기를 낳으러 가는 대목은 〈칠드런 오브 맨〉의 군중 신을 자연히 연상시킨다. 이때 클레오는 피에타상의 포즈로 주저앉아 도움을 호소하는 두 남녀를 스쳐간다. 나아가 〈칠드런 오브 맨〉에서 실현된 신생아 구조 내러티브는, 클레오와 아기를 돕지 못한 쿠아론 감독의 상상 속 소원 성취가 아니었을까 하는 짐작까지 하게 된다.

그리고 〈로마〉에는 거대하고 중대한—자신들이 그렇다고 믿는—가치를 찾아 떠난 남자들과 그 뒤에 남아 아이들을 껴안고 있는 여자들이 있다. 소피아의 남편 안토니오는 가족보다 평생의 사랑을 선택하고 클레오의 애인 페르민은 무술이 상징하는 초월적 파워를 익혀 '큰일'을 하겠다고 애인의 임신을 부정하며 도망친다(추정하건대 페르민은 CIA 개입설이 있는 알바레스 정권 호위단이자 우익 무장단체 로스 알코네스의 일원이 된다). 돌아보면 쿠아론은 지금까지 성적 환상, 세계의 구원, 초월적인 가치를 지향하는 모험을 영화로 아름답게 그렸다.

〈로마〉는 그 모든 것을 포함하되 작게 줄이거나 가장자리로 밀어둔다. 이는 부정의 제스처와는 다르다. 다만 이번만큼은 정치운동가도, 마법사도, 창공의 육중한 비행기도 주인공이 아니다. 쿠아론은 모든 진보와 각성이 궁극적으로 무엇을 위한 것인지, 그것을 즉각적으로 체험하게 해주었던 노동의 손길을 환기시킨다. 땅바닥에서 시작한 〈로마〉는 올려다본 하늘의 이미지로 끝난다. 여행을 마친 클레오는 빨랫감을 들고 한 발 한 발 철제 계단을 올라 옥상으로 사라진다. 소박한 승천이다. 〈로마〉의 맺음말이 서구 문명의 폐허를 돌아본 T. S. 엘리엇의 긴 서사시 「황무지」의 마지막 구절인 것은 당연해 보인다. 샨티 샨티 샨티. 2018. 12.

악행의 자서전

아이리시맨 The Irishman
감독 마틴 스코세이지, 2019

"〈아이리시맨〉은 절정에서 오히려 호흡이 느려진다.
느림은 행위에 대한 생각을 낳고
생각은 비애로 이어진다."

　　　고해성사를 해야 할 것 같다. 〈아이리시맨〉 시사를 보러
가는 길에 내게는 여러 의구심이 있었다. 마틴 스코세이지 감독이
만드는, 범죄로 뼈가 굵고 삭은 남자들의 이야기가 과연 한 편 더
필요할까? 이것은 넷플릭스가 아메리칸 시네마를 대표하는 거인
과 손잡고 기념비 하나 세우려는 프로젝트 아닐까? 209분이라는
러닝타임 가운데에는 혹시 대작에 값하는 몸 불리기용 시간이 없
을까? 그리고, 인물의 젊은 시절을 그리는 데에 제 나이의 배우에
게 기회를 주면 될 일이지 구태여 후반작업에 거액을 들여 노년 배
우들을 디지털 회춘시키는 것은 테크놀로지 발전이 낳은 영화적
낭비 아닐까? 마지막으로 나는 영화보다 먼저 지치지 않고 집중
력을 유지할 수 있을까? 결과는 항복과 반성이었다. 〈아이리시맨〉
은 다른 누구도 아닌 〈비열한 거리〉(1973)와 〈좋은 친구들〉(1990)과
〈카지노〉(1995)를 만든 감독이 유작인 양 만들어야만 하는 영화였
다. 기념비를 위한 프로젝트가 아니라 기념비적인 영화였고, 209분

은 정당할뿐더러—좋은 음악이 그러하듯—한자리에 앉아 단숨에 겪어야 가장 짧고 매끄러운 시간이었다. 비슷한 이유로 프랭크 시런(로버트 드니로)과 러셀 버팔리노(조 페시)의 삼십대부터 팔십대는 관객이 보는 앞에서 한 배우의 얼굴 위에 퇴적되어야 했다. 스코세이지의 선택은 정확했다. 영화가 테이블을 차리는 첫 40분은 의식적 주의를 요했지만 대략 세 번째 주인공 지미 호파(알 파치노)가 이야기에 입장한 다음부터 나는 전신을 내맡긴 자동 비행모드에 진입했다. 등을 받쳐주는 감독의 믿을 만한 손을 느끼며.

마틴 스코세이지는 제목이 마음에 들지 않았던 걸까? 〈아이리시맨〉은 희한하게도 제목을 스크린에 띄우지 않는 영화다. 대신 도입부에 찰스 브랜트의 원작 논픽션 제목을 큼직한 서체의 타이틀 카드 여러 컷으로 나눠 망치질하듯 때려 박는다. "자네가 집을 칠한다고 들었네만(I Heard You Paint Houses)"이라는 원작의 타이틀은, 살인으로 벽에 피 칠갑한다는 의미이고, 전화로 처음 대면한 지미가 프랭크에게 건네는 인사이기도 하다(이에 프랭크는 "목수 일도 합니다"라고 덧붙인다). 동기나 목적을 되묻지 않는 일의 제의로 점철된 인생을 대변하는 것 같기도 하다. 제2차 세계대전에서 살아 돌아온 아일랜드계 미국인 프랭크 시런은 펜실베이니아에서 정육 운송 트럭 기사로 일하며 일명 뒷고기를 빼돌리다가 지역 범죄 조직을 굴리는 러셀 버팔리노의 눈에 든다. 프랭크가 참전 중 배운 이탈리아어는 둘을 부쩍 친근하게 만든다. 살인을 포함한 마피아 활동에 투신한 프랭크의 명분은 가족을 지키고 부양한다는 것이다. 러셀은 오래지 않아 당대를 호령하던 전미운

시간의 조형

수노조 대표 지미 호파의 수행원 자리에 프랭크를 천거한다. 노조에 애착과 독점욕이 깊은 지미 호파는 세력 강화를 위해 조합의 기금을 마피아 사업 자금으로 돌려주고 공생해온 터다. '패튼 장군'이란 별명을 가진 지미는 프랭크에게 흡족한 상사다. 둘의 관계 발전은 두 번의 취침 신으로 요약된다. 수행 초기 스위트룸에 딸린 거실 소파를 배정받았던 프랭크는 수년 후 트윈 베드룸에서 노부부처럼 지미와 사업을 의논하며 잠든다. 나아가 지미 호파 부부는 프랭크 가족과 친교를 쌓는다. 그러나 케네디 정부의 '배신'과 팀스터스(트럭 노조) 내부 라이벌의 도전은 지미를 막다른 골목으로 몰아간다. 지미의 측근이자 마피아 일원으로 승승장구해온 프랭크는 자기에게 떨어진 모순된 요구에 당황한다. 영화의 마지막 60분을 남겨둔 이 지점부터 〈아이리시맨〉은, 둔기로 머리를 얻어맞은 사람처럼 속도를 떨어뜨린다.

50년에 걸친 프랭크의 이야기를 시나리오작가 스티븐 자일리언은 세 가닥의 타임라인으로 각색했다. 첫째는 요양소의 노쇠한 프랭크가 과거를 회고하는 현재시제로서, 〈좋은 친구들〉의 오프닝을 연상시키는 롱테이크 트래킹숏으로 열린다. 배우의 팬이라면 아편에 취한 드니로의 회상에서 꼬리를 무는 세르조 레오네의 〈원스 어폰 어 타임 인 아메리카〉(1984)를 먼저 추억할 것이다. 두 번째 타임라인은 프랭크와 지미의 치명적인 사건을 포함한 1975년의 디트로이트행 자동차 여행이며 여기에는 〈대부2〉에 보내는 인사처럼 보이는 알 파치노의 호수 신이 등장한다. 세 번째 타임라인은 러셀과 동반한 여정 곳곳에서 프랭크가 조각조각 상기하는 1950년대 이후 1975년까지의 대과거다. 3번 시간대가 2번 시간대를 따라잡는 순간부터 스코세이지와 셀마 슌메이커 편집자는 고통스럽게 시간을 잡아 늘리기 시작한다. 내내 직진하던 프랭크에게 시간은, 러셀과 지미 사이에서 물리적으로 왕복하는 1975년의 그날부터 견뎌야 할 형벌로 변한다.

그러나 스코세이지가 엘레지를 바치는 대상은 프랭크 시런이라는 실패한 사내 개인이 아니다. 아니, 프랭크뿐 아니라 그 누구의 운명도 〈아이리시맨〉에서 서스펜스를 자아내지 않는다. 스코세이지는 실존했던 갱이 마초적 허세를 부리며 프레임에 입장할 때마다 영화를 멈추고 그가 어디서 어떻게 죽었는지 글로 묘비명을 새기듯 주석을 단다. 이 무시무시한 남자들은 모두 시시하게 죽을 것이다. 〈아이리시맨〉의 영화적 클라이맥스는 엄밀히 말해 외적 서사의 절정과 일치하지 않는다. 프랭크와 지미를 위시한 마피아들이 피살되거나 징역을 산 계기는 프랭크를 파괴한 사건과 별개다. 그들을 개펄에 남겨진 폐선과 같은 존재로 만든 것은 시대의 썰물이다. 영화의 2막까지 스코세이지 갱스터의 유려한 집대성으로 보였던 〈아이리시맨〉은, 〈카지노〉까지 스코세이지가 받았던 폭력과 독소적 남성성을 은연중에 미화한다는 비판을 숙고한 대답으로 판명된다. 스코세이지가 준비한 만찬은 〈좋은 친구들〉의 홈커밍데이 파티가 아니라 참절한 해단식이다.

영화 개봉 당시 로버트 드니로와 조 페시는 76세, 알 파치노는 79세였다. 한 인물의 삼십대부터 팔십대까지를 칠십대 배우가 연기할 수 있도록 뒷받침하는 〈아이리시맨〉의 디지털 디에이징 효과는 얼굴에 국한된다. 당연히도 마틴 스코세이지 감독은 배우들이 얼굴에 모션캡처사물에 센서를 달아 그 움직임 정보를 영상에 재현하는 기술로, 이때 대상에 부착한 마커를 통해 데이터를 영상에 표현한다 촬영용 마커를 잔뜩 붙이고 연기하는 상황을 바라지 않았고 〈아이리시맨〉의 테크놀로지는 '디지털 메이크업'에 가깝다. 하지만 〈캡틴 마블〉에서 젊은 닉 퓨리를 연기한 새뮤얼 L. 잭슨이 보여준 대로 신체의 움직임을 젊게 고치기는 어렵다. 물리치료사까지 참여했다지만, 달리고 던지고 때리는 〈아이리시맨〉 배우들의 동작은 어쩔 수 없이 무겁다. 감독 역시 예상한 바일 테고, 촬영과 편집으로 이를 가리려는 시도도 보이지 않는다. 그런데 이 애처로운 어긋남은 뜻밖의 멜랑콜리를 자아낸다. 수십 년 전 갱스터영화의 대표작에서 위협적 캐릭터를 연기한 배우들이, 디지털 분장을 하고 혈기왕성한 범죄자를 재연하지만 영 뜻대로 되지 않는 모습 자체가, 패자의 회고록 같은 이 영화에 어울려버리고 만다.

　　게다가 〈아이리시맨〉은 노쇠한 프랭크의 기억이다. 진술 내용과 엇나가는 듯한 움직임은 현재 늙은 신체의 감각이 스며든 결과처럼 보이기까지 한다. 〈아이리시맨〉에서 내게 가장 인상적인 연기는 스테레오타입을 역전시킨 조 페시와 지미 호파에게 도전하는 전미운수노조 지부장 토니 프로 역할의 스티븐 그레이엄이다. 그래도 알 파치노를 언급하지 않을 수 없다. 그는 이번에도 웅변을 즐기는 외골수를 연기하지만 오버액팅으로 보이진 않는다. 지미 호파가 워낙 거물이기도 하지만 시나리오와 연출이 배우의 스케일을 잘 파악해서다. 알 파치노가 다른 사람들의 행동에 터지는 분통을 다스리려 애쓰는 모습은 〈아이리시맨〉 최고의 코미디다.

마피아 러셀 버팔리노 아래에서 일하게 된 프랭크는 처음으로 권총을 써서 '수금'에 성공하고 귀가한다. 폭력의 여운에 젖은 프랭크는 낮에 식료품점 주인이 둘째 딸 페기를 밀쳤다는 말을 듣자 페기의 손을 끌고 가게로 쳐들어간다. 그리고 딸이 보는 앞에서 주인을 보도로 끌고 나와 짓밟는다. "우리 가족은 아빠가 지킨다"가 프랭크가 의도한 메시지였지만, 경악한 행인들과 비슷한 거리에서 폭행 현장을 지켜보는 카메라는 딴판인 진실을 전한다(이 신에는 얼어붙은 페기의 클로즈업 숏이 한 컷 삽입돼 있다). 이후 소녀는 적어도 영화 속에서 먼저 아빠에게 말을 걸지 않는다. 뒷날 페기는 프랭크의 새 상사인 지미 호파에게 열렬한 호감을 보이는데, 이는 공적으로 노동자의 대표로 알려진 지미 아저씨는 아빠나 러셀 삼촌과 달리 떳떳하고 의로운 사람이라고 믿어서다. 요컨대 지미를 향한 페기의 편애는, 아버지에 대한 수치심의 이면이다.

장편, 그것도 209분짜리 영화의 주인공으로서 프랭크는 특이한 인물이다. 영웅은커녕 안티히어로도 못 된다. 이 남자에겐 주변 인물과 비교해 주체적 의지라고 할 만한 것이 없다. 1949년부터 2000년까지를 커버하는 〈아이리시맨〉은 아이젠하워 시대의 호황, 케네디의 당선과 쿠바 미사일 위기, 워터게이트 등 굵직한 사건을 묘사한다. 프랭크는 노동조합과 폭력 조직의 다리 역할을 맡은 만큼 모든 사태의 중심에 상대적으로 가까이 있으면서도 의견이 없다. 줄기차게 TV 뉴스를 보고 신문을 읽지만 견해는 드러내지 않는다. 프랭크는 의지 없는 핀볼로서 역사 속을 돌아다닌다. 그는 언제부터 이랬을까? 영화 초반 제2차 세계대전 참전 시절 그가 상사의 명에 따라, 포로에게 구덩이를 파도록 시키고 사살해 곧장 떨

시간의 조형

어뜨리는 광경을 보여주는 플래시백은 희미한 힌트다.

〈좋은 친구들〉도 〈카지노〉도 암흑가 찬가는 아니었다. 그럼에도 스코세이지의 갱스터 전작에는, 물리력으로 서열화된 남성 사회의 질서가 가진 중독성을 감독이 깊이 이해한 나머지 폭력에 대한 도취를 낳는 대목이 있었다. 이 영화들을 돌아보는 관객은 압도적인 폭력의 스펙터클과 범죄의 섹시한 스릴부터 기억한다. 〈더 울프 오브 월스트리트〉가 창작자의 의도와 별개로 서민을 등친 사기꾼 금융인의 라이프스타일을 미화했다는 억울한 비난을 받은 것도 유사한 맥락이다. 전작들과 동일한 원소들로 구성됐으나 〈아이리시맨〉의 살인과 폭력은 투박하고 멋없다. 오페라적 장엄미 따위 없다. 어정어정 다가가 탕탕 총을 쏘면 덧없이 사람이 죽어나간다. 프랭크가 한 음식점에서 표적을 제거하고 나오는 과정은 조악하기까지 하다. 어린이들이 포함된 가족 식사 테이블에 총질을 하는 짓이 마피아 일의 실체임을 영화는 그대로 보여준다. 주인공 중 한 명의 죽음조차 영화적으로 특별 대접을 받지 않는다.

마틴 스코세이지는 최근 뉴욕 관객과의 대화에서 히치콕의 〈싸이코〉를 거듭해 볼수록 유명한 샤워 신 말고 평범한 장면의 프레이밍에서 '시네마틱함'을 발견한다고 말했다. 〈아이리시맨〉의 영화적 클라이맥스도 총격이 아닌 대화와 시선으로 이뤄진다. 스코세이지는 시간을 늦추고 인물의 관계를 연기와 블로킹으로 상술한다. 프랭크가 노조에서 공로를 인정받는 연회 시퀀스는 권력을 놓지 않으려는 지미 호파와 적대자들, 중간에 낀 프랭크, 그 모두를 염려스럽게 관전하는 페기의 시선으로 프레스코 벽화를 그린다. 여행 도중 프랭크에게 러셀이 조직의 결정을 통보하고 실행을 권고하는 긴 시퀀스도 마스터클래스다. 〈아이리시맨〉은 절정에서 오히려 호흡이 느려진다. 느림은 행위에 대한 생각을 낳고 생각은 비애로 이어진다.

〈아이리시맨〉은 종착점에서 기다리는 죽음과 회한의 인력으로 나아간다. 러닝타임의 마지막 한 시간은 〈순수의 시대〉(1993)와 〈사일런스〉(2016)가 짐작보다 이 영화와 가까이 있음을 깨닫게 한다. 프랭크는 모두가 살해당하거나 병들어 죽은 다음에도 살아남는다. 그의 삶에서 거대한 이름이던 지미 호파는 세상에서 잊히고 가족은 만남을 거부한다. 마틴 스코세이지는 프랭크를 동정하거나 구원하지 않음으로써 영화를 한 단계 위로 들어올린다. 프랭크는 인생이 어디서부터 잘못됐는지, 누구에게 무엇을 사과해야 좋을지 끝까지 알지 못한다. 아니 실패조차 정확히 인지하지 못하고 어리둥절한 채 체력과 지력을 잃어간다. 보호할 이들이 이미 없는데도 단지 관성으로 진실을 함구하는 노인은, 비스듬히 열린 문 사이로 죽음이 찾아와 '끝'을 명령해주기만 기다린다. 스코세이지는 거기 남자를 내버려둔다. 2019. 11.

시간의 조형

일주일, 하루, 한 시간

덩케르크 Dunkirk
감독 크리스토퍼 놀런, 2017

"〈덩케르크〉는 영화가 인간이 체험하는
시간의 양과 질을 '조작'할 수 있는 예술임을 입증한다."

1940년 프랑스. 40만의 연합군이 고립된 덩케르크 해안
은 수심이 얕아 구축함이 접근할 수 없었다. 작은 배들로 철수 군
인들을 깊은 물의 군함으로 실어 나르거나, 수평선을 향해 길게
뻗은 잔교 위에 병사들이 줄 서 있을 수밖에 없었다. 희박하나마
귀향의 확률을 높이려면 적군 폭격기 앞에 무방비하게 노출되기
를 감수해야 했다. 다닥다닥 붙어선 군인들로 가려진 잔교는 마치
인간들로 이뤄진 오작교 같다. 〈군함도〉에서도 극 중 생매장 위기
에 당면한 조선인 노동자들이 탈출을 위해 석탄 운반로를 줄줄이
타고 오른다. 둘 다 집으로 돌아가고자 하는 염원을 형상화한, 마
치 어깨가 빠지도록 뻗은 인간의 손 같은 구조물이다.

〈덩케르크〉를 좋아하지 않기란 불가능했다. 이유는 간
단하다. 여론조사라도 반영했나 싶을 정도로, 그동안 내 눈에 크
리스토퍼 놀런 영화의 약점으로 비친 요소를 죄다 걷어내고 놀런
이 잘하는 것에 집중한 영화이기 때문이다. 그동안 놀런의 영화는

감정과 캐릭터 조형에 서투르고 많은 경우 여성 인물을 어떻게 다룰지 모르는 것처럼 보였다. 또한 〈인셉션〉과 〈인터스텔라〉가 대표적으로 보여주듯 놀런이 시간을 재편하기 위해 도입한 트릭과 메커니즘, 과학 이론을 구구절절 해설하는 사용설명서 같은 대사를 수반했다. 그런데 놀랍게도 동생 조너선 놀런, 작가 데이비드 고이어가 손을 떼고 참전자 증언을 토대로 놀런이 시나리오를 쓴 〈덩케르크〉는 모든 불만을 동시에 해결한다.

어떻게? 첫째, 〈덩케르크〉는 캐릭터와 감정을 다루지 않는다. 병사 개인을 부각하지 않은 채 전쟁을 재현하는 이 영화 속 모든 인물은 사연이 드러나기는커녕 이름도 제대로 불리지 않는다. 가장 길게 스크린 타임을 차지하는 병사(핀 화이트헤드)의 이름이 토미라는 사실조차 엔딩크레딧을 읽어야 알 수 있다. 베트남전이건 제1차 세계대전이건 무릇 전쟁영화에는 참호나 모닥불을 둘러싸고 고향에 두고 온 애인에 관한 대화가 오가고 지갑 속 사진을 전우에게 보여준 다음, 엄마를 그리워하던 어린 병사의 산화로 이어지는 식의 시퀀스가 있기 마련인데 〈덩케르크〉는 예외다. 심지어 독일군의 얼굴이 한 번도 드러나지 않기에 반명제를 통해 인물의 속성을 가정할 길도 막혀 있다. 놀런 감독은 캐릭터의 배경이나 퍼스낼리티가 아니라 오직 영화 속에 인물이 처한 물리적 상황을 그려냄으로써 관객이 동일시의 근거를 찾도록 했다. 악인을 지켜보는 관객이 일시적으로 그가 발각되지 않기를 바라도록 숏을 붙여나간 히치콕이 놀런의 전범이다(〈덩케르크〉의 잔교 몹 신에는 〈북북서로 진로를 돌려라〉를 연상시키는 이미지도 있다). 물론 관객은 영국군 시점 영화 속 영국군을 자연히 편들게 되지만 영화

시간의 조형

는 그것 외의 명분이나 고귀함을 에필로그에 가까운 결말 전에는 말하지 않는다. 병사들은 아파서 울고 엄마를 찾고 자신만은 집에 가야 한다고 허우적거린다. 영국 전투기 파일럿도 작전에 필요한 말 이외의 비장한 멘트는 한마디도 하지 않는다. 유일하게 '덩케르크 정신'을 대사로 표현하는 인물은 개인 소유 요트로 구조에 자원한 도슨(마크 라일런스)인데 그는 전쟁 후방에 속하는 사람이다. 둘째, 〈덩케르크〉의 풍경에는 놀런이 잘 형상화하지 못하는 여성이 없다시피 하다. 간호장교와 구조선을 몰고 온 민간인 여성 한 명 정도가 전부다. 벡델 테스트에 응시도 못 할 수준이지만, 이는 실제 1941년 5월 26일부터 열흘간 덩케르크에 여성이 드물었기 때문이라는 정당화가 가능하다. 셋째, 이것이 영화적 아름다움과 가장 깊이 관련돼 있는데, 〈덩케르크〉에는 주석이 없다. 놀런 특유의 시간 재편 방정식에 관한 각주가 없고 그냥 영화를 체험하면 된다. 다시 말해 〈메멘토〉의 단기기억상실증, 〈인셉션〉의 꿈의 중층 속으로 침투하는 기술, 〈인터스텔라〉의 5차원과 우주의 시차가 영화 안에 도입된 메커니즘이라면 〈덩케르크〉에서는 '잔교-일주일' '바다-하루' '하늘-한 시간'의 세 시점을 엮어놓은 영화의 구성 자체가 시간의 상대성을 입증한다. 영화의 몸통이 곧 상대적 시간 체험을 가능케 하는 투명한 기계인 셈이다. 따로 진행되던 시간 차원과 인물들이 클라이맥스에서 한데 모여 매듭지어지는 양상을 보였던 전작과 달리 〈덩케르크〉의 육해공 차원은 잠깐 한 점으로 수렴했다가 다시 각각의 궤도로 발산한다. 다만 그들이 재현하는 리얼리티는 하나다. 〈라쇼몽〉과 같은 증인에 따라 다른 진실은 없다. 요컨대 〈덩케르크〉의 인물은 질보다 양이 중요하고, 시간의 중층 구조도 그것이 끝내 드러내는 어떤 비밀이 아니라 병치 자체가 주제다. 탈출하는 육군의 덩케르크, 자발적으로 병사들을 구하러 온 시민의 덩케르크, 치하받지 못했으나 의무를 다한 공군의 덩케르크가 영화에서 동등하다. 실제 역사를 재현한 〈덩케르크〉의 시간 실험은, 지금까지 놀런 영화를 지칭해온 퍼즐, 게임, 클리닉이라는 이름과 어울리지 않는다. 일단 세 시간대의 교직을 구체적으로 파악하지 못해도 영화의 전체 상황을 따라갈 수 있다. 관객이 영화를 보는 동안 '계산'을 해야 했던 부담이 사라졌다. 한편 시간대의 재현을 예민하게 따라가는 관객에게 〈덩케르크〉는, 영화가 궁극의 타임머신이고 인간이 체험하는 시간의 양과 질을 '조작'할 수 있는 예술임을 입증하는 역사상 가장 값비싼 실험이다. 동시에 제일 순수한 형태로 증류된 놀런 영화일 것이다.

　　〈덩케르크〉 언론 시사는 대형 아이맥스 레이저 상영관에서 열렸다. 돌아오는 길에 결심한 대로—안 했대도 매진이라 별수 없었지만—평범한 상영관에서 2차 관람을 했다. 주요 목적은 세 타임라인을 놀런이 어떻게 땋았는지 좀더 파악하는 것이었다. 영화를 시작하는 7분가량의 '잔교-일주일' 단락에서 〈덩케르크〉는 전황을 설명하는 텍스트를 도입부에 넣는데 그 방식이 특이하다. 이 설명은 이상하게도 읽기 힘들 만큼 빠르게 깜박이며 한 줄씩 늘어난다. "적군은 영국, 프랑스군을 밀어냈다" "적군은 영국, 프랑스군을 해변으로 밀어냈다. 영국군은 해변에 갇혔다" "적군은 영국, 프랑스군을 해변으로 밀어냈다. 영국군은 해변에 갇혀 구출을 기다린다" 이런 식이다. 다시 보니 이 자막은, 덩케르크를 탈출하는 병사들이 보내는 일주일, 그중 영국 민간 선박들이 구조에 나서는 하루, 그 하루 가운데 공군 삼각편대가 엄호하는 한 시간이 중첩될 영화의 구성을 예고하는 막대그래프 같다.

놀런 감독이 지상군의 시간으로 설정한 일주일은 5월 29일부터 처칠이 성명을 발표한 6월 4일까지로 추정된다. 이중 두 번째 시간대인 도슨의 문스톤호가 출항했다 돌아오기까지 하루는 엿새째인 6월 3일이 아닌가 싶다. 그리고 파리어(톰 하디)와 콜린스(잭 로던)가 스피트파이어를 타고 삼각편대로 출격해 불시착하기까지 한 시간은 6월 3일 오후 3시부터로 추정된다. 최초로 세 시간대가 소개되는 길이도 차이가 난다. 덩케르크의 지상 상황이 약 7분, 도싯에서 도슨이 출항하는 장면이 1분 남짓, 스피트파이어 편대의 소개가 20여 초다. 세 갈래의 시간은 영화 내내 교직되는데, 소제목의 예고에도 불구하고 관객은 육해공 상황이 동시진행 중인 것으로 착각한다. 그러다 날씨가 너무 변덕스럽다고 느끼게 되고 마침내 45분 무렵 킬리언 머피가 연기하는 U보트에 격침된 생존자가 연이은 장면에서 현재—과거가 뒤바뀌어 등장할 때에야 우리는 편집의 규칙을 감지한다. 관객이 뒤늦게야 깨닫는 까닭이 몇 가지 있다. 168:24:1의 길이를 가진 세 시간대를 106분 러닝타임 안에 왈츠를 추듯 오가며 재현하려면 필연적으로 차등화된 시간 생략이 필요하다. 즉, 육상 파트에서 시간의 점프가 가장 크고 공중 파트는 실시간에 가깝게 그려진다. 그런데 〈덩케르크〉의 편집은 시간의 비약을 교묘하게 가린다. 말하자면 '날짜 변경선'은 은폐돼 있고, 다른 날, 다른 시각에 세 곳에서 일어난 비슷한 사고가 매치컷유사점이 있는 두 쇼트를 이어 붙이는 편집 방식된다. 이를테면 토미와 전우들이 탈출을 위해 탄 어선에 물이 새어 들어올 때 추락한 스피트파이어 전투기의 조종실도 침수되고, 영국 민간 선박이 덩케르크 해안에 접근하는 가운데 먼 바다에 있는 도슨이 키를 잡고 있는 모습이 끼어든다. 물론 음악도 이음매를 덮는 데 한몫한다. 결국 편집된 하나의 시퀀스 단위에서는 시간이 단속 없이 흐른다는 착시가 가능해진다. 이는 어쩌면 영화의 주제에 봉사한다. 덩케르크 해안에 있었던 사람들은 다른 순간에 같은 체험을 했다. 전쟁의 달력은 어제와 그제의 경계가 불분명하고 내일과 모레는 비슷하게 아득할 것이다. 만약 〈덩케르크〉가 같은 이야기를 단일한 타임라인으로 그리며 중반 이후 민간 선박을 등장시키고 클라이맥스에 접근해서야 공중전을 넣었다면, 인물들의 체험은 지금처럼 동등한 무게를 갖지 못했을 것이다.

기실 〈덩케르크〉의 줄거리를 쓰는 데에는 두 줄도 필요 없다. 앞서 적은 대로 캐릭터와 드라마로 이루어지는 통상적 의미의 스토리는 없다시피 하다. 대신 지상, 해상, 공중에서 흘러가는 세 타임라인의 시점과 시선의 교차 대비가 내적 서사를 만든다. 이를테면 우리는 스피트파이어 조종사 두 사람이 교환하는 (동일한) 수신호를 공중과 해상에서 두 차례 보게 되는데 두 번째에는 앞선 안심이 착각이었음을 발견한다. 겁에 질려 전장으로 돌아가길 격렬히 거부하는 군인(킬리언 머피)은, 며칠 (혹은 몇 시간) 전 물에 빠진 병사들에게 헤엄쳐서 해안으로 돌아가라고 냉철하게 지시하는 상관이었다. 영화는 이처럼 상반된 두 이미지를 주석 없이 그냥 연달아 던진다. 한편 〈덩케르크〉는 데이비드 보드웰 같은 영

　　　　　　　　　시간의 조형

화학자가 장면 지속시간과 더불어 이미지 배열의 패턴을 도해할 법하다. 가장 많은 인물이 등장하는 '잔교' 편의 숏이 제일 넓고, '해상' 편은 요트 내부에, '공중' 편은 좁은 전투기 조종석에 갇혀 있다. 한편 땅과 바다, 공중에 자리한 극 중 인물의 시야의 깊이는 부등호가 반대로 그려진다.

전쟁의 의의를 말로 논하는 것은 영화 말미에 등장하는 (얼굴 없는) 처칠의 목소리뿐이다. "설명하지 말고 보여줘라"라는 격언은 〈덩케르크〉가 감상성을 피한 방법이다. 흥분을 가라앉히고 돌아보면 이 영화는 여느 전쟁영화 못지않은 많은 비탄과 영웅적 에피소드를 포함하고 있다. 프랑스 병사 (가명) 깁슨(어나이린 바너드)은 살기 위해 영국군으로 위장했지만 배가 어뢰를 맞자 반사적으로 해치를 열어 다수의 영국군 목숨을 구한다. 그리고 나중에 정체가 밝혀지자 사지로 떠밀린다. 문스톤호가 기름 뜬 바다에서 병사들을 구조하고 불가피한 순간 기수를 꺾을 때 요트 뒤쪽에서는 남은 군인들이 화염에 휩싸여 허우적거린다. 문스톤호 안에서 전쟁과 무관하게 벌어지는 어이없는 희생은, 혼란 중 분별을 잃은 아군의 실수로 발생한 허망한 죽음도 전사戰死임을 말한다. 다만 크리스토퍼 놀런 감독은 이 일화들을 언어로 설명하거나 시간을 지체하며 강조하지 않은 채 난사한다. 〈덩케르크〉는 더할 나위 없이 리얼한 전쟁영화지만 피가 적게 나온다. 팔다리가 날아가는 전장에서 인간이 느끼는 공포 가운데 살생이 중심이 아니라는 판단일 것이다. 톰 하디가 분한 스피트파이어 파일럿의 희생과 자원해서 달려온 영국 민간 선박들의 도착은 이 영화에서 가장 '할리우드 엔딩'스러운 장면이지만 음악을 제외한 연출은 최대한 말과 표정을 걷어내고 풍경으로서 두 사건을 제시한다. 이 영화를 보는 동안 나를 감정적으로 가장 고조시킨 것은, 예상대로 연료가 다한 전투기의 프로펠러가 공중에서 멎는 순간의 정적이었다. 요트와 어선이 덩케르크 해안으로 다가오는 숏은 우리를 간절히 귀향을 기다리던 병사 입장에 세워 감격의 큐 사인을 보내지만, 화면 안 영국인들은 손조차 흔드는 일 없이 단호하고 담담하다. 영국 시민의 군상 가운데 낮은 굽의 구두를 신고 갑판에 서서 야무지게 전방을 주시하는 이름 모를 여성은 들라크루아가 그린 〈민중을 이끄는 자유의 여신〉의 영국판 같다.

크리스토퍼 놀런이 생각하는 '덩케르크 정신'은 "우리는 해야 할 일을 한다"로 요약할 수 있을 것 같다. 각자의 위치에서 감각한 전쟁의 총합. 그러고 보니 내가 〈덩케르크〉를 처음 본 날 '기념비'라는 단어를 떠올린 까닭은 '기념비적'이라는 예찬의 의미가 아니라, 영화가 무수한 돌로 쌓아올린 무명용사 참전탑 같은 모뉴먼트를 닮았다는 인상 때문이었다. 2017. 8.

　　　　　시간의 조형

잃어버린 시간을 찾아서

토리노의 말 A Torinói Ló
감독 벨러 터르, 2011

"벨러 터르의 영화는 1분 1초의 질량과 밀도를 체감하게 만든다.
오직 시간을 지배할 줄 아는 감독만이
지속을 제대로 그릴 수 있다."

1.

인정해야겠다. 한두 해 전부터 꾸준히 내 생활을 지배하고 있는 정서는 초조함이다. 쫓기고 있다는 이 감각은, 무선통신망과 스마트폰으로 활성화된 소셜미디어의 그물에 내 일상이 포섭됐다는 사실과 관련이 있다. 매일 밤 나는 오늘 보고 들었어야 마땅하나 미처 따라잡지 못한 뉴스와 지식의 양을 가늠하며 삿포로의 눈 치우는 인부처럼 망연자실하다. 때로는 희미한 자책마저 따른다. 어째서 책망까지 하는 걸까? 문제의 정보가 어디 먼 곳이 아닌 지척에 있으며 아무도 그것을 취하라고 강제하지 않기 때문이다. 말하자면 좋은 노동자가 못 되어 불안한 것이 아니라, 주어진 기회를 충분히 누리고 바람직하게 살지 못했다는 사실을 애석해하는 것이다. 상대적으로 호강에 겨운 스트레스라고 해도 행복하지 않다는 점은 마찬가지다. 자진해서 가입한 디지털 커뮤니케이션 네트워크가 멤버에게 (은연중에) 요구하는 매너는 동시성과 즉각성이다. 뉴스채널 하단에나 흐르는 줄 알았던 속보의 띠가 머릿속에서 24시간 돌아가고, 소셜미디어는 나의 궁금증에 신속한 답을 돌려주면서 그러니까 너도 빠른 답을 포스팅하라고 (은연중에) 압박한다. 영화 기자를 예로 삼자면 더 많은 영화의 프로덕션 정보, 리뷰, 비디오 클립이 쏟아져 들어오고 덩달아 코멘트해야 할 영화도 정확히 그만큼 늘어난다. 그러나 현실적으로 글쓰기란 한 사람이 미용실을 경영하는 것과 비슷해서 일거리가 아무리 많아도 생산량은 엇비슷하고 애석함만 커진다. 거리를 걸어가면서 끊임없이 즉흥연주를 해야 하는 악사가 된 기분이랄까. 막상 변화한 세상의 주문에는 부응하지 못하면서도 내 신체와 정신은 어느새 네트워크의 메트로놈에 맞게 개조되어 굼뜬 자신을 부끄러워하게 된다. 급기야 외부에서 흘러드는 정보와 무관하게 혼자서 하는 생각의 사슬조차 조바심에 뚝뚝 끊긴다. 하물며 사후적인 숙고나 명상은 아주 특별한 사람들의 전유물처럼 느껴진다.

　　　내가 직접 선택한 개인과 매체들에서 뉴스와 지식을 배달받을 수 있는 SNS와 그 내용을 잡지처럼 보기 좋게 편집까지 해주는 앱을 처음 접했을 때는 광활한 개가식 도서관이 눈앞에 열린 양 환호했다. 포털의 헤드라인에 휘둘려 웹의 망망대해를 표류하는 시대에 비하면 얼마나 편리하고 주체적인가! 그러나 기적처럼 손쉽게 기억을 불러내고 체험을 축약해주는 테크놀로지는 대부분의 마술이 그러하듯 속임수를 감추고 있었으니, 현실의 나는 '타임라인'이라 불리는, 자율적으로 짰다는 이유로 섣불리 폐기하지도 못하는 컨베이어벨트 앞에 못 박혀 어정쩡하게 서 있다. 이런…….

　　　　　　　　　　　　시간의 조형

영화는, 자력自力으로 멈추기 힘들게 돼버린 이 컨베이어 벨트에 브레이크를 걸 수 있는 힘을 가졌다. 전통적으로 영화 관람은 한시적으로 이성의 스위치를 끄고 스펙터클에 몸을 맡기는 다소 자존심 상하는 행위로 간주되었지만, 산만함이 만연한 세상에서 상황은 역전된다. 어떤 부류의 영화를 보건, 영화관은 적어도 우리의 뇌에서 정보망의 단자를 뽑고 검색과 스캔을 일시중지하도록 강제한다. 그리하여 노이즈에서 해방시키고 대상에 주의를 기울이는 인간 본연의 능력을 회복시킨다. 따지고 보면 새로운 소식은 아니다. 태생부터 영화관은 일상에서는 불가능한 방식으로 세상을 주시하고 숙고하는 장소였다. 대상의 이미지뿐 아니라 그것의 지속(삶)을 '객관적으로' 기록하는 최초의 예술로서, 영화는 어떤 의미에서 현실보다 더 리얼하거나 현실과는 다른 방식으로 리얼한 세계를 제시한다고 버지니아 울프가 지적한 것이 1926년이다. 그가 쓰기를, "(영화관에서) 우리는 우리 자신이 포함돼 있지 않은 삶을 있는 그대로 보게 된다".

21세기 들어 새로운 소식이 있다면 영화관이 우리가 삶을 주시할 수 있는 거의 유일한 장소가 되었다는 점이다. 시네마는, 혼자 있는데도 더 혼자가 되고 싶다는 이상한 희망. 자꾸 나를 다그치고 힐문하는 '내'가 사라져주면 고맙겠다는 자살적 충동을 에둘러 충족시켜주는 희귀한 공간이 됐다. 영화관은 100년 전처럼 여전히 도피처이지만 반대의 의미에서 그러하다. 지금 빠른 속도로 변화하며 자극을 제공하는 진영은 영화가 아니라 현실이다. 과거에는 권태를 피해 영화관으로 갔지만 이제는 희귀해진 권태를 찾아, 고독과 대차게 직면하러 거기에 갈 수도 있다는 의미다.

2.

인문학자나 사회과학자의 역할은 만인이 무의식적으로 알고 있는 현상을 의식적으로 이해할 수 있도록 언어의 집을 지어주는 데에 있다(고 믿어왔다). 로맨틱하게 말하면 그건 동시대인을 프로페셔널하게 위안하는 그들만의 방식이기도 하다(병명도 모르고 앓는 일만큼 답답한 노릇이 있겠는가?)

철학자 한병철이 쓴 『피로사회』는 앞서 묘사한 궁지를 자기 착취와 과잉 커뮤니케이션의 결과라고 진단한다. 집단적 ADHD를 앓듯 우리가 매일 벌이는 강박적인 멀티태스킹을, 먹는 동안에도 먹이에 몰입하지 못하고 주변의 사태를 살펴야 하는 야생동물의 습성에 비한다. 저자는 좋은 삶에 대한 관심은 생존에 대한 관심에, 변화를 추동할 힘을 가진 깊은 분노는 쓸데없이 휘발하는 가벼운 짜증에 자리를 내주었다고 지적한다. 『피로사회』에 의하면 예술이 당면한 난관은 심심함을 병적으로 백안시하는 과잉주의hyper-attention 문화다. 이 책에 인용된 발터 베냐민의 말대로 '깊은 심심함'은 창조적 과정에서 결정적 역할을 하므로 작금의 문화는 예술에 위험한 사태다. 멋대로 덧붙이자면 창작뿐 아니라 수용에 있어서도 '심심함'은 중대한 요소다. 후퇴와 역행, 회한과 파기, 무용한 섬광, 소용이 닿지 않는 시간을 음미할 수 없는 세계에서 예술은 위협받는다.

2-1.

벨러 터르 감독의 〈토리노의 말〉은 '심심한' 영화들이 모여 사는 행성의 북극점이 될 만한 영화다. 평론가 조너선 롬니가 쓴 대로 터르의 영화는 1분 1초의 질량과 밀도를 체감하게 만든다. 모든 지루한 영화가 그런 능력을 가진 건 아니다. 오직 시간을 지배할 줄 아는 감독만이 지속duration을 제대로 그릴 수 있다. 터르의 영화 안에서 우리는 대상이 저절로 본질을 드러낼 때까지 기다리는 체험을 한다. 벨러 터르 감독이 마지막 영화라고 공표한 〈토리노의 말〉은 두 인간과 말 한 마리가 절망을 통과해 종말에 이르는 엿새의 기록이다. 말하자면 「창세기」의 백워드 마스킹어떤 소리나 메시지를 재생 반대 방향으로 녹음하는 것이다.

　　　이 영화는 알려진 대로 니체 말년의 이야기로 시작한다. 니체는 마부의 채찍질에도 움직이지 않으려는 말을 토리노 길거리에서 마주친 다음 발작을 일으켜 10년간 정신착란을 앓다 운명했다. 이 이야기가 암시하는 바는 명백하다(그리고 이 암시는 영화 중반부에 극 중 인물의 독백으로 재차 확인된다). 니체는 말의 고집에서 극단의 회의懷疑를 보았고, 인간을 포함한 살아 있는 모든 피조물이 처한 근원적 절망을 본 것이다. 〈토리노의 말〉의 관객은 도입부에서 니체를 쓰러뜨린 문제의 말―혹은 그렇게 보이도록 영화적으로 제시된 말―이 끄는 수레를 따라 평원의 오두막까지 인도되고, 거기서 나머지 상영 시간을 보내게 된다. 〈토리노의 말〉에 등장하는 비루먹은 말은 카프카의 단편에 나오는 단식하는 광대처럼 건초를 거부하며 절망을 시위한다. 광풍에 고립되고 우물도 말라 어차피 굶어 죽을 상황인데, 주려 죽기 전에 우울증으로 자살하는 형국이다. 검은 갈기를 가진 늙은 말이 이 세계에서 자유 의지를 행사하는 최후의 길은 자살뿐이라는 본능적 각성을 묵묵히 실천하는 동안, 주인 집 부녀는 먹고 입고 자기를 어떻게든 반

토리노의 말　　　　　　　　　　　　　　　　　299

복하며 생존 행위를 이어간다. 빨래를 말리고 옷을 갈아입고 맨손으로 삶은 감자를 벗겨 먹는다. 〈토리노의 말〉에는 액션이 없다. 행위만 있다. 이 영화는 염세의 서사이기도 하지만 보기에 따라서는 예정된 종말을 뻔히 바라보면서 걸음을 옮기는 '그럼에도 불구하고'의 서사이기도 하다. 〈토리노의 말〉은 「창세기」와 달리, 엿새에 걸친 느린 종말 다음에 안식일을 보여주지 않는다. 그러나 우리는 이 영화를 보는 데에 소요된 146분이 곧 작은 안식일이었음을 마지막 암전 후 참았던 숨을 토해내며 깨닫는다.

　　　　대중은 〈토리노의 말〉처럼 느리고 재미없는 영화는 관객을 적대시하고 있다고 단정하고 불쾌감을 표하곤 한다. 이를 호평하는 평론가들을 위선자라 비난하기도 한다. 시네필들이란 무릇 중뿔난 체질의 소유자들로서 미니멀리스트 예술영화를 볼 때 전혀 고단하지 않거나, 고단하지 않은 척한다는 가정은 그러나 오해다. 영화평을 업으로 삼는 자들에게도 벨러 터르, 카를로스 레이가다스, 지아장커의 영화를 온전히 깨어서 통과하는 경험은 힘들다. 졸리기도 하다(내 경우에는 〈토리노의 말〉을 관람하면서 어떤 것을 스크린에서 보고 듣는 행위만으로도 몸이 아플 수 있다는 사실을 새삼 확인했다). 쉬워서 좋아하는 것이 아니다. 다만 숙련된 관객은 그 피로가 한쪽으로 치우쳐 있는 우리의 감각을 조정하고 다른 종류의 쾌감으로 들어서기 위한 문지방이라는 사실을 경험적으로 알고 있을 뿐이다. 아프지만 제대로 치러야 개운해지는 열감기에 비할 만하다.

　　　　다시 『피로사회』로 돌아가보면 그 마지막 장에는 문학가 페터 한트케가 말한 '근본적 피로'를 인용한 구절이 기다리고 있다.

　　　　　　　　　　　　　　시간의 조형

"한트케의 피로는 '세계를 신뢰하는 피로'다. 그것은 자아를 '개방'
하여 세계가 그 속에 새어 들어갈 수 있는 상태로 만든다. (…) 그것
은 모든 감각이 지쳐빠져 있는 그런 상태가 아니다. 오히려 피로 속
에서 특별한 시각이 깨어난다. 한트케는 이를 두고 '눈 밝은 피로'라
고 말한다. 이러한 피로는 완전히 다른 종류의 주의注意를 가능하게
한다. 짧고 빠른 과잉주의에서 완전히 벗어나 있는 저 길고 느린 형
식의 주의 말이다."김태환 옮김, 문학과지성사, 2012, 68~69쪽 어쩌면 우리는 거
꾸로 사고해야 할지도 모른다. 프레임 안에 시간의 궤적을 엄격하게
그려가는 영화를 견디기 버겁다면, 내면의 시계에 어떤 결락이나
고장이 발생한 게 아닐까 의심할 수 있는 것이다.

2-2.
　〈토리노의 말〉을 보고 며칠 후 〈배틀쉽〉을 보러 갔다. 이
영화는 보여주고자 하는 그림도, 들려주고자 하는 소리도 엄청나
게 많아서 (거기에 2억 달러—한화 약 2600억 원—를 들였고) 매우 화
려하고 시끄러웠는데도 불구하고, 무엇을 드러내고자 하기는커녕
뭔가가 행여나 드러날까 봐 겁내고 있다는 인상을 주었다. 이상하
게도 나는 도피주의 엔터테인먼트의 최고봉으로 불리는 이 영화
에서 그저 현실을, 아니 가속화된 현실을 느끼고 돌아왔다.

3.
　디지털 커뮤니케이션이 사회의 정보 배급 방식을 바꾸어
놓는 동안, 영화는 어떻게 변했을까. 2001년 이후 만들어진 영화
에 관한 일반적 관찰은 다음과 같다. 할리우드 상업영화의 최상품

이라고 불러도 무방한 〈본 얼티메이텀〉과 〈배트맨 비긴즈〉의 평균 숏 지속 시간은 2초 미만이다. 할리우드영화의 숏 구성을 보면, 일정 시간 이상 지속되는 미디엄숏 이하의 사이즈 숏의 비중은 낮아졌고 클로즈업 숏이 늘어났으며 같은 맥락에서 2인 숏이 줄고 1인 숏이 많아졌다. 그 편이 편집실에서 영화 전체의 템포를 사후적으로 조정하는 작업을 용이하게 해주기 때문이라는 분석이다.

이 사실을 놓고 보면, 21세기 예술영화의 주류로 대두된 감독―벨러 터르, 지아장커, 아피찻퐁 위라세타꾼, 필리프 가렐, 카를로스 레이가다스의 이름으로 대표되는―들이 '슬로 시네마'라는 영화군을 일군 것은 롱테이크 만능주의 뒤에 숨은 자기복제라고 비판하기 이전에 자연스러운 문화적 반작용으로서 충분히 이해할 만하다. 느린 영화가 곧 좋은 영화라는 이야기를 하는 거냐고? 영화가 시간을 다룰 수 있는 방식이 하나는 아니다. 20세기 초의 영화는 도시화되는 세계의 빠른 박동을 전하는 예술이었다. 그러나 속도의 미학은 1960년대 이후 전위에서 벗어났다. 광케이블과 유튜브가 핏줄처럼 퍼져나간 세계에서는 더욱 저 멀리. 이제 어떤 의미에서 진정한 현재시제를 음미하는 일은 영화에서만 가능해졌는지도 모른다. 한데 어째서 영화만인가? TV는, 개인용 모니터로 보는 영상은 왜 아닌가? 세계에서 가장 큰 영화사의 경영자들이 바야흐로 극장보다 온라인 비디오 관객을 연구하고 있지 않은가?

3-1.
영화가 유일하게 시간을 발명할 수 있는 예술이기 때문

시간의 조형

이다. 음악도 시간 예술이지만, 시간을 다루는 순간 필연적으로 물리적 현실의 표면을 끌고 들어갈 수밖에 없는—어디를 찍은들 거기 삶의 흔적이 없겠는가—영화는, 관객으로 하여금 시간을 시간으로 받아들이게 한다. 동시에 영화는, 일상의 급류에 가까스로 삽입되어 있는 TV나 기타 미디어와 다르게 시간의 질과 밀도, 속도를 장악할 수 있는 자치권을 관객들에게 암묵적으로 (암흑 속에서) 존중받는다. 살아 있는 동안 인간은 시간의 의미를 알지 못한다. 죽음만이 미괄식으로 뜻을 부여한다. 그러나 영화는 삶의 시간을 삶의 시간으로 보존하면서도, 숏과 시퀀스가 끝나는 순간마다 의미를 생산한다. 컷은 작은 죽음이다. 그래서 영화는 버지니아 울프의 관찰대로 여전히 현실보다 리얼하며, 삶에서 멀어지려는 우리를 붙잡아 삶으로 데려다놓을 수 있다.

4.
　　결국 질문은 하나다. 당신은 무엇을 얻기 위해 영화관에 가는가?

4-1.
　　여기까지 썼을 때 나는 피터 잭슨의 〈호빗〉 시리즈와 제임스 캐머런의 〈아바타〉 2, 3편이 초당 48프레임HFR, High Frame Rate 영화로 개봉될 예정이고, 대박 콘텐츠를 놓칠 수 없는 극장주들은 영사 설비 교체와 업그레이드 압박에 직면했다는 뉴스를 읽었다. 이것은 데자뷔다. 6~7년 전 캐머런은 조지 루카스, 로버트 저메키스 등과 함께 극장 관계자들의 박람회인 쇼웨스트 행사장을 찾아

1950년대 와이드스크린과 스테레오 사운드가 그랬듯 홈 엔터테인먼트에 만족한 관객을 끌어내기 위해서는 3D 디지털 시네마만이 살 길이라고 설파했다. 아울러 〈아바타〉 〈스타워즈〉 3D 등의 킬러 콘텐츠를 제시했다. 당시 100개 미만이던 디지털 상영관은 현재 미국 전체 스크린의 절반에 육박했다. 뉴스가 나오고 몇 시간 후, 영화학자 데이비드 보드웰은, 캐머런과 3D 관련 장비를 생산하는 캐머런페이스그룹이 지난해 전미 방송업자 연합 콘퍼런스에서 3D가 TV의 미래라고 역설했던 사실을 상기시키는 글을 본인의 사이트에 올렸다. 다시 공은 영화 쪽 코트로 넘어왔고, 캐머런과 친구들은 3D TV에 비해 화면이 어두운 3D 영화의 결함을 극복하고 매끄러운 움직임을 제공할 수 있는 HDR 영화를 프로모션하고 있는 셈이다. 청산과 업그레이드, 팽창의 무한반복 시나리오.

　　　우리의 질문에 대한 제임스 캐머런의 대답은 명백하다. 사람들은 거실 TV에서 즐길 수 없는 더 선명하고 매끈하고 웅장한 영상과 사운드를 체험하기 위해 극장에 간다고 그는 믿는다. 과연 그럴까? 경험을 반추해본 다음 나는 답을 정한다. 아니다. 우리는 '쓸데없는 고퀄' 영상이 아니라, 기상천외한 사건이 아니라, 양질의 시간을 찾아서 영화관에 간다. 그 시간을 극한의 고독 속에서, 또한 동료 인간들 옆에서 음미하기 위해 영화관에 간다. 그런 의미에서 우리는 호모 시네마쿠스다. 안드레이 타르콥스키가 『봉인된 시간』에 쓴 대로다. "인간은 보통 잃어버린 시간, 놓쳐버린 시간, 또는 아직 성취하지 못한 시간 때문에 영화관에 간다."김창우 옮김, 분도출판사, 1991, 79쪽 2012. 5.

팽창하는 유니버스

블록버스터

대단원이라는 희귀한 물건

해리 포터와 죽음의 성물2 Harry Potter and the Deathly Hallows: Part 2
감독 데이비드 예이츠, 2011

"지금 〈죽음의 성물2〉가 불러일으키는 잔잔한 안도감은,

어쩌면 오늘날 우리가 진정 결말다운 결말에

목말라 있기 때문인지도 모른다."

　　　영화의 끝, 특히나 10년에 걸쳐 기나긴 연작으로 만들어
진 영화의 결말에 필요한 것은 해피 엔딩이 아니라 정의다. 여기서
정의란 극 중에서 미덕이 보상받고 악이 응징당한다는 의미만이
아니다. 관객들이 사랑하고 미워한 캐릭터들을 끝까지 존중하고,
여태 펼쳐놓은 복선과 사건을 책임지며, 작품 전체의 주제 의식과
스타일이 바람직한 종합에 다다라야 한다는 뜻이다. 데이비드 예
이츠 감독의 〈해리 포터와 죽음의 성물2〉(이하 〈죽음의 성물2〉)는 이
상의 요건을 충족시키는 '정의로운' 피날레다. 소년 마법사 해리 포
터는 볼드모트와 벌인 7년에 걸친 혈투에서 결국 승리했지만, 그
도정에서 수많은 내상을 입고 사랑하는 사람들을 잃었다. 그러고
는…… 살아남았다. 그렇다. 이겼다는 말보다는 살아남았다는 표
현이 적합하다. 그리고 그것이 우리가 말하는 정의다. 이야기와 스
펙터클, 정서적 여정을 고루 만족스럽게 구현한 〈죽음의 성물2〉는
4편 〈불의 잔〉 이후 서서히 축적되어온 관객의 피로감을 일거에

날려버리며 "끝이 좋으면 다 좋다"는 의심쩍은 격언의 위력을 모처럼 실감시킨다. 5편 〈불사조 기사단〉부터 시리즈의 지팡이를 쥔 데이비드 예이츠 감독은 최종 편에 이르러 비로소 포터 우주를 완전히 장악했고(실제로는 〈죽음의 성물〉 1, 2편은 18개월간 동시에 촬영됐다), 결과적으로 〈죽음의 성물2〉는 알폰소 쿠아론 감독의 3편 〈아즈카반의 죄수〉와 더불어 가장 영화적인 〈해리 포터〉 영화로 기록될 것이 확실하다. 심지어 조앤 K. 롤링의 소설에서는 불만을 불렀던 '19년 후' 에필로그조차 영화에서는 필요 불가결한 코다로 훌륭히 소화되었다.

추억을 지키는
전쟁

〈죽음의 성물2〉의 해리와 헤르미온느, 론은 전편에 이어 볼드모트가 영생을 위해 제 영혼을 여럿으로 쪼개어 보관한 호크룩스들을 마저 찾아내 파괴해야 한다. 운명의 천로역정은 삼총사를 그린고트 금고의 모험을 거쳐 이제 폐허가 된 마음의 고향 호그와트로 다시 인도한다. 갈 길이 바쁜 만큼 예이츠 감독은 변죽을 울리지 않는다. 워너브러더스의 로고가 뜨기도 전에 볼드모트가 덤블도어의 무덤에서 최강의 지팡이를 손에 넣는 장면으로 시동을 건 영화는, 번민으로 점철된 로드무비였던 〈죽음의 성물1〉과는 대조적으로 인상적인 액션 세트 피스로 가속을 밟는다. 최종 편의 이례적 속도감은 일곱 편의 영화를 줄곧 함께해온 팬들과의 상호 신뢰에서 나온다. 이제 우리는 뒷모습의 실루엣만으로 그 인물이 누구이며 어떤 감정으로 그 장소에 서 있는지 가늠할 수 있으며, 농담은 약간의 큐만으로도 충분히 접수된다. 시리즈의 인장이 된 존 윌리엄스의 〈헤드윅의 테마〉는 알렉상드르 데스플라가 편곡한 새 음악 속에 약간의 흔적만으로도 즉각, 현재 벌어지고 있는 일의 전사前史를 관객의 기억에서 호출해낸다. 더 이상 예비할 속편이 없는 〈죽음의 성물2〉는 타협하지 않는다. 온전히 충실한 팬들을 위한 최종 편을 완성한다는 사명을 향해 진지하게 달려간다. 따라서 전편의 추억 없이 우연히 최종 편을 구경하러 온 관객은 문득문득 불청객이 된 기분을 맛볼지 모른다. 조심할 것. "저 여자가 드레이코 엄마야?" 같은 질문을 동행자에게 속삭이고 있다가는 한 시퀀스가 휙 날아간다.

〈죽음의 성물2〉를 대표하는 스펙터클 역시 전편들에서 가장 빛나는 순간을 계승한다. 해리와 친구들이 지하에 감금돼 있던 우크라이나의 하얀 용을 타고 그린고트 은행을 탈출하는 장면은 3편의 히포그리프 비행 장면이 전한 매혹을 재연한다. 날개가 찢기고 족쇄에 쓸려 군데군데 피 흘리는 흰 용은 대뜸 비상하지 못한다. 비척거리며 간신히 지붕 위에 기어올라 한숨을 돌린 다음 천천히 생기를 그러모아 런던 시가지의 상공으로 날아오른다. 긴급한 도주 와중에도 예이츠 감독은 부상당한 육중한 짐승의 몸이 가진 중량감과 해방의 날숨을 놓치지 않는다. 한편 죽음을 먹는 자들과의 결전에서 호그와트 수성에 나선 맥고나걸 교수가 학교의 거대 석상을 전사로 변신시키는 대목은 〈비밀의 방〉 마법사 체스가 안겼던 쾌감을 그대로 되살린다. 그런가 하면 스네이프의 플라스크부터 엄브리지 장학관의 찻잔 세트까지 눈에 익은 물건이 꽉 들어찬 '필요의 방'은 이 시리즈의 소품 창고를 방문한 듯한 향수 어린 즐거움을 팬들에게 선사한다. 나아가, 클라이맥스의 호그와트 전투 전체가 강렬한 흥분과 비탄을 자아내는 까닭은, 더 찍을 영화가 없다고 제작진이 세트를 실컷 때려 부쉈기 때문이 아니다. 관객이 그 장소에 애착하고 있기 때문이다. 잿더미로 화하고 있는 구조물은 단순히 퀴디치 경기자의 첨탑과 대연회장이 아니라 추억이다. 피와 검댕으로 범벅된 청년 해리가 교정 앞마당을 가로질러 마침내 죽음을 대면하러 가는 순간 우리는, 바로 그 장소에서 팔뚝에 앉은 부엉이에게 티 없는 미소를 보내며 거닐던 1학년 크리스마스 무렵의 소년 해리를 본다. 모든 학생과 교수가 지팡이를 들어 프로테고(방어) 마법으로 보호막을 둘러칠 때 우리는 불현듯 자문하게 된다. 어째서 영화 속에서 학교를 지키는 싸움은 나라를 지키는 전쟁보다 언제나 신성하고 애틋하게 느껴지는 것일까?

캐릭터의 이면,
스크린의 후면

〈해리 포터〉 시리즈의 만성적 핸디캡은 세 주인공의 모험 줄거리를 따라가기에 바빠 각기 풍부한 개성과 사연을 보유한—게다가 영국의 일급 배우들이 연기하는—조연 캐릭터들이 합당한 예우를 받지 못한다는 점이다. 이번에도 충분치는 않더라도 감독과 작가 스티브 클로브스는 몇몇 보석 같은 캐릭터들에게 짧지만 빛나는 모멘트를 허락했다. 소심하고 눈에 띄지 않는 아이였지만 시리즈 내내 곧은 마음과 용기를 내비쳤던 네빌 롱바텀은 마침내 잠재력을 꽃피우고, 깐깐한 맥고나걸 교수는 퀴디치 마니아로서 잠깐 드러냈던 승부사의 결기를 발휘한다. 헤르미온느의 변신 에피소드에서, 머리칼을 귀 뒤로 넘기는 동작과 턱의 긴장만으로 완벽히 엠마 왓슨으로 빙의하는 헬레나 본햄 카터의 신기神技는 또 어떠한가. 사실 그의 벨라트릭스 레스트레인지는 짧은 출연 시간에도 불구하고 카리스마에 있어 랄프 파인즈의 볼드모트를 압도해왔다. 그리고 스네이프, 세베루스 스네이프! 모든 비밀이 밝혀진 후 우리는, 어절을 하나씩 씹어뱉는 그의 못된 말투가 자신의 입술에서 흘러나오는 진심이 아닌 말들을, 하나하나 아프게 바라보고 있었기 때문임을 뒤늦게 이해하게 된다. 그가 볼드모트의 뱀 내기니에게 공격당하는 장면의 연출은, 〈해리 포터〉 시리즈가 마침내 성인 관객을 포괄하는 판타지로 성장했음을 보여주는 물증으로 기억될 것이다.

〈죽음의 성물2〉의 기대하지 않았던 가외의 성취는 3D의 활용이다. 내러티브와 기술을 밀착시킨 〈아바타〉, 활공의 쾌감을 극대화한 〈크리스마스 캐롤〉, 기계적 미학을 과시한 〈트론: 새로운 시작〉 등 성공적 선례와 차별화되는 〈죽음의 성물2〉의 효과는 3D를 통한 공간의 확장이다. 제작 총지휘를 맡은 데이비드 배런이 밝힌 대로 〈죽음의 성물2〉가 구사한 3D의 99퍼센트는 관객 앞쪽으로 돌출하는 대신 스크린 뒤쪽으로 깊숙이 들어가는 방향을 취해 액션보다 미장센의 효과를 강화하고 있다. 결과적으로 관객은 세트와 로케이션 안으로 들어가 넓게 둘러보는 느낌을 갖게 되는데 이는 정교한 프로덕션디자인으로 건설된 〈해리 포터〉 시리즈의 본성과 잘 호응한다. 전경에서 유영하는 디멘터에게 포위된 호그와트 풍경과, 아침 햇살과 어우러진 볼드모트의 산화는 특별히 눈여겨보아야 할 대목이다.

공존에 관한
판타지

전체 시리즈의 평균치를 넘어서는 활력과 미감을 갖춘 〈죽음의 성물2〉는 자연히 〈해리 포터〉 이전에 무명이었던 데이비드 예이츠 감독에게 시선을 돌리게 만든다. 〈죠스〉에 감화받아 슈퍼 8밀리 카메라로 열네 살에 영화를 찍기 시작했지만 단편영화와 영국 TV 드라마가 대표작의 전부였던 예이츠는 당초 기예르모 델 토로 같은 스타 감독의 '대체재'로 여겨졌다. 해리와 친구들이 성년에 근접해가는 5편부터 합류한 예이츠는 그러나 사실적인 TV 미학을 대폭 도입함으로써 영화에 '머글'스러운 기운을 불어넣었고 때마침 그것은 시리즈가 필요로 하던 수혈이었다. 사춘기를 겪고 어른이 된다는 일은 주인공들이 더 이상 호그와트에 머무를 수 없으며 현실 세계와 교섭해야 한다는 뜻이고 성장은 그들의 존재에서 (머글과 같은) 육체가 차지하는 비중을 더욱 무겁게 느끼는 과정이기 때문이다. 그리고 궁극적으로, 〈해리 포터〉 시리즈는 공존에 관한 이야기인 것이다. 예이츠 감독은 5편부터 프리벳가 지하보도의 디멘터 습격이나 런던 카페테리아의 전투 장면 등에서 현대 영국의 일상 풍경을 인상적으로 끌어들였고 〈죽음의 성물1〉 도입부에서는 〈엑소시스트〉를 연상시키는 고문 장면으로 가족영화의 경계를 아슬아슬하게 타넘기도 했다. 특히 예이츠 감독이 마법을 시각화하는 방식은 상당히 검소한데 지팡이 주문과 결투를 검은 연기의 회오리나 얼룩으로 소박하게 표현하는가 하면 〈죽음의 성물2〉에 이르러서는 몸과 몸이 부딪치는 육탄전이 자주 보인다. 최종 편에서 볼드모트와 해리가 부등켜안고 서로의 얼굴을 쥐어뜯으며 추락하는 장면은, 지팡이 광선 대결에 물린 관객에게 "결국 이거였어!"라는 탄성을 자아낸다. 요컨대 예이츠의 연출은 마법사와 마녀들에게도 몸이 있다는 사실을 일깨웠다.

결말다운
결말의 쾌감

〈해리 포터〉 시리즈가 매머드급 베스트셀러를 잡았다는 것만으로 보장된 성공을 추수한 기획이라고 말하기는 쉽지만, 실상은 그리 간단치 않다. 〈나니아 연대기〉나 〈황금나침반〉의 비틀거림만 보아도 이는 분명하다. 부침은 있었으나 〈해리 포터〉 제작진은 여덟 편의 영화를 통해 일정한 일관성과 완성도를 유지하는 데에 성공했다. 또한 〈해리 포터〉 프랜차이즈는 원작과 영화가 상호 영향을 주고받으며 완성된 문화적 사례로 특기할 만하다. 1편 〈비밀의 방〉이 제작될 무렵 조앤 K. 롤링은 5편 〈불사조 기사단〉

을 쓰고 있었다. 이후 독자는 영화의 이미지를 떠올리며 책을 읽었고, 관객은 앞으로 벌어질 일을 염두에 두며 영화를 보았고 출연 배우들조차 향후 몇 년간 본인이 어떻게 살게 될지 알기 위해 서점에 줄을 섰다.

지금 〈죽음의 성물2〉가 불러일으키는 잔잔한 안도감은, 어쩌면 오늘날 우리가 진정 결말다운 결말, 대문자로 진하게 쓰인 '끝'에 목말라 있기 때문인지도 모른다. 스크린에는 속편과 리메이크, 프리퀄과 스핀오프가 범람하고, 현실에서는 발달한 기술이 정해진 시간에 더 많은 일을 하게 만드는 반면 중대한 결단은 한없이 유예시키는 우리 시대에 장엄한 종지부는 희귀한 성물이 돼버렸는지도 모른다. 〈죽음의 성물2〉는 자축 분위기에 취해 커튼콜을 반복한 〈반지의 제왕: 왕의 귀환〉과 다른 매너로 안녕을 고한다. 전쟁이 끝난 후 해리와 론, 헤르미온느는 무너진 호그와트의 교각 위에 나란히 손을 잡고 서서 눈을 감고 바람을 느낀다. 마치 관객이 눈으로 그들을 사진 찍기 원하는 것처럼. 그래, 거기 가만히. 찰칵. 너희에게도 우리에게도 많은 일이 있었지. 가슴에 손을 얹고, 안녕. 2011. 7.

네버 엔딩 스토리의 위협

2012년 할리우드 속편들
어메이징 스파이더맨 외

"영화는 이야기가 전부가 아닌 매체이지만

서사의 우주에 공헌하기를 멈춘다면

이야기는 언젠가 영화에 복수할 것이다."

　　　　　오늘 밤도 세상의 아이들은 이불을 덮어주는 부모에게
이야기를 조를 것이다. 어제 들려주고 읽어준 동화와 똑같은 얘기
라도 아이들은 개의치 않는다. 아니, 도리어 숙지하고 있는 클라이
맥스에 이르면 신이 나서 "그래서 악어가 해적을 삼켰어!"라고 나
서서 마무리 짓고 뿌듯하게 잠을 청하기도 한다. 부모가 다정히
침대 맡에서 이야기를 읽어주는 광경을 뒷날 미국영화에서나 본
세대인 나는, 누워서 혼자 동화를 읽다 눈치껏 전등을 끄는 아이
였고 어둠 속에선 책을 읽을 수 없었기 때문에 이리저리 뒤치며
중얼중얼 이야기를 지어내다 잠이 들곤 했다. 나는 내 자작 엉터
리 픽션이 좋았는데, 독창적이어서가 아니라 책에 나오는 진짜 동
화를 그럴싸하게 표절하면서도 등장인물의 외모와 말투를 내 취
향에 맞게 갈아치울 수 있었기에 만족스러웠다. 아득히 잊었던 수
십 년 전 잠버릇을 떠올린 건 〈어메이징 스파이더맨〉이 절반쯤 흘
러갔을 때였다. 앤드루 가필드가 분한 피터 파커는 숙부에게 대들

다 거리로 뛰쳐나갔고 벤 아저씨(마틴 신)는 걱정된 나머지 조카를 찾아 위험한 밤거리로 나섰다. 아, 이제 피터는 불한당을 짐짓 못 본 체할 테고 그자의 손에 벤 숙부가 죽겠구나, 라고 속으로 중얼거리며 나는, 그 순간 내가 멀티플렉스 복판에 앉은 채로 어떤 의미에서는 뻔한 서사의 무한반복에 중독돼 있던 유년의 침대로 돌아가 있음을 깨달았다. 십수 년 전부터 '속편의 홍수'니, '2편이 지겹다고 했더니 올 여름은 3편 쓰나미' 제목류의 기사를 잔뜩 써놓고도, 스크린에서 벤 아저씨가 하릴없이 다시 피터를 찾으러 나가는 순간에야 비로소 그간 숱하게 썼던 뉴스가 관객에게 실제로 의미하는 바가 무엇인지 체감한 것이다.

　　마크 웹 감독의 〈어메이징 스파이더맨〉은 샘 레이미의 2002년 작 〈스파이더맨〉과 줄기가 동일한 서사를 캐릭터와 장면을 달리해 다시 구연口演한다. 속편도, 전사도 아닌 이와 같은 시도를 지칭하기 위해 '리부트reboot'라는 단어가 저널리즘의 선반에 마련돼 있다. 크리스토퍼 놀런 감독이 팀 버튼이 일으키고 조엘 슈마허가 쓰러뜨린 흑기사 이야기를 〈배트맨 비긴즈〉로 원점에서 다시 시작했을 때 적용된 단어다. 배트맨이 존재하는 세계의 평면을 아예 바꾼—새로운 〈배트맨〉 3부작의 본질을 함축하는 조건절은 "이것이 현실이라면"이다—놀런의 연작과 달리 마크 웹의 리부트는 기본적으로 캐릭터 개조makeover에 자족한다. 앤드루 가필드의 피터 파커는 〈트와일라잇〉 현상을 만든 여성 관객을 겨냥한 사랑스러운 슈퍼히어로다. 즉 〈어메이징 스파이더맨〉의 존재 이유는, 관객에게는 앤드루 가필드라는 신선한 얼굴이고 컬럼비아픽처스에는 스파이더맨에 대한 라이선스 유지다.

나는 〈어메이징 스파이더맨〉을 충분히 즐겼다. 샘 레이미의 첫 〈스파이더맨〉과 거의 비슷한 정도로. 그러나 동시에 내가 〈어메이징 스파이더맨2〉를 기다리지 않으리라는 사실도 알았다. 이번 착안에는 재해석이 결여돼 있었기 때문이다. 정확히 말해 2편이 나오면 그럭저럭 재미있게 볼 테지만 흥분하거나 안달 내지는 않을 것이다. 흥분이나 안달은 숙면에 해롭다. 끝을 아는 이야기의 끝없는 재연, 그것이 주는 퇴행적 안도감이 아이들을 잠들게 한다. 그런데 나는 극장에서 안온히 잠들기 원하는가? 인정! 반쯤은 그렇고 반쯤은 그렇지 않다. 이 글은 말하자면 절반의 깨어 있음을 지속할 수 있을까에 관한 근심이다.

이제 모르는 영화는
오지 않는가

리부트는 컴퓨터를 재시동한다는 뜻이다. 이 단어는 꾸준한 영화 관객인 내가 프로그래밍된 정교하고 거대한 기계장치 안에 들어와 있다는 진실을 퍼뜩 환기해준다. 21세기 들어 할리우드라는 기계는 주로 프리퀄, 속편, 리메이크, 스핀오프, 리부트 등의 버튼으로 작동돼왔다. 일찍이 2002년 〈뉴스위크〉는 〈미이라〉에 연원을 둔 영화 〈스콜피온 킹〉이 "리메이크의 속편의 프리퀄의 속편"이며 〈여전사 제나〉는 "리메이크의 시퀄의 프리퀄의 스핀오프"라고 꼬치꼬치 명시해 독자를 웃겼다. 지나고 보니 웃을 일만은 아니었다. 2007년 〈데어 윌 비 블러드〉〈노인을 위한 나라는 없다〉〈마이클 클레이튼〉 등 빼어나고 통렬한 영화를 양산해 9.11 이후 미국영화 르네상스를 논하게 만들었던 할리우드는 이듬해 메이저 스튜디오의 독립 예술영화 제작 자회사 파라마운트 밴티지와 워너 인디펜던트픽처스의 문을 닫았다. 1981년 전미 흥행 10위 중 일곱 자리를 차지했던 오리지널 각본 영화는 2001년에 두 편으로 줄어들었고 2011년에는 아예 10위권에서 밀려나 〈내 여자친구의 결혼식〉이 기록한 14위가 창작 시나리오 영화로서는 가장 좋은 성적이다. 원작 있는 드라마로서 가장 흥행에 성공한 〈헬프〉도 톱10에 들지 못했다. 각색 시나리오냐 오리지널 시나리오냐의 문제는 논점을 흐리므로 속편, 프리퀄, 영화 및 TV 리메이크 통계만 보기로 한다. 2011년 할리우드는 28편의 속편을 생산했다. 2편, 3편은 나열하기에 지면이 좁다. 〈미션 임파서블〉〈캐리비안의 해적〉〈스크림〉〈스파이키드〉〈트와일라잇〉 시리즈가 네 번째 영화를 개봉했고, 〈엑스맨〉〈분노의 질주〉〈파이널 데스티네이션〉 시리즈가 넓게 보면 같은 연작에 포함되는 제5편을 내놓았다. 넓게 보아 오리지널 시나리오로 간주할 수 있는 2011년의 블록버스터급 영화로 〈슈퍼 에이트〉과 〈머니볼〉이 있었으나 흥행 결과는 고무적이지 못했다. 이처럼 끝이 기약 없는 연작이 대세를 이루다 보니 〈해리 포터와 죽음의 성물2〉가 안겨준 쾌감에는 작품에 대한 만족뿐 아니라 할리우드가 마냥 유예하기만 하는 '대단원'의 도래를 오랜만에 목도한 감개무량함도 적지 않았다.

그리고 우리는 〈맨 인 블랙3〉〈어메이징 스파이더맨〉〈에일리언〉 시리즈의 간접적 전사라고 할 수 있는 〈프로메테우스〉와, 관련 히어로들의 전작을 모두 더하면 넓은 의미에서 시리즈 7편이

　　　　　　　　　팽창하는 유니버스

라고 볼 수 있는 〈어벤저스〉를 보았다. 또한 〈제이슨 본〉 시리즈의 4편 〈본 레거시〉, 〈토탈 리콜〉의 리메이크작과 〈지.아이.조2〉가 있다. 팀 버튼의 〈다크 섀도우〉와 필 로드, 크리스 밀러의 〈21 점프 스트리트〉는 미국 바깥 관객에게 낯선 TV 시리즈까지 출토해 재활용한 사례라 이제 자원이 어지간히 고갈되지 않았나 하는 짐작을 불러일으켰다. 리사이클 법칙은 블록버스터에만 한정된 것이 아니어서 〈아메리칸 파이: 19금 동창회〉를 비롯해 〈캐리〉〈위대한 개츠비〉〈고질라〉〈더티 댄싱〉〈서스페리아〉〈아메리칸 사이코〉 〈스타쉽 트루퍼스〉〈레베카〉 등이 리메이크되고, 속편이 영 어울리지 않는 미라맥스산 〈셰익스피어 인 러브〉와 〈라운더스〉의 시퀄도 추진 중이라 한다.

장황한 예시의 결론은 할리우드는 이제 투자뿐 아니라 관객에게도 두 줄의 문장으로, 30초 안에, 시놉시스를 설명할 수 없는 영화는 만들 수 없다고 생각하는 것처럼 보인다는 이야기다. 할리우드라는 기계는 관객이 이미 아는 스토리라는 보증서 없이는 좀처럼 시동이 걸리지 않게 되었다. 이러다가는 "한때 무슨 이야기를 보게 될지 모른 채 두근대며 영화관에 가던 시절이 있었지"라고 아들딸에게 회고하는 날이 오지 않을까 싶을 정도다. 혹자는 비빌 언덕 없이 우뚝 선 〈인셉션〉(전 세계 박스오피스 8억 2500만 달러, 한화 약 1조 700억 원)과 〈소셜 네트워크〉(1억 9200만 달러, 한화 약 2500억 원)가 있지 않느냐고, 역대 최고 흥행작인 〈아바타〉도 (논란의 여지는 있지만) 오리지널 기획이 아니었느냐고 반문할 수 있다. 그러나 우리는 〈다크 나이트〉의 성공에도 불구하고 〈인셉션〉이 제작에 초록불이 들어오기까지 난항을 겪었으며 리어나도 디캐프리오부터 마리옹 코티야르까지 특급 캐스팅으로 안전 무장하느라 2억 달러(한화 약 2560억 원)의 제작비가 들었다는 사실을 참고해야 하며, 〈아바타〉 이후 제임스 캐머런은 다름 아닌 2편의 〈아바타〉 속편을 계약했음을 기억해야 한다. 평단이 실패한 태작으로 취급하는 〈타이탄의 분노〉와 〈라스트 에어벤더〉가 상대적으로 두둑한 3억 2천만 달러(한화 약 4130억 원)에 육박하는 입장 수입을 올렸다는 사실도 나란히. 즉, 〈인셉션〉의 이례적 성공은 스튜디오에 동기를 부여하지 못했고 〈아바타〉의 신화는 3D라는 껍질만 복제됐다. 할리우드의 20세기 마지막 10년간 흥행 상위 10위 중 6편이 오리지널 아이디어에서 나온 기획이었던 것과 대조적으로 21세기의 창작 시나리오는 저예산영화에 집중되고 있다. 역설적이게도, 스튜디오들이 인지도 높은 원작과 캐릭터에 기댄 영화에 주력하는 평계는 막대한 마케팅 비용을 절감할 수 있다는 점인데, 현실적으로는 이 블록버스터들이 개봉 한철 전부터 지구촌 미디어를 뒤덮게 하는 데에 예산이 집중된 나머지 '기타' 영화들은 어느 때보다 그늘에 가려져 있다.

작가auteur와 스타를
대체한 브랜드

배우 존 큐잭은 최근 한 인터뷰에서 "더 이상 할리우드는 없다. 일군의 은행이 있을 뿐이다"라고 말했다. 『메인스트림』의 저자 프레데릭 마르텔 역시 오늘날 할리우드 영화사를 은행에 빗댄다.

팽창하는 유니버스

스튜디오는 금융기업에서 대출을 받아 자금을 대는 은행이고 저작권 은행이며 세계 배급 에이전시라는 것이다. 직접 투자할뿐더러 기타 투자자인 금융기업과 단기자금을 대출하는 은행에 안전을 보장해야 하는 영화사는 실패한 경우에도 "히트한 게임이나 코믹스가 원작이었다"라고 사유서를 쓸 수 있는 기획을 선호한다. 기원부터 도박에 가까운 사업이었던 엔터테인먼트산업에서 전통적으로 예측 가능성을 보장해준 요소는 장르와 스타였다. 그리고 일부 유명한 감독이었다. 하지만 최근 10년간 장르, 스타, 작가는 '브랜드'로 대체됐다. 줄리아 로버츠와 톰 행크스(《로맨틱 크라운》)도 조니 뎁(《투어리스트》)도 리즈 위더스푼(《하우 두 유 노우》)도 흥행을 약속하지 못하고 감독의 이름은 더욱 희미해졌다. 그리하여 〈스파이더맨〉 〈트랜스포머〉 〈미션 임파서블〉은 이제 영화 제목이 아니라 영화 이외의 무수한 상품을 포괄하는 브랜드이고, 역으로 그 브랜드를 중심으로 작가, 연출자, 배우가 조합되는 양상을 띤다. 영화는 동명 브랜드의 가치를 지속시키기 위해 감가상각이 한계에 달할 때까지 만들어진다. 스튜디오의 자산은 보유한 저작권의 추산 가치로 평가받기 때문이다. 한때 영화광들은 리안, 브라이언 싱어, 샘 레이미 같은 개성 있는 작가에게 주류 할리우드가 문호를 개방했다고 생각했지만 현실적 결과는 그들이 주류 영화를 변화시켰다기보다 감독들의 마니아 취향을 스튜디오가 섭취하고 커리어 중 짧지 않은 세월을 프랜차이즈가 점유하는 그림에 가까워진 인상이다. 보편적 포맷이 된 시리즈물 안에서 속편과 전편을 향한 고리를 요령껏 심어놓는 동시에 단일한 영화로서 적절한 완결성을 확보하는 균형감이 감독이 가져야 할 새로운 긴요한 능력이 됐다.

그래서 뭐가 문제란 말인가? 1970년대에도 할리우드는 〈록키〉〈스타워즈〉〈슈퍼맨〉〈레이더스〉 그리고 덜 유명하지만 〈엑소시스트〉〈죠스〉의 속편을 배출하지 않았는가. 1980년대의 〈리쎌 웨폰〉〈다이하드〉〈폴리스 아카데미〉 그리고 기다랗게 늘어진 슬래셔 호러 연작들은 어떠한가. 차이는 현재 코믹스, TV 시리즈, 기존 영화의 속편이 할리우드의 자산을 점유하고 영화 문화의 흐름에 행사하는 독점적 영향력이다. 〈가디언〉의 데이비드 콕스는 할리우드가 2010년 제작한 영화의 60퍼센트는 여전히 오리지널 기획이지만 스크린을 차지하는 영화는 나머지 40퍼센트라는 요지의 기사를 썼다.

　　인적 자원 측면에서도 같은 우려가 피어오른다. 리들리 스콧은 〈에이리언〉의 프리퀄과 〈블레이드 러너〉의 속편을 연출할 계획이고 하스브로사의 보드게임 모노폴리의 영화화에도 이름을 걸었다. 팀 버튼은 〈이상한 나라의 앨리스〉〈다크 섀도우〉에 시간을 소진했고 〈반지의 제왕〉의 피터 잭슨은 〈러블리 본즈〉를 거쳐 1편 이상의 〈호빗〉에 향후 몇 년을 바쳐 작업했다. J.J. 에이브럼스에겐 〈미션 임파서블〉과 〈스타트렉〉이 있었다. 〈크로니클〉로 주목받은 신예 조시 트랭크 역시 〈스파이더맨〉 스핀오프의 연출자로 거명되었다. 2억 달러(한화 약 2600억 원)를 갖고 자기 스타일의 복합적인 사이코 스릴러 멜로드라마를 만드는 배짱을 과시하고 있는 크리스토퍼 놀런 정도를 제외하면 과연 이 감독들이 합당한 프로젝트에 재능을 쏟고 있다고 말할 수 있을까.

　　오리지널이 각색물보다 좋은 영화라는 주장은 어불성설이고 원작 TV쇼, 만화, 심지어 장난감과 테마파크 놀이기구의 영화화가 나쁜 결과물로 직결된다는 주장도 논리적 근거는 없다. 그러나 할리우드, 즉 전 세계 오락영화 시장의 중원에서 프랜차이즈가 기형적으로 점유율을 불려가고 있는 현상이 개별 영화—텍스트의 질과 무관할 거라는 주장 또한 받아들이기 어렵다. 올해 첫 블록버스터였던 〈배틀쉽〉의 포스터에는 〈트랜스포머〉로 영화계의 유력한 이름이 된 장난감 회사 하스브로가 당당히 이름을 박았다. 레고와 루빅스 큐브도 영화로 기획되고 있는 마당에 〈배틀쉽〉을 보는 동안 내가 받은 충격은 보드게임을 영화로 각색했다는 전제가 아니라, 이 특정한 게임의 규칙이나 개성이 구체적인 액션 어드벤처의 서사로 어떻게 해석되고 변환됐는지 전혀 함수를 발견할 수 없었다는 점이었다(적을 공격할 때 포격의 좌표를 외치는 대사가 있지 않았느냐고 반문한다면 할 말이 없다). 〈배틀쉽〉은 그저 미국 전함이 어느 별에서 왔는지는 몰라도 외계인 침략자 군단에게 공격받는 이야기면 충분한 영화였고, 스토리텔링은 일곱 살 소년이 양쪽 진영의 장난감 전함을 양손에 들고 입으로 폭파음을 내면서 만들어가는 서사를 연상시켰다. 장난감은 영화를 거쳐 비디오게임이 되고, 게임으로 개작되는 과정에서 추가된 새로운 캐릭터를 장난감으로 먼저 생산한 다음 그 캐릭터를 보탠 속편 영화를 제작할 것이다. 그리고 다시 루프의 반복. 이 순환 속에서 영화작가와 감독들이 창의력을 발휘할 여지는 보잘것없어 보인다.

같은 서사 매체끼리의 변환이라는 점에서 완구와는 차원이 다르지만 슈퍼히어로 서사도 분명 제한된 반경이 있다. 영웅이 얼마나 복합적이고 매력 있는 캐릭터이건 일단 전투에 돌입하면 서사 및 장면 설계는 대동소이해지고 클라이맥스는 반드시 (모종의 공생관계로 맺어진) 슈퍼히어로와 악당의 싸움이어야 하며 엔딩은 속편 예고를 서비스해야 한다. 관객은 질서와 혼돈 사이에서 선택을 반복한다. 그런가 하면 연작의 형식은 1편에 영웅의 기원과 주요 인물 소개의 의무를 할당할 수밖에 없고 비교적 자유로운 2편을 거쳐 3편 이후로 나아가면 형식의 과잉으로 방전되기 일쑤다. 그리고 다시 리부트. 마치 디즈니가 어린이들의 성장 속도를 고려해 7년에 한 번씩 고전 애니메이션을 재개봉하던 풍속이 할리우드 전반에 확산된 형국이다.

이야기는 언젠가
영화에 복수할 것이다

피터 파커가 10년에 한 번씩 고등학교로 다시 돌아가야 한다면 그야말로 '할리우드 괴담'일 것이다. 〈토이 스토리〉 외에 속편을 만들지 않았던 픽사는 〈토이 스토리3〉과 〈카2〉를 내놓았다. 그리고 〈몬스터 주식회사〉 속편 〈몬스터 대학교〉를 내놓더니 앤드루 스탠턴 감독에게 〈도리를 찾아서〉를 연출하게 했다. 아리스토텔레스의 외침이 들리는 듯하다. "픽사 너마저!"
순진한 믿음에 의거하여 우기자면 영화는 이야기를 제대로 끝내야 한다(이것은 "영화가 끝나도 이야기는 끝나지 않는다. 해피엔딩이란 무의미하다"라는 이창동 감독의 철학과는 다른 맥락이다). 좋은 영화는 관객의 머릿속에서 이야기가 계속되도록 하되 텍스트 안에서는 서사를 책임 있게 맺는다. 모든 스토리의 결말은 죽음의 알레고리이고 상실을 어떻게 처리할 것인가를 우리로 하여금 직면하게 만드는 하나의 장소다. 기약 없는 속편의 벨트로 이어지는 영화 문화는 허황되게 영생을 꿈꾸도록 부추기거나 죽음과 상실을 외면하는 집단 무의식의 표현일지도 모른다. 시리즈화는 할리우드의 유서 깊은 전통이다.

그러나 20세기의 속편 퍼레이드가 고정 시장이 있는 B급 오락영화 특유의 존재방식 혹은 그것의 확장 수준에서 이뤄졌다면, 21세기의 프리퀄, 속편, 리메이크, 리부트는 '원소스멀티유즈'라는 효율성 제일주의 아래 창의적 모험을 최대한 배제함으로써 대신 투여된 자본을 지키고 그 좌판이 영화와 얼마나 관련이 있건 시장을 확장하는 메커니즘으로 작동하는 것으로 보인다. 결국 충실한 영화 리뷰를 쓰려면 『시학』보다 코믹스 우주의 계보와 『브랜드 하이재킹』 같은 책을 서둘러 읽어야 하는 시대인지도 모른다. 이는 불평하거나 걱정할 일이 아니다. 불안한 것은 양극화의 조짐이다. 만천하가 아는 캐릭터나 프랜차이즈의 후광 없이 오리지널 각본으로 만들어진 영화들이 블록버스터의 상당수를 점하던 지난 세기에는 관객의 의식 속에서 중저 예산의 완성도 높은 장르영화와 블록버스터 사이의 문턱이 그리 높지 않았다(한국영화를 선택할 때 관객의 감각은 아직 상대적으로 그렇다). 그러나 거대 스튜디오가 브랜드로 인식하는 프랜차이즈 영화에 제작과 마케팅 자원을 집중하면서 관객에게 "극장 가서 봐야 하는 돈값하는 블록버스터"와 그 나머지 영화는, 구매 동기 자체가 다른 '상품'으로 구별되고 있다. 관객의 태도 변화에는 3D가 부추긴 관람료 상승도 한몫한다. 전 세계 극장가에서 3D 스크린의 수는 이 포맷을 반드시 필요로 하는 영화나 관객의 수를 웃돌아 소비자의 적잖은 불만을 부르고 있다.

영화는 이야기가 전부가 아닌 매체이지만 서사의 우주에 공헌하기를 멈춘다면 이야기는 언젠가 영화에 복수할 것이다. 비즈니스가 예술을, 아니 엔터테인먼트를 잡아먹을 때 애초에 영화가 비즈니스가 될 수 있게 만들었던 창의성은 비즈니스를 역습할 수 있다. 영화는 한 세기 동안 2D, 셀룰로이드 필름, 인간 배우, 날씨, 카메라의 시야 등등의 물리적 한계를 끌어안고 정해진 러닝타임 동안 이미지와 소리로 이야기하는 백만 가지 방식을 필사적으로 모색했고 그 과정에서 예술이자 엔터테인먼트가 됐다. 100년간 짊어졌던 물리적 현실의 제약을 하나씩 벗어던진 다음, 브랜드의 가치 제고를 위해 제작되고 시설 초기 투자분을 회수하기 위해 3D로 만들어지는 작금의 할리우드 블록버스터들은 우리가 지금까지 알아온 영화와는 이질적인 무엇으로 보인다. 차라리 우리는 포스트시네마라는 단어의 사용을 고려해봐야 하는 게 아닐까.

2012. 8.

노 맨스 랜드

원더우먼 Wonder Woman
감독 패티 젠킨스, 2017

"'싸움이 공정할 거라는 생각을 버려!'
어떤 여성 관객은 이 대사의 중의적 교훈을 새기며
'예, 언니!'라고 복창할지도 모른다."

  이십대 말 유학 중 어느 날 영국 하원의 TV 토론을 무심
코 틀어놓고 과제를 하던 나는, 불현듯 내 눈앞의 그림이 뭔가 잘
못돼 있다는 느낌에 사로잡혔다. 인구의 반이 생물학적 여성인데
국민을 대표하는 사람의 압도적 다수가 남성인 광경에 대해—놀
랍게도—처음으로 기괴하다고 체감한 것이다. 어이없게도 공적영
역의 성비가 훨씬 기울어진 한국에서 살아온 27년간은 당연시한
나머지 무감했던 그림이었다. 머리로는 불평등을 인지했지만, 사고
를 작동하기 전에 눈이 먼저 소스라친 경험은 그때가 처음이었던
것이다.
  묵은 기억까지 뒤진 건 〈원더우먼〉의 어떤 장면들 때문
이다. 영화의 장단점을 세세히 따지기 전에 〈원더우먼〉은 우리가
결여하고 있었으나 결여했다는 사실마저 잊고 있던 이미지를 커
다란 스크린에 펼치는 것만으로 심박수를 펌프질한다. 주요 액션
시퀀스 중 아마조네스들의 섬 데미스키라의 군사훈련 및 전투 시

퀸스 그리고 영화 중반 적에게 점령된 벨기에 마을에 다이애나(갈 가도트)가 포화를 뚫고 진입해 수복하는 과정이 그랬다. 먼저 관객은 프레임이 다양한 연령대의 여성 인물로만 채워져 있는 광경이 반대 성性의 경우와 달리 얼마나 생소한지, 그리고 그들이 목적을 갖고 움직여 공간을 장악하는 모습이 얼마나 장쾌한 감동을 주는지 데미스키라 배경의 1막에서 깨닫게 된다.

　　　말과 무기와 어우러진 그들의 애크러배틱은 여성 전사라는 평계 아래 제공되곤 하는 남성 관객용 눈요기가 아니다. 패티 젠킨스 감독은 액션의 주체인 아마조네스들의 호흡과 쾌감을 앞세운다. 예컨대 액션 동작에 따라 코스튬이 어떻게 몸을 노출시킬 것인가는 〈원더우먼〉의 안중에 없다. 활과 창검의 고전적 무기, 강한 콘트라스트, 동작의 속도를 낮췄다 높였다 하는 비주얼은 DC 확장 유니버스에 계속 관여하는 잭 스나이더의 〈300〉 액션과 스타일을 같이하지만 상당한 차이가 보인다. 아마조네스들의 무장은, 적보다 자연에 먼저 다칠 것처럼 헐벗은 스파르탄의 그것과 달리 실용적이다. 패티 젠킨스 감독이 밝히는 액션 연출의 레퍼런스는 전란을 묘사한 르네상스기의 역사화들이다(아마존족의 탄생 기원을 올림포스 신들의 전쟁을 통해 밝히는 설명 플래시백 시퀀스도 같은 양식으로 연출됐다). 한편 〈300〉이나 아류 영화들과 달리 〈원더우먼〉에는 사지가 절단되고 두개골이 꿰뚫리는 고어 표현도 없다. 물론 등급의 영향이 절대적일 것이다. 그러나 다이애나를 포함한 아마존 전사들의 액션에서 중요한 테크닉은, 먼저 공격하고 때려눕히기보다 상대방의 힘의 반동을 이용하고 정확하게 에너지를 집중시키는 능력이다. "싸움이 공정할 거라는 생각을 버려!" 이모인 안티오페 장군(로

빈 라이트)이 방심한 다이애나의 허를 찌르고 경고할 때, 어떤 여성 관객은 이 대사의 중의적 교훈을 새기며 "예, 언니!"라고 속으로 복창할지도 모른다.

영화 중반 마침내 제1차 세계대전 시 벨기에 전장으로 진출한 다이애나가 마을을 구하겠다는 일념으로 모두의 만류를 뿌리치고 '무인지대No Man's Land'를 가로지르는 순간도 마찬가지다. 그의 팔찌는 공격을 튕겨내고 정확하게 받아쳐서 길을 연다. 이 대목의 감흥은 일렉트로닉 첼로를 앞세운 한스 치머와 루퍼트 그레그슨 윌리엄스의 스코어에도 적잖이 빚지고 있다. 다분히 관습적일지언정 〈원더우먼〉은 〈슈퍼맨〉에 비할 만한 진한 인장의 팡파르를 확보했다. BBC와 인터뷰에서 원더우먼의 액션 디자인에 관해 패티 젠킨스는 "최소한 원더우먼은 상대의 얼굴에 주먹을 날리는 유형의 히어로는 아니라는 정도의 가이드라인은 확실했다"라고 밝혔다. 혈혈단신 포화 속을 질주하는 해당 장면의 원더우먼은 확실히 '국제경찰'로서 간섭주의를 고수하는 미국의 엠블럼이기도 하다. 그러나 적어도 새 영화의 코스튬은 더이상 성조기로 만든 속옷처럼 보이지 않는다(거꾸로 다이애나는 런던 백화점에서 여성의 몸매를 보정하는 코르셋을 무장으로 착각한다).

단독 영화의 1편이자 기원담으로서 여타 슈퍼히어로들과 차별되는 원더우먼의 성격을 정립하는 데에도 패티 젠킨스 감독은 성공적이다. 데미스키라에 불시착한 미군 첩보장교 스티브 트레버(크리스 파인)와 함께 전쟁의 신 아레스를 막고자 1918년 런던에 당도한 다이애나는 물 밖에 나온 인어 같은 처지다. 이웃 마블 유니버스 중 물정 모르는 왕자가 나오는 〈토르〉와 제1차 세계 대전 시대극인 〈캡틴 아메리카: 퍼스트 어벤져〉도 동시에 연상시키는 2막이다. 다이애나의 선악 개념은 회색지대가 없고 전쟁에 관한 이해는 나이브하다. 어찌 보면 철없는 여성을 합리적인 남성이 지도하는 구도 같기도 하다. 그러나 영화는 진실과 정의에 관한 다이애나의 천진한 믿음이 뜻밖의 돌파구를 뚫고 경험 많은 남자들을 설복하는 이야기로 발전한다. 리처드 도너 감독의 〈슈퍼맨〉(1978)을 참조했다는 젠킨스 감독의 말에서 짐작할 수 있듯 나이브함은 그 자체로 원더우먼이라는 슈퍼히어로의 태생적 차별성이다. 프롤로그가 예고하듯 다이애나는 달라지겠지만 그의 뿌리에는 순진한 인류애가 있다.

보다 더 주목할 점은 DC 트리오의 남성 멤버 슈퍼맨과 배트맨에게 언제나 중요한 동기로 작용하는 자아 집착과 메시아 콤플렉스, 폭력으로 번민을 해소하는 성향을 원더우먼에겐 찾을 수 없다는 점이다. 다이애나는 적어도 곤경에 처한 눈앞의 약자의 고통에 당장 감정을 이입하고 돕고자 하는 자연스런 메커니즘으로 움직인다. 인간의 도시에 도착한 순간부터 우리는 다이애나가 끊임없이 눈에 띄는 사물에 관심을 기울이고 즉각적으로 반응하고 생동하는 감정을 표출하는 모습을 지켜본다. 그는 아이스크림 맛에 찬탄하고, 섬에선 볼 수 없던 아기에게 달려간다(모성애가 이유는 아니다).

여성참정권 운동이 한창인 런던이 배경임에도 〈원더우먼〉은 다이애나에게 한 번도 페미니즘을 주제로 한 독백이나 연설을 시키지 않는다. 제작진의 타협으로 해석할 수도 있겠지만 그보

팽창하는 유니버스

다 다이애나에게는 성차별의 개념 자체가 낯설기 때문으로 보인다. 그가 금녀 구역인 정치 회합에 끼어들고 다국어 능력을 발휘하고 남자들을 물리적으로 제압할 때 객석의 웃음거리가 되는 건 분위기 파악 못 한 괴짜 여자가 아니라 개명 못 한 당대 남자들이다. 영웅의 로맨스 상대이자 제2주인공으로서 다이애나의 스포트라이트를 결코 가로 채지 않는 크리스 파인의 스티브는 〈매드맥스: 분노의 도로〉의 맥스(톰 하디)와 같은 클럽에 속하는 적절한 조력자다. 여성이 비범한 능력을 발휘할 때 "남자인 나보다 낫네?"라는 리액션을 굳이 농담조로 던져 물을 타거나 웃어넘기지 않는 점이 훌륭하다. 심지어 다이애나의 장기를 눈여겨보았다가 전투 중 결정적 디딤돌이 되어주기도 한다. 극 중에서 스티브는 당신이 인간 남자의 평균이냐는 다이애나의 질문에 "나는 평균 이상이다"라고 말하는데, 나 역시 큰 이의는 없다.

21세기 슈퍼히어로영화에 제3막이란 무엇일까. 7부 능선까지 허방 딛는 일 없이 달려가던 〈원더우먼〉도 장르의 지병인 시끄럽고 지루한 클라이맥스에 발목을 잡힌다. 〈원더우먼〉 최종 클라이맥스의 첫 번째 문제는 캐스팅이다. 데이비드 슐리스는 대부분의 역할을 훌륭히 연기해내는 일급 배우지만, 신神은—특히 군신軍神은—그 '대부분'에 속하지 않는다. 문제는 단순히 그가 신처럼 보이거나 들리지 않는다는 사실에 있다. 앨런 릭먼의 이른 타계가 매우 실용적인 이유에서 아쉬워지는 순간이었다. 물론 마블과 DC 확장 유니버스를 통틀어 지금까지 로키(톰 히들스턴) 정도를 제외하면 성공적인 악당 캐릭터를 꼽기 어려운 것이 현실이긴 하지만, 적어도 이번

〈원더우먼〉에서 아레스는 능력의 범위를 정확히 알 수 없어 긴장감을 떨어뜨리는 재미없는 악역이다. 단, 다이애나와 아레스의 대결이 상이한 세계관을 가진 남매의 전쟁이라는 점을 속편이 파고든다면 흥미로워질 여지는 충분해 보인다. 둘째, 〈원더우먼〉의 마지막 긴 결투는 비슷한 길이에, 파괴가 고조되는 패턴을 취한 여타 슈퍼히어로영화의 비슷한 클라이맥스와 비교해도 액션 구성의 밀도가 떨어지고 CG도 조악해 보인다. 셋째, 다이애나의 잠재력을 최고치로 끌어올리는 방아쇠가 사랑이라는 설정까지는 영화가 내내 그려낸 주인공 히어로의 성격에 부합했으나, 그 사랑의 구체적 대상이 막 사귀기 시작한 남자 친구여야 했는지는 의문이다. 이 선택은 "아무리 강하고 똑똑한 아마조네스도 처음 만난 남자와 사랑에 빠져 애인에 대한 복수로 세계를 구하는군"이라는 오독을 부르기 십상인 데다가, 앞서 벨기에 마을에서 다이애나와 스티브가 보낸 로맨틱한 하룻밤이 결말의 플롯을 위한 편의적 기획이었다는 인상마저 남긴다. 사족을 붙이자면, 나는 〈아이언맨〉(2008) 이후 슈퍼히어로물 르네상스 가운데 첫 여성 히어로 단독 영화에 주인공의 섹스 (암시) 장면이 처음으로 포함됐다는 점에는 반감이 없다. 남성 캐릭터에겐 당연한 나머지 생략해도 무방한 부분이지만, 성性이 종종 나약해지는 계기로 작용하는 여성 인물에게 있어 섹슈얼리티를 스스로 컨트롤하고 즐기는 모습은, 히어로에 걸맞은 강인함을 완성하는 중요한 퍼즐 조각일 수 있을 테니까.

흥미진진한 뒷얘기가 있을 법하지만 이번 영화에서는 소개에 그치는 두 여성 조연이 〈원더우먼〉에는 있다. 런던의 여성 참

팽창하는 유니버스

정권론자인 스티브의 비서 에타(루시 데이비스)와 치명적 생화학 무기를 개발한 닥터 포이즌(엘레나 아나야)이다. 데미스키라섬의 역사를 설명하는 부분에서도 제우스가 모든 존재의 중재자로 점지한 아마존족이 왜 모두 여자여야 했는가에 대해서는 특별한 언급이 없다. 전쟁과 남성성 사이의 관계를 두고 나올 법한—즉 조금 진부한—대사가 생략돼 있다. 아마조네스에 대해서도 신과 인간man 사이의 중간적 위치가 강조되고 젠더는 별도로 언급되지 않는다. 그럼에도 〈원더우먼〉의 관객은 초반 대사 속의 'man'이라는 단어를 인간과 남자, 두 가지 의미로 듣게 된다.

　　아무래도 패티 젠킨스 감독은 들려주기보다 보여주기를 택한 듯하다. 영화에서 다이애나가 성평등을 역설하는 대사가 없는 까닭도 데미스키라의 딸인 그에게 페미니즘은 상식이기 때문이라 보는 편이 합리적이다. 아마조네스의 사회가 어떻게 통치되고 운영되는가를 따로 설명하는 시퀀스도 없지만 왕 히폴리타(코니 닐슨)와 장군 안티오페가 다이애나의 교육을 놓고 이견을 해소해가는 방법은, 여성 멤버가 다수인 공동체에서 흔히 볼 수 있는 실용적이고 유연한 방식이다. 그나저나 〈글래디에이터〉에서 두 남성 라이벌 캐릭터와 삼각관계의 꼭짓점을 이뤘던 루실라 공주 역의 코니 닐슨과 〈프린세스 브라이드〉에서 원형적 프린세스 버터컵 역을 맡았던 로빈 라이트가 원더우먼 다이애나의 양육자라니 자못 훈훈하다. 슈퍼히어로영화의 또 다른 프리퀄을 보고 싶어지다니 믿을 수 없지만, 안티오페와 히폴리타의 이야기가 만들어진다면 나는 두근거리며 극장으로 달려갈 것이다. 2017.6.

웃는 남자

조커 Joker
감독 토드 필립스, 2019

"상담사는 아서에게 말한다.
'그들은 당신 같은 사람에겐 쥐뿔도 신경 쓰지 않아요.'
그리고 덧붙인다. '나 같은 사람에게도 마찬가지예요.'"

〈조커〉의 아서 플렉(호아킨 피닉스)은 광대다. 그러나 웃음은 아서에게 불행의 시작이자 끝이며 원인이자 결과이다. 학대받는 아들을 방치하며 "그래도 행복하길" 무책임하게 바랐던 어머니 페니(프랜시스 콘로이)가 붙인 '해피'라는 애칭은, 성인이 된 아서에게 강박관념이 된다. 그래서 그는 특별한 재능이 없음에도 구태여 스탠드업 코미디언을 꿈꾸며 광대 일로 생활비를 번다. 남을 웃기지 못하는 정도가 아니라 아서는 보통 사람과 다른 포인트에서 웃는다. 긴장성 발작에 가까운 그의 웃음은 한번 터지면 멎지 않아 공공장소에서 곤란한 상황을 만든다. 마침내 관객은 의심한다. 이 사람은 울고 싶을 때 웃는 걸까? 호아킨 피닉스는 정말 흐느끼는 동시에 폭소한다. 아서가 세상에서 얻어내는 데에 성공하는 웃음은 비웃음뿐이다. 토드 필립스 감독의 각본과 연출은, 사회에서 무시당하고, 감정적 성적 욕구를 충족하지 못한 중년 남성이 폭력적 출구를 찾기까지의 하강 일로를 밀어붙인다.

전통적으로 악당 조커의 차별성은 사연이 없다는 점이었다. 팀 버튼이 〈배트맨〉(1989)에서 조커에게 잭이라는 이름을 붙였을 때 불평을 살 만큼. 어디에서 왔고 어떤 연유로 범죄에 뛰어들었는지 설명되지 않는 존재는 바닥없는 공포를 낳는다. 조커는 구체적 개인이라기보다 의인화된 혼돈이다. 한편 코믹스와 이전 배트맨 영화에서 조커는 어떻게 익혔는지 알 수 없는 탁월한 범죄 수완으로 무수한 추종자가 따르는 특급 악당이기도 하다. 〈다크 나이트〉(2008)의 히스 레저는 이 콘셉트를 훌륭히 연기했다. 토드 필립스 감독은 이 두 가지를 포기하고 〈조커〉의 아서를 사연 덩어리 캐릭터로 썼다. 심지어 브루스 웨인의 이복형제일 가능성도 뿌려놓았다. 후속 작품을 의식한 듯 둘 사이 혈연의 가능성은 의도적으로 모호하게 처리됐다. 병원의 서류는 아서가 웨인가의 사생아가 아니라고 입증하지만 위력에 의한 조작 가능성은 남는다. 나중에 아서는 어머니가 남긴 사진에 적힌 토머스 웨인의 이니셜을 발견하는데 이는 반대로 망상을 앓는 페니의 글씨일 수도 있다. 후반의 후반에야 조커의 정체성을 입는 아서는 주도면밀한 범죄자가 아니다. 고담시 폭동을 포함해 극 중 그의 범죄 중 계획된 것은 없다. 제작진의 인터뷰에 따르면 호아킨 피닉스의 아서 플렉은, 이후 DC 영화에서 배트맨과 대결한 조커와 별개 인물일 가능성도 높다고 한다.

초능력이 전혀 등장하지 않는 〈조커〉의 액면은 슈퍼히어로 영화가 아니다. DC 유니버스와 연결고리를 짓는 대목을 제외하면 '분노의 피에로'나 '선동자' 같은 제목을 붙여 심리 스릴러나 호러로 개봉해도 통할 정도다. 〈조커〉를 보자마자 기존 할리우드 슈퍼히어로영화와 매우 다르다는 느낌을 받은 다른 이유는 오늘에야 깨달았다. 〈조커〉는 일반적 슈퍼히어로 장르 영화들과 달리 액션이 쾌감의 중심에 있지 않다. 이 영화에서 살인의 시각적 묘사는 서슴없지만 카타르시스를 목적으로 양식화돼 있지 않다. 폭력은 투박하고 역겹게 그려졌고 아서 플렉은 영화의 처음부터 끝까지 현실에서 만나면 뒷걸음질할 만한 인물이다. 폭력과 그 주체를 '미화'하지 않았다는 점에서 토드 필립스는 선을 넘지 않았고, 호아킨 피닉스로 말하자면 원래 관객의 호감을 자본 삼아 연기하는 부류의 배우가 아니다.

　　토드 필립스의 시나리오와 연출이 논란을 부르는 까닭은, 아서가 파괴적 인물이 되어가는 과정의 불가피성을 설득하기 위해 지나치게 열심이기 때문이다. 아서는 거리의 십대에게 뜬금없이 린치당하고, 정부가 제공하는 정신상담 및 약 처방 서비스도 예산 삭감으로 중단된다. 궁지에 몰린 아서의 손에 때마침 촉매로 권총이 들어오고, 다름 아닌 실직한 날 밤 지하철역에서 세 명의 화이트칼라 남자들이 저열한 시비를 걸어온다. 음향도 한몫한다. 영화 초반 배음으로 깔리던 사운드트랙 속 위협적인 음향은 점점 수위를 높여간다. 아서가 심리상담을 받는 두 장면에서 연신 울리는 옆방의 전화벨은, 공무원 인력 축소를 보여주는 기능을 넘어 관객의 신경을 갈아댄다. 잘 맞물리지 않거나 지나치게 노골적인 플롯을 대신해 인물의 변화를 비언어적으로 설득하는 것은 호아킨 피닉스의 연기, 흔히 말하는 대문자 A의 액팅이다. 혹자는 그의 오페라적인 연기가 오버액팅이라고 비판할 수도 있다. 그러나

〈조커〉는 같은 각본으로 피닉스가 절제된 연기를 한다고 더 좋아질 영화는 아니다. 호아킨 피닉스는 만화적 과장과는 다른 방식으로, 마음의 병이 든 상태에서 어떤 외부의 도움도 받지 못하고 위험한 나르시시즘에 빠진 인물을 섬세하게 표현한다.

〈조커〉의 호아킨 피닉스는 전력투구한다. 높은 개런티를 보장하는 프랜차이즈 영화에 잠시 나들이한 태세가 아니다. 과거 조커들도 그렇고 이번 영화에서도 조커가 깡말라야 할 필연적 이유는 없다. 상의를 벗고 웅크린 그의 골격은 뒤틀린 고목이나 해저 생물을 연상시킨다. 견갑골 연기라는 새 장을 열었다고 해도 과언이 아니다. 피에로의 큰 구두에 발이 익은 아서가 달리는 모양새는 절박하고 우스꽝스럽다. 무엇보다 뮤지컬 시퀀스에 가깝게 찍힌 아서의 자아도취적인 춤 장면들은 마임이나 아시아 가면극의 댄스처럼 보인다. 첫 살인 직후를 위시해 결단의 순간에 쓰인 춤 신들은 음악과 촬영의 뒷받침으로 시나리오가 해명하지 못한 인물의 변모 동기를 비언어적 방식으로 대신 설득한다. 〈조커〉는 보기 좋게 만들어졌다. 프로덕션디자인은 나무랄 데가 없고 화면구성과 색채도 아름답다. 촬영과 조명은 영화의 심장인 호아킨 피닉스의 연기에 밀착해 그것을 잘 보여줄 최선의 거리와 앵글을 고민한 기색이 역력하다.

거리 영화관 간판으로 추정하건대 〈조커〉의 극 중 시간은 1981년이다. 그러나 〈조커〉가 반드시 1981년을 배경으로 삼아야 할, 혹은 어느 특정 연도이건 지정해야 할 필요는 찾을 수 없다. 1981년이었어야 하는 유일한 이유가 있다면, 토드 필립스 감독이

1970년대 미국영화에 큰 감명을 받았다는 사실과 특히 서사가 매우 유사한 마틴 스코세이지의 〈택시 드라이버〉(1976)와 〈코미디의 왕〉(1982)의 뉴욕 풍경을 재현하고 싶어 했으리라는 추측이다. 극 중 누구도 로널드 레이건을 언급하지 않는 가운데 동시에 〈조커〉의 각본은, 뉴욕의 많은 역사적 사건들을 인용하고 있다. 뉴욕시 재정 위기, 청소 노동자 파업, 센트럴파크에서 한 백인이 여러 명의 유색인에게 습격당한 사건, 월가 시위 등이다. 특히 아서의 결정적 첫 살인과 여파는, 〈뉴요커〉 등 뉴욕 매체들이 지적하는 대로 1984년 치안에 불만을 품은 백인 버나드 괴츠가 뉴욕 지하철에서 5달러를 요구하는 흑인 소년 넷을 리볼버로 쏘아 척추 마비 등의 부상을 입힌 후 일부 시민들에게 영웅으로 숭배된 사건과 정확히 닮아 있다. 다양하고 구체적인 실제 사건의 패스티시는 〈조커〉를 정치적인 영화로 보이게 하는 착시효과가 있다. 하지만 각 사건의 인종적, 계급적 맥락을 떼내고, 주인공의 곤경과 타락의 계기로 사건을 재배열한 시나리오는 결과적으로 〈조커〉를 사회 드라마로서 더없이 공허하게 만든다. 그리고 사회는 항상 나쁘고 아무것도 달라지지 않는다고, 어떤 혼란이건 혼란은 다 똑같다고 뭉뚱그리는 탈역사적 관점을 드러낸다. 합법적 영역 밖에서 불만스런 남자들을 이끄는 영화 속 리더로는 일찍이 〈파이트 클럽〉(1999)의 타일러 더든(브래드 피트)이 있었다. 다만 타일러와 조커의 결정적 차이는 그나마 정치적 어젠다가 있냐 없냐이다.

〈조커〉에는 기묘한 도치들이 있다. 최초의 살인 전까지 아서와 접촉해 모멸감을 주는 인물들은 공교롭게도 모두 비백인이다. 악기 가게 광고판을 든 아서는 히스패닉 청소년들에게 이유 없이 몰매를 맞고, 버스에 같이 탄 흑인 아이 엄마에게 면박을 당한다. 아프리카계 여성 심리상담사는 아서가 보기에 냉담하고 성의 없다. 그런데 아서의 첫 피살자는 지하철에서 한 여성을 둘러싸고 성희롱하는 백인 화이트칼라 남성 셋이다. 나중에 세 피살자는 토마스 웨인 회사의 직원으로 판명된다. 여기서 잠깐, 현실에서 사회적 박탈감으로 남성이 저지르는 폭력은 힘을 가진 대상보다, 주변의 본인보다 더 약한 존재에게 가해지는 예가 많다는 사실을 상기하지 않을 수 없다. 한편 〈조커〉가 묘사한 것과 같은 무질서가 도래할 경우 가장 큰 피해를 입는 사회집단은 자본가나 정치인이 아닐 것이다. 나아가 토드 필립스 감독은 두 신을 통해 약자에 대한 조커의 '관용'을 암시한다.

　　　첫 번째는 장면이라기보다 장면의 생략이다. 가족사에 충격을 받은 아서는 같은 층에 사는 여자 친구(재지 비츠)의 아파트를 찾아간다. 그러나 여자의 반응은 지금까지 관객이 본 둘의 데이트가 아서의 일방적 환상임을 말한다. 무단침입한 아서에게 딸을 해치지 말라고 여자가 호소한 직후 영화는 다음 장면으로 컷한다. 그 지점까지 살인에서 눈을 돌린 적 없는 영화에 등장한 예외적 점프다(나머지 하나는 다른 흑인 여성 상담자와 조커가 만나는 에필로그에 나온다). 조커가 모녀를 살려줬거나 영화가 살인을 보여주지 않기로 결정했거나 둘 중 하나다. 두 번째는 집에 찾아온 광대 동료 두 명 중 한쪽을 아서가 잔혹하게 죽인 다음 장면이다. 왜소증이 있는 개리(리 길)는 살아남아 아서의 허락으로 벌벌 떨며 현관으로 향하지만 키가 작아 체인을 풀 수 없다. 아서가 피식하며 개리에게 다가가는 몇 초는 가학적 유머와 잔인한 서스펜스의 시간이다. 달아난 동료 뒤에서 아서는 "나한테 잘 대해준 것은 너뿐이었어"라며 방금 일어난 일이 권선징악일 뿐이라는 의미의 대사를 중얼거린다. 〈조커〉는 각본이 아서 플렉을 변명하려고 시도할 때마다 구차해진다. 그 절정은 〈머레이 프랭클린의 쇼〉 생방송에 출연한 아서가 별안간 "정신적으로 아픈 외톨이를 사회가 쓰레기 취급하면 어떤 결과가 오겠어요?"라며, 지금까지 구축한 캐릭터에 전혀 어울리지 않는 해설자의 대사를 외칠 때다.

로버트 드니로의 캐스팅은 〈조커〉에 〈택시 드라이버〉와 〈코미디의 왕〉이 승인한 21세기 판으로 후광을 부여하지만 그것은 포장을 넘어서지 못한다. 〈코미디의 왕〉의 루퍼트 펍킨은 유명 토크쇼 진행자를 인질로 삼았다 체포되지만 나중에는 자서전이 베스트셀러가 되고 명사가 된다. 이 결말을 루퍼트의 몽상으로 해석하건 아이러니한 현실로 보건 영화는 병들고 상처 입은 정신을 가진 주인공과 일정 거리를 두고 그를 미국 사회 안에서 조망한다. 〈조커〉는 감독의 시선도 처음부터 끝까지 아서의 그것에 동조한다. 아서가 보는 아서, 아서가 보는 사회가 곧 감독이 바라보는 인물과 세계다. 베니스국제영화제 황금사자상 수상 이후 이어진 제작진 인터뷰와 찬반 논란은 이 영화를 부풀리고 의미심장한 텍스트로 보도록 유도한다. 그러나 이야기 자체를 들여다보면 아서를 조커가 되도록 떠민 억압 가운데 보편화할 수 있는 변수는 공공의료 서비스의 폐기와 빈부격차 정도이고 나머지는 매우 특수한 가족사와 정신질환에 돌려진다. 정신질환을 앓는 사람은 방아쇠만 주어지면 쉽게 연쇄살인을 범할 수 있는 위험인물이라는 편견도, 만든 사람들의 의도와 무관하게 이 영화의 대성공과 함께 더 널리 퍼질 것이다.

인상 깊은 대사가 많은 편이 아니지만 〈조커〉의 한 장면에는 솔깃한 대화가 있다. 아서를 담당하던 심리상담사가 예산 삭감으로 더이상 서비스가 제공되지 않는다는 통보를 할 때다. 상담사는 나쁜 소식을 전한 다음 아서에게 개인 대 개인으로 말한다. "그들은 당신 같은 사람에겐 쥐뿔도 신경 쓰지 않아요." 그리고 덧붙인다. "나 같은 사람에게도 마찬가지예요." 선의를 품고 타인을 돕는 직업에 종사하며 딱 한 표에 해당하는 권력을 가진, 조커 아닌 다른 시민의 좌절이 드러나는 순간이다. 나는 〈조커〉에 이런 대화가 더 있었다면 어땠을까 상상한다. 그러나 〈조커〉의 시나리오와 연출은 호아킨 피닉스의 아서 플렉 외에는 어떤 인물에게도 관심이 없다. 2019. 10.

용서받지 못한 자

로건 Logan
감독 제임스 맨골드, 2017

"〈로건〉은 우아한 염동력 말고,
'연쇄살인자'가 직면할 환멸과
역겨움을 보여주고자 한다."

　　　마블 스튜디오에 대적하는 20세기 폭스사의 '청소년 관
람불가' 전략은 〈데드풀〉에 이어 〈로건〉에서도 성공적이다. 제임
스 맨골드 감독은 전작 중 본인이 연출한 같은 시리즈 소속의 〈더
울버린〉(2013)보다 네오웨스턴 〈3:10 투 유마〉(2007)로 돌아간다. 노
쇠한 로건/울버린(휴 잭맨)은 더욱 노쇠한 멘토 찰스 자비에(패트
릭 스튜어트)를 '봉양'하며 조용히 여생을 보내길 희망하나 다음
세대 뮤턴트 로라(다프너 킨)를 구하기 위해 마지막 피투성이 여정
에 오른다. 〈로건〉의 차별성은 할리우드 전통 장르를 전면에 내세
우면서도 기존 슈퍼히어로물의 절충적이고 매끈한 톤에서 이탈했
다는 점과 스토리의 자체 완결성, 두 가지로 요약된다. 일찍이 마
블도 슈퍼히어로영화의 단조로움을 우려하는 목소리에 대해 다양
한 장르를 소화할 수 있다는 입장을 밝혔고 〈캡틴 아메리카: 윈터
솔져〉(첩보물), 〈닥터 스트레인지〉(오컬트), 〈앤트맨〉(코미디)으로 일
정 수준 실천했다. 그러나 한 발짝 떨어져서 보면 마블 영화들은

대동소이하다는 인상을 벗기 힘들다. 모든 영화가 앞뒤 영화의 '브리지' 구실을 해야 한다는 태생적 한계가 불가피하게 작용하기 때문이다. 마블 개별 영화의 감독들은 시나리오의 결론부에 이르러 흡사 오프사이드를 두려워하는 축구 수비수들처럼, 시네마틱 유니버스의 다른 영화를 곁눈질하느라 제대로 된 마침표를 찍지 못한다. 인물의 행적은 축적되지 않고, 시간 여행과 유전자 복제라는 장치에 힘입어, 상실도 죽음도 다음 영화가 나오기 전까지만 유효하다. 마블 슈퍼히어로물들은 영구적 팽창과 탈역사를 도모한다고 말할 수도 있다.

제임스 맨골드 감독과 폭스는 상대적으로 '유니버스'에 개의치 않는다(물론 지금쯤 다음 휴 잭맨을 잇는 차기 울버린 캐스팅이 진행되고 있을 가능성도 높지만). 그래서 돌이킬 수 없는 노화와 유한한 수명을 영화에서 정면으로 다룬다. 울버린의 노화는 치유력이 치명적 상처를 커버하지 못하는 상태로 표현되고 찰스의 그것은 치매성 착란과 타인의 마인드를 움직이는 능력의 둔화로 드러난다. 〈로건〉은 17년간 근속한 휴 잭맨의 울버린에게 합당한 은퇴 행사를 치러주는 데에 집중한다. 그리고 세리머니의 식순은 조지 스티븐스의 〈셰인〉(1953)과 클린트 이스트우드의 〈용서받지 못한 자〉(1992)에서 빌려온다. 한데 제임스 맨골드는 혹시나 관객이 영화적 인용을 창의성 부족으로 오인할까 봐 불안해서인지, "우리 지금 오마주 중"이라고 과하게 티를 낸다. 찰스와 로라가 함께 호텔 객실에서 마침 〈셰인〉을 시청하며 대사를 곱씹는 신은, 기우의 소산으로 보인다.

〈로건〉이 묘사하는 2029년의 미국 풍경은 다분히 트럼프적이다. 이 영화에서 미국의 국경을 넘는 일은 목숨을 건 모험이다. 호모사피엔스들은 자연 출생한 뮤턴트를 절멸시키는 것에 거의 성공한 데 그치지 않고 인간형 병기로 유전자 실험을 통해 X-23세대를 만들어냈다. 멕시코의 비밀 실험실에서 태어난 로라와 친구들은 적의 심장부 미국을 종단해 캐나다로 탈출하려고 하는데 아마 2029년에도 캐나다는 저스틴 트뤼도 총리가 집권 중이라는 가정인가 보다. 〈로건〉의 로드무비형 스토리를 두 시간 이상 따라가며 나는 이 영화에 붙일 수 있는 닉네임을 다수 떠올렸다. '용서받지 못한 돌연변이' '리틀 미스 울버린' '칠드런 오브 엑스맨' 'X-터미네이터' 등등. 이 많은 연상은 뒤집어 말하면 슈퍼히어로 장르 안에서 관철한 참신함에도 불구하고 객관적으로는 〈로건〉의 서사가 매우 독창적이지는 않다는 방증일 수도 있다.

〈로건〉은 우아한 염동력 말고, 위기가 닥칠 때마다 제 손으로 사람을 찌르고 베어 온몸을 피 칠갑해야 생존 가능한 정당방위형 '연쇄살인자'가 장년에 이르렀을 때 직면할 환멸과 역겨움을 보여주고자 한다. 울버린은 세포가 재생될지언정 매번 고통을 느낀다. 육체의 통증이 가시면 눈앞에 산을 이룬 시체의 무게가 고스란히 죄책감으로 남는다. 울버린은 심지어 손등에서 아만다티움 칼날이 솟을 때마다 아프다고 〈엑스맨〉에서 언급하기도 했다. 즉, 〈로건〉은 12세 관람가 등급에 맞춰 소독된 울버린의 폭력 묘사를 '현실화'함으로써 로건으로 사는 일이 얼마나 아프고 끔찍한지 비로소 생생히 전한다. 원작 팬들에게서 "이게 울버린이지!"라는 환호를 사는 것도 당연하다.

그럼에도 나는 울버린과 로라가 중심에 있는 〈로건〉의 잔혹한 액션 신들을 꺼림칙한 마음으로 돌아보게 된다. 제임스 맨골드 감독은 이 장면을 통해 폭력과 살생의 참혹함을 정면으로 다루고자 한 걸까, 자극의 공급원으로 착취한 건 아닐까? 나는 머리가 잘리고 사지가 동강 나는 이미지를 부각한 이 영화의 액션을 마음 한편에서 가학적으로 즐기다가 나중에는 둔감해지지 않았는가? 살생의 업에 대해 번민하는 영화치고 〈로건〉의 연출에서는 〈셰인〉과 〈용서받지 못한 자〉가 보여준 절망적인 회의를 찾아볼 수 없다. 내가 도저히 떨쳐낼 수 없는 대목은, 호텔방에 남아 있던 찰스와 로라가 '요원'들에게 습격당하는 시퀀스다. 찰스는 예의 능력으로 죽음 직전에 시간을 멈추지만 노쇠로 인해 적들은 움직이지 못하되 의식이 살아 있는 상태다. 외출했던 로건은 초인적 힘으로 정지된 시공을 거슬러 두 사람을 구하러 호텔로 돌아와, 찰스의 염력이 풀리기 전에 (슬로모션으로) 마비된 적들의 두개골을 찌르고 몸을 벤다. 의식이 살아 있는 요원들은 흔들리는 동공으로 다가오는 로건의 칼날을 (슬로모션으로) 목격한다. 로건은 움직이지 못하는 적과 눈을 맞추며 상대를 죽인다. 기술적으로 말하자면 이는 아직 일어나지 않은 공격을 방어하는 살인이고 영화는 이 시간을 확장하고 있다. 이것은 자동차 바퀴에 치어 뒤틀리는 얼굴을 고속촬영으로 잡아내는 〈트랜스포머: 사라진 시대〉의 악취미와 어떻게 얼마나 다른가? 스스로가 쌓은 살인의 악업을 떨쳐낼 수 없다는 고백을 한 로건에게 영화는 이 이상한 '정당방위'에 대해 돌아볼 시간을 주지 않는다. 맨골드 감독은, 아마 로건이 반성을 하기엔 너무 지쳤다고 판단했나 보다.

결론적으로, 나는 〈로건〉이 〈엑스맨〉 시리즈 최고 걸작이라는 의견에는 표를 보탤 수 없다. 아울러 〈로건〉의 울버린이야말로 참다운 울버린이라는 평에도 동조하기 힘들다. 고뇌만이 사람의 진정은 아니다. 〈로건〉의 울버린에게는 특유의 유머가 없다. 내겐 늙은 로건의 회한만큼, 젊은 로건의 심술궂은 조크와 냉소도 울버린의 본질이다. 우열을 따지기보다 지금까지의 〈엑스맨〉 시리즈가 어쨌든 원색 잉크로 채색된 코믹스의 팝아트풍 문법 안에 있다면, 〈로건〉은 두껍게 그려진 유화다. 화법畫法이 다른 그림이다. 아무튼 〈로건〉이 선택한 울버린의 마지막 대사 "이런 느낌이었군"은 매우 적절한 선택이었다. 로건은 부활 없는 죽음의 감각과 더불어 '가족'과 눈을 맞추는 기분에 대해 말하고 있다. 나는 우리가 아는 엑스맨들이 이미 죽었다고 전제한 〈로건〉을 보는 동안, 그들 각자가 어떻게 최후를 맞았는지 개별 감독의 분방한 해석을 담은 영화를 보고 싶다는, 좀 잔인하고도 실현 가능성 없는 상상에 빠졌다. 〈에릭〉〈레이븐〉〈쿠르트〉……. 아, 취소다. 슬퍼서 못 견딜 것 같다. 2017. 3.

　　　　　　　　　　　　　팽창하는 유니버스

슈퍼히어로영화와 파시즘

캡틴 아메리카: 윈터솔져 Captain America: The Winter Soldier
감독 조 루소·앤서니 루소, 2014

"미국 코믹스의 초인 영웅들 대다수의 목표는

현존하는 체제를 수호하고 지지하는 데에 있다."

　　배우 크리스 에번스는 하루 종일 촬영장에서 캡틴 아메
리카를 연기하고 나면 "나한테도 농담 대사가 좀 있었으면……"
하는 아쉬움이 든다고 말한 적이 있다. 같은 슈퍼히어로물인 예전
출연작 〈판타스틱4〉만 해도 에번스는 '한유머' 하는 인물을 연기
했으니 뒷목이 뻣뻣해질 만도 하다. 하지만 주지하다시피 흰소리
를 함부로 던지는 순간 캡틴 아메리카 스티브 로저스의 정체성은
흐려진다. 캡틴은 '어벤져스'라는 아이돌 그룹에서 명분을 맡고 있
다. 때로는 효율을 희생하면서까지. 예컨대 〈캡틴 아메리카: 윈터
솔져〉에서 스티브 로저스는 결전을 앞두고 눈에 번쩍 띄는 색상과
구식 재질로, 입은 이를 선명한 표적으로 만들어버릴 제2차 세계
대전 당시 낡은 제복을 도로 꺼내 입는다. 적에게서 몸을 은폐하
고 보호하는 기능보다 "초심으로, 기본으로 돌아가자"라는 정신을
만천하에 천명하는 일이 이 캐릭터에겐 더 중요하다. 〈졸업〉의 마
이크 니컬스 감독은, 영화의 도입부가 이야기 전체의 메타포가 될

수 있다면 바람직하다는 의견을 피력한 바 있는데, 이런 맥락에서 〈캡틴 아메리카: 윈터솔져〉는 모범 사례에 해당한다. 우리가 처음 보는 스티브 로저스는 시속 40킬로미터로 새벽의 워싱턴 D.C. 공원을 달리고 있다. 롱숏으로 찍혀 있는 이 장면에서 캡틴은 손가락만 한 크기로 성실하고 우직하게 스크린을 가로지른다. 잠시 뒤 스티브가 꺼내든 수첩에는 '소아마비' 〈스타워즈〉 '인터넷' '타이 푸드' 등의 신조어가 꼼꼼히 적혀 있다. 70년을 건너뛴 시간 여행자로서 이 남자가 별안간 현실이 된 미래에 적응하는 방법은 아주 수공업적이다. 캡틴은 스포츠맨으로 치면 장거리 육상선수 유형이다.

개인의 자유냐 안보냐 저울질하는 질문은 9.11 이후 할리우드영화가 현실 사회와 자주 접맥하는 지점이다. 뉴욕 세계무역센터가 무너진 이듬해 개봉한 〈마이너리티 리포트〉는 벌어지지 않은 범죄를 예지해 단속하는 세계를 그렸고 2014년 작 〈캡틴 아메리카: 윈터솔져〉에는 과거 데이터를 잘 분석하면 평화를 위협하는 위험인물을 충분히 골라낼 수 있다는—"오늘날 세계는 디지털북이야"라는 대사도 있다—2천만 명을 희생시켜 70억 인구를 구해야 옳다는 주장이 등장한다. 물론 우리는 알고 있다. 예나 지금이나 세계는 결코 투명하지 않다. 정보기술이 자아낸 신기루로 말미암아 투명하다는 착각이 유력해졌을 따름이다. 〈캡틴 아메리카: 윈터솔져〉의 음모자들은 선별적 홀로코스트를 기도하는 셈이다. 이에 저항하는 캡틴은 원작 코믹스에서도 히틀러에게 직접 한 방 먹인 대표적인 반파시스트 영웅이었다고 하니 국기 유니폼을 입었

다고 함부로 넘겨짚을 일이 아니다. 역시 옷으로 사람을 판단하면
안 된다.

　　생각의 사슬이 여기까지 이르면 슈퍼히어로영화의 홍
수 속에서 짐짓 미뤄둔 문제와 맞닥뜨리고 만다. 슈퍼히어로 서사
는 본성적으로 파시즘에 관한 이야기다. 주인공 영웅이 파시스트
라는 뜻은 아니다. 이야기의 구도가 불가피하게 파시즘에 대해 사
고하도록 밀어붙인다는 의미다. 파시즘 하면 쉽게 떠오르는 국가
사회주의와 슈퍼히어로들의 철학은 무관하다. 그러나 근본적으로
미국 코믹스의 초인 영웅들은 물리적 힘으로 목표를 성취하며 대
다수의 경우 그들의 목표는 현존하는 체제를 수호하고 지지하는
데에 있다. 대중영화 일반도 대동소이하지만, 슈퍼히어로의 우주
에서 여성 캐릭터는 섹슈얼한 매력과 무관하게 힘을 발휘하는 예
가 더 드물다. 남성적인 강함이 곧 선과 통하는 세계라고 할 수도
있다. 개중 노골적인 예는 사적 소유의 엄청난 부와 무력으로 사
회악을 척결하는 백인 남성인 배트맨이다. 그는 정보를 얻기 위해
젠틀한 슈퍼맨은 엄두도 못 낼 고문도 서슴지 않는 강성 분자이기
도 하다. 크리스토퍼 놀런의 다크 나이트는 개별 범죄에 대응하는
자경단원을 넘어 부패로 취약해진 공권력의 비리까지 손본다.
　　공교로운 점은, 가장 '무지막지한' 영웅 다크 나이트가
영화관을 나온 관객이 시민으로 살아가고 있는 사회의 정치적 경
제적 현실과 슈퍼히어로 서사를 연관된 이슈로 생각하도록 자극
하는 영웅이라는 점이다. 놀런의 배트맨이 어둡고 사색적이라는
이유에서가 아니다. 오늘날 세련된 할리우드 슈퍼히어로영화에서

번뇌는 영웅들의 필수품이다. 그들은 모두 나름의 방식으로 큰 힘과 큰 책임의 관계를 고민한다. 다만 여타 히어로들이 스토리의 한 지점에 도달했을 때 예외적 힘을 보유한 존재가 되기에 개인에게 요구하는 규율을 사숙한다면 〈다크 나이트〉와 〈다크 나이트 라이즈〉에서는 슈퍼히어로가 폭력을 위탁 독점한 공권력과 빚는 마찰, 군중심리에 끼치는 영향이 전체 서사의 등뼈다. 브루스 웨인의 그라운드는 내정內政이다. 그는 외계에서 온 악당을 필요로 하지 않는다. 달리 말하면 만약 내일 당장 전경련이나 국회의사당에 망토와 가면을 두른 정의의 사도가 등장할 때 우리가 휘말리게 될 갈등과 논란을 〈다크 나이트〉 연작은 시적으로 과장한 형태로 보여준다.

현실 사회의 이슈를 환기시킨다는 점에서 다크 나이트와 어깨를 나란히 하는 슈퍼히어로는 브라이언 싱어의 엑스맨이다. 엑스맨과 배트맨은 슈퍼히어로계 정치 성향 스펙트럼의 왼쪽 끝과 오른쪽 끝에 해당되기도 한다. 여러모로 엑스맨은 배트맨의 대척점이다. 그들은 21세기 스크린 영웅 중 예외적으로 힘을 곧 선이 아니라 낙인으로 이해하며 출발한다. 인종차별에 맞서 소수자의 힘과 도덕적 우위를 보여주는 일로 활약하는 엑스맨의 궁극적 목표는 기존 사회를 안정화하는 게 아니라 충격하고 뒤흔드는 데 있으며 그 과정에서 지배적 가치관을 뒤집어야 한다. 한편 엑스맨들은, 친밀한 타인이라고는 심리적으로 유사성을 가진 숙적들밖에 없는 배트맨과 대조적으로 같은 마이너리티로서 동료들과 이익집단, 정치적 결사를 결성한다. 두 슈퍼히어로는 반대 경로를 밟아 우리를 동일한 장소, 현실 정치로 데려간다.

　　　나는 브라이언 싱어 감독의 〈엑스맨〉에는 첫눈에 반했지만 〈다크 나이트〉 2편과 3편에 대해서는 갈팡질팡했다. 일단 이런 부류의 주제라면 액션 블록버스터가 아닌 영화들이 더 통렬하고 냉정하게 들려줄 수 있지 않겠냐는 의구심이 있었다. 특히 〈다크 나이트 라이즈〉는 위험스러워 보였다. 이 영화가 월가 시위를 정확히 상기시키는 스펙터클을 통해 반反자본주의적 저항을 야만적 폭동으로 축소한 다음, 고결한 엘리트 단독자의 희생에서 해결책을 찾았다는 해석에는 변호할 여지가 없었다. 〈다크 나이트 라이즈〉의 혁명에서는 코뮌의 동지애도 이데올로기도 대안도 찾을 수 없다. 그러나 슈퍼히어로물이 2020년대 개봉 스케줄까지 예고하며 버젓한 장르로 안착해 점점 세련돼지면서, 재벌이 견제해야 할 대상에서 동경할 만한 영웅으로 여겨지는 현실이 도래하면서, 〈다크 나이트〉 시리즈가 남긴 이미지는 불쑥불쑥 되살아나 나를 찌르기 시작했다. 클라이맥스 한복판에 들어앉아 있던 민란의 스펙터클, 시스템을 보존하려면 악당과 공유한 뿌리를 감추지 않고 초법적 행위가 필요하다는 신념을 뻔뻔하게 표명한 강성 히어로의 초상은, 정치적으로 올바르게 조율된 서사에 최후 20여 분의 전투로 카타르시스를 안겨주는 세련된 슈퍼히어로영화의 단잠에 안온히 빠져 있고 싶은 나를 불쾌하고 두려운 악몽처럼 흔들어 깨운다.

2014. 5.

영웅 동맹의 딜레마

어벤져스: 에이지 오브 울트론 The Avengers : Age of Ultron
감독 조스 휘던, 2015

"결국 내가 맞닥뜨린 답답함은,
마블이 선택한 연속형 서사의
태생적 제약이다."

　　"저희 마블이 생각하는 슈퍼히어로의 임무는 첫째도 둘째도 민간인 보호입니다."

　　〈어벤져스: 에이지 오브 울트론〉(이하 〈에이지 오브 울트론〉)을 보는 동안 이 슬로건이 도처에서 나부끼는 환각이 보였다. 조스 휘던 감독은 관객의 호흡을 절대적으로 휘어잡아야 할 오프닝 액션 시퀀스부터 시민들을 대피시키는 장면을 강조한다. 헐크와 벌인 아프리카 격투 도중 토니 스타크(로버트 다우니 주니어)는 부서질 건물 안에 주민이 없나 스캔하고, 서울 액션에서는 지하철 승객 구조가 울트론(제임스 스페이더)의 합성 육체를 빼앗는 미션보다 전면을 차지한다. 광역 소개령疏開令을 시작으로 거의 모든 멤버에게 개별적 구조 에피소드가 주어지고, 급기야 닉 퓨리가 이끄는 쉴드가 시민의 구명보트 노릇을 하는 장면까지 이어지는 마지막 소코비아 시퀀스는 더 말할 나위도 없다. 솔직히 나중에는 "훌륭한 뜻을 충분히 알았으니, 이제 이만하고 진도를 좀……"이라고 부탁하고 싶어질 지경이다.

　　슈퍼히어로 액션영화의 중대한 태생적 딜레마 하나는, 슈퍼파워를 가진 캐릭터끼리 대결하는 와중에 발생하는 대량 인명 살상 스펙터클이 오락성의 원천이라는 점이다. 2012년 개봉한 〈어벤져스〉도 치타우리족과 슈퍼히어로들이 맞붙어 맨해튼을 너덜너덜하게 만든 전투로 끝났다. 1년 후 DC 코믹스의 〈맨 오브 스틸〉은 조드 장군과 슈퍼맨이 주먹다짐을 하며 메트로폴리스를 초토화하는 45분 파괴 시퀀스로 피날레를 장식했다. 한데 두 영화 사이에는 사소한 듯 간과할 수 없는 차이가 있다. 〈어벤져스〉의 맨해튼 대첩에서 캡틴 아메리카(크리스 에번스)는 교전 지역을 최대한 제한하는 전술을 멤버들에게 전달하고 경찰을 몰아세워 시민을 대피시킨다. 블랙 위도우(스칼릿 조핸슨)는 천공의 포털을 막아 피해를 최소화할 궁리를 한다. 어벤져스들도 건물을 부수지만 붕괴를 막는 움직임도 보여준다. 반면 〈맨 오브 스틸〉의 클라이맥스가 여론의 도마에 오른 것은 첫째 지루해서였고, 둘째 슈퍼맨의 캐릭터를 어그러뜨렸기 때문이었다. 타고난 힘의 책무를 받아들여 자기를 입양한 지구인들을 보호하겠다는 결단을 내리는 데에 영화 전반부를 소모한 클라크 켄트는, 정작 악당과 싸우는 도중 때려 부순 건물 안의 무고한 인명에 전혀 개의치 않는 것처럼 보였다. 상상컨대 마블 스튜디오는, 아니 적어도 조스 휘던 감독은 〈맨 오브 스틸〉의 통각이 마비된 클라이맥스를 보며, 이 이슈야말로 슈퍼히어로 장르 전체가 장기 생존하기 위해 극복해야 할 과제라고 절감했음에 틀림없다. 〈에이지 오브 울트론〉의 민간인 보호 기치는 〈맨 오브 스틸〉의 안티테제다. 비슷한 맥락에서 〈에이지 오브 울트론〉 중 호크 아이(제러미 레너)의 아내 로라(린다 카델리니)의 대사가 주의를 끈다. "내가 당신의 '갚아주기' 활동을 완전히 지지하는 거 알죠?(You know I totally support your Avenging?)" 극장에서 웃음도 자아낸 대사지만, '어벤징'을 이를테면 대문자로 시작되는 고유 활동으로 표현한 린다의 표현은 어벤져Avenger라는 작명을 새삼 생각하게 만든다. 'revenge'도 마찬가지지만 동사 'avenge'의 직접목적어는 남에게 입은 상처나 피해이지 그것을 끼친 가해자는 아니다. 또 'revenge'와 달리 'avenge'는 개인적 증오가 아니라 그릇된 힘에 균형을 잃은 상태를 수평으로 되돌리려는 의지가 동기라는 뉘앙스를 풍긴다. 공격 아닌 방어를 위해서만 포스를 사용한다는 제다이의 교전 수칙처럼, 조스 휘던 감독은 어벤져스를 차별화하는 '영웅 헌장'을 각인시키기 위해 무진 애를 쓴다.

자, 그러면 남는 문제는 방어하되 어떻게 방어하느냐다. 여기가 캡틴 아메리카와 토니 스타크가 갈라서고 파시즘이라는 시한폭탄이 등장하는 지점이다. 엄청난 부와 기술을 소유한 토니 스타크는 공격이 최선의 방어라는 입장을 고수한다. 반면 캡틴 아메리카는 "시작도 안 한 전쟁을 이기려 들기 시작하면 항상 무고한 사람들이 죽는다"고 단언한다. 이 문제는 〈에이지 오브 울트론〉까지 11편의 영화를 만들고 향후 4년간 11편의 제작을 예고한 마블 시네마틱 유니버스MCU 전체를 포괄하는 대주제로 내세울 만한 거의 유일한 실질적 갈등이다(설마 인피니티 스톤 여섯 개를 한데 모으는 것이 마블의 이야기 우주를 지탱하는 진짜 목표라고 믿는 관객은 없을 것이다. ……아닌가?). 〈에이지 오브 울트론〉 촬영 현장에서 인터뷰 기회를

팽창하는 유니버스

얻은 나는 휘던 감독에게 〈어벤져스〉와 〈캡틴 아메리카〉 연작에 거듭 등장하는 "인간은 복종하도록 창조된 존재다" "자유로부터의 자유"라는 표현이 장기적 복선으로서 갖는 의미를 물었더랬다. 조스 휘던의 답은 명료했다. "이 정도 스케일의 영화를 만들면서 파시즘을 피해 가긴 어렵다. (…) 슈퍼히어로들은 그 물리적, 도덕적 힘이 우월하고 리더십을 희구하는 사람들이 이토록 많으니 그냥 자기들이 인류에 명령을 내리는 게 맞지 않을까 자문하게 된다. 파시즘으로 통하는 안락함의 유혹이다. 그런 유혹을 반박함으로써 우리는 혼돈과 무질서가 인간성을 질식시키는 완전무결한 질서보다는 낫다고 말하는 것이다." 〈어벤져스〉 시리즈를 더이상 만들지 않겠다고 결정했지만 조스 휘던은 일찌감치 캡틴 아메리카 편이었던 셈이다. 하지만 결론이 예정돼 있다고 하더라도 영화 내적으로 전개되는 갈등과 논쟁이 싱겁다면, 시리즈의 극적 긴장은 반감될 것이다.

과연 이와 관련해 〈에이지 오브 울트론〉에는 토니 스타크를 둘러싼 매우 흥미로운 포석이 있다. 스타크는 파시스트는 아니나, 군수산업에 뿌리를 둔 파워엘리트이며 본인의 의지가 현실을 장악할 수 있다는 확신을 평생 굳힌 인물이다. 이 캐릭터는 방패이자 창이다. 우선 어벤져스에게 선공 치명타를 날리는 스칼렛 위치와 퀵실버 남매부터 과거 살상무기를 팔아 부를 축적한 토니 스타크의 업보다. 큰 위험은 집중된 큰 힘으로 막아야 한다고 믿는 토니 스타크는, 이번 영화에서 아이언맨이 슈트를 입듯 완벽한 인공지능을 개발해 세계에 디지털 갑옷을 입히려 한다. 전능한 단일 통제 시스템을 발명하면 만사형통이라는 발상으로 울트론을 개발하지만, 울트론은 곧장 인류 절멸의 위협으로 진화한다. 울트론이 근육질의 전투형 안드로이드로 변모함에 따라 토니 스타크와 울트론의 혈연 유사성이 흐릿해진 점은 주제 전달을 고려하면 못내 아쉽다. 코믹스의 원 캐릭터가 어떠했든 울트론이 〈2001 스페이스 오디세이〉의 인공지능 컴퓨터 HAL처럼 지성적 존재이되 빅데이터로 보강된 순수한 A.I.로 그려졌다면 한결 흥미진진했을 것이다. 아니면 로버트 다우니 주니어가 1인 2역으로 울트론을 연기하면 어땠을까?

울트론에게 액션히어로의 육체가 필요했던 이유는 자명하다. 마블 슈퍼히어로영화는 마지막 30~40분의 전면전 클라이맥스를 포함한 3~4개의 액션 세트 피스를 포기할 수 없다. 울트론의 육체는 스크린에서 처단됨으로써 이 끝없는 연작 가운데 이번 회차에 잠정적 카타르시스와 일시적 종결을 제공해야 한다. 여러 로봇의 몸에 옮겨 다닐 수 있는 울트론의 '클라우드 컴퓨팅'스러운 편재성은 역설적으로 물리적인 액션의 카타르시스를 복제 양산한다. 영화의 종장에서 울트론은 헐크의 손에 패대기쳐지고 스칼렛 위치의 손에 심장을 뜯기고 비전(폴 베터니) 앞에서 최후 진술을 하며 여러 번 죽는다. 울트론을 막겠다고 토니 스타크가 세운 대책이 어이없게도 '울트론 2.0'인 비전의 창조라는 점을 지적할 필요가 있다. 도대체 토니 스타크라는 천재는 경험을 통해 학습하지 못하는 걸까? 그런데 돌아보면 스타크의 학습장애는 이번이 처음도 아니다. 〈아이언맨3〉 결말에서 슈트들을 폭파해 호탕한 불꽃놀이를 벌이고 "아이언맨을 만드는 건 슈트가 아니"라며 표표한 뒷모습을 보였던 토니 스타크는 이후 별다른 설명 없이 슈트 군단을 재가동했다. 〈에이지 오브 울트론〉에서도 토니 스타크는 농장이나 하고 싶다는 소망을 피력하지만 이제 별로 귀담아듣게 되지 않는다. 토니 스타크의 캐릭터 궤적은 왜 자꾸 도돌이표를 찍어야 할까? 답은 사실 모두 안다. 마블 우주에 속한 영화에는 액션의 할당량이 있어서 아이언맨을 필요로 하고, 캐릭터의 변화와 발전은 다음 작품에서 소집될 다른 히어로들과 보조를 맞춰야 하기 때문이다. 결국 관객인 내가 맞닥뜨린 답답함은, 마블이 선택한 연속형 서사serial storytelling의 태생적 제약이다.

　　분명 조스 휘던은 〈에이지 오브 울트론〉에서 앙상블 지휘력, 위트, 교차편집 센스, 장쾌한 클라이맥스 연출력 등 수중의 모든 도구를 활용해 존중할 만한 결과물을 내놓았다. 동시에 이 최선의 절충안은 히어로 앙상블 영화가 어디까지 갈 수 있는지 한계를 서서히 가늠하게 만든다. 일단 구조적으로 고정된 변수들이 있고 연작이 반복될수록 캐릭터의 증원과 더불어 고정 메뉴의 부피가 늘어간다. 내역을 보자. 서너 개의 액션 시퀀스가 영화 속 텐트 폴로 박혀 있고, 등장 영웅들의 심리와 관계를 설명하는 장면이 필요하며 차후 연작의 복선도 심어야 한다. 이야기 패턴은 새로운 악당이 등장해 인피니티 스톤 중 하나를 탈취하고 그것을 회수하는 코스의 변주다. 요컨대 독자적 이야기로 다른 뭘 해보기에는 러닝타임이 빠듯하다. 마블의 인물이 신생 캐릭터와 새 관계를 맺을 수는 있을지언정 전진하거나 깊어질 여지가 있을까? 〈에이지 오브 울트론〉에서도 인물 탐구라고 할 만한 부분은, 일상이나 경험이 아니라 스칼렛 위치의 주문이 모든 멤버에게서 끌어낸 과거의 트라우마로 '브리핑'된다. 결과적으로 헐크뿐 아니라 어벤 져스 전원은 마음의 병에 짓눌린 환자처럼 보이게 됐는데, 과거에 얽매인 군상이란 그리 매력 있지 않다.

개봉 직후 대두된, 블랙 위도우가 여성 캐릭터로서 퇴행 적으로 그려졌다는 불만도 조스 휘던의 잘못이기보다는 이 세계 의 비좁음과 관계있다. 근본 문제는 블랙 위도우의 연애가 아니라 이 여섯 히어로 군단 중 여성이 딱 한 명이라는 지분의 불평등이다. 〈내셔널 퍼블릭 라디오NPR〉의 린다 홈스가 제시한 가설이 재미있 어 소개한다. 블랙 위도우에게 헐크의 스토리를 줬다면 자기 힘을 혐오하는 여성이, 캡틴 아메리카의 몫을 줬다면 통제 강박에 빠진 여성이 될 것이다. 호크 아이에 대입하면? 뭐니 뭐니 해도 가정이 우선인 여성 캐릭터가 돼버린다. 블랙 위도우는 유일한 여성 주역이 기에 성정치학의 리트머스지가 될 수밖에 없다.

끝으로 마블 우주 특성상 관객은 인물의 안위를 심각하 게 염려하기 어렵다. 이제 잘 알려진 대로 이 시리즈에서 인물의 죽음이 지속되는 시간은 네일아트가 지속되는 시간 정도다. 지금 껏 죽은 줄 알았던 닉 퓨리, 버키, 로키 등이 살아 돌아왔고 〈어벤 져스〉에서 장렬히 퇴장한 콜슨 요원은 TV 시리즈에서 부활했다. 영구적 상실은 없다고 보장된 싸움이, 연대기의 전개와 더불어 관 객의 몰입도 심화시킬 수 있을지 의문이다. 나는 〈에이지 오브 울 트론〉을 충분히 즐겼지만 자꾸 뒤돌아보게 된다. 나의 반응은 무 수한 덫과 함정을 무사히 통과한 '선방'에 대한 안도에 가까웠던 게 아닐까? 2015. 5.

블랙 뷰티

블랙팬서 Black Panther
감독 라이언 쿠글러, 2018

"여럿인 덕분에 여자들은 매사에

한 편일 필요가 없다.

때로 양은 질만큼 중요하다."

　　〈블랙팬서〉의 히어로 티찰라(채드윅 보즈먼)와 악당 킬몽거(마이클 B. 조던)는 똑같은 슈트를 입는다. 히어로와 적이 동전의 양면임을 이보다 효과적으로 보여줄 방법은 별로 없을 터다. 라이언 쿠글러 감독이 각본에도 참여한 〈블랙팬서〉는, 식민지배의 흉터 없이 자랑스러운 전통을 보존하며 번영한 가상 국가 와칸다와 착취와 차별로 고통받아온 미국의 아프리칸 디아스포라에 양발을 나눠 디딤으로써 균형을 잡는다. 백인과 맺는 관계를 통해 상대적으로 규정되는 흑인의 정체성이 저울의 한쪽이고, 백인을 고려하지 않은 "본래 우리는 누구인가?"라는 질문이 나머지 한쪽에 올려진다. 고립 속에 번영한 아프리카 국가의 왕자로 귀하게 자라 왕이 된 티찰라는 수많은 아프리카계 인구가 여전히 고통받고 그 고통이 어느 때보다 전 지구적으로 직결된 세계에서, 와칸다의 국가 정체성을 고민해야 한다. 반면 미국 오클랜드의 흑인 커뮤니티에서 차별을 겪으며, 미국의 패권주의를 해외에서 실행하는 비밀

요원으로 훈련된 킬몽거에게 답은 자명하다. 불평등과 압제를 해소할 길은 오직 무기이고, 와칸다는 전 세계 아프리카계인의 병기창이 될 수 있다.

마블을 포함한 할리우드 스튜디오 슈퍼히어로 장르의 약점은 제3막의 상투성과 허무맹랑한 악역인데 〈블랙팬서〉는 적어도 후자는 깨끗이 날려버렸다. 마이클 B. 조던의 카리스마가 완성한 킬몽거는 그저 순수한 악의와 파괴력으로 똘똘 뭉친, 우주에서 온 보랏빛 빌런과 부류가 다르다. 실제 미국사에서 블랙팬서 당이 취했던 입장에 가까운 킬몽거의 주장은 일리 있을 뿐 아니라, 정치적 이상을 포함해 모든 것을 상속받은 티찰라의 신념보다 관객의 마음을 끈다. 미국인으로 살아온 킬몽거는 굴욕을 맛본 적 없는 와칸다의 직계조상이 아니라 미국으로 끌려가던 노예선에서 뛰어내린 아프리카인을 선조로 삼는다. 그는 패하고도 개과천선의 형식으로 신념을 버리지 않으며, 어디에 묻히느냐를 중시하는 와칸다의 문화를 조소하듯 탈출 노예처럼 수장되길 원한다. 단적으로, 킬몽거는 티찰라 대신 블랙팬서가 돼도 이상할 것이 없는 악역이다. 수년간 마블 시네마틱 유니버스의 최고 악역으로 꼽혀온 로키(톰 히들스턴)가 홀을 넘길 때가 드디어 왔다. 그리하여 〈블랙팬서〉의 투쟁은 흥미진진하다. 와칸다에서 벌어지는 전투는 세계 종말을 막으려는 막연한 힘겨루기가 아니라 특정한 개인, 가족, 국가, 역사에 관한 논쟁이기 때문이다. 클라이맥스의 혼란스러운 CG 과다복용은 〈블랙팬서〉도 매한가지지만 적어도 우리는 싸우는 모든 인물의 명분과 동기를 이해하고 전황을 따라갈 수 있다. 이름도 혼동되는 마법의 돌 때문에 몰려든 외계인들과의 전면전과는 몰입도가 다르다. 〈블랙팬서〉에도 비브라늄이라는 맥거핀이 등장하지만, 티찰라와 킬몽거의 갈등은 비브라늄 없이도 스토리를 만들어낸다. 심지어 마블 우주의 일원이 아니더라도 〈블랙팬서〉는—쿠키 영상만 빼면—충분히 단일 영화로서 성립한다. 마블 시네마틱 유니버스의 열여덟 번째 엔트리라기보다 새로운 유니버스가 통째로 더해진 기분으로 극장을 나섰다.

히어로 영화로서는 무겁고 복잡한 이야기를 짊어진 〈블랙팬서〉는 고전적인 틀을 택했다. 서사의 모델은 〈라이온 킹〉, 액세서리는 〈007〉 시리즈에서 빌렸다. 와칸다의 왕자 티찰라는 사자 심바처럼 부왕을 완벽한 귀감으로 여긴다. 그리고 과거, 아버지와 숙부의 반목을 뒤늦게 알고 시험에 든다. 티찰라가 결투 끝에 폭포에서 추락하는 숏은 정확히 〈라이온 킹〉의 무파사가 희생되는 낭떠러지 장면과 이어진다. 물론 〈블랙팬서〉의 가족 비극은 〈라이온 킹〉보다 뿌리도 열매도 복잡하며 오히려 셰익스피어의 가족 비극에 가깝다. 〈007〉은 뜻밖의 참고문헌이다. 비밀의 첨단 왕국 와칸다는 세계 곳곳의 정세를 탐지하기 위해 파견한 정부 요원을 다름 아닌 '스파이'라고 부른다. 티찰라의 전 애인인 나키아가 그중 한 명이다. 티찰라에게 블랙팬서 슈트를 비롯한 각종 무기를 제공하는 공주 슈리(러티샤 라이트)는, 〈007〉 시리즈의 Q에 준하는 기능을 수행한다. 부산 자갈치 시장 카지노 액션의 공간 설계와 동선, 의상은 아직 관객의 기억에서 지워지지 않은 〈007 스카이폴〉의 세트 피스를 곧장 인용한다. 그런데 문제의 자갈치 카지노 시퀀스에서 내가 제일 쾌재를 부른 순간은, 본드걸풍 빨간 드레스로 위장했던 오코예 장군(다나이 구리라)이—못 해 먹겠다는 투로—
집어던진 가발이 적의 얼굴을 후려치는 찰나였다.

  말을 이어가자면, 〈블랙팬서〉는 인종뿐 아니라 젠더의
균형도 적절한 방식으로 회복한 블록버스터다. 〈어벤져스: 에이지
오브 울트론〉에서 블랙 위도우의 로맨스에 쏟아진 실망을 돌이
켜보자. 엄밀히 말해 블랙 위도우는 죄가 없다. 영화가 예컨대 남
자 주연 다섯에 여자 한 명 끼워주는 방침을 고집할 때, 유일한 여
성 캐릭터는 전체 여성을 대변하는 일종의 대사大使가 되어버린다.
한 개인으로서 입체성만 갖추면 합격인 남성 캐릭터와 달리 홍일
점 캐릭터는 다양한 여성의 욕망과 현실적 모순을 몽땅 반영해야
하는 불가능한 미션을 짊어지게 되고 실패할 수밖에 없다. 그런데
〈블랙팬서〉에는 이야기를 움직이는 복수의 여성 인물이 등장한
다(이 어이없게 당연한 명제를 특별 언급해야 하는 현실이 벡델 테스트
의 존재 이유를 말해준다). '미망인'(남편과 같이 죽지 못한 사람)이라
는 차별적 단어와 동떨어진 여왕 라몬다(앤절라 바세트)를 비롯해
최고의 군인 오코예, 스파이 나키아, 과학자 슈리가 영화 초반부
터 스크린을 채운다. 우선, 와칸다의 시민들이 삶을 미처 보여주
지 못하는 영화에서 슈리는 전통과 기술을 이상적으로 결합한 가
상 국가를 대변하는 존재다. 여럿인 덕분에 여자들은 매사에 한
편일 필요가 없다. 멸사봉공 정신이 투철한 오코예는 누가 옥좌에
앉건 간에 명령 체계에 충실한 공직자이며 와칸다 전통의 수호자
다. 반면 스파이 나키아는 세계시민주의자이며 개인의 신념을 중
시한다. 따라서 두 여성은 한때 적으로서 맞선다. 오코예와 나키

아는 극 중 남성 캐릭터와 연인 관계다. 그러나 결정적 순간이 닥쳤을 때 오코예는 연인 편을 드는 대신 군인의 사명을 지킨다. 나키아와 티찰라가 헤어진 까닭은 외부 세계의 동족을 어떻게 대할 것인가에 대한 정치적 견해 차이로 암시된다(영화의 여정 끝에 설득되는 쪽은 티찰라다). 여성 인물이 딱 한 명이 아니고, 그들이 영위하는 삶의 다른 중요한 영역이 충분히 재현되기에, 관객은 연애를 여성 캐릭터의 족쇄로 두려워하지 않아도 좋다. 때로 양은 질만큼 중요하다.

라이언 쿠글러 감독은 마블 유니버스에 신대륙을 더했다. 〈블랙팬서〉에서 인물의 동기는 액션의 핑계를 넘어 실제 세계의 이슈와 직결된다. 와칸다인의 패션과 문화도 마블 히어로 영화의 어슷비슷한 프로덕션디자인에 익숙해진 관객의 눈을 번쩍 뜨이게 한다. 와칸다의 다섯 부족이 모여 티찰라의 즉위를 결정하는 의식은 〈블랙팬서〉의 첫 정점이다. 얼핏 클리셰 같지만 의식은 합리적이고 의미심장하다. 후계자는 블랙팬서의 초능력을 빼고도 왕의 자격이 있는지 시험받고, 도전 기회는 모든 부족에 개방된다. 신성한 결투장의 경계를 짓는 것은 대자연, 폭포와 절벽이다. 화려한 옷과 장신구로 성장한 부족 대표들은 특정인의 생사를 떠나, 장쾌한 노래와 춤으로 새 시대를 기념한다. 〈블랙팬서〉는 "백인이 아님에도 불구하고"가 아니라 "흑인이기에" 멋진 스펙터클을 만들어냈다. 2018. 2.

오, 마이 캡틴

캡틴 마블 Captain Marvel
감독 애너 보든·라이언 플렉, 2019

"캐롤의 파워는 기원담인 〈캡틴 마블〉이 진행되는 동안
계속 자라난다. 싸울수록 강해진다."

"여자라는 점을 빼고 뭐가 특별한가?"
　〈캡틴 마블〉에 많은 관객이 던지는 질문이지만 슈퍼히
어로로서 캐롤이 지닌 차별성의 대부분은 역으로 여성이라는 점
에서 비롯된다. 젠더는 하나의 차이점이 아니라 수많은 특질의 발
원이자 특질들이 연결되는 방식이고, 세상을 파악하는 다른 시점
과 감각을 포함하기 때문이다. 능력보다 능력의 컨트롤이 중요하
다는 가르침을 받는 슈퍼히어로는 캡틴 마블이 최초가 아니다. 단
남성 영웅들에게 이 규칙은 대체로 "큰 힘에 따르는 큰 책임"이라
는 도덕적 규율로 작동했다. 반면 캐롤은 제어되지 않은 힘은 곧
장 그 자신을 위험에 빠뜨릴 흉기라고 배운다. 캐롤은 거대한 힘이
직접적으로 본인을 해치고 아군에 피해를 끼치고 커리어를 망칠
거라는 경고를 받는다. 토르는 당연한 권리로 망치 묠니르를 물려
받고, 캡틴 아메리카는 국가가 만들어준 방패를 받지만 그것을 살
살 쓰라는 주의사항이 무기에 딸려오지는 않는다. 군수기업가 토

니 스타크는 아이언맨 슈트를 개발한 다음 막대한 자산을 활용해 더 강력한 슈트를 더 많이 생산해도 그것 때문에 영웅의 자격을 의심받지 않는다. 헐크는 "참아야 한다"는 주문을 가장 많이 되뇌는 히어로지만 엄밀히 말해 브루스 배너와 헐크는 분리된 자아다.

　　　머리칼이 불꽃 모양으로 일렁이고 눈은 한 쌍의 화이트홀처럼 빛나고 팔다리는 열기를 뿜어낸다. 영화를 보기 전까지 그저 슈퍼파워의 진부한 만화적 묘사로 보였던, 각성한 캡틴 마블의 이미지는 놀라운 해방감을 자아낸다. 이 이미지는 "만약 내가 자유로워진다면 무엇을 할 수 있을까?"라는 여성 일반의 잠재된 자문에 대한 강력한 외마디 소리 답변이기 때문이다. 캐롤 댄버스(브리 라슨)가 캡틴 마블로 도약하는 계기는 외부의 에너지가 아니라 언제나 내면에 품고 있던 뇌관에서 안전핀을 뽑는 결단이다. 대뜸 '최강'이라고 설정만 했다고 여타 어벤져스보다 우월하고 타노스를 위협하다니, 여성 히어로의 무임승차 아니냐는 불평도 있을 법하다. 그러나 캡틴 마블은 태초부터 품고 있던 힘을 고삐에서 풀었기에 존재 전체가 전인미답의 에너지 덩어리이고 따라서 특별한 무기와 아이템이 필요 없는 영웅일 수도 있다. 또한 캐롤의 파워는 기원담인 〈캡틴 마블〉이 진행되는 동안 계속 자라난다. 싸울수록 강해진다. 우연히도 영화에는 우주선 등 공간 안쪽에서 바깥으로 밀려나간 캐롤이 안간힘을 다해 문에 매달리는 장면이 은유처럼 서너 차례 등장한다. 밖으로 떨쳐내려는 힘에 매번 저항한 캐롤은 본인의 슈트만으로 대기권 안팎을 드나들며 자유자재로 전투를 벌이고, 결말에 이르면 마침내 슈트도 헬멧도 벗어던진 평상의 차림으로 우주공간에 유유히 존재한다. 록밴드 티셔츠와 청바지, 항

캡틴 마블

공 점퍼. 캐롤 댄버스의 평상복은 정말 평상복이다. 지구인의 복장이 필요해진 캐롤은 옷 가게에 진열된 여성복 중에서도 제일 간편한 착장을 훔쳐 걸친다. 크리족 스타포스 부대 유니폼에서 유래한 캡틴 마블의 슈트는 기존 여성 전사들의 그것에 비하면 몸을 조이기보다 보호하고 가슴 윤곽을 드러내는 데에 미련이 없는 디자인이다. 앤젤리나 졸리, 스칼릿 조핸슨, 갈 가도트 등 할리우드는 소위 '여신급'의 초현실적 외모를 가진 배우들을 액션 히로인으로 캐스팅해왔다. 그들과 비교해 (세 배우의 캐릭터를 깎아내리고자 함이 아니라) 브리 라슨의 접근 가능한 부류의 아름다움과 카리스마는 보통 여자들 안의 힘을 일깨우는 데에 적합하다. 영화의 마스코트인 고양이 구스와 귀여운 광경을 연출하는 캐릭터가 캐롤이 아닌 닉 퓨리(새뮤얼 L. 잭슨)라는 사실도 소소하지만 인상적이다. 전투기에 동승한 구스가 조종석에 올라오자 캐롤은 덤덤히 밀어낸다. 혀 짧은 소리로 고양이를 어르는 쪽은 닉 퓨리다. 캐롤은 상대가 동물이건 사람이건 호감을 사려고 애쓸 줄 모르는 인물이다.

〈캡틴 마블〉이 전환점을 맞이하기까지 캐롤은 이중의 가짜 정체성에 갇혀 있다. '남성성이 곧 인간성'이라고 암시하는 교육을 믿고 여성적 파워를 억누르고 있는 동시에, 지구인으로서 정체성을 제거당한 채 크리족의 모범적 전사가 되고자 노력한다. 관객 역시 크리족의 세계관에 따라, 할리우드 상업영화의 관습에 길든 대로 귀가 뾰족하고 피부가 푸른 고블린 형상의 스크럴족이 각 행성에 침투해 사회를 전복하는 테러리스트들이라고 믿는다. 그러나 스크럴족의 지도자 탈로스 장군(벤 멘델슨)이 진술하고 곧

이어 사건 전개가 입증하는 진실은 딴판이다. 스크럴족은 크리족 세력의 침공으로 고향을 파괴당하고 정착지를 찾아 떠도는 난민일 뿐이다. 연대상 뒷날 〈토르: 라그나로크〉(2017)에서 아스가르드인들도 맞이하게 될 운명이다. 대사로 짐작건대 크리족이 스크럴족을 혐오하는 이유는, 접촉하는 다양한 대상의 모습으로 변신할 수 있는 그들의 능력에 있다. 슈프림 인텔리전스라 불리는 반박 불가한 절대 이성이 지배하고 첨단 군사력을 보유한 크리족은, 엘리트주의를 신봉하는 파시스트 사회의 특성을 보인다. 스스로를 고귀한 영웅의 종족이라고 부르는 그들에게 스크럴족의 유동적 정체성은, 유일무이해야만 하는 진실과 정의를 교란하는 부도덕한 속성으로 간주된다. 타자와 동화하고 비슷하게 둔갑해서 토박이와 이주민을 분리하기 어렵게 만드는 스크럴족은, 크리족의 관점으로 볼 때 태생적으로 세계의 순수성을 더럽히는 종족이므로 절멸시키는 것 외에 대응책이 있을 수 없다(스크럴족에 관한 이 모든 설정은, 과거 반유대주의를 위시한 난민 혐오 발언들을 상기시킨다). 크리족의 과학자 마벨(애넷 베닝)은 반역자의 낙인을 감수하고 본인의 신념을 새로운 조국으로 선택했고 마벨의 이름을 계승한 캡틴 마블도 아마 C-53행성만의 영웅을 넘어설 것이다.

지구로 돌아간 캐롤은 혈연을 찾는 데에 관심이 없다. 그를 맞는 가족은, 금지된 전투기 조종을 함께 꿈꿨던 친구 마리아(라샤나 린치)와 열한 살 딸 모니카(아키라 아크바)다. 캐롤에게 '말썽쟁이 중령'으로 불리는 모니카 램보는 코믹스 세계에서는 또 다른 캡틴 마블의 이름이기도 하다. 초능력이 없으면 제 손으로 우주선을 지어서 캐롤 이모와 랑데부하면 된다고 자신하는 이 소녀에 관해 마블의 복안이 있을 법하다. 본편이 끝난 다음 첫 번째 쿠키는 다가오는 〈어벤져스: 엔드게임〉에서 캡틴 마블이 어떻게 조커로 합류할지 예고한다. 아주 짧은 상황이지만, 암중모색 중인 히어로들 사이에서 결정을 내리고 있는 인물은 블랙 위도우다. 마블 스튜디오의 수장 케빈 파이기의 거대한 화이트보드 한쪽에 '미래는 여성(Future is female)'이라는 메모가 붙어 있대도 그리 놀랍진 않을 것이다. 2019. 3.

시즌 피날레

어벤져스: 엔드게임 Avengers : Endgame
감독 조 루소·앤서니 루소, 2019

"〈엔드게임〉의 본론은, 그동안 21편의 영화가
한 치 빈틈없이 연결돼 있는 듯한
착시현상을 일으킨다."

　　〈어벤져스: 엔드게임〉(이하 〈엔드게임〉)은 예측 가능해 보
였다. 〈어벤져스: 인피니티 워〉(이하 〈인피니티 워〉, 2018)가 뿌린 씨
를 되도록 화려하게 거둬들이는, 실질적인 〈인피니티 워2〉가 될 거
라고 예상했다. 타노스의 종말 스냅에서 살아남은 어벤져스들이
어떻게든 타노스를 무찌르고 스톤들을 손에 넣어 스러진 생명들
을 되살려내겠지. 엄밀히 말해 이 추측이 틀린 건 아니지만, 우리
가 쉽게 예측한 역습은 영화 시작 20분경에 끝나버린다. 네뷸라(캐
런 길런)의 인도로 타노스의 거처를 찾아낸 어벤져스들은 적을 쓰
러뜨리고 인피니티 건틀렛을 차지하지만 스톤들은 목적을 완수하
고 파괴된 다음이다. 관객은 망연자실해진다. 자, 이제 어디로 갈
것인가? 〈인피니티 워〉가 슈퍼히어로 절반의 소멸이라는 전례 없
이 비극적 사태로 끝났음에도 관객의 마음은 그리 무겁지 않았다.
〈블랙팬서2〉와 〈스파이더맨: 파 프롬 홈〉 제작이 예고된 상태에
서, 와칸다 영웅들과 피터 파커(톰 홀랜드)를 정색하고 애도하긴 어

려웠다. 평범한 학생이 되기로 결심한 소년이 다음 영화에서는 어벤져스에 합류하고, 슈트 없는 아이언맨이 되겠다던 영웅은 더 많은 슈트와 함께 돌아왔다. 죽음을 포함한 어떤 상실과 은퇴 선언도 네일아트 정도의 지속력밖에 없다는 사실은 마블 시네마틱 유니버스를 비롯한 코믹스 원작 영화들의 커다란 결함으로 지적돼 왔다. 〈로건〉은 이 안전망을 찢어버림으로써 새로운 경지에 이른 슈퍼히어로영화가 됐다. 어떤 행위도 진정한 의미에서 돌이킬 수 없는 결과를 낳지 않을 때 관객은 감정을 투사하기를 멈춘다. 허망한 복수가 페이드아웃되고 '5년 후'라는 글씨가 화면에 뜨는 순간은 마블 영화를 통틀어 가장 크게 놀랍다. 그리고 이후 〈엔드게임〉은 〈인피니티 워〉의 스토리를 이어받되 21편의 영화로 엮어온 MCU '시즌1' 전체의 피날레라는 정체성에 집중한다.

5년은 히어로들이 패배의 결과를 짊어지고 체념과 싸운 시간이다. 양자 영역에서 탈출한 앤트맨 스콧 랭(폴 러드)은 사라진 사람들의 이름을 새긴 무수한 추모비를 맞닥뜨리고, 캡틴 아메리카 스티브 로저스(크리스 에번스)는 타고난 리더답게 집단우울증에 빠진 사람들의 대화 치료 모임을 주도하고 있다. 조스 휘던 감독의 〈어벤져스: 에이지 오브 울트론〉 이후 〈어벤져스〉 시리즈에서 거의 배제됐던 민간인들이 다시 시야에 들어온다(심지어 〈캡틴 아메리카: 시빌 워〉의 최대 격전은 인적 없는 공항에서 벌어졌다). 좌절에 대처하는 방식은 히어로들의 캐릭터를 재확인시킨다. 페퍼(귀네스 펠트로)와 결혼한 토니 스타크(로버트 다우니 주니어)는 딸 모건을 키우며 평온하게 산다. 그는 다행히 덜 잃었고 그것을 지키고 싶어 한다. "물이 맑아져 허드슨강에 고래가 보인다"고 인구 감소의 순기능을 언급하는 캡틴 아메리카는 긍정성의 화신답다. 브루스 배너(마크 러펄로)는 연구에 매진해 평생 다퉈온 헐크와 과학적 화해를 달성했다. 블랙 위도우 나타샤 로마노프(스칼릿 조핸슨)는 각지에 흩어진 어벤져스들을 총괄하며 희망의 끈을 붙잡고 있다. 가족과 고향, 자존감을 한꺼번에 잃어버린 토르(크리스 헴스워스)는 아노미 상태와 술독에 빠져버렸다. 왕자이며 반신半神이라는 절대적 정체성이 흔들리자 뒤늦은 사춘기가 찾아온 형국이다. 앤트맨의 양자 영역 체험을 힌트로, 어벤져스는 과거의 여러 지점에서 여섯 개의 스톤을 가져오는 시간 여행 계획에 착수한다. 플롯을 불필요하게 만들어버릴 막강한 능력의 캡틴 마블(브리 라슨)은 스케줄이 겹쳐서 지구 문제에 전념할 수 없는 처지로 설명됐다.

관객만큼 마블 히어로 영화를 정주행하지 않은 히어로들이 둘러앉아 인피니티 스톤에 관한 각자의 정보를 취합하는 장면은, 〈엔드게임〉을 준비하는 마블의 작가 회의를 엿보는 듯하다. 네 조로 나뉜 어벤져스들은 2012년의 뉴욕, 2013년의 아스가르드, 2014년의 모라그 그리고 보르미르로 날아가는데, 이 여정은 21편 영화에서 맥거핀 구실을 한 인피니티 스톤이 맥거핀 이상임을 확인시키는 절차이자, 각 히어로들의 사적인 회한을 치유하는 기회다. 액션이 최소화된 영화의 초반 한 시간과 사랑하는 이와의 재회 신들은, 최상급 배우들을 무더기로 캐스팅해놓고 재능을 적극 활용하지 않은 MCU 영화에서 모처럼 연기를 음미하는 시간이다. 한편 히어로들이 전작들 속으로 들어가 돌아다니는 구성은 말 그대로 자의식의 끝장이기도 하다. 촬영 시점은 확인할 수 없지만 제작비 걱정 없는 부잣집의 진면목도 보여준다(〈캡틴 아메리카 : 윈터솔져〉로 말미암아 다시 소환된 로버트 레드퍼드는 심지어 은퇴작이 바뀐 셈이다). 요컨대 캐릭터와 장기 지속 서사를 한 번에 갈무리하는 〈엔드게임〉의 성공적 본론은, 그동안 21편의 영화가 한 치 빈틈 없이 연결돼 있는 듯한 착시현상을 일으킨다. 〈엔드게임〉은 유니버스를 시작한 장본인 토니 스타크로 끝난다. 온전한 피날레답게 쿠키가 생략된 대신 최초의 아이언맨 슈트를 만드는 토니의 망치 소리가 다시 울려 퍼진다. 히어로의 무력을 갖추고 "나는 아이언맨이다!"라고 호기롭게 세상에 외쳤던 오만한 남자는, "나는 아이언맨이다"라는 소명을 인정하는 고백으로 여정을 마친다.

단순히 말하자면 마블 스튜디오는 11년간 극장에서 TV 시리즈를 만들어온 셈이다. TV 드라마는 단선적으로 연쇄되지만 스핀오프를 사방으로 연결하는 코믹스식 구성을 택한 점은 최초였다. 〈엔드게임〉은 시즌 피날레로서 더 바랄 나위 없는 영화지만, 자립한 텍스트는 아니다. 오스카 작품상 후보 지명까지 받은 〈블랙팬서〉는 마블 유니버스에서 다른 작품과 거의 얽히지 않은 단독 히어로에 관한 영화였다. 역시 막대한 시각효과를 동원한 〈반지의 제왕: 왕의 귀환〉이 오스카를 휩쓸었으나 전통적인 방식으로 이어진 3부작의 최종 편이었다. 오스카를 위시한 각종 영화상과 평론은 새로운 이 현상에 어떻게 대응할까? 넷플릭스 영화가 시네마인가를 둘러싼 갑론을박과 더불어 주시할 수밖에 없다. 2019. 5.

우상파괴

스타워즈: 라스트 제다이 Star Wars: The Last Jedi
감독 라이언 존슨, 2017

"〈라스트 제다이〉에서 포스는

선택받은 소수가 독점하는 능력이 아니라

연결하는 힘으로 제시된다."

〈스타워즈: 깨어난 포스〉(이하 〈깨어난 포스〉)가 개봉한
2015년 나는 부제에 잠깐 의아했다. 그때까지 내가 이해하는 바로
는 〈스타워즈〉 세계에서 포스란 대략 암흑의 진영과 빛의 진영이
번갈아 우위를 점하는 불가해하고 절대적인 힘 비슷한 무엇이었
기 때문이다. 그리고 3년이 지난 시점, 라이언 존슨 감독의 〈스타
워즈: 라스트 제다이〉(이하 〈라스트 제다이〉)는 포스를 새롭게 정의
함으로써 비로소 '깨어난 포스'라는 표현을 납득하게 만들었다.

거슬러 올라가보자. J. J. 에이브럼스의 〈깨어난 포스〉는
1977년 작 〈스타워즈: 새로운 희망〉의 스토리 라인을 복제하되 인
물들의 다양성을 확충함으로써 21세기에 〈스타워즈〉 신화가 발
뻗을 자리를 확보했다. 사막 행성 출신 고아 루크 스카이워커(마크
해밀)의 자리를 레이(데이지 리들리)가 계승했고, 제국군에서 탈출
한 스톰트루퍼 핀(존 보예가)과 농담꾼 파일럿 포 다메론(오스카 아
이작)이 한 솔로의 입지를 변형 계승했다. 레아 공주는 장군으로

변모해 루크의 쌍둥이이면서도 힘에서 배제됐던 과거를 벗어났고, 레아와 한 솔로의 아들 카일로 렌(애덤 드라이버)이 할아버지 다스 베이더를 격세유전 한 어두운 인물로 배치됐다. 하지만 J.J. 에이브럼스 감독은 〈슈퍼 에이트〉〈스타트렉: 더 비기닝〉〈스타트렉 다크니스〉〈미션 임파서블3〉에서 거듭 보여준 대로, 대중문화 고전을 훌륭히 개정 증보했을 뿐 결코 패러다임을 바꾸는 자리까지는 나아가지 않았다. 그러나 그의 바통을 이어받은 〈라스트 제다이〉의 라이언 존슨 감독은 기대 이상으로 용감했다. 오리지널 3부작의 2편 〈스타워즈: 제국의 역습〉을 변주하는 대신 J.J. 에이브럼스가 끌어들인 젊고 다양한 캐릭터들을 적극 움직여, 포스의 의미와 시리즈의 세계관까지 혁신해버렸다.

기본적으로 〈라스트 제다이〉는 새로운 3부작이 입각한 다문화주의와 페미니즘을 보란 듯이 강화했다. 캐스팅의 편향 해소는 기본이다. 〈스타워즈〉 배틀 장면의 관습인 전투기 편대 조종사들의 몽타주만 봐도 백인 남성 넷에 외계인 하나 정도였던 비율은 간데없고, 백인 남성 파일럿이 가물에 콩 나듯 한다. 주연부터 엑스트라까지 인종과 젠더는 고르게 배치됐다. 나아가 〈라스트 제다이〉의 스토리는 여성 캐릭터들이 남성 캐릭터들에게 "오버하지 말고 주변을 돌아보라"고 권하는 상황의 연속이다. 레이는 루크와 카일로 렌 사이에서 양쪽을 향해 호소하고, 레아 장군과 홀도 제독(로라 던)은 포 다메론의 경솔함을 타이르고, 로즈(켈리 마리 트랜)는 핀을 깨우친다. 한편 〈라스트 제다이〉에서 포스는 선택받은 소수가 독점하는 염동력과 마인드 컨트롤 능력이 아니라 무엇보다 연결하는 힘으로 제시된다. 슈프림 리더 스노크의 계략이 긴 하지만 레이와 카일로 렌이 거리를 초월해 정신적으로 대면하는—그래서 싸우지 않고 대화할 수 있는—시퀀스, 루크가 물리적 한계를 뛰어넘어 다른 공간에 현현하는 클라이맥스가 같은 맥락이다. 과거 〈스타워즈〉 영화에서 표현된 포스의 용례 가운데 라이언 존슨 감독은 은하계에 일어난 불행을 보지 않고도 감지하는 능력으로서의 포스에 주목한 듯하다. 즉, 〈라스트 제다이〉는 포스란 그것을 갖지 못한 자의 운명을 좌우하는 '귀족'들의 특권이나 지지하는 정치세력을 보위하는 군사력이 아니라고 주장한다. 새롭게 규정된 포스는 혈통과 계급에 무관하게 누구나 닿을 수 있는 힘이되 더 잘 이해하기 위해 계속 탐구해야 할 에너지에 가깝다. 이것이 혁명적인 결단인 까닭은 선행한 6부작을 통해 시스에서 퍼스트 오더로 이어지는 악을 막아낼 유일한 힘으로 알려졌던 제다이 기사단의 존재 이유를 소멸시키기 때문이다. 포스가 선악을 떠나, 이미 존재하는 정치권력을 호위하는 무력으로서 의미를 상실한 것이다. 조지 루카스의 프리퀄이 심지어 혈중 미디클로리안 농도로 포스의 서열을 정했던 것을 상기하면 지각변동이다. 7편의 부제에서 '깨어난 포스'는 그저 이번엔 제다이 쪽이 서브권을 가졌다는 이정표가 아니라, 은하계의 모든 이름 없는 자들에게 잠재된 포스의 각성이 도래했다는 선언이었던 셈이다. 3부작 피날레인 9편에서 J. J. 에이브럼스의 연출의 〈라스트 제다이〉에서 그 세계관은 뒤집히지만…….

　　그런데 라이언 존슨 감독이 시도한 포스의 민주화는 과연 〈스타워즈〉와 제다이를 동경해온 팬덤에 대한 배신일까? 이 현대 설화의 저작권을 조지 루카스 개인에게 전적으로 부여한다면 그럴지도 모른다. 그러나 시야를 넓혀보면 원래 포스는 상속되는 사유재산이 아니다. 제다이들은 원칙상 결혼하거나 아이를 갖지 않았으므로 포스는 유전될 수 없다. 남의 힘까지 빼앗아 자신이 절대적 최강자가 되고자 욕망한 인물은 아나킨 스카이워커였고 그가 아미달라 여왕과 비밀 결혼해 레아와 루크 쌍둥이를 낳음으로써 스카이워커 집안끼리의 내분이 전쟁사를 써왔다고도 할 수 있다. 그리고 특별히 높은 미디클로리안을 타고난 문제의 아나킨은 은하계의 혼돈을 꾀한 시스 로드에 의해 인위적으로 처녀 수태된 존재로 설정돼 있기도 하다. 요컨대 스카이워커 가문의 시대는, 긴 은하계 역사에서 예외적 챕터일 수도 있다.

만약 이 해석에 동의한다면 〈스타워즈〉의 세 번째 3부작은 공화주의와 다문화주의를 명실공히 실현해 흐트러졌던 우주의 균형을 회복하는 사필귀정의 여정이 돼도 이상할 게 없다. 과연 선택받은 혈통과 액션 영웅만 좇던 전작들과 달리 〈라스트 제다이〉는 처음으로 다른 계급으로 시야를 확장한다. 로즈와 핀이 마스터 코드 브레이커(베니치오 델 토로)를 찾으러 간 칸토 바이트 행성 풍경은, 은하계 한쪽에는 전쟁으로 부귀영화를 누리는 집단과 그 이면에 노예처럼 착취당하는 어린이와 동물 들이 있음을 보여준다. 코드 브레이커 자신은 아무런 정치적 기준 없이 오직 이윤을 추구하는 상인 집단을 대표한다. 영화 마지막에 빗자루를 광선검처럼 놀리며 별을 바라보는 평범한 소년의 이미지는 타투인 행성에서 창공을 올려다보던 오래전 젊은 루크의 모습과 겹치면서, '스페셜 원'의 서사를 폐기하며 〈스타워즈〉 설화를 진화시키고자 하는 라이언 존슨과 제작진의 희망을 읽게 한다.

레이는 〈블레이드 러너2049〉의 K(라이언 고슬링)와 더불어, 선택받은 한 사람을 중심에 둔 이야기로 지탱되어온 할리우드 SF 판타지가 드디어 전환점을 맞이했음을 보여주는 캐릭터라고 해도 좋을 것이다. 하고많은 은하계의 무명씨 가운데 레이가 광선검의 부름을 받을 수 있었던 조건은 역설적으로 그가 누구와의 연도 없이 오직 자력으로 생존해온 고아로서 잃을 게 없다는 점이다. 레이는 원래 살아가는 것 외의 목적이 없었고 선택된 자의 소명 의식에도 속박되지 않는 백지상태다. 전설적 존재인 루크 앞에서도 레이는 맑고 곧게 믿음에 집중한다. 여전히 다음 편에서 레이의 출생의 비밀이 드러날 거라 믿는 팬도 있겠지만, 나는 만약 그런 반전이 있다면 3부작의 자멸이라고 생각하는 쪽이다. 루크와 레아의 전례에 비추어 레이와 카일로 렌을 숨겨진 남매로 추측하는 설은 〈깨어난 포스〉부터 들려왔다. 그러나 〈라스트 제다이〉가 두 사람을 함께 잡은 화면은 역대 〈스타워즈〉를 통틀어 가장 에로틱하고, 레이와 카일로 렌은 순간순간 서로에게 강력하게 이끌리는 이성애자 남녀에 가까워 보인다(루크와 레아의 키스를 들어 반박한다면 재반박할 근거는 없다). 〈깨어난 포스〉에서 카일로 렌은 "가면 쓴 괴물"이라는 레이의 면박에 처음으로 마스크를 벗었고 이번 영화에서도 줄곧 레이를 원하는 표정으로, 구해달라는 신호가 담긴 모호한 눈빛으로 응시한다. 카일로 렌의 마음을 돌리려는 레이의 간절한 호소에서 "나는 나쁜 남자인 당신을 바꿔놓을 수 있어"라는 로맨스 서사의 요소를 읽는 관객이 나만은 아닐 것이다. 암흑과 빛의 신세대 기수인 두 인물의 공통점은 과거와의 절연이다. 그러나 둘의 동기는 정반대다.

다스 베이더의 혈통에서 자신이 특별하다는 근거를 찾는 카일로 렌에게는 권위로 인정받는 것이 중요하고, 궁극적으로는 '아버지'의 자리를 차지하기 위해 앞 세대를 제거할 수 있다. 반면 레이는 과거가 없기 때문에 과거로부터 자유롭다. 레이에게는 모델이 아니라 선생님이 필요할 뿐이다. 외부에 의지하지 않는 단단한 중심을 가진 레이는 불안하지 않기에, 로즈의 대사처럼 대립하는 대상을 없애지 않고 필요한 바를 취할 수 있으며, 사랑하는 것을 지키면 족하다.

〈라스트 제다이〉에 실망을 표하는 관객은 대략 세 그룹일 터다. 우선 각종 출판물과 외전을 통해 그렸던 전개에서 〈라스트 제다이〉가 이탈한 데에 거부감을 갖는 골수팬들. 〈스타워즈 에피소드1: 보이지 않는 위험〉(1999) 개봉 당시 대니얼 월리스의 연표 등을 참조해서 기사로 썼던 〈스타워즈〉 연표'를 찾아보니, 한 솔로와 레아는 쌍둥이 제이슨과 제이나, 셋째 아나킨을 낳았고 루크는 제다이 아카데미의 교장이 된다고 정리돼 있다. 하지만 연표의 설정은 집착할 만큼 흥미로운 이야기도 아닌 성싶다. 둘째, 여성과 비백인이 주요 역할을 수행하는 데에 반감을 갖는 수구 취향의 관객이 있을 것이다. 충성스런 팬이라서 화가 났다고 믿지만 실은 백인 남성 중심 서사에 깊게 동일시해온 교집합도 있겠다. 끝으로 다른 모든 영화에 대해 그렇듯 완성도와 재미에 문제를 느끼는 경우다. 여기에 대해서는 충분히 표를 던질 수 있다. 〈라스트 제다이〉는 기본적으로 세 갈래로 나뉜 인물들이 전부 패배하고 간신히 목숨만 부지하는 이야기다. 쾌감이 떨어질 수밖에 없다. 세 파트가 교차편 집된 구조도, 물 흐르듯 플롯이 축적돼 클라이맥스에서 폭발하는 〈깨어난 포스〉에 비하면 다분히 설명적이다. 때로는 보조를 맞추기 위해 개별 에피소드가 늘어지는 인상도 든다. "모조리 없애버려라!"라는 헉스 장군(도널 글리슨)의 엄포는 하도 여러 번 반복돼 나중에는 별로 무섭지도 않다. 하지만 이 결함들은 두 번째 관람에서는 훨씬 미미하게 느껴졌다. 작은 불만들에도 불구하고 〈라스트 제다이〉는 〈스타워즈〉가 박물관에 속한 프로젝트가 아님을 분명히 했다. 관객은 궁금증을 되돌려받았고, 시리즈는 미지의 미래를 선물 받았다. 2018. 1.

백래시

스타워즈: 라이즈 오브 스카이워커 Star Wars: The Rise of Skywalker
감독 J. J. 에이브럼스, 2019

"시퀄 3부작은 일명 포스타임 장면을

애장 기념품으로 남긴 채

타투인 행성 지평선 너머로 저물었다."

　　"포스는 선택받은 자한테만 있거든?" "지금이 몇 세기인
데, 아니거든?" "맞거든?"

　　〈스타워즈: 깨어난 포스〉(2015), 〈스타워즈: 라스트 제다
이〉(2017), 그리고 〈스타워즈: 라이즈 오브 스카이워커〉(이하 〈스카
이워커〉)의 전개를 가장 짧게 요약한다면 위와 같을지도 모른다.
〈깨어난 포스〉에서 오리지널 3부작의 공식을 증보하고 원조를 잇
는 차세대 캐릭터들을 배치하는 전략을 택했던 J. J. 에이브럼스
감독은 시퀄 3부작의 피날레 〈스카이워커〉에서도 재차 안전한 노
선을 택했다. 기본적으로 〈스타워즈: 새로운 희망〉(1977)을 리믹스
한 〈깨어난 포스〉의 보수성은, 팬덤의 향수를 달래고 스페이스 오
페라의 매혹을 오랜만에 일깨운다는 목표가 있었기에 이해할 만
했다. 그러나 3편인 〈스카이워커〉가 2편인 〈라스트 제다이〉가 반
영한 동시대 정신과 작품이 확장시킨 가능성을 못 본 척하는 광경
은 상당히 허망하다. 감독 J. J. 에이브럼스는 라이언 존슨의 〈라스

트 제다이〉를 개별 영화로서 싫어할 수도 있고 동의하지 않을 수도 있지만 없었던 셈 칠 수는 없으며, 완결 편의 작가이자 연출자로서 2편이 제기한 안티테제를 수용한 진테제를 냈어야 했다. 그러면 〈라스트 제다이〉는 무슨 일을 했나? 라이언 존슨 감독의 작업은 일종의 우상파괴였다. 〈라스트 제다이〉는 우리가 긴가민가 하면서도 따지길 망설인 〈스타워즈〉의 반복되는 모호한 요소들에 대해 또박또박 질문하고 답을 냈다. 포스는 바위를 들어 올리는 염동력인가? 선택받은 자에게 유전되는 특권인가? 왜 모두 제다이를 애타게 찾는가? 광선검으로 퍼스트 오더를 물리치라고? 저항군은 무오류일까? 그리고 이 물음 중 일부의 씨앗은 J. J. 에이브럼스의 〈깨어난 포스〉가 뿌린 것이기도 하다.

　　　　〈라스트 제다이〉의 가장 급진적 혁신은 포스의 배타성을 제거하고 은하계의 정의와 평화 수호는 스카이워커 가문만이 아닌 모든 선하고 용감한 생명체의 자연스러운 소명이라고 명시한 것이었다. 심지어 카일로 렌(애덤 드라이버)은 평생 가족을 기다려 온 고아 레이(데이지 리들리)에게 너의 부모는 보잘것없을 뿐 아니라 술값을 위해 딸을 판 인간들이었다고 못 박았다. 즉, 라이언 존슨은 경멸할 만한 인간이 너의 뿌리라 해도 그 사실이 네가 누구이며 무엇을 할 수 있는지 결정할 수 없다는 메시지를 새 세대의 어린 관객에게 타전한 것이다.

　　　　그러나 〈스카이워커〉는 부제가 노골적으로 예고하듯 레이의 혈통을 스토리의 결정적 열쇠로 끌어옴으로써 〈스타워즈〉를 타고난 강자들이 이끄는 선악 이분법의 전쟁담으로 돌려놓는다. 레이의 남다른 힘은 그의 정직성과 용기, 관용에서 비롯된 것이 아니라 가부장에게 물려받은 상속재산이다(공교롭게도 라이언 존슨이 〈라스트 제다이〉 직후에 만든 살인 미스터리 〈나이브스 아웃〉은 물려받은 재산을 상속자를 포함한 모두에게 해로운 악으로 그린 바 있다). 카일로 렌의 대립항이자 파트너가 되려면 '아무나'로는 부족한 것이다! 레아 오르가나 장군이 레이에게 준 "네가 누군지 두려워하지 마라"는 조언의 의미는 변질됐다. 이 선택은 정치적 입장의 견지에서만 실망스러운 것이 아니다. 1, 2편에서 스스로 경험하고 배우며 성장해온 레이의 정체성은 3편에서 타인의 혈통 설명으로 규정돼 버리고, 캐릭터로서 지녔던 뉘앙스도 축소됐다. 물론 현실적인 제작 여건도 작용했을 것이다. 시퀄 3부작의 정신적 지주는 레아다. 공주에서 장군으로 거듭난 레아는 루크 못지않은 제다이이자 은 둔한 루크나 남편 한 솔로와 다른 리더십으로 반군을 이끈다. 오리지널 3부작이 루크와 아버지의 대결이라면, 21세기 3부작은 카일로 렌과 어머니의 관계 해결, 그리고 레아가 거둔 레이의 성장이 양축을 이룰 거라 예상됐다. 그러니 레아(캐리 피셔)의 때 이른 타계는 3부작의 궤도를 불가피하게 흔들었을 터다.

〈스카이워커〉는 아주 많은 행성star과 전투war가 등장한다는 면에서는 일부 팬들을 만족시킬지도 모른다. 갑작스런 부활을 은하계에 공지한 황제 팰퍼틴은 시스의 복수를 선언하고 반군은 그의 소재를 찾아 나선다. 전통대로 중요 인물이 칩거한 장소를 색출할 지도 혹은 나침반 찾기에 3분의 1가량의 러닝타임이 할애된다. 3부작을 넘어 '스카이워커 사가 9부작'의 마무리를 짓는 이 영화는 무척 바쁘게 움직인다. 문제는 빠르기가 아니라 단조로

팽창하는 유니버스

운 리듬과 독창적 장면의 부재다. 이 영화의 마지막 40분의 플롯은 〈스타워즈: 제다이의 귀환〉의 그것과 거의 일치한다. 레이, 포(오스카 아이작), 핀(존 보예가) 삼총사는 한 팀으로 움직이지만 대화할 틈 없이 계속 "다음은 거기로!" "위험해!" 같은 대사를 외치기 바쁘다. 인물로서 여정다운 여정을 갖는 캐릭터는 C-3PO 정도다. 레이와 카일로 렌은 현상을 유지하고 포는 2편에서 여성 장군들에게 배운 자질을 제대로 발휘하지 못한다. 불운한 핀은 하는 일마다 미수다. 레이를 향한 애정도 털어놓지 못하고 포스 감수성도 보일락 말락 한다. 무엇보다 핀은 2편에서 로즈(켈리 마리 트랜)의 고백을 들었다는 사실을 망각한 것처럼 행동한다. 로즈의 분량은 단역급으로 축소된 반면, 로즈가 있을 법한 자리에는 두 명의 새 여성 캐릭터가 들어와 〈라스트 제다이〉로 악플러들의 미움을 산 로즈 대신 디즈니플러스 채널의 시리즈에 등장시키려는 포석인가 짐작하게 만든다.

제다이 사원을 불태우고 카일로 렌의 헬멧을 부숴버린 라이언 존슨과 반대로 J. J. 에이브럼스는 아이콘에 애착한다. 카일로 렌은 균열을 디자인으로 승화(?)한 새 헬멧을 착용하고, 광선검을 과감히 던져버렸던 루크의 영혼은 언제 그랬냐는 듯 레이에게 제다이 물건을 조심히 다루라고 훈계한다. 〈스카이워커〉의 스펙터클은 풍성하지만 대부분 기시감을 부른다. 카일로 렌과 레이는 지팡이를 든 볼드모트와 해리 포터처럼 포스 라이트닝을 겨루고 〈겨울왕국〉의 엘사가 그랬듯 파도를 타고 싸운다. 쓰러졌던 레이는 캡틴 마블처럼 일어서고 〈로미오와 줄리엣〉식 생사의 엇갈

림도 따른다. 〈덩케르크〉와 〈어벤져스: 엔드게임〉에서 목격한 막판 우군의 지원도 빠지지 않는다. 물론 실망을 안겨준 〈스카이워커〉는 '스카이워커 사가'의 종장일 뿐 디즈니는 40억 달러(한화 약 5조 원)를 치르고 인수한 〈스타워즈〉의 이야기를 멈추지 않을 테고 개중에는 〈라스트 제다이〉에 제대로 응답하는 작품도 있을 것이다. 하지만 일단 시퀄 3부작은 사랑스런 드로이드 BB-8와 레이와 카일로 렌의 근사한 '은하계 페이스타임', 일명 포스타임 장면을 애장 기념품으로 내게 남긴 채 타투인 행성 지평선 너머로 저물었다. 2020.1.

21세기 디즈니 전략

알라딘(실사) Aladdin's Live Action
감독 가이 리치, 2019

"관객의 이익이 디즈니의 그것과 일치하란 법은 없다.
나는 비교 열위인 실사판을 최초의 〈알라딘〉으로 만나는
어린이 관객이 조금 불운하다고 생각한다."

　　　　〈알라딘〉은 그리고 십수 편의 디즈니 장편 애니메이션들
은 왜 실사로 다시 만들어지고 있나? 첫째, 노스탤지어와 브랜드
가 수익을 보장한다. 둘째, 1990년대에는 실사로 찍기 불가능했던
장면이 지금은 CG 테크놀로지의 도움을 받아 구현 가능하다. 셋
째, 시대에 뒤처진 젠더, 인종차별적 표현을 겸사겸사 수정할 기회
다. 첫 번째 이유에 대해서는 보탤 말이 없다. 지적재산권 재활용
이 없다면 오늘날 할리우드는 쓰러질 테니까.
　　　　두 번째는 만족스러운 이유가 못 된다. 기술적으로 가능
하다는 사실이 반드시 작품으로 제작될 정당성을 주지는 않는다.
나는 1992년 작의 팬은 아니었지만 2019년 판 〈알라딘〉이 애니메이
션이나 뮤지컬로서 원작에 미치지 못한다고 생각한다. 도시 아그
라바의 공간감은 빈약하고, 지니(윌 스미스)가 이끄는 알리 왕자의
입성 행렬은 마치 디즈니랜드 공연단의 퍼레이드를 보는 듯하다.
기술의 진보가 리메이크 사유라면 최고의 그래픽을 보여줘야 할

알라딘

텐데, 마법 동굴과 〈아름다운 세상A Whole New World〉을 부르는 양탄자 비행 신의 CG는 너무 어두운 데다 경이감도 없다. 중동으로 설정된 아그라바는 기존 이슬람과 동남아시아 문화 기표의 절충으로서, 〈블랙팬서〉의 와칸다 같은 독창적 공간이 아니다. 심지어 엔딩크레딧은 갑자기 분위기가 발리우드다. 가창력이 빼어난 배우는 자스민 역의 나오미 스콧뿐이며, 군무가 동반된 노래 〈왕자 알리Prince Ali〉는 실사 구현을 위해 템포가 늦춰진 반면 일부 춤 장면은 영사 스피드를 올린 티가 난다. CG로 가필한 실사는, 핸드드로잉 카툰의 리듬감과 상상력을 따를 수 없다. 더구나 〈알라딘〉은 디즈니 장편 애니메이션 가운데에서도 초현실적인 카툰 그림체의 작품이다. 파가니니의 악마적 명인기를 방불케 하는 로빈 윌리엄스의 지니 연기는 핸드드로잉 애니메이션의 키네틱한 역동성 위에서만 구현될 수 있었다. 불행 중 다행으로 윌 스미스는 로빈 윌리엄스를 극복하는 대신 유쾌한 래퍼 지니가 되기를 택했다.

셋째, 문화적 다양성의 수용 수준은 비백인 배우들의 캐스팅으로 분명 향상됐다. 모계가 인도 혈통인 나오미 스콧과 이집트계 메나 마수드 같은 재능 있는 뮤지컬 배우가 대작을 통해 세상에 소개됐다. 아그라바를 묘사했던 '야만적'이라는 가사는 '혼란스러운'으로 대체됐고 '귀를 자른다'는 표현도 사라졌다. 자스민은 배우자의 선택권을 넘어 술탄이 되고자 하는 공주로 변했고 독창곡 〈스피치리스Speechless〉를 얻었다. 〈위대한 쇼맨〉의 작곡가들이 참여했다는 이 노래는 뮤지컬이나 오디션 프로그램의 클라이맥스에 등장할 법한 각성의 발라드다. 곡 자체로 흠잡을 데 없지만, 나머지 〈알라딘〉의 노래와는 확연히 이질적이다. 리메이크의 동기 중 관점의 현대화가 절실했다면, 아예 자스민의 이야기로 〈알라딘〉을 다시 써야 옳았겠지만 그것은 장편 애니메이션 실사화 사업에 임하는 디즈니의 전략이 아닌 듯하다.

앞서 나는 디즈니가 기존 장편 애니메이션을 실사로 리메이크하는 이유로 세 가지를 짐작했다. 첫째, 지명도가 보장하는 흥행 수입, 둘째, CG 기술의 발전, 셋째, 시대에 뒤떨어진 차별적 표현의 업데이트를 꼽았다. 세 번째 근거와 관련해 〈알라딘〉이 힘주어 부각한 것은 공주 자스민의 변화다. 애니메이션에서 단지 원치 않은 결혼에 저항했던 자스민은 실사판에서는 나아가 왕이 되고자 한다. 원작과 달리 밸리 댄서처럼 옷을 입는 일도 없고 강제로 악당 자파에게 추행당하는 모욕도 겪지 않는다. 무엇보다 새로운 자스민은 "결코 침묵당하지 않겠어"라는 가사의 신곡 〈스피치리스〉를 독창한다. 이 노래가 〈알라딘〉 오리지널 곡들과 이질적이라는 점은 이미 썼다. 하지만 그보다 마음에 걸리는 바는 극 중에서 〈스피치리스〉가 배치된 맥락이다. 자스민은 자파의 명을 받은 병사들에게 끌려가다가 문득 주체성을 다짐하는 이 노래를 열창한다. 그러나 이 의미심장한 신은 자스민의 상상이었던 것으로 밝혀지면서 거의 아무런 결과를 낳지 못하고 영화에서 고립된다. 결의에 찬 공주의 외침을 극 중 현실에서는 아무도 듣지 못한 셈이다. 게다가 노래로 각성한 자스민이 취하는 행동은, 장군 하킴(누만 아카르)의 충성심에 호소하는 것이 고작이라 〈스피치리스〉가 고조시킨 긴장을 흩어놓는다. 장군의 개심도 자파에게 이렇다 할 타격을 주지 못하고 흐지부지된다. 자스민은 술탄의 옥좌에 오르나 영화에서 왕권을 행사하는 유일한 사례는 왕자가 아닌 남자와 결혼할 수 있도록 법을 개정하는 것 정도다. 결과적으로 자스민의 묘사는 진보했으나 그의 성장은 〈알라딘〉의 이야기 전체에 유의미한 영향을 끼치지 못한 채 덧붙여질 뿐이다.

　　그러고 보니 디즈니에는 애니메이션을 실사 리메이크해야 할 네 번째 동기도 있다. 그림 형제, 페로, 안데르센이 쓰거나 편집한 오래된 동화 〈신데렐라〉〈잠자는 숲속의 미녀〉〈인어공주〉 등의 원본은 독점할 수 없는 퍼블릭도메인에 속한다. 고전은 어느 스튜디오나 각색할 수 있다. 문제는 현재 대중의 뇌리에 새겨진 동화의 '원본'이 안데르센이나 그림 형제의 책이 아니라 디즈니의 만화영화라는 점이다. 디즈니 캐릭터의 디자인, 의상, 배경, 덧붙인 조연과 에피소드, 배경은 지적재산권에 속해 인용할 수 없다. 역으로 디즈니는 세월이 흐름에 따라, 대중의 의식 안에서 누려온 고전의 점유권을 갱신할 필요가 있다. 애니메이션의 디자인과 음악을 복제한 실사영화들은 오리지널과 배타적으로 동일시되는 디즈니 이미지의 유효기간을 연장해줄 터다. 생각하면 조금 무서운 노릇이다. 〈스타워즈〉 프랜차이즈와 마블 슈퍼히어로를 접수하고 20세기 폭스사까지 흡수한 지금, 디즈니는 현대의 설화를 독점 공급하는 공장이나 다름없다.

　　하지만 관객의 이익이 디즈니의 그것과 일치하란 법은 없다. 디즈니는 지금까지 〈이상한 나라의 앨리스〉〈거울나라의 앨리스〉〈신데렐라〉〈미녀와 야수〉〈피터와 드래곤〉〈잠자는 숲속의 공주〉《말레피센트》〉〈덤보〉〈정글북〉〈알라딘〉을 실사로 옮겼고 〈라이온 킹〉〈뮬란〉〈크루엘라〉〈말레피센트2〉〈레이디와 트램프〉〈피

노키오〉도 뒤를 따른다. 이중 예술적 완성도 측면에서 존재 이유를 입증하거나 참신한 해석으로 평가된 작품은 〈신데렐라〉〈피터와 드래곤〉〈말레피센트〉 정도다(〈정글북〉과 〈라이온 킹〉의 경우는 CG애니메이션에 가깝지만 포토리얼리즘적인 실사 이미지를 추구한다는 점에서 묶어서 쓰기로 한다). 1990년대 디즈니 뮤지컬 애니메이션을 극장에서 관람한 세대로서, 나는 거의 비슷하지만 비교 열위인 실사판을 최초의 〈알라딘〉으로, 최초의 〈덤보〉로 극장에서 만나는 현재의 어린이 관객이 조금 불운하다고 생각한다. 더욱이 〈주먹왕 랄프〉(2012) 이래 〈겨울왕국〉(2013), 〈빅 히어로〉(2014), 〈주토피아〉(2016), 〈모아나〉(2016) 등 시대정신을 반영한 완성도 높은 오리지널 장편을 내놓은 디즈니 애니메이션 스튜디오의 크리에이티브를 돌아보면 더욱 아쉽다. 1억 달러(한화 약 1300억 원) 이상을 들여 과거 영화의 낡은 오류를 수정한 리메이크를 굳이 만드느니, 동시대적 발상으로 새롭게 쓴 서사를 쌓아가는 편이 관객의 입장에서는 경제적이다. 디즈니의 텍스트를 비판적으로 분석하는 이들은 대부분 과거에 가부장적이고 인종주의적인 디즈니 고전을 사랑해 무수히 리플레이한 어린이들이었다. 영화의 수용은 극장 안에서 완결되지 않는다. 우리는 영화를 보고 언제나 아이들과 토의할 수 있고, 불완전한 영화를 사랑하는 동시에 문제를 의식할 수 있다.

2019. 6.

책명·매체명·영화명

찾아보기